Lisa Renee Jones

Dirty Rich – Verbotene Leidenschaft

Weitere Titel der Autorin

»Amy's Secret«-Reihe:
Entfacht
Entflammt
Entfesselt
Enthüllt

»Tall, Dark and Deadly«-Reihe:
Riskantes Verlangen
Riskante Verführung
Riskante Hingabe
Riskantes Geheimnis

»Dirty Money«-Reihe
Hard Rules – Dein Verlangen
Hard Rules – Dein Begehren
Hard Rules – Dein Versprechen
Hard Rules – Deine Liebe

Über die Autorin

Mit ihren Liebesromanen hat Lisa Renee Jones eine große Leserschaft gewonnen und wurde mehrfach mit Genrepreisen ausgezeichnet. Die New-York-Times- und USA-Today-Bestsellerautorin hat bereits diverse Serien veröffentlicht, die ebenfalls bei beHEARTBEAT erschienen sind, darunter »Tall, Dark and Deadly« sowie »Amy's Secret« und »Dirty Money«. Jones lebt mit ihrer Familie in Colorado Springs, USA.

LISA RENEE JONES

DIRTY RICH – VERBOTENE LEIDENSCHAFT

Aus dem Amerikanischen von
Sonja Fehling

be HEARTBEAT

beHEARTBEAT

Vollständige ePub-to-Print-Ausgabe des in der Bastei Lübbe AG erschienenen eBooks »Dirty Rich - Verbotene Leidenschaft« von Lisa Renee Jones

beHEARTBEAT in der Bastei Lübbe AG

Titel der amerikanischen Originalausgabe: »Dirty Rich One Night Stand«
Originalverlag: Julie Patra Publishing, Colorado Springs

Textredaktion: Clarissa Czöppan
Covergestaltung: Birgit Gitschier, Augsburg unter Verwendung von Motiven © shutterstock: Krasovski Dmitri | FabrikaSimf
Satz: 3w+p GmbH, Rimpar
Druck: Books on Demand GmbH, Norderstedt

ISBN 978-3-7413-0144-5

www.be-ebooks.de

www.lesejury.de

Playlist

In My Head von Brantley Gilbert
Unforgettable von Thomas Rhett
Slow Hands von Niall Horan
The Fighter von Keith Urban
They Don't Know von Jason Aldean
Take Me There von Rascal Flatts

Kapitel Eins

Cat

Der Prozess des Jahrhunderts, Tag 1

Kaffee bedeutet Leben, Liebe und Glück. Doch genau genommen ist er nur ein Wachmacher, und an einem Tag, an dem ich gemeinsam mit einer Horde weiterer Reporter über den Prozess des Jahrhunderts berichten werde, muss ich bei klarem Verstand sein. Aus diesem Grund habe ich mir mein marineblaues Kostüm angezogen, in dem ich besonders intelligent wirke, und es mit kniehohen Stiefeln kombiniert, bevor ich mich auf den Weg zu dem Café mache, das sich drei Häuserblocks von meinem New Yorker Loft entfernt befindet. Ich genieße den kurzen Spaziergang durch die Herbstluft. Da das Café nur zwei Blocks vom Gericht entfernt ist, wimmelt es hier von Leuten, aber der weiße Mokka ist das Schlangestehen absolut wert, und ich bin extra früh genug hergekommen, um dem Koffein ausreichend Zeit zu geben, seine Wirkung zu entfalten. Mir bleiben noch zwei volle Stunden, bis ich im Gerichtssaal sein muss, und ich habe vor, mich hier in eine Ecke zu setzen und an meiner täglichen Kolumne *Cats Verbrechen* zu schreiben, bevor ich losgehe.

Als ich mich anstelle, sind vor mir noch zehn Leute in der Schlange, und es geht nur langsam voran, deshalb googele ich zur Ablenkung den heutigen Angeklagten – auf der Suche nach etwaigen heißen Neuigkeiten, die gestern, bevor ich ins Bett gegangen bin, noch nicht online waren. Ich klicke mich durch diverse Artikel und habe mich in der Schlange gerade einen Platz weiter vorgearbeitet, als ich bei meiner Internetsuche auf den Link zu irgendeinem Blog mit dem Titel *Mr Sexy – Verboten heiß* stoße. Da es sich bei dem Angeklagten um einen gut aussehenden Milliardär handelt, der verdächtigt wird, seine schwangere Geliebte getötet zu haben, macht mich die Schlagzeile neugierig, und ich klicke auf den Link. Die Schlange bewegt sich ein Stück weiter vorwärts und ich mich mit ihr, bevor ich zu lesen beginne:

Ich brauche Hilfe. Ich habe etwas Schlimmes getan. Etwas sehr Schlimmes. Er hat mir gesagt, er werde sich um mich kümmern. Mich beschützen. Das ist drei Monate her. Ich erinnere mich noch genau an diesen Tag, als wäre er gestern gewesen. Doch jetzt ist es heute, und eine ganze Welt liegt hinter mir und vor uns. Ich betrete sein Büro und schließe die Tür. Wir starren einander an, die Luft zwischen uns knistert. Und dann passiert es. Das, was jedes Mal zwischen uns passiert. Einen Moment lang stehe ich noch am anderen Ende des Raumes, im nächsten sitze ich auf seinem Stuhl, hinter seinem Schreibtisch, und er kniet vor mir, starrt mich mit seinen glühend heißen blauen Augen an. Seine Hände legen sich auf meine Schenkel, direkt unter dem Saum meines Rocks, und am liebsten würde ich ihm mit den Fingern durch sein dichtes, dunkles Haar fahren, doch ich weiß es besser. Ich berühre ihn erst, wenn er mir sagt, dass ich ihn berühren darf.

Stattdessen umklammere ich die Armlehnen des Stuhls, als seine Hände langsam nach oben wandern …

»Der Nächste, bitte!«

Blinzelnd lasse ich von meiner heißen kleinen Lektüre ab und stoße geräuschvoll den Atem aus. Ich komme mir echt schmutzig und ekelhaft vor, und das aus gutem Grund. Ich bin erregt und verstört von dieser offensichtlich erotischen Fantasie über einen Mann, der vor Gericht steht, weil er seiner schwangeren Freundin einen tödlichen Stoß die Treppe hinunter versetzt haben soll. Ich berichtige: seiner schwangeren *Geliebten.* Zwar war das Kind nicht von ihm, und er behauptet, nicht ihr Geliebter gewesen zu sein, trotzdem wurde er verhaftet, weil man seine Fingerabdrücke auf einem Türknauf gefunden hat.

»Cat!«

Der Klang meines Namens lässt mich zusammenzucken, als Jeffrey – der immer an der Kasse steht, wenn ich hier vorbeikomme – mich von seinem Platz hinter der Theke aus ruft. Ich trete einen Schritt vor, doch genau in diesem Moment stellt sich ein Mann in einem dunkelgrauen Anzug vor mich. Stirnrunzelnd beuge ich mich vor und berühre ihn am Arm. »Entschuldigung.« Er reagiert nicht, aber ich bin mir sicher, er weiß genau, dass ich mittlerweile direkt neben ihm stehe. »*Entschuldigung*«, wiederhole ich.

Er wendet sich immer noch nicht um, und jetzt bin ich sauer. Heftig ziehe ich ihn am Ärmel seines bestimmt wahnsinnig teuren Jacketts und erreiche mein Ziel: Er fährt herum und sieht mich an, und an dem Ausdruck unterdrückten Ärgers, der ihm ins extrem attraktive Gesicht geschrieben steht, kann ich ablesen, dass ich es geschafft habe: Ihm geht es nun genauso wie mir, und als kleine Zugabe weiß er jetzt auch, dass ich nicht zulasse, dass man mich ignoriert – trotz meiner knapp ein Meter siebenundfünfzig und der Tatsache, dass ich blond und weiblich bin. »Ich war dran«, verkünde ich.

»Und ich hab keine Zeit zu warten, bis Sie mit Ihren Handyspielereien fertig sind.«

»Spielereien? Das ist ja wohl eine Frechheit.« Ich öffne den Mund, um noch etwas zu sagen, schließe ihn jedoch wieder und hebe stattdessen die Hand, um ihn davon abzuhalten, irgendetwas zu tun oder zu sagen, das mich heute aus den falschen Gründen in einen Gerichtssaal bringen könnte. »Warten Sie gefälligst, bis Sie dran sind! Wie ein Gentleman.«

Kaum wahrnehmbar verengt er die Augen, die – wie ich mittlerweile festgestellt habe – in einem verboten hübschen Kristallblau funkeln, dann dreht er sich wieder zum Tresen um. »Einen doppelten Espresso XL und für sie, was auch immer sie haben will.« Mr Arrogantes Arschloch sieht mich an. »Was wollen Sie? Ich gebe Ihnen einen aus.«

»Soll das etwa eine Entschuldigung sein?«

»Das ist ein Entgegenkommen, um Zeit zu sparen. Keine Entschuldigung. Schließlich haben *Sie* mit Ihrem Handy gespielt …«

»Ich hab nicht gespielt. Ich hab gearbeitet, während Sie sich überlegt haben, wie Sie sich am besten vor die Frau vor Ihnen drängeln können.«

»Was Besseres haben Sie nicht auf Lager? Ich verdränge Frauen?«

»Nein, heute tun Sie das nicht«, entgegne ich. »Sie haben es versucht, aber Sie sind gescheitert. Ich kann mir meinen Kaffee selbst kaufen.« Resolut wende ich mich in Richtung Tresen. »Das Übliche, bitte.«

»Dein Becher ist schon in Arbeit«, sagt Jeffrey. »Müsste jeden Moment fertig sein.«

»Danke«, antworte ich, und obwohl ich einfach weitergehen sollte, drehe ich mich zu Mr Arrogantes Arschloch um, weil ich offensichtlich nicht anders kann. »Ich gebe Ihnen noch einen nützlichen Rat«, verkünde ich, »da Sie ja mir gegenüber auch so extrem hilfsbereit waren. Die Worte ›Danke‹ und ›Es tut mir leid‹ gehören nicht nur zum Einmaleins des guten Benehmens: Ein Mann, der sie nicht benutzt, bleibt auch entweder Single oder wird einer.« Und mit diesem Hinweis gehe ich weiter zum Ende des Tresens, wo bereits eine Gruppe von Leuten auf ihre Getränke wartet, doch zu meinem Glück sehe ich, dass der Ecktisch, an dem ich am liebsten sitze, gerade frei wird. Hastig mache ich mich auf den Weg und warte, bis die Frau, die dort gesessen hat, ihre Habseligkeiten eingesammelt hat, bevor ich ihr das »Danke schön« zuraune, das Mr Arrogantes Arschloch am Tresen hinter mir offensichtlich nicht kennt. Dann lege ich meine Tasche auf den Tisch und setze mich. Während ich mich häuslich an meinem Stammplatz einrichte, hebt sich – keine Ahnung, wieso – mein Blick und sucht nach Mr Arrogantes Arschloch, der immer noch am Tresen steht, mittlerweile mit dem Handy telefoniert und diese starke, machtvolle Präsenz ausstrahlt, die den gesamten Raum einnimmt und dafür sorgt, dass jede der hier anwesenden Frauen ihn anstarrt. Einschließlich mir anscheinend, und diese Tatsache regt mich auf. *Er* regt mich auf, und es gibt nur eine einzige Methode, mit einem Mann wie ihm umzugehen: Man verbringt eine Nacht mit ihm und beendet diese mit einem schönen kleinen Orgasmus zum Abschied. Und das war's dann. Alles Weitere wäre ein Fehler, was ich deshalb so genau weiß, weil ich es schon hinter mir habe.

Einmal.

Und nie wieder.

Exakt in diesem Moment, als mir ebendieser Gedanke durch den Kopf geht, beschließt Mr Arrogantes Arschloch, sich umzudrehen, und irgendwie findet sein Blick genau den Platz, wo ich sitze. Seine durchdringenden blauen Augen richten sich auf mich, und jetzt sieht er, dass ich ihn anstarre, was wiederum bedeutet, ich bin aufgeflogen und wirke jetzt wahrscheinlich weitaus interessierter an ihm, als ich will. Abrupt wende ich den Blick ab, hole mein MacBook raus und erwecke es mit einem Tastendruck zum Leben, und im selben Moment, als es sich mit dem Internet verbindet, ertönt hinter mir ein »Bestellung für Cat!«.

Ich schaue zu einem der Stammgäste hinüber, einem Typen um die dreißig, der aus seinem letzten Job geflogen ist und irgendeine Consultingfirma gegründet hat. »Kevin«, sage ich, und als er nicht aufsieht, hebe ich die Stimme: »Kevin!«

Sein Kopf schießt hoch. »Cat«, entgegnet er und schaut mich blinzelnd an.

Stumm deute ich auf meinen Tisch und anschließend auf den Tresen. Als er nickt, stehe ich auf, und entschlossen, nicht vor Mr Arrogantes Arschloch zu kuschen, der jetzt mit dem Rücken zu mir an der Theke steht, stürme ich nach vorn. Gerade als ich neben ihn treten und mir mein Getränk greifen will, dreht er sich zu mir um, zwei Becher in der Hand, von denen er einen mir anbietet. »Ihre Bestellung«, verkündet er.

Mich weigernd, seinem Charme zu erliegen, spitze ich die Lippen. »Danke.« Dann lege ich eine Kunstpause ein, bevor ich hinzufüge: »Aber Sie sind trotzdem ein Arschloch.«

Lächelnd verzieht er den Mund, der mir auffällt, obwohl ich es nicht will, weil *er wirklich ein arrogantes Arschloch ist.* »Sie haben ja gute Manieren«, kommentiert er.

»Die habe ich von meiner Mutter. Gute Manieren und Ehrlichkeit.«

»Ich werde die Korrektheit Ihrer Aussage auch nicht anzweifeln, eingedenk der Tatsache, dass ich mich wirklich wie ein Arschloch verhalten habe.«

»Das ist gut«, erwidere ich, erstaunt über diese plötzliche Wendung. »Dann sind wir ja mal einer Meinung.«

In seinen Augen leuchtet Belustigung auf. »Ich würde mich ja entschuldigen, aber dann wäre das hier vorbei.«

Stirnrunzelnd sehe ich ihn an. »Was soll denn das heißen?«

»Kommen Sie morgen früh wieder hierher, dann verhandeln wir die Bedingungen für meine Entschuldigung.« Damit geht er an mir vorbei, und als ich herumwirble, habe ich nur noch seinen Rücken vor der Nase.

»Sie sind Anwalt, stimmt's?«, frage ich, weil ich die Ausdrucksweise, die Art und alles andere an diesem Mann nur zu gut kenne. Tatsächlich habe ich selbst einen Juraabschluss in Harvard gemacht, genau wie zwei meiner drei Brüder und mein Vater. Sie freiwillig, ich durch Druck von außen, dem ich seit zwei Jahren nicht mehr nachgebe.

Der Fremde bleibt jetzt stehen und wendet sich zu mir um. »Ja, Cat, das bin ich. Und das bedeutet, Sie sind für das Einmaleins guter Manieren zuständig und ich für das Einmaleins guter Verhandlungen.« Er lächelt – verdammt umwerfend –, dann dreht er sich wieder um und schlendert davon.

Ich sehe zu, wie er in der Menge verschwindet, und weiß, dass ich nur zwei Optionen habe: ihn zu vergessen oder morgen wieder hier aufzutauchen. Das ist doch verrückt. Männer wie er verursachen nur Probleme, und ich mag keine Probleme – also wieso zum Geier starre ich Mr Arrogantes Arschloch hinterher? Ich treffe mich nicht mit ihm. Schluss. Aus. Ende.

Energisch dränge ich jeden weiteren Gedanken beiseite, gehe zurück an meinen Tisch und werfe einen Blick auf den Computerbildschirm, wo ich »Mr Sexy« eingetippt habe. In diesem Moment wird mir klar, dass diese kleine heiße Episode aus dem Blog halb daran schuld ist, dass Mr Arrogantes Arschloch überhaupt irgendeine Wirkung auf mich hatte. Ich werde mich nicht mit ihm treffen. Und wenn doch, dann nur mit dem Wissen, dass es für alle Probleme eine Lösung gibt, die in diesem Fall – in seinem Fall – in einem unanständig heißen One-Night-Stand bestehen würde.

Oder darin, sich einfach nicht noch einmal mit ihm zu treffen. Aber das ist mein Stammcafé, und ich lasse mich nicht von hier vertreiben.

***

Eine Stunde später habe ich den Anfang meiner Kolumne über die heutige Gerichtsverhandlung geschrieben, wo ich detailliert beschreibe, was ich über das Verbrechen und den mutmaßlichen Mörder weiß. Nachdem das erledigt ist, mache ich mich auf den Weg zum Gericht und treffe dort fünfundvierzig Minuten vor Beginn der Verhandlung ein – zu meinem Glück, denn vor dem Eingang des Gerichts drängen sich Demonstranten und Presseleute. Im Verhandlungssaal sind neunundneunzig Prozent der Plätze von Menschen und Kameras belegt. Ich quetsche mich in die hinterste Reihe und hole mein nagelneues ledergebundenes Notizbuch heraus, schlage die erste Seite auf und schreibe: *Mord: Schuldig oder unschuldig?* Darunter notiere ich Fragen, die mir in den Sinn kommen und auf die ich hoffentlich während der heutigen Verhandlung und im weiteren Verlauf des Prozesses Antworten erhalte – so lief es zumindest in den beiden Prozessen, über die ich davor berichtet habe.

Gerade als ich mit meiner Liste fertig bin, beginnt die Verhandlung. Die Geschworenen betreten den Saal. Dann folgen der Angeklagte und seine Verteidiger, doch die blöden Kameras versperren mir den Blick. Als Nächstes erscheint der Richter, und alle erheben sich, was dazu führt, dass ich noch weniger sehen kann. Endlich dürfen wir alle wieder Platz nehmen, und die Hauptverteidiger beider Parteien treten ans Richterpult, sind jedoch höchstens eine Minute dort, bevor sie sich erneut in Richtung Saal umwenden. Genau in diesem Augenblick, als Reese Summer, der Hauptverteidiger des Angeklagten, in die Mitte tritt, um sein Eröffnungsplädoyer zu halten, bleibt mir vor Schreck der Mund offen stehen – und das aus gutem Grund. Reese Summer ist Mr Arrogantes Arschloch. Während der ersten fünf Minuten seines Plädoyers sitze ich einfach nur da und starre ihn entgeistert an, bevor mir einfällt, dass ich mir besser Stichpunkte machen sollte. Also beginne ich zu schreiben und beobachte ihn eingehend, während er umhergeht, spricht und vor den Geschworenen, den Zuschauern und den Kameras nicht nur seinen Fall darstellt, sondern auch sich selbst.

»Nelson Ward hat Jennifer Wright zu einem Zeitpunkt kennengelernt, als sie panische Angst vor ihrem Freund hatte, und er hat nicht weggeschaut, wie es die meisten Menschen getan hätten. Nein, er hat hingesehen. Er hat seiner Frau von ihr erzählt. Und gemeinsam haben er und seine Frau ihr dabei geholfen, eine Unterkunft und einen Job zu finden. Nelson hatte keine Affäre mit Jennifer Wright. Der DNA-Test hat bewiesen, dass das Kind, das Jennifer

Wright erwartete, nicht von ihm war, sondern von ihrem Freund, der sie misshandelt hat. Die Anklage wollte die Öffentlichkeit zufriedenstellen, dafür brauchte sie ein Opfer, das sie beschuldigen konnte. Und genau das ist mein Mandant: ein Opfer. Die Staatsanwaltschaft wird dem Gericht als Beweismittel Fingerabdrücke vorlegen, die auf dem Türknauf von Ms Wrights Haus gefunden wurden. Das war das Riesenindiz, das Nelson Ward in diesen Gerichtssaal gebracht hat. Meine Fingerabdrücke befinden sich überall hier in diesem Saal. Habe ich deshalb ein Verbrechen hier begangen? Nein. Das habe ich nicht. Wurde hier jemals ein Verbrechen begangen? Ja. Tatsächlich gab es schon drei Morde in diesem Gebäude. Gemäß dem Vorgehen der Anklage in diesem Fall brauchen Sie alle jetzt einen Anwalt. Warum? Weil dies der einzige Beweis ist, den sie gegen meinen Mandanten in der Hand haben: Fingerabdrücke an einer Tür. Ich weiß nicht, wie es Ihnen geht, liebe Anwesende, aber mir jagt der Gedanke Angst ein, dass man uns so einfach eines Verbrechens beschuldigen kann, nur aufgrund unserer Fingerabdrücke an einer Tür. Nicht auf einer Waffe. Nein, auf einem Türknauf, der ständig von vielen Personen angefasst wird.«

Während er fortfährt, erheben sich leiser Spott und raunendes Gelächter im Publikum, und auf diversen Gesichtern haben sich tiefe Stirnfalten eingegraben. Reese Summer nimmt alle mit auf eine emotionale Reise. Als er fertig ist, lehne ich mich zurück, nehme mir einen Moment Zeit, um über sein Verhandlungstalent nachzudenken, und komme irgendwann zu dem Schluss, dass dieser Mann die Leute im Gerichtssaal genauso leicht manipulieren kann, wie er es bei mir geschafft hat.

Er ist der Typ, der einen in Schwierigkeiten bringt.

In große Schwierigkeiten.

Und ab jetzt gehört es zu meinem Job, mich bis zum Ende des Verfahrens ausführlich mit ihm zu beschäftigen. Was bedeutet, aus dem unanständig heißen (und splitterfasernackten) One-Night-Stand wird nichts, solange ich mich nicht mit einem schönen kleinen Orgasmus für immer verabschieden kann. Alles andere wäre ein Fehler, den ich bereits begangen habe. Einmal. Und nie wieder.

Kapitel Zwei

Cat

Der Prozess des Jahrhunderts, Tag 2
Als ich am nächsten Morgen aufwache, verspüre ich absolut keinen Drang, mich mit Reese zum Kaffee zu treffen. Jede persönliche Begegnung mit ihm wäre unangemessen, und ich habe keine Lust, meine Glaubwürdigkeit als Journalistin infrage zu stellen. Das heißt, anstatt mich wie sonst auch zu duschen, anzuziehen und ins Café aufzumachen, bin ich immer noch im Schlafanzug, als ich in meine Küche schlendere und eine Kaffeekapsel mit Schokoaroma in meine Keurig-Maschine stecke. Während mein Getränk in Arbeit ist, denke ich weiter über den Mann nach, dem ich gerade aus dem Weg gehe. Wäre ich eine andere Art von Reporterin, würde ich seine Einladung annehmen und ihm ein Interview entlocken, aber ich stehe nicht sonderlich auf den Infos-gegen-Sex-Journalismus, und darauf würde es wohl hinauslaufen. Davon abgesehen wird niemand gern von der Presse gestalkt, und Reese Summer mag vielleicht ein Arschloch sein, aber ich bin keins. Und ich bin auch nicht auf Schlagzeilen aus, sondern auf aussagekräftige, objektive Beiträge, weshalb ich oft mit Interviews belohnt werde, die ich sonst nicht bekommen würde.

Mit der dampfenden Tasse in der Hand setze ich mich an meine Kücheninsel mit der Arbeitsplatte aus weißem Marmor und trinke im weiteren Verlauf des Morgens zwei Tassen Kaffee, während ich das tue, was ich jeden Morgen tue: Ich lese meine *Cats Verbrechen*-Kolumne in der Hoffnung, dass ich meine mittlerweile veröffentlichten Texte nicht schrecklich finde. Heute passiert das zum Glück nicht, manchmal allerdings schon. Davon abgesehen hatte ich im derzeitigen Fall nicht gerade viele Informationen, mit denen ich hätte arbeiten können. Es gab die Eröffnungsplädoyers, einige hitzige

Wortgefechte zwischen den Anwälten, und dann zog der Richter sich mit den beiden hinter verschlossene Türen zurück, was das Ende des Verhandlungstages einläutete. Trotzdem stelle ich jetzt, da ich meinen veröffentlichten Artikel lese, fest, dass er mir tatsächlich gelungen ist. Mein Bericht ist eine schöne Mischung aus meiner persönlichen Sicht auf den Fall, der Position des Richters und der Einstellung der Geschworenen bezüglich der Vorgänge im Gerichtssaal. Zusätzlich teile ich meine Meinung darüber mit, was passieren sollte, was passiert ist und was nicht passiert ist. Und am Ende halte ich mein eigenes Schlussplädoyer.

In ihrem Eröffnungsplädoyer verkündete die Anklage, den Beweis dafür zu erbringen, dass der lammfromm wirkende Milliardär in Wahrheit ein Wolf im Schafspelz ist. Die Verteidigung – angeführt von Reese Summer – verkündete wiederum, das Gegenteil zu beweisen. Ziemlich vorhersehbar, möchte man meinen, abgesehen von einer Tatsache: Die Begeisterung für den Hauptverteidiger, die den Gerichtssaal nach dessen Auftritt erfasst hat, erringt den Sieg am heutigen Prozesstag. Offensichtlich hat Reese Summer die Anwesenden mit Hilfe des JFK-Effekts – einer Kombination aus Attraktivität und Charme – für sich eingenommen und Geschworene wie Zuschauer nicht nur umgehauen, sondern auch davon überzeugt, dass die Anklage die reinste Hexenjagd betreibt. Und da die Anklage sich ihrerseits für die Strategie entschieden hat, ein hochtheatralisches Plädoyer zu halten, das an einen schlecht produzierten Slasherfilm erinnerte, sollte sie, falls sie den Prozess am Ende gewinnen will, besser noch einige Fakten in petto haben.
Bis dahin
Ihre Cat

Den Teil, dass ich Reese schon vorher begegnet bin und ihn für ein arrogantes Arschloch halte, habe ich weggelassen, genauso wie die Tatsache, dass ich trotz allem noch darüber nachgedacht habe, mit ihm ins Bett zu gehen. Wieso, weiß ich auch nicht. Eigentlich ist

Reese genau der Typ Mann, der mir schon immer das Leben schwer gemacht hat. Ich weiß, dass man mit so jemandem nur Ärger hat. Und falls die Anklage dies bisher noch nicht weiß, wird sie schon bald dahinterkommen. Um meine Aussagen mit Fakten untermauern zu können, googele ich Reese Summer. Nur zu Recherchezwecken, versteht sich. Die einzelnen Stichpunkte notiere ich mir in meinem Buch:

Alter: 35

Jurastudium in Yale, Abschluss vor acht Jahren

Single

Hat noch nie einen Prozess verloren

Gott, der Lebenslauf dieses Mannes gleicht dem meines Vaters, meiner zwei Brüder und dem von Mitch, meinem Ex. Hätte ich mich doch nur auf Sex im Büro mit ihm beschränkt, dann wäre es mir vielleicht egal gewesen, dass er dort auch seine Sekretärin gevögelt hat. Lustig, wie das Leben so spielt. Und nach dieser erkenntnisreichen Feststellung klappe ich meinen Laptop zu. Zeit, zu duschen, mich anzuziehen und auf den Weg zum Gericht zu machen, ohne auf einen weißen Mokka und ein kleines Tête-à-Tête mit Mr Arrogantes Arschloch im Café vorbeizuschauen.

***

Als ich aus der Dusche steige, fange ich langsam an, mich zu fragen, ob Reese Summers gutes Aussehen und mein Ärger auf ihn vielleicht mein Urteilsvermögen getrübt haben, was das Treffen mit ihm angeht. Habe ich mich in dem Bemühen, nicht unprofessionell zu wirken, erst recht unprofessionell verhalten? Irgendwann werde ich ihn interviewen wollen. Aber wieso sollte er einer Frau ein Interview geben, die ihn versetzt hat? Natürlich habe ich nie in das Treffen eingewilligt, und es ging ja auch nicht um ein romantisches Date, aber trotzdem …

Als ich mich fertig angezogen und frisiert habe – ein eng anliegendes schwarzes Etuikleid mit V-Ausschnitt und die Haare hübsch im Nacken festgesteckt –, bin ich überzeugt davon, einen Fehler gemacht zu haben. Entschlossen, dieses Problem zu lösen und Reese noch zu erwischen, bevor er das Café verlässt, schlüpfe ich in einen schwarzen Blazer und kniehohe schwarze Stiefel, schnappe mir auf dem Weg zur Tür meine zwei Taschen und hänge sie mir um. Gerade als ich die vierzehn Stockwerke mit dem Aufzug nach unten gefahren bin und die Eingangshalle meines Wohnhauses betrete, klingelt mein Handy.

Noch im Gehen krame ich es aus meiner Handtasche und sehe die Nummer meiner Freundin Lauren Walker auf dem Display aufleuchten.

Ich winke Adam, dem Portier zu, verlasse das Gebäude und nehme erst draußen den Anruf entgegen. »Wie geht's dem Baby?«, melde ich mich.

»Sprichst du von dem in meinem Bauch oder dem in meinem Bett?«, fragt sie zurück.

»Ich glaube, du bist die einzige Person auf diesem Planeten, die Royce als Baby bezeichnen würde. Der Mann ist ein Tier – kein Wunder, als ehemaliger FBI-Agent.«

»Baby ist auch das falsche Wort«, räumt sie ein. »Beschützender Bär stimmt eher. Er weicht mir nicht von der Seite, noch schlimmer als der Bezirksstaatsanwalt, und du weißt, was das heißt.«

Nachdem ich drei Jahre mit ihr zusammen unter besagtem Bezirksstaatsanwalt gearbeitet habe, weiß ich das tatsächlich, trotzdem kann ich ihren Mann verstehen. Lauren hatte letztes Jahr eine Fehlgeburt, und er macht sich Sorgen. Immer noch. »So schlimm kann Royce doch gar nicht sein.«

»Doch. Genau wie seine Brüder. Wahrscheinlich schleppen die demnächst eine Drohne hier an, die mich bis ins Bad verfolgt.«

Ich muss lachen. »Das wäre allerdings schlimm. Ziemlich schlimm sogar. Aber im Ernst: Wie geht es dir?«

»Mir ist schlecht. Aber ich hab gehört, das ist ein gutes Zeichen. Davon abgesehen hab ich in ein paar Tagen einen Termin mit einem Mandanten, aber ich wollte dich eigentlich nicht anrufen, um mit dir über Drohnen und überfürsorgliche Männer zu sprechen. Ich dachte, es interessiert dich sicher, dass Royce einen Anruf bekommen hat, von dem Angeklagten in dem Prozess, über den du gerade berichtest.«

Ich runzle die Stirn. »Nelson Ward will die Sicherheitsfirma deines Mannes engagieren?«

»Mit seiner jetzigen Firma ist er nicht zufrieden. Die hat er wegen der Drohungen engagiert, die er bekommt.«

»Und?«

»Royce hat sofort abgelehnt. Er hat das Gefühl, es bringt Unglück, wenn er einen Kerl beschützt, der vielleicht eine schwangere Frau umgebracht hat, vor allem, da er selbst gerade eine schwangere Frau hat.«

»Da ist was dran, denke ich.«

»Natürlich, aber ich kenne auch Reese Summer. Ich glaube nicht, dass er diesen Fall übernommen hätte, wenn er Nelson für schuldig halten würde.«

»Du kennst Reese?« Ich biege um eine Ecke und schlängle mich zwischen den anderen Fußgängern hindurch.

»Ja. Das hab ich dir aber erzählt.«

»Nein. Nein, hast du nicht. Wobei es eigentlich logisch ist, schließlich arbeitet ihr beide als Strafverteidiger. Erzählst du mir etwa jetzt, du willst Royce überreden, den Auftrag doch anzunehmen?«

»Nein«, entgegnet sie. »Das hab ich schon versucht, und ich weiß, wann man sich bei den Walker-Männern besser geschlagen gibt. Außerdem hab ich deine Zusammenfassung der Eröffnungsplädoyers gelesen, die übrigens hervorragend war, und das hat mich in meiner Überzeugung noch bestärkt, dass Mr Sexy wieder einmal gewinnen wird.«

»Mr Sexy?«, hake ich nach und bleibe abrupt stehen, nur wenige Schritte vom Café entfernt. »Wen meinst du damit?«

»Oh mein Gott, du kennst Mr Sexy nicht? Und das als Reporterin?«

»Wovon redest du?«

»Reese war letztes Jahr im Fernsehen, und danach gab's alle möglichen Postings im Netz mit irgendwelchen heißen Fantasien über ihn. Das Ganze hat wahnsinnige Ausmaße angenommen. Und er hasst das.«

»Reese Summer ist Mr Sexy?«

»Ja, aber wie ich schon sagte: Er hasst das. Weil er findet, dass es seine beruflichen Leistungen schmälert. Er ist wirklich sympathisch. Und *sexy*, aber sag Royce nicht, dass ich das gesagt hab. Seit ich wieder schwanger bin, ist er echt eifersüchtig, was totaler Quark ist. Ich bin schwanger, mein Gott.«

»Als ob du Augen für irgendwen außer ihm hättest …«

Sie seufzt. »Ich liebe diesen Mann wirklich. Wie auch immer, ich muss jetzt Schluss machen. Aber fürs Protokoll: Ich wette mit dir um einen ›Schokolawine‹-Becher aus dieser Eisdiele, die wir vor ein paar Monaten entdeckt haben, dass die Frau von ihrem Ex-Freund getötet wurde.« Im Hintergrund ertönen Stimmen. »Ich muss los, aber ich erwarte exklusiven Klatsch und Tratsch aus dem Gerichtssaal, den du niemandem außer mir erzählst.« Und damit legt sie auf.

Ich lasse das Handy sinken und muss blinzeln, als mir klar wird, dass die größte Neuigkeit, die ich in Sachen Klatsch und Tratsch anzubieten – oder besser zu verschweigen – habe, meine Begegnung mit Mr Arrogantes Arschloch ist; und das während ich gerade eine kleine erotische Fantasie über Mr Sexy durchgelesen – und mir zugegebenermaßen auch selbst vorgestellt – habe. Und Reese Summer ist beides. Wie ist so was überhaupt möglich?

Ich blicke auf die Uhr auf meinem Handy und stelle fest, dass ich kurz davor bin, ihn zu verpassen, bevor er ins Gericht geht. Eilig stecke ich mein Handy zurück in meine Tasche, haste los und öffne die Tür zum Café genau in dem Moment, als Reese herauskommt. Bevor ich auch nur die Chance habe, erneut wegen dieses Mannes zu blinzeln, legt er mir die Hände auf die Schultern und schiebt mich zur Seite. »Sie sind spät dran«, meint er, und die Berührung seiner Hände versengt meine Arme, während eine herbstliche Brise den herben, maskulinen Duft seines Aftershaves zu mir herüberweht.

»Ich kann mich nicht daran erinnern, dass wir einen Termin oder eine Uhrzeit vereinbart hätten.«

»Doch, das haben wir«, entgegnet er. »Aber offensichtlich mussten Sie sich erst dazu überreden hierherzukommen.«

»Ich bin hierhergekommen, um mir einen Kaffee zu holen.«

»Lügnerin«, sagt er.

»Ich bin …«

»Sie sind wegen mir gekommen«, ergänzt er, und seine tiefe Stimme klingt rau, als er hinzufügt: »*Kommen* Sie noch mal *wegen mir*. Morgen. Eine Stunde früher als heute.«

»Ich muss …«

»Gut«, sagt er. »Und das interessiert mich sehr. *Morgen*. Jetzt muss ich los.« Damit lässt er mich stehen und geht davon. Ich fahre herum, um ihm nachzublicken, und oh mein Gott, der Mann ist wirklich sexy. Ich kann ihn immer noch überall spüren, und er hat mich lediglich an den Armen berührt. Davon abgesehen ist er gegangen, bevor ich ihm sagen konnte, wer ich bin, und ich überlege kurz, ihm nachzulaufen und mich vorzustellen, aber er ist auf dem Weg ins Gericht. Sicher hat er heute alles Mögliche im Kopf, aber nicht mich. Trotzdem war er hier. Wegen mir. Und ich bin mir nicht sicher, was ich mit dieser kleinen Erkenntnis anfangen soll. Andererseits: Männer wie er lieben es zu jagen, und ich habe ihm nicht gleich zu Füßen gelegen.

Deswegen wird er weiterjagen.

Allerdings nur so lange, bis ihm der Gedanke kommt, dass ich mich nur an ihn rangemacht habe, um das Interview zu kriegen – das ich immer noch brauche. Das Ganze kann nicht gut enden, und schon gar nicht nackt. Hier wird niemand kommen, zumindest nicht Reese und ich zusammen.

Kapitel Drei

Cat

Ich komme schon eine Stunde vor Prozessbeginn beim Gericht an, doch dummerweise herrscht davor bereits ein Massenauflauf von Demonstranten und anderen Gruppen. Frustriert dränge ich mich durch die Menge hindurch, und als ich es endlich bis in den Gerichtssaal geschafft habe, lande ich in derselben hinteren Reihe wie gestern. *Andererseits*, denke ich im Stillen, während ich versuche, es mir auf dem harten Stuhl irgendwie bequem zu machen, *sollte ich mich vielleicht möglichst unauffällig verhalten, bis die Situation mit Reese Summer geklärt ist. Situation.* Auch eine Art der Beschreibung dessen, was zwischen mir und diesem Mann läuft.

Ich hole mein Notizbuch aus meiner Aktentasche, öffne es auf der Seite mit meinen gestrigen Notizen und verziehe das Gesicht, als ich mein Gekritzel zum Thema Frauen lese, die sich in angeklagte Mörder verlieben. Mr Sexy ist zwar hier nicht der Angeklagte, aber die Story wäre trotzdem gut. Ich verdränge diesen Gedanken und mache mir stattdessen Stichpunkte zu Laurens Kommentaren – mit dem Fokus darauf, wer die Morde begangen haben könnte, wenn es nicht der Angeklagte war. Ich habe bereits mehrere Seiten gefüllt, als sich vorne im Gerichtssaal etwas tut, und es dauert nicht lange, bis Reese an seinem Tisch sitzt und ich mich an die Worte erinnere, die er mir mit heiserer und tiefer Stimme zugeraunt hat: *Sie sind wegen mir gekommen. Kommen Sie noch mal wegen mir.* Erst jetzt wird mir bewusst, dass dabei ein Funkeln in seinen Augen lag. Und du meine Güte, als er nach vorne zum Pult geht, um den Richter zu begrüßen, bin ich mir ziemlich sicher, diverse Frauen aufseufzen zu hören – und das nur, weil er sich im selben Raum befindet wie sie. Zwar hasse ich es, auch dazuzugehören, aber ich kann nicht leugnen, dass er ein attraktiver Mann ist. Das ist auch gar nicht der Punkt in dieser ganzen Geschichte, sondern seine Art – und mein Job.

Der Prozess beginnt, und der Staatsanwalt fährt im Stil seines Eröffnungsplädoyers fort und zeichnet das Porträt eines egoistischen Milliardärs, der zwei Stückchen vom Kuchen abhaben und gleichzeitig essen wollte. Mit anderen Worten: eine Frau *und* eine Geliebte. Das ist eine widerliche, hinterlistige juristische Taktik, dazu noch unbeholfen vorgetragen und voller Lücken und Theorien, die auf keinerlei Fakten basieren. Reese dagegen beherrscht seinen Job fantastisch – wie ich von meinem Platz aus beobachten kann –, und er nimmt jeden Zeugen der Staatsanwaltschaft regelrecht auseinander.

Das macht er sogar so gut, dass ich zur Mittagszeit Laurens Lobrede auf ihn verwerfe und meine *ursprüngliche Einschätzung* bestätigt sehe: Er gehört definitiv zum Typ Mann, der einen immer wieder aufs Kreuz legt, wenn man ihn nicht zuerst aufs Kreuz legt. Auf die Arbeit bezogen natürlich und basierend auf der allgemeinen, objektiven Beobachtung einer Frau, die sich noch nie vor ihm ausgezogen hat. Wer hier gerade tatsächlich ausgezogen und bloßgestellt wird, das sind allerdings weder ich noch Reese.

Als wollte er jeden meiner gedanklichen Punkte bestätigen, geht Reese nun zu der Zeugin der Anklage hinüber und fährt fort, aus der Frau ein albernes Schulmädchen zu machen, das herumzappelt, nervös lächelt und mit den Wimpern in seine Richtung klimpert. Gleichzeitig steht sie immer mehr wie eine Lügnerin da, da sie sich in Widersprüche verstrickt. Ihre Behauptung, den Angeklagten mit seiner »mutmaßlichen« Geliebten – wie Reese sie nennt – gesehen zu haben, wirkt wenig bis gar nicht glaubhaft. Anscheinend ist sie überhaupt nicht sicher, wen oder was sie tatsächlich gesehen hat.

So ist es auch keine Überraschung, dass der Staatsanwalt, nachdem die Frau den Zeugenstand verlassen hat, um eine frühe und lange Mittagspause bittet. »Eine Stunde«, gesteht ihm der Richter zu und räumt damit lediglich die übliche Zeitspanne ein – was mich wiederum vermuten lässt, dass er von einer langen Liste von Zeugen ausgeht, deren Befragung sich ebenfalls in die Länge ziehen wird.

In diesem Moment wird auf dem Richterpult der Hammer auf den Holzblock geschlagen, und im Saal erhebt sich ein ganzer Pulk von Leuten, der sich in Richtung Ausgang bewegt. Ich stehe nicht auf. Kann ich auch nicht. Der Gang ist voller Menschen, und ich komme nicht durch. Also versuche ich, das Beste aus meinem Gefangensein zu machen, und beobachte das Geschehen auf der anderen Seite des Raums, auf der Suche nach Material für eine gute Story. Die Anklage macht sich so schnell wie möglich aus dem Staub und flüchtet in ein Hinterzimmer, während Reese an seinem Tisch bleibt und sich mit seinem Mandanten und den Co-Anwälten unterhält. Interessanterweise steht Reese ziemlich dicht neben dem Angeklagten und lehnt sich sogar zu ihm vor. Lauren hat recht. Dieser Mann glaubt an die Unschuld seines Mandanten. Oder er mag einfach jeden, der ihn gut bezahlt.

Die Menschenmenge im Saal verläuft sich so schnell, als würde man einen Sumpf mit einem Saugrohr trockenlegen, deshalb stehe ich plötzlich alleine da; eine einsame Frau in einem Meer aus leeren Stühlen, die Reese Summer beobachtet. Genau in diesem Moment beugt der sich noch näher an seinen Mandanten heran, um ihm etwas ins Ohr zu sagen. Dabei dreht er das Gesicht zum Saal, in meine Richtung, und sein Blick scheint direkt mich zu treffen: die Frau, die ihn fast im Café versetzt hätte und jetzt hier in seinem Gerichtssaal sitzt und ihn anstarrt. Die Situation kommt mir vor wie eine Szene aus einem Stalkerfilm, mit mir als Stalkerin.

Doch Reese Summer zeigt keinerlei Reaktion auf meine Anwesenheit. Vielleicht erkennt er mich gar nicht. Vielleicht ist er auch mit den Gedanken woanders. Auf jeden Fall starrt er mich weiter an, ohne eine Miene zu verziehen, bevor er den Blick wieder auf seinen Mandanten richtet und damit seine Aufmerksamkeit zurück auf das wirklich Wichtige lenkt: Und das bin nicht ich.

»Miss«, spricht mich ein Wachmann an, der unvermittelt über mir aufragt. »Sie müssen bitte den Saal verlassen.«

Ich runzle die Stirn und blicke zu dem Alten in blauer Uniform hoch, während ich mich frage, ob der Mann das ernst meint. Wie hätte ich denn gehen sollen, solange mein Weg blockiert war? Da meine Sitzreihe jedoch mittlerweile frei ist, behalte ich den Kommentar für mich. »Natürlich«, entgegne ich, während er in den Mittelgang tritt und sich dort so postiert, dass ich nirgendwo anders hinkann als zum Ausgang. Vielleicht hält er mich auch tatsächlich für eine Stalkerin.

Ich gehe an ihm vorbei und verlasse den Gerichtssaal. Und so endet meine dreißigsekündige Begegnung mit dem Mann der Stunde, Mr Sexy Arrogantes Arschloch: Ich werde von einem bewaffneten Sicherheitsangestellten zur Tür hinauseskortiert. So viel zum Thema Professionalität und Diskretion.

***

Reese

Während ich den Gerichtssaal durch die Seitentür verlasse – Nelson Ward vor mir, Elsa und Richard, meine Co-Anwälte neben mir –, habe ich nur eins im Kopf, und es ist das Falscheste, was man mitten in einer Verhandlung im Kopf haben kann: eine Frau. Wir erreichen den für uns reservierten Raum, wo wir zu Mittag essen und unsere Strategie durchsprechen wollen, doch ich sehe nur zu, wie die anderen hineingehen, bevor ich auf dem Absatz kehrtmache und in die entgegengesetzte Richtung davongehe.

»Reese.«

Als ich mich umdrehe, sehe ich Elsa in der Tür stehen, die genauso atemberaubend aussieht wie Cat, nur fünfzehn Jahre älter. Und ich will sie nicht vögeln. Wollte ich noch nie, und das hat nichts mit den zehn Jahren Altersunterschied zu tun, sondern damit, dass die Frau trotz ihres brillanten Verstands so viel Persönlichkeit besitzt wie ein Pappkarton. Cat dagegen wollte ich vögeln. Von dem Moment an, als sie mich am Ärmel gezogen und mich mit diesem ärgerlichen Blick aus ihren grünen Augen eingefangen hat, der mir mindestens zehn Dinge über ihre Persönlichkeit verraten hat. Und so wurde aus *Ich wollte sie vögeln:* Ich will sie vögeln.

Stattdessen wurde ich längst von ihr aufs Kreuz gelegt.

Diese scheiß Reporter. Sicher will sie nur eine gute Story. Das ist die einzig logische Erklärung.

»Ich bin in zehn Minuten wieder da«, sage ich zu Elsa, wende ihr bereits den Rücken zu und gehe den Flur hinunter.

Dann biege ich in den Hauptgang ein und bin heilfroh, dass die Presse bestimmte Regeln einzuhalten hat – zu denen unter anderem auch gehört, mich nicht zu belästigen – und der Sicherheitsdienst das Gelände abgeriegelt hat. *Natürlich könnte das für manche erst recht eine Herausforderung sein*, denke ich und habe dabei besonders Cat im Kopf. Aufmerksam lasse ich den Blick durch den Gang schweifen und habe Glück. Ich entdecke meine kleine blonde Hochstaplerin links vor mir, auf dem Weg den Flur hinunter. Ich brauche keine Einladung, um ihr zu folgen, tue es einfach, und als sie nach rechts abbiegt, werde ich schneller. Ihr Weg führt mich in einen ruhigeren Teil des Gerichtsgebäudes, zu einer Treppe. Das Klappern ihrer Schritte zieht mich wie ein unsichtbares Band die Stufen hoch, und ich komme gerade noch rechtzeitig oben an, um zu sehen, wie sie einen Raum auf der rechten Seite betritt.

Entschlossen gehe ich ihr hinterher, und es ist mir egal, dass es sich bei dem Raum um eine Toilette handelt. Diese Frau hat mich verarscht, und ich mag es nicht, wenn man mich verarscht. Deshalb wird sie auch genau jetzt herausfinden, dass ihr Spielchen genau jetzt endet. Und dazu folge ich ihr, wenn es sein muss, bis auf die Toilette.

Kapitel Vier

Reese

Die Toilette hat drei offene Kabinen, und Cat steht vor dem Waschbecken. Als ich hereinkomme, wirbelt sie herum, und ihr hübscher Mund mit dem pinken Lippenstift öffnet sich erschrocken. »Sie wissen schon, dass dies hier eine Toilette ist, oder?«, fragt sie mich herausfordernd.

»Da auf der Tür draußen *Toilette* steht: Ja, das weiß ich.« Mit diesen Worten schließe ich die räumliche Lücke zwischen uns, und Cat weicht nicht vor mir zurück. Stattdessen verteidigt sie ihren Raum und stemmt die Hände in ihre kurvigen und trotzdem schlanken Hüften. *Ihr Parfüm riecht nach Blumen, Rosen*, denke ich im Stillen. Süß, genauso wie ich mir ihren Duft bis vor wenigen Momenten noch vorgestellt habe.

»Auf dem Schild steht *Damen*«, entgegnet sie, »nicht *Toilette.* Und nicht *Herren.* Und sofern Sie nicht anders ausgestattet sind, als ich denke, oder sich als Frau fühlen – was ich nicht glaube –, dürfen Sie sich nicht hier aufhalten.«

»Gut zu wissen, dass Sie verstehen, was Grenzen sind«, sage ich. »Leider haben Sie keine Ahnung, wie man die in Ihrem Job einhält. Und den Verteidiger zu stalken bringt Ihnen garantiert keine Story ein.«

Finster sieht sie mich an. »Sie stalken? Also, soweit ich informiert bin, ist ein Stalker jemand, der andere verfolgt. Und bei unserer ersten Begegnung waren *Sie* hinter *mir* in der Schlange, nicht umgekehrt. Und *Sie* haben sich vorgedrängelt. *Und*, was Sie nicht wissen können: Ich bin Stammgast in dem Café. Ich bin nicht einfach da aufgetaucht, nur weil Sie da waren.«

»Sie meinen, es war praktisch für Sie, dass ich ausgerechnet in dem Café beim Gericht war.«

»Ich wohne dort in der Nähe und bin andauernd da. Und Sie nicht, wie wir beide wissen.«

»Sie wollen mir doch nicht ernsthaft erzählen, dass Sie nicht wussten, wer ich bin.«

»Glauben Sie doch, was Sie wollen«, erwidert sie. »Aber nein, ich wusste nicht, wer Sie sind. Tatsächlich wurde mir das erst bei Beginn der Verhandlung klar.«

»Dann sind Sie keine gut vorbereitete Reporterin.«

»Hören Sie, Mr Sexy«, stößt sie zwischen zusammengebissenen Zähnen hervor und fügt sofort »Mr Arrogantes Arschloch« hinzu. »Zu wissen, wer Sie sind und wie Sie aussehen, sind zwei verschiedene Paar Schuhe.«

Genervt hebe ich eine Augenbraue, weil sie dieses ärgerliche Thema angeschnitten hat. »Und trotzdem wissen Sie über Mr Sexy Bescheid?«

»Weil ich mit Lauren Walker befreundet bin und sie mir heute Morgen von ihrem weiblichen Fanclub erzählt hat. Sie hat mir außerdem gesagt, dass Sie den Spitznamen hassen, und ich bin vielleicht sogar geneigt, das zu glauben, da sie auch behauptet, Sie seien ein netter Kerl.«

»Ich *bin* ein netter Kerl. Wenn es angebracht ist. Woher kennen Sie Lauren?«

»Was geht Sie das an?«, fragt sie provozierend.

»Sie haben sich mit ihr über mich unterhalten.«

»Jeder auf diesem Planeten spricht derzeit über Sie, deshalb gehen Sie meine Gespräche und mein Privatleben noch lange nichts an. Und fürs Protokoll: Ich hatte nicht vor, Sie heute Morgen zu treffen, deshalb war ich so spät dran.«

»Wieso nicht?«, will ich wissen, denn diese Antwort trifft überraschenderweise diverse wunde Punkte bei mir. »Laut Ihrem Geständnis wussten Sie doch da schon, wer ich bin.«

»Weil ich nicht wollte, dass das zu irgendeinem Skandal führt oder Sie denken, ich würde für ein Interview mit Ihnen ins Bett gehen. Ich brauche zwar tatsächlich ein Interview, aber nicht so. Sie dagegen sind trotz allem hier, in der Damentoilette im Gericht. Also mal ernsthaft? Was haben Sie sich dabei gedacht? Sie werden doch auf Schritt und Tritt von Reportern verfolgt.«

»Sagt eine Reporterin, die mich verfolgt«, kontere ich.

»Ich verfolge Sie nicht. Das ist nicht mein Stil.«

»Und trotzdem sind Sie heute Morgen ins Café gekommen«, entgegne ich.

»Weil ich Ihnen sagen wollte, dass ich Reporterin bin, bevor Sie es selbst rausfinden, aber bevor ich das tun konnte, waren Sie schon weg. Und außerdem wollte ich Ihr verdammtes aufgeblasenes Ego nicht verletzen und Sie in dem Glauben lassen, dass ich mich nicht mit Ihnen treffen wollte.«

»Wollten Sie denn?«, frage ich.

»Wollte ich was?«

»Mich treffen.«

»Will sich irgendwer freiwillig mit einem Arschloch treffen?«, gibt sie bissig zurück.

»Wollten Sie mich treffen, Cat?«, dränge ich sie.

»Spielt das jetzt noch eine Rolle?«

Gute Frage, denke ich, aber tatsächlich tut es das. »Antworten Sie!«, fordere ich.

»Ich hätte es gewollt, wenn Sie einfach nur irgendein gut aussehendes Arschloch wären. Dann hätte ich …« Sie bricht ab. »Wenn Sie einfach irgendein Arschloch wären«, wiederholt sie dann.

»Gut aussehend?«

»Arschloch«, sagt sie erneut.

»Dann hätten Sie mich bekehrt?«

»Arschlöcher kann man nicht bekehren.«

»Warum haben Sie dann überhaupt darüber nachgedacht, sich mit mir zu treffen, wenn Sie gar nicht wussten, wer ich bin, und mich außerdem für ein Arschloch halten?«

»Weil man mit Arschlöchern ins Bett geht und sich direkt danach verabschiedet.«

Sofort ist mein Schwanz in Alarmbereitschaft. Ich trete näher an sie heran, bis ich mich nur noch vorbeugen müsste, um sie zu berühren. »Das war Ihr Plan? Mit mir zu vögeln und danach zu gehen?«

»Es war eine Option.«

Fragend hebe ich eine Augenbraue. »War?«

»Jetzt habe ich beruflich mit Ihnen zu tun, und diese Grenze darf ich nicht überschreiten.«

Das werden wir noch sehen, denke ich bei mir. »Für wen schreiben Sie?«

»Für die *New York News*. Die *Cats Verbrechen*-Kolumne.«

»Und was genau qualifiziert Sie dafür, eine Kolumne zu genau diesem Thema zu schreiben?«

»Ein Juraabschluss in Harvard, fünf Jahre Berufserfahrung und eine Familie, die aus lauter Anwälten besteht.«

»Ein Juraabschluss in Harvard«, sage ich überrascht, obwohl es mich jetzt, nach dem harten Schlagabtausch mit ihr, eigentlich nicht mehr wundern sollte.

»Und Harvard sticht Yale aus«, misst sie ihren Abschluss an meinem.

Diese offensichtliche Provokation bringt mich zum Lächeln. »Und doch praktiziere ich und Sie nicht.«

»Dass man seinen Job gut kann, spielt keine Rolle mehr, wenn man darin nicht glücklich ist.«

»Wenn Sie nicht glücklich waren, warum haben Sie den Job dann überhaupt gemacht?«

»Das geht Sie nichts an«, gibt sie zurück.

»Und wenn ich will, dass es mich was angeht?«

»Geben Sie mir ein Interview, dann können Sie mir so viele Fragen stellen, wie Sie wollen«, verhandelt sie mit mir.

»Ich werde darüber nachdenken.«

»Ein Interview mit Ihnen und eins mit Ihrem Mandanten«, fügt sie hinzu.

»Sie sollten das Glück nicht zu sehr herausfordern.«

»Wenn man nicht fragt, bekommt man auch nichts«, entgegnet sie.

»Glauben Sie, er ist schuldig?«, frage ich, um sie einschätzen zu können und herauszufinden, welche Zugeständnisse ich ihr gegenüber machen will.

»Ich weiß nur«, antwortet sie, »dass Sie nach der jetzigen Faktenlage den Prozess gewinnen werden.«

»Dann hoffen wir mal, dass die Jury das genauso sieht.«

»Weil er unschuldig ist?«, will sie wissen.

»Ja. Das ist er. Und ja, da dürfen Sie mich zitieren, und hier auch: Wenn er nicht unschuldig wäre, würde ich ihn nicht verteidigen.« In diesem Moment klingelt mein Handy in der Tasche meines Jacketts. »Damit endet unsere gemeinsame Zeit. Zumindest erst mal.«

»Was ist mit meinen Interviews?«

»Geben Sie mir Ihre Visitenkarte.«

Sie greift in ihre Handtasche und reicht mir eine Karte. Als ich sie entgegennehme, streiche ich unabsichtlich mit der Hand über ihre, und diese Berührung ist wie ein elektrischer Schlag. Ich starre sie an, mustere sie eindringlich. Mein Handy verstummt, bevor es erneut zu klingeln anfängt, während ich den Blick über ihre Lippen huschen und ihn dann zu ihren wunderschönen Augen zurückkehren lasse. Ich glaube ihr. Bei unserer ersten Begegnung wusste sie nicht, wer ich bin. Rückblickend betrachtet ist das auch vollkommen klar. Wir haben uns gestritten, und ich wollte Versöhnungssex mit einer Frau, die ich zu diesem Zeitpunkt noch überhaupt nicht kannte.

»Ich rufe Sie an«, verkünde ich und bin schon auf dem Weg zur Tür, wo ich noch einmal innehalte und sie ansehe. »Sie werden nicht mehr lange beruflich mit mir zu tun haben.«

***

Cat

Den Rest des Nachmittags sehe ich Reese bei seiner Arbeit im Gerichtssaal zu, und jetzt ist er kein Fremder mehr. Er ist der Mann, mit dem ich gerade hier in diesem Gericht eine Unterhaltung auf der Damentoilette geführt habe. Er ist der Mann, der mich an der Hand berührt hat, *nur* an der Hand, doch diese Berührung habe ich am ganzen Körper gespürt, inner- wie äußerlich. Mit allen Sinnen habe ich es gespürt, wahrscheinlich weil sein Blick mich geradezu durchbohrt hat, als es passierte.

Aber all das mal beiseitegelassen: Er ist immer noch der Hauptverteidiger in diesem Prozess, den ich – wenn ich meinen Job gut machen will – interviewen muss. Doch zumindest habe ich ihn jetzt offen mit der Bitte konfrontiert, sodass wir unsere erste Begegnung endlich hinter uns lassen können. Die Sache ist bereinigt. Ich war ehrlich und professionell. Na ja, nur ehrlich. Ich bin mir nicht sicher, ob es besonders professionell war, ihn als Arschloch zu bezeichnen, dem nicht mehr zu helfen ist. Genauso wenig wie mein Geständnis, dass ich mit ihm ins Bett gehen wollte; auch wenn ich das nur angedeutet habe. Meiner Meinung nach wird mein eventueller Mangel an Professionalität allerdings dadurch ausgeglichen, dass er mir bis auf die Damentoilette gefolgt ist. Seit dieser Begegnung bin ich nicht mehr überzeugt davon, dass er wirklich so ein netter Kerl ist, wie er selbst und Lauren behaupten. Stattdessen bin ich nur noch mehr überzeugt davon, dass ich mir mit diesem Mann jede Menge Schwierigkeiten einhandeln werde.

Und wovon ich außerdem noch überzeugt bin, als der heutige Tag im Gericht zu Ende geht, ist, dass Reese ein verdammt guter Anwalt ist, der all seine bisherigen Fälle nicht nur aus Glück gewonnen hat. Er hat sich seine Mandanten klug ausgesucht und sie genauso klug verteidigt. Als ich wieder in meiner Wohnung bin und im Schlafanzug auf dem Bett sitze, mit Essen vom Chinesen und meinem Laptop vor mir, komme ich zu dem Schluss, dass nichts von dem, was Reese auf der Toilette gesagt hat, spontan war, sondern wohlüberlegt. Im Geiste gehe ich die Unterhaltung noch einmal durch und konzentriere mich auf fünf zentrale Worte: *Da dürfen Sie mich zitieren*, hat er gesagt. War das ein Test? Um zu sehen, was ich schreiben oder nicht schreiben werde? Ich runzle die Stirn und beschließe, dass er, selbst wenn es kein Test war, auf jeden Fall die Botschaft loswerden wollte.

Mit diesem Gedanken im Hinterkopf beginne ich mit der Arbeit an meiner Kolumne, beschreibe zunächst detailliert meinen heutigen Tag im Gerichtssaal und nutze dann mein Schlussplädoyer dazu, Reese' Botschaft zu übermitteln und meine eigene zusammenzufassen: *Mit weiterer horrorshowartiger Theatralik, die jegliche Beweise vermissen ließ, kam die Anklage auch heute nicht gut weg, während die Verteidigung ihren Standpunkt untermauern konnte, indem sie bei sämtlichen Zeugen einfach nur deren Schwächen aufzeigte. Ich hatte eigentlich handfeste Beweise erwartet, doch die blieben aus. Morgen wird allerdings der medizinische Gutachter in den Zeugenstand gerufen, dann wird sich zeigen, ob der Angeklagte in den Augen der Anwesenden schuldig oder nicht schuldig ist – zumindest von meinem Standpunkt aus gesehen, der sich zugegebenermaßen ziemlich weit hinten im Saal befindet. Was die Verteidigung tun wird, wenn der Staffelstab erst einmal an sie weitergereicht wurde und sie das Wort hat, muss sich noch zeigen, aber ich halte Reese Summer für kompetent und überzeugend.*

Kleine Notiz am Rande: Aus Summers Umfeld wurde mir mitgeteilt, dass er niemanden verteidigt, von dessen Unschuld er nicht überzeugt ist. Und bei einer kurzen, spontanen Begegnung mit ihm hat er mir dies bestätigt. Er glaubt an die Unschuld seines Mandanten. Damit will ich nicht sagen, dass er recht hat und die Anklage unrecht, aber in unserem Rechtssystem gilt man so lange als unschuldig, bis die Schuld bewiesen wurde, und bislang ist die Anklage den Beweis noch schuldig. Wird der morgige Tag eine neue Wendung bringen? Wir werden sehen.

Wie immer beende ich meine Kolumne mit: *Bis dahin. Ihre Cat*

Danach lese ich mein Werk noch einmal Korrektur, bevor ich es an meinen Redakteur schicke und den Laptop zuklappe. Arbeit fertig. Und ich auch. Ich habe der Öffentlichkeit und der Anklage eine Botschaft von Reese Summer überbracht und ihm eine eigene zukommen lassen: dass ich vertrauenswürdig genug bin, um die Interviews zu bekommen. Nur: Kann ich ihm ebenfalls vertrauen? Mit dieser Frage im Kopf lasse ich mich rücklings aufs Bett fallen und starre an die Decke, während ich gedanklich noch einmal meine Begegnung mit ihm auf der Toilette durchgehe und – verdammt! – mich daran erinnere, wie gut er roch: nach Gewürzen und Wald. Und wie gut er aussah, so von Nahem. Er ist zwar immer noch ein arrogantes Arschloch, aber gleichzeitig auch eine heiße, sexy Versuchung, der ich nicht entgehen kann, solange die Medien live über den Prozess berichten. Mit anderen Worten: Welches Spielchen auch immer er mit mir treibt, ich muss es mitspielen, und das ist genau die Art von Spiel, bei der man sich die Finger verbrennt.

Kapitel Fünf

Cat

Der Prozess des Jahrhunderts, Tag 3

Das Klingeln meines Handys weckt mich. Im Zimmer ist es noch dunkel, und ein kurzer Blick auf meinen Wecker zeigt mir, dass es erst 6:30 Uhr ist. Ohne aufs Display zu schauen, nehme ich den Anruf entgegen. »Wer ist gestorben?«

»Sie haben mich zitiert.«

Geschockt reiße ich die Augen auf. »Reese Summer?«

»Sie haben meine Stimme erkannt.«

»Darauf brauchen Sie sich gar nichts einzubilden«, entgegne ich und rutsche nach oben, um mich ans Kopfteil meines Bettes zu lehnen. »Selbst wenn ich Ihnen nicht schon seit zwei Tagen zuhören würde – was ich tue –: Sie sind der Einzige, den ich zitiert habe. Außerdem – Sie haben gesagt: ›Da dürfen Sie mich zitieren‹, und das zweimal, also habe ich Sie zitiert.«

»Ja, das stimmt. Mir haben Ihre Erkenntnisse gefallen.«

»Weil ich geschrieben habe, dass Sie den Prozess gewinnen werden.«

»Ich gebe zu, das hat dazu beigetragen.«

»Rufen Sie mich an, um mir zu sagen, dass ich ein Interview bekomme?«

»Wenn ich Nein sage, was schreiben Sie dann morgen über mich?«

»Die Wahrheit«, erwidere ich, »genau wie heute. Ich will Sie und Ihren Mandanten zwar unbedingt interviewen, aber ich bin kein Kind, das seinen Trotzanfall auf dem Papier auslebt, weil es nicht bekommt, was es will. Dann kriege ich meine Chance eben bei einem anderen Prozess. Irgendwann mal. Ein Kaffee weniger, um den wir uns streiten müssen.«

»Genau. Kaffee. Wir sehen uns in einer Stunde im Café.«

Damit legt er auf.

Ich nehme das Handy vom Ohr und starre es an. Kaffee. Reese. Die Fehler, die ich begehen könnte, weil er so gut riecht. Die Art, wie er mir gerade befohlen hat, im Café zu erscheinen. Dass ich keine Ahnung habe, worum es bei diesem Treffen überhaupt geht. Ich rufe ihn zurück. »Hallo, Cat«, begrüßt er mich.

Aus seinem Mund klingt mein Name wie Seide.

Ich liebe es.

Ich hasse es.

»Treffen wir uns wegen des Interviews?«, will ich wissen.

»Nein.«

»Ich treffe mich nicht nur auf einen Kaffee mit Ihnen.«

»Wieso nicht?«

»Erstens«, sage ich ohne Zögern, »haben Sie mich nicht höflich gefragt, und ich lasse mich nicht rumkommandieren. Zweitens, wenn ich mich mit Ihnen treffen würde, wüssten Sie nicht, ob ich wegen des Interviews käme oder um Sex mit Ihnen zu haben oder wegen Ihrer unglaublich bescheidenen Art. Und ich wüsste nicht, ob Sie einfach nur meine Berichterstattung beeinflussen wollen. Drittens, selbst wenn Sie mich höflich gefragt hätten, hätte ich nicht Ja gesagt – zumindest nicht, solange der Hype um diesen Prozess noch anhält.«

Damit lege ich auf, schlage die Bettdecke zurück und rolle mich zur Seite, bevor ich die Füße auf den Boden setze. Erneut klingelt mein Handy. Und wieder gehe ich dran, ohne auf die Nummer zu achten. »Hallo, Reese«, ahme ich seine Begrüßung nach.

»Ich werde Sie anrufen. Ich werde Sie höflich fragen. Und ich werde ungeduldig warten, bis der Prozess um ist.«

Damit legt er auf.

Er macht mich wahnsinnig. Und er sorgt dafür, dass ich ihn besser kennenlernen will.

Ich will ihn nicht besser kennenlernen.

Oder vielleicht doch.

Ich gehe ins Badezimmer und erinnere mich daran, dass es einen Grund gibt, warum ich gerade eine sechsmonatige Beziehung mit einem Künstler hatte. Ich stehe nicht auf einflussreiche, geldgierige, kontrollsüchtige Männer wie Reese Summer. Andererseits stehe ich auch nicht auf Künstler. Diese ganze »Lebe im Moment und plane nicht im Voraus«-Mentalität hat mich in den Wahnsinn getrieben, und daran konnte auch noch so häufiger Sex nichts ändern – den dieser Mann übrigens als sein »kreatives Ventil« bezeichnet hat. Aber um meinen gerade erst von der Liste gestrichenen Künstlerfreund geht es gar nicht. Ich war schon mal mit einem Mann wie Reese an diesem Punkt, habe dieses brennende Verlangen schon verspürt und kann nicht vergessen, wohin es führt. Der Sex ist wild, das Prickeln explosiv, und dann folgt die schnelle, harte und schmerzhafte Bruchlandung.

Ich werde nicht Reese »Mr Sexy« Summer verfallen.

***

Drei Stunden später verlasse ich in meinem schwarzen Hosenanzug – der die Kälte draußen und im Gerichtssaal abhalten soll, die am gestrigen Nachmittag alle zum Frieren gebracht hat – meine Wohnung. Da ich noch viel Zeit habe und das Kaffee-Date mit Reese auf unbestimmte Zeit verschoben ist, lege ich einen Zwischenstopp im Café ein. Dort lasse ich das Schlangestehen über mich ergehen und nehme dann meinen weißen Mokka entgegen, in der Hoffnung, dass ich nun, da ich früher dran bin, einen Sitzplatz näher am Geschehen ergattere. Doch ich versage kläglich. Als ich mir einen Weg zum Haupteingang bahne, scheint die Masse aus Demonstranten und Kameraleuten von Sekunde zu Sekunde größer zu werden. Einzig mein Presseausweis rettet mich, trotzdem dauert es, bis ich das Gerichtsgebäude betreten kann. Als ich endlich drinnen bin, haste ich durch die Sicherheitskontrolle und in den Saal. Wieder sitze ich in der letzten Reihe, doch gerade als ich meine Sachen aus meiner Tasche hole, tritt einer der Wachmänner neben mich. »Wenn Sie mir bitte folgen würden, Miss«, sagt er. »Ich bringe Sie zu einem anderen Platz.«

»Hab ich irgendwas verbrochen?«

»Nicht, dass ich wüsste«, entgegnet er und bedeutet mir, nach vorn zu gehen.

Ehe ich michs versehe, hat er mich zu einem Sitzplatz direkt hinter den Angehörigen geführt, und ich sitze neben den hochrangigen Korrespondenten der Nachrichtensender, nicht weit entfernt von Reese. Der Gerichtsdiener ruft zur Ordnung auf, und wir erheben uns alle. Es folgt der normale Prozessablauf, und Reese und sein Gegenstück machen das, was sie bisher jeden Morgen getan haben: Sie treten ans Richterpult, um irgendetwas vorzubringen, das sie bereits vorgebracht haben. Als Reese sich umdreht und zu seinem Tisch zurückgeht, fällt sein Blick auf mich, und obwohl er keinerlei äußere Reaktion zeigt, kann ich spüren, dass er mir innerlich zunickt. Als Bestätigung, dass *er* mir diesen Sitzplatz verschafft hat. Und ich weiß nicht, wie ich das finden soll. Ja, ich will den Platz. Ja, ich will ein Interview. Aber ich will keine Sex-gegen-Interview-Geschichte. So bin ich nicht, und vielleicht ist das mit uns schon so weit, dass ich nicht mehr um ein Interview bitten kann.

Den Gedanken verfolge ich allerdings nicht lange weiter, denn in diesem Moment wird Nathan Miles, der medizinische Gutachter für diesen Fall, in den Zeugenstand gerufen, wo er im weiteren Verlauf der Verhandlung eine ziemlich komplexe Aussage macht. Die Anklage hält ihn stundenlang im Zeugenstand fest, und ich fülle Seite um Seite mit Notizen, sehe jedoch keinerlei Beweismaterial in dem, was er sagt. Es ist einfach nur ein blutiger Bericht, der die Geschworenen zu einem Schuldspruch bewegen soll. Bis zur Mittagspause bekommt Reese nicht einmal die Chance, den Zeugen ins Kreuzverhör zu nehmen, hat allerdings diverse Male Einspruch erhoben.

Der Richter beraumt eine einstündige Unterbrechung an, und ich stehe auf, muss aber warten, bis ich meine Reihe verlassen kann. Mein Weg wird verstellt, und ich ertappe mich dabei, wie ich mit den Augen den Saal absuche. Reese steht noch an seinem Tisch, und als unsere Blicke sich treffen, geht ein elektrischer Funken durch mich hindurch, der bis in meine Zehenspitzen reicht. Mein Gott! Was will ich denn von diesem Mann? Jemand rempelt mich an, und Körper schieben sich zwischen uns, sodass unsere Verbindung unterbrochen wird, doch ich kann sie immer noch spüren. Obwohl der Gerichtssaal heute wieder das reinste Kühlhaus ist, ist mir total heiß, und ich sehe zu, dass ich schnellstens aus dem Gebäude komme.

Draußen haben die Sicherheitsleute die Demonstranten und Kamerateams auf eine Seite gedrängt und einen Weg für den Rest von uns frei gemacht. Erleichtert gehe ich die imposante Treppe hinunter und dann nach rechts, wo die Imbisswagen parken. Ich bin am Verhungern und würde mir am liebsten etwas zu essen holen, aber auch hier haben sich überall Horden von Reportern versammelt. Also beeile ich mich, von hier wegzukommen, biege noch zweimal rechts ab und steuere auf einen kleinen Park am Ende der Straße zu – meinem geheimen Zufluchtsort nahe dem Gericht.

Dort gibt es keine Menschenmassen mehr, dafür ebenfalls Imbisswagen und sogar Bänke, auf die ich mich zum Essen setzen kann. Ich halte an einem der Wagen mit Süßwaren und Nüssen an und kaufe zwei Tüten von Letzteren.

Nachdem ich bezahlt habe, drehe ich mich um und pralle sofort gegen eine harte Brust. »Oh Gott, tut mir leid! Ich …« Blinzelnd sehe ich nach oben und blicke direkt in Reese' Augen, während sein herber Duft, der mir langsam immer vertrauter wird, um meine Nase weht. »Was machen Sie denn hier?«

»Das Gleiche wollte ich Sie gerade fragen«, sagt er.

»Wenn ich Sie daran erinnern darf: *Sie* waren hinter *mir*. Mal wieder. Ich bin einfach nur vor der Menschenmenge geflüchtet.« Plötzlich wird mir bewusst, dass meine Hand auf seiner Brust liegt. Schnell ziehe ich sie zurück.

Er fasst mich an den Hüften, direkt unter dem Saum meines Blazers. »Anscheinend wollten wir beide vor der Menschenmenge flüchten.«

»Ja. Klar.« Ich halte meine Tüte hoch. »Nüsse?«

»Nein, aber ich will dich jetzt wirklich gerne küssen«, sagt er, und seine Stimme ist nur noch ein raues Flüstern, während seine lodernden Augen eine heiße Einladung aussprechen.

»Das wäre keine gute Idee«, entgegne ich, obwohl ich in Wahrheit nur will, dass er es einfach tut. Mich hier und jetzt küsst.

»Begründen Sie das, Frau Anwältin.«

»Aus dem gleichen Grund, warum du deine Hände von meinen Hüften nehmen solltest. Es ist ziemlich wahrscheinlich, dass wir beobachtet werden, und damit befeuerst du nur deinen Ruf als Mr Sexy.«

Sofort verhärten sich seine Gesichtszüge. »Ich hasse diesen verdammten Spitznamen«, sagt er und nimmt die Hände weg. »Ich brauche jetzt ein Hotdog. Willst du auch eins?«

»Nein, aber *danke*«, erwidere ich und zeige dabei meine guten Manieren.

Er verzieht den Mund zu einem Lächeln. »*Gern geschehen*, Cat. Na, war das höflich genug?«

»Du lernst langsam dazu.«

»Vielleicht ende ich doch nicht als einsamer Single«, zieht er mich auf, bevor er auf einen der Imbisswagen deutet, der sich einen halben Block entfernt befindet. »Kommst du mit?«

Ich nicke, und wir gehen los, nebeneinanderher. »Du willst dir also wirklich ein Hotdog kaufen?«

»Jepp. Was hast du gegen Hotdogs?«

»Ich hab mal in einer Konzerthalle gearbeitet, in meiner Jugend natürlich, und die Hotdogs, die wir verkauft haben, waren grün, bevor sie heiß gemacht wurden.«

»Ich liebe Konzert-Hotdogs«, verkündet er. »Du musst nur ordentlich Senf und Soße drauf machen, dann schmecken die Dinger so gut, dass du alles andere vergisst.« Wir bleiben vor dem Wagen stehen, und er blickt mich fragend an. »Möchtest du irgendwas anderes?«

»Eine Flasche Wasser, bitte«, sage ich.

Fünf Minuten später sitzen wir gegenüber dem Imbiss auf einer Bank, in der Nähe des Parkeingangs, aber trotzdem so, dass man uns nicht direkt sieht. »Du wirkst gar nicht wie der typische Hotdog-Esser«, befinde ich, stecke mir eine Portion Nüsse in den Mund und sehe Reese dabei zu, wie er genüsslich sein Mittagessen verspeist.

»Ich bin ein Cowboy aus Texas, Schätzchen«, gibt er zurück. »Damals auf der Ranch waren Hotdogs am Lagerfeuer das reinste Gourmetgericht.«

»Mein Bruder wohnt in Texas, aber der mag keine Hotdogs.«

»Ist der auch Anwalt?«

»Nein. Der hasst alles, was mit Jura zu tun hat. Er ist Ingenieur, hat in Austin studiert und ist dann dortgeblieben. Ich dachte, deine

Eltern sind Juraprofessoren und nicht Rancher. Und ja, ich hab mich über dich informiert.«

»Fürs Protokoll: Ich hab mich auch über dich informiert, und ja, meine Eltern sind Professoren. Die Ranch gehörte meinen Großeltern. Aber die sind vor ein paar Jahren gestorben, und mein jüngerer Bruder hat die Ranch übernommen.«

»Wie alt ist dein Bruder?«

»Achtundzwanzig. Und um das klarzustellen: Das hier ist kein Interview.«

»Ich bin nicht von der Boulevardpresse und auch nicht auf eine Sensationsstory aus«, entgegne ich sofort. »Ich schreibe Kommentare und hab außerdem ein Buch über ein Verbrechen geschrieben, das tatsächlich stattgefunden hat. In ein paar Monaten kommt mein zweites raus. Ich mache diesen Job nicht, um mir damit eine goldene Nase zu verdienen.«

»Weil dein Vater Mike Maxwell ist.«

Ich hebe eine Augenbraue. »Woher weißt du das?«

»Ich hab dir doch gesagt, ich habe mich über dich informiert.« Grinsend sieht er mich an. »Ich hab Lauren angerufen.«

»Du hast Lauren angerufen«, wiederhole ich. »Das würde mich nicht mal wundern, aber sie hat mir gar nichts davon erzählt.«

»Ich hab das auch erst kurz vor der Verhandlung gemacht.«

Er hat also direkt vor der Verhandlung an *mich* gedacht und nicht an seine Arbeit. »Und was hat sie dir alles erzählt?«

»Sie hat mir viel Glück gewünscht.«

Irritiert runzle ich die Stirn. »Viel Glück?«

»Sie hat gesagt, das würde ich brauchen, wenn ich bei dir irgendwie weiterkommen will.«

»Da hat sie recht«, bestätige ich und bringe das Thema schnell wieder zurück auf ihn. »Warum hast du die Ranch nicht zusammen mit deinem Bruder übernommen? Das ist doch sicher viel Arbeit.«

»Ich brauche noch was anderes als Pferde und Heu. Er nicht, und es ist mir durchaus aufgefallen, dass du das Thema gewechselt hast, um von dir abzulenken.«

»Wie alt bist du?«, will ich wissen.

»Fünfunddreißig.«

»Warst du je verheiratet?«

»Nein«, sagt er. »Das liegt wohl an meinen schlechten Manieren, stimmt's?«

»Richtig«, erwidere ich. »Es heißt, die Manieren eines Mannes sagen viel über seinen Charakter aus. Und über seine Mutter.«

»Das sagt meine Mutter auch immer, wenn sie mich dreimal die Woche anruft, meistens, um sich über meinen Vater aufzuregen. Die sind seit vierzig Jahren verheiratet und hassen sich. Das motiviert mich nicht gerade, mich zu verlieben. Und du? Was gibt es über dich zu wissen?«

»Ich werde nächsten Monat dreißig, war nie verheiratet, und wenn meine Mutter noch am Leben wäre, könnten deine und meine Eltern beste Freunde werden, nach dem, was du mir gerade erzählt hast. Und was das Interview betrifft, das will ich nicht mehr.«

»Wieso das?«

»Okay, ich will es noch, aber andererseits auch nicht, wegen dir … uns … wegen dem, was auch immer wir hier gerade tun …«

»Was auch immer wir hier gerade tun, würde ich unterbinden, wenn ich das Gefühl hätte, du willst das Interview nur deswegen. Aber du hast schließlich einen Job zu erledigen, und der Prozess ist bald vorbei.«

»Du wirst einen Antrag auf Abweisung der Klage stellen, oder?«

»Was würden Sie tun, Frau Anwältin?«

»Auf Abweisung plädieren, aber durch die ganzen Medien vor Ort steht der Richter ziemlich unter Druck, deshalb wird er den Antrag ablehnen. Dann würde ich schnellstens einen neuen Verdächtigen präsentieren, darlegen, dass angesichts des Mangels an Beweisen die andere Person ebenso verdächtig ist, und anschließend würde ich wieder auf Abweisung plädieren, und zwar schnell.«

»Wieso praktizierst du nicht?«

»Wollte ich nie. Weil nämlich genau das von mir erwartet wurde.«

Intensiv betrachtet er mich einige Momente lang. »Ich muss jetzt wieder ins Gericht, aber ich rufe dich an, wegen des Kaffees und des Kusses, und das bald. Jetzt …« Er nimmt meine Hand und drückt einen Kuss darauf. »… gebe ich mich erst mal mit dem hier zufrieden.«

Dann steht er auf und geht.

***

Einige Stunden später schließt die Anklage ihre Beweisführung ab. Sofort hält der ganze Saal den Atem an, während alle darauf warten, was die Verteidigung tun wird. Wird sie auf Abweisung der Klage plädieren? Natürlich tut Reese genau das. Doch der Richter lehnt seinen Antrag ab. Die Verhandlung wird vertagt, und kurze Zeit später findet draußen eine Pressekonferenz statt, anberaumt von der Anklage, während die Verteidigung sich zurückgezogen hat – vermutlich, um sich auf den nächsten Tag vorzubereiten.

Ich stehe am Rand und lausche dem Bericht des Staatsanwalts, der letztendlich nur das wiedergibt, was ich mir bereits im Gerichtssaal angehört habe – Sinnlosigkeiten, die zu bedeutungsvollen Ereignissen aufgebauscht wurden. Was mich daran vor allem traurig macht, ist, dass eine tote Frau und ihr ungeborenes Kind noch eine ganze Weile lang keine Gerechtigkeit erfahren werden. Zwanzig Minuten später bin ich in meinem Lieblingscafé, habe mir meinen Platz in der Ecke gesichert und bin auf dem Weg zum Tresen, um meine Bestellung abzuholen. Erst in diesem Moment entdecke ich den Staatsanwalt, einen hochgewachsenen, schlaksigen Mann im schlichten blauen Anzug mit passender Krawatte. Er sitzt allein an einem Tisch und tippt auf seinem MacBook herum. Ich packe die Gelegenheit beim Schopf und steuere auf seinen Platz zu.

Überrascht blickt er zu mir auf. »Cat von *Cats Verbrechen*«, sagt er dann. »Ich war ein Fan von Ihrer Kolumne, bis Sie angefangen haben, meine Arbeit schlechtzumachen. Ich habe Ihr Buch über die Piaz-Morde gelesen. Das war gut, aber ich werde selbst ein Buch schreiben, über diesen Prozess hier. Und nun ziehen Sie Leine, ich hab zu tun.«

Okay.

Reese hat gerade seinen Titel verloren. Er ist nicht mehr Mr Arrogantes Arschloch. Die Auszeichnung hat sich jetzt dieser Typ hier geholt.

Ich gehe zurück an meinen Tisch, setze mich und verbringe die nächste Stunde damit, an meiner Kolumne zu arbeiten. Mein Schlussplädoyer lautet:

Wenn man einen Verdächtigen ohne Beweise anklagt, nur um es der Öffentlichkeit recht zu machen, enttäuscht man genau diese Öffentlichkeit, wenn man den Angeklagten dann nicht der Tat überführen kann. Als Staatsanwalt hat man die Verantwortung, jemanden erst dann anzuklagen, wenn man Beweise hat, nicht vorher. Und so fordere ich die Verteidigung dazu auf, mehr zu tun, als nur ihren Mandanten zu verteidigen. Präsentieren Sie uns den wahren Mörder! Verschaffen Sie der Frau und ihrem Kind – und den Angehörigen – Gerechtigkeit!
Bis dahin
Ihre Cat

Als ich aufblicke, bemerke ich, dass der neue Mr Arrogantes Arschloch offensichtlich irgendwann gegangen ist. Ich schnappe mir mein Handy und rufe Reese an. Doch es geht nur die Mailbox dran, auf der ich eine Nachricht hinterlasse.

»Ich hoffe, du bist nicht an dem Hotdog gestorben und kannst meine Nachricht abhören. Ich habe mein Schlussplädoyer fertig und werde es auch nicht mehr ändern, aber ich möchte, dass du es schon vorab hörst.« Laut lese ich meinen Text vor, bevor ich hinzufüge: »Gute Nacht, Reese.« Dann lege ich auf, packe meine Sachen zusammen und mache mich auf den Weg nach Hause.

Als ich mein Apartmentgebäude betrete, fallen mir die noblen Bodenfliesen ins Auge, und ich hebe den Blick zur hohen Decke. Das Apartment habe ich geerbt, als meine Mutter starb. Es war ihr Rückzugsort. Ihre Fluchtmöglichkeit vor meinem Vater, und der wusste davon. Als ich davon erfuhr, hatte ich zuerst keine Ahnung, was ich von dieser Neuigkeit halten sollte, doch dann verdrängte ich einfach jeden Gedanken daran und tat so, als wüsste ich von nichts. Oder zumindest dachte ich das. Heute Abend hat irgendetwas an der Begegnung mit Reese alte Gefühle in mir geweckt, die ich nicht haben will. Ich weiß nicht einmal, als was ich diese Gefühle bezeichnen soll. Als Verrat? Ich habe mich verraten gefühlt, als mir klar wurde, dass in meinem Leben nichts so war, wie ich gedacht hatte. Meine Eltern waren nicht glücklich miteinander.

Und so tue ich das, was ich immer tue, wenn ich mir verloren vorkomme. Ich betrete mein Luxusapartment, gieße mir ein Glas Wein ein und begebe mich an meinen Lieblingsplatz: eine Badewanne mit Löwenfüßen, umgeben von Fenstern, hinter denen der Mond und die Sterne funkeln. Sofort lasse ich mir ein heißes Schaumbad ein, ziehe mich aus und klettere in die Wanne. Ich habe gerade die Hälfte meines Weins ausgetrunken, als mein Handy klingelt. Auf dem Display leuchtet die mittlerweile vertraute Nummer von Reese auf, und mit nassen, schaumbedeckten Fingern stelle ich die Lautsprecherfunktion an.

»Hallo, Reese«, melde ich mich.

»Ich werde dir jetzt genau das sagen, was ich auch zu Lauren gesagt habe, als ich ihr verkündet habe, dass ich mich an dich ranmachen werde.«

»Du hast Lauren gesagt, dass du …«

»Ja, das hab ich. Und sie hat mir viel Glück gewünscht. Woraufhin ich geantwortet habe: ›Herausforderung angenommen.‹ Was mich zu deinem Schlussplädoyer bringt: Herausforderung angenommen, Cat. Gute Nacht.«

Damit beendet er den Anruf.

Ich setze mich auf und rufe Lauren an, ohne daran zu denken, dass ich total nass bin. »Ich hab mich schon gefragt, wann du mich anrufst«, geht sie dran.

»Hat Reese …?«

»Ja, hat er. Und ich hab ihm viel Glück dabei gewünscht.«

»Und was hat er gesagt?«

»Herausforderung angenommen. Aber ich kenne dich. Er ist genau der Typ Mann, auf den du stehst und vor dem du gleichzeitig Angst hast. Und du hast beruflich mit ihm zu tun. Was also wirst du machen?«

Ich streite nichts von alledem ab, was sie gerade gesagt hat. Wir haben schon gemeinsam Zwanzig-Stunden-Tage im Büro des Bezirksstaatsanwalts verbracht. Und dabei haben wir geredet. Sehr viel. Lauren kennt mich besser als die meisten Menschen. Eigentlich sogar besser als jeder andere.

»Cat?«, hakt sie nach.

»Was ich tun werde?«, wiederhole ich. »Mit dem Mann ins Bett gehen und mich anschließend verabschieden.«

Sie lacht. »Dann sage ich dir jetzt genau das, was ich zu ihm gesagt habe: Viel Glück!«

Entschlossen schiebe ich die Augenbrauen zusammen, als könnte Lauren mich sehen. »Herausforderung angenommen.«

Sie lacht noch lauter, und ich lege auf.

Kapitel Sechs

Cat

Der Prozess des Jahrhunderts, Tag 4

Als ich aufwache, bin ich total kaputt und brauche dringend Koffein, was allein Reese' Schuld ist. Er hat mir in der Nacht im Kopf herumgespukt und mich wach gehalten, was nur dann akzeptabel wäre, wenn wir beide zusammen wären, nackt. Dass ich an ihn denke, bedeutet, ich habe mich gefühlsmäßig bereits zu sehr auf ihn eingelassen, und so etwas tue ich nicht, weder jetzt noch später. In dem Entschluss, dass mein Zwischenstopp im Café heute ungefährlich ist – und notwendig für die Sicherheit aller anderen –, raffe ich mich auf, steige aus dem Bett und unter die Dusche. Anschließend stelle ich meine Keurig-Maschine an und mache mir eine Tasse Kaffee, die ich trinke, während ich mir die Haare föhne und ihnen anschließend mit Hilfe eines Glätteisens einen seidigen Glanz verleihe. Heute lasse ich sie offen und rede mir ein, das habe nichts mit Reese zu tun, sondern sei eine Entscheidung, die ich einzig und allein aus Müdigkeit getroffen habe. Irgendwie muss ich ja von meinen verquollenen Augen ablenken.

Nach dem Haarstyling ziehe ich eins meiner Lieblingsstücke an, einen burgunderfarbenen, knöchellangen Hosenanzug, und kombiniere ihn mit Stilettos und einem weißen Shirt zum Blazer. Dann mache ich mich auf den Weg ins Café, wo ich meine gerade veröffentlichte Kolumne lese – eine lieb gewonnene Gewohnheit, so wie ich alle meine Gewohnheiten mag. Die Tatsache, dass mir gefällt, was ich geschrieben habe, hebt meine Laune ein wenig. Und die Tatsache, dass es in allen anderen Schlagzeilen um einen Babymörder geht, was meinen auf Fakten basierenden Bericht zu etwas Besonderem macht. Irgendwann hat sich die Schlange bis zur Kasse vorbewegt, und ich bestelle meinen weißen Mokka, während ich innerlich ein klitzekleines bisschen Enttäuschung darüber verspüre, dass Reese nicht hier ist – was ich mir allerdings nicht eingestehen mag.

Mit meinem Kaffee wate ich durch die Menge vor dem Gerichtsgebäude, betrete den Verhandlungssaal und stelle dort fest, dass ich erneut in Reese' Nähe sitze. Als er reinkommt, begegnet er meinem Blick, und sofort hängen seine Worte zwischen uns im Raum: *Herausforderung angenommen.* In diesem Moment geht es dabei nur um ihn und mich, nicht um den Prozess. Als er jedoch vor Gericht das Ruder in die Hand nimmt, wird deutlich, dass er auch diese Herausforderung angenommen hat. Er ruft die Angehörigen und Freunde des Opfers in den Zeugenstand und beweist mit jeder einzelnen Aussage, dass keiner der Befragten von einer Beziehung zwischen seinem Mandanten und der Verstorbenen wusste. Sein Mandant kannte sie zwar, ging jedoch nicht mit ihr ins Bett. Stattdessen versuchte er, ihr aus der Beziehung mit ihrem gewalttätigen Freund herauszuhelfen.

In der Mittagspause gehe ich zum selben Stand wie am Tag davor, und gerade als ich meine Nüsse bekommen habe, taucht Reese auf. »Du musst auch mal was anderes essen als Nüsse.«

»Meine Nüsse sind gesünder als dein Hotdog.«

»Hm, ja, aber ich esse Hotdogs nur, wenn ich Verhandlungen habe«, entgegnet er, während wir gemeinsam zum Hotdog-Wagen gehen.

Reese bestellt, und einige Minuten später sitzen wir auf derselben Bank wie gestern.

»Wieso nur, wenn du Verhandlungen hast?«, erkundige ich mich, nachdem ich eine Handvoll Nüsse gegessen habe. »Bist du da abergläubisch oder so was?«

»Richtig«, bestätigt er. »An dem Tag, als ich meinen ersten Fall gewonnen habe, hatte ich zum Mittag ein Hotdog. Das ist zwar abergläubisch, aber in diesem Metier sind alle Mittel recht.«

»Du wirst gewinnen«, sage ich.

»Geschworene sind unberechenbar«, erwidert er. »Das weißt du doch.«

»Stimmt. Ich hab mehrere Jahre für den Bezirksstaatsanwalt gearbeitet, und selbst wenn du der festen Überzeugung warst, dass du gewinnst, war das nicht immer der Fall.«

»Mit 'nem Harvardabschluss beim Bezirksstaatsanwalt«, kommentiert Reese. »Du hättest richtig viel Geld scheffeln können und hast dich für den öffentlichen Dienst entschieden.«

»Ich komme aus einer reichen Familie«, gebe ich zurück. »Ich verdiene zwar mein eigenes Geld, aber mein Apartment hab ich geerbt, und das gibt mir die Freiheit, zu tun, was ich will. Ob ich andere Entscheidungen treffen würde, wenn das nicht der Fall wäre, kann ich nicht sagen.«

»Ich habe mit nichts angefangen«, erzählt Reese. »Nur damit du's weißt.«

Er sagt die Worte mit diesem Hauch von Arroganz, den ich mittlerweile anders bewerte als vorher. Es kommt mir vor, als wäre diese Arroganz eine Art Mauer, mit der er sich vor den Leuten schützt, die ansonsten vielleicht auf ihn herabsehen würden. »Inzwischen scheinst du aber sehr gut zu verdienen«, bemerke ich. »Und du weißt, dass du alles aus eigener Kraft erreicht hast.«

»Du nicht?«

»Mittlerweile schon. Ich habe mich gegen eine Karriere als Anwältin entschieden und mir das gesucht, was zu mir passt. Und durch das, was ich früher gemacht habe, bin ich heute besser in dem, was ich jetzt tue. Also bereue ich nichts.«

»Und wieso hast du für den Bezirksstaatsanwalt gearbeitet? Wieso im öffentlichen Dienst?«

»Ich dachte, so könnte ich denen helfen, die Hilfe brauchen. Stattdessen sind sowieso alle Entscheidungen politisch bedingt, und am Ende bekommen tote schwangere Frauen nicht das, was ihnen rechtmäßig zusteht. Und unschuldigen Menschen wird ein Stigma aufgedrückt, das sie nicht verdient haben. Das gefällt mir nicht. Das gefällt mir ganz und gar nicht.«

»Du unterschätzt mich, wenn du denkst, dass der Prozess so ausgeht.«

»Für einen anderen Ausgang müsstest du aber jemand anders belasten.«

»Und das werde ich. Falls mein Mandant mich lässt. Er will, dass der Prozess so schnell wie möglich vorbei ist.« Reese knüllt seine Verpackung zusammen und wirft sie in den Mülleimer, bevor er mal wieder meine Hand nimmt und sie küsst. »Bis morgen, Cat«, sagt er in Anlehnung an die kleine Abschiedsformel, mit der ich immer meine Kolumnen beende. Dann steht er auf und geht davon. Und lässt mich in einer Wolke aus herbem Männerduft zurück. Und mit einer Verabredung zum Mittagessen für morgen.

Zu der ich auch einfach nicht auftauchen könnte.

Aber das will ich gar nicht.

***

Später an diesem Abend bin ich mit einer Pizza im Bett, und ohne Mann. Nur ich allein. Genau genommen läuft es so schon seit Jahren. Ich meine: Ja, ich war mit dem Künstler zusammen, aber mit dem hatte ich nur Sex. Unsere Gespräche waren verworren – bestenfalls. Vielleicht habe ich mich genau deshalb auf ihn eingelassen und bin viel zu lange mit ihm zusammengeblieben. Er hat mich nie wirklich gekannt. Und ich stand nie in Gefahr, mein Herz an ihn zu verlieren. Aber ich brauche ab und an meinen Orgasmus. Und ich brauche körperliche Nähe. Damals genügte mir das. Was mich auf meine Kolumne bringt, für die ich meine Worte heute besonders sorgfältig auswähle, weil ich mich traue, über häusliche Gewalt zu schreiben. Mein Abschlussplädoyer lautet:

Wer hat Jennifer Wright und ihr ungeborenes Kind getötet? Diese Frage stellt sich nun im Gerichtssaal, und wenn man den Argumenten der Verteidigung Glauben schenkt, scheint die Antwort darauf sich immer weniger auf ein einfaches »der, der angeklagt ist« zu beschränken. Die Verteidigung könnte jederzeit erneut auf Abweisung der Klage plädieren, und aufgrund der Beweislage sollte dieser auch stattgegeben werden. Doch ich ertappe mich immer wieder dabei, dass ich mir wünsche, der Prozess möge weitergehen. Ich will wissen, wer der Mörder ist, und ich will, dass dieser Mörder seine gerechte Strafe bekommt. Morgen ist Freitag. Sosehr ich auch möchte, dass dieses Verfahren fortgesetzt wird: Meiner Einschätzung nach kostet es den Staat Geld

und Nerven. Falls die Verteidigung also vorhaben sollte, die Abweisung der Klage zu beantragen, wird sie es sicher morgen tun.
Bis dahin
Ihre Cat

Damit klappe ich meinen Laptop zu und starre an die Decke. Was, wenn der Prozess tatsächlich endet?

Traue ich mich dann, meine eine Nacht mit Reese Summer durchzuziehen und ihm danach Tschüs zu sagen?

Oder sage ich einfach nur Tschüs?

Oder wird es eher ein Hallo?

Nein.

Was denke ich da eigentlich?

***

Der Prozess des Jahrhunderts, Tag 5
Wieder kann ich nicht gut einschlafen und wache mit einem flauen Gefühl im Magen auf, als wäre *ich* diejenige, die heute einen hochrangigen Prozess zum Abschluss bringen muss. Da eine Klageabweisung in Aussicht steht, habe ich das Gefühl, ich sollte mich entsprechend formeller anziehen. Also entscheide ich mich für ein hellblaues Businesskleid mit einem schwarzen Blazer, Strumpfhosen und mal wieder Stilettos, und obwohl ich schon zu Hause Kaffee getrunken habe, muss mein weißer Mokka sein. Als ich beim Café ankomme, reicht die Schlange – das war zu erwarten – bis nach draußen, aber irgendwann werde ich meinen weißen Mokka schon bekommen und damit auch bessere Laune. Ich stelle mich in die Schlange und lese auf dem Handy meine Kolumne, als ich eine Textnachricht von meiner Literaturagentin bekomme: *Ich liebe deine Berichterstattung vom Prozess. Genau wie deine Lektorin. Sie will deine Kolumnen als Buch rausbringen. Bist du dabei?*

Sofort ist meine Laune besser, und ich schreibe zurück: *Ja, tausend Küsse.*

Meine Agentin antwortet mir: *Ich maile dir das Honorarangebot, sobald ich es bekomme.*

Jetzt, da ich ein breites Grinsen im Gesicht habe, ist die Schlange auf einmal gar nicht mehr so lang, und ich frage mich, ob ein weiteres Buch mir endlich die Wertschätzung meiner Familie einbringt – anstatt ihres Missmutes, was meinen Karriereweg betrifft. Die Neuigkeiten werde ich ihnen aber erst mitteilen, wenn ich den Vertrag unterschrieben habe. Mit den Gedanken bei der Frage, wie ich das Buch strukturieren werde und inwiefern die Ereignisse des heutigen Tages meine Auswahl beeinflussen werden, erreiche ich schließlich die Kasse. Als ich aufs Ende des Tresens zusteuere, erspähen meine Augen perfekt geformte breite Schultern in einem teuren Anzug: *Reese.* Reese ist hier. Und ich weiß, er ist meinetwegen hier. Ich bleibe stehen, und in diesem Moment ändert sich alles. Die Frau neben ihm, eine hübsche Blondine, flirtet mit ihm. Er blickt zu ihr hinunter und lacht sein typisches charmantes Lachen. Anscheinend steht er auf Blondinen. Die Frage ist nur, wie vielen er gleichzeitig nachjagt. *Arschloch.* Wie konnte ich mir nur einbilden, all das, was zwischen uns lief, hätte irgendwas mit mir zu tun gehabt und nicht mit dem Offensichtlichen: mich ins Bett zu kriegen?

Unvermittelt wenden sich Reese und die Frau in meine Richtung um, und sie blickt immer noch zu Reese hoch, während er seine Aufmerksamkeit auf mich richtet. Die Frau setzt sich in Bewegung und läuft … direkt in mich hinein. Eine eisgekühlte Fontäne aus Kaffee ergießt sich über mich. Erschrocken keuche ich auf und spüre, wie ein Teil des Getränks gerade über meine Strumpfhose läuft. »Ach du Scheiße«, murmelt Reese, während die Frau in Panik ausbricht.

»Oh Gott! Oh Gott! Das tut mir leid.«

Reese reicht mir Servietten und fängt gleichzeitig an, über mein Kleid zu wischen. Abrupt halte ich seine Hand fest. »Stopp.«

»Cat …«

»Sag nicht meinen Namen!«

Stirnrunzelnd sieht er mich an. »Was?«

»Kümmere dich um deine andere Frau! Sie ist ganz aufgebracht.« Damit mache ich auf dem Absatz kehrt, um von ihm wegzukommen, und stoße direkt mit ihr zusammen. »Darf ich bitte mal durch?«

»Ich … Ja.« Als sie zurückweicht, stürme ich an ihr vorbei die Treppe hinunter zu den Toiletten im Keller, und mittlerweile gibt es keinen Zweifel mehr daran, dass ich Eiswürfel zwischen meinen verdammten Brüsten habe.

Ich erreiche das Ende der Treppe, und zu meinem Glück ist die Toilette frei. Schnell öffne ich die Tür, gehe hinein und schließe mich ein. Ich bin ein Wrack. Ein totales, klebriges, heruntergekommenes Wrack. Verärgert klaube ich die Eiswürfel aus meinem BH und versuche, mich zumindest so weit trockenzulegen, dass ich hier raus und nach Hause verschwinden kann.

***

Reese

Ich will Cat hinterher, doch die Frau, die mir beim Warten auf meinen Kaffee ein Ohr abgekaut hat, stellt sich mir in den Weg. »Es tut mir so leid«, sagt sie. »Offensichtlich kennen Sie die Frau. Ich möchte das in Ordnung bringen.«

»Das war ja keine Absicht«, entgegne ich. »Und ich kümmere mich schon darum.« Damit gehe ich an ihr vorbei, bahne mir einen Weg durch die Menschenmenge vor dem Tresen und nehme die Treppe, auf die Cat eben zugestürmt ist.

Unten im Keller finde ich die Toilette und klopfe an die Tür. »Cat.«

Die Tür fliegt auf, und Cat zeigt auf ihr mit Kaffeeflecken übersätes Kleid, während ich versuche, mich auf die Flecken zu fokussieren und nicht auf die Wölbung ihrer Brüste und ihr dezentes, aber dennoch üppiges Dekolleté. »Das ist deine Schuld«, sagt sie anklagend und zwingt mich, ihr wieder in die Augen zu sehen, während mich ihr Verbalangriff daran erinnert, dass es in jeder Hinsicht schwer wird, sie zu erobern – außer vielleicht durch ein gutes Wortgefecht.

»Ich hab doch gar nichts gemacht«, verteidige ich mich. »Ich …«

»Du hast mit dieser Frau geflirtet, und sie hat dich schmachtend angestarrt und ist mit ihrem feuchten Höschen direkt in mich reingelaufen. Also ist es deine Schuld. Und jetzt geh zur Seite! Ich muss nach Hause und mich umziehen.«

Sie ist eifersüchtig, und ich kann nicht umhin, mich ein kleines bisschen darüber zu freuen, doch ich verkneife mir ein Grinsen oder Lachen, das sicher schmerzhaft für mich enden würde. »Feuchtes Höschen?« Ich lehne mich mit dem Arm gegen den Türrahmen, direkt über ihrem Kopf. »Süße, seit ich dir begegnet bin, reicht es mir, wenn ein Höschen meinetwegen feucht wird, und das ist deins.«

»Ach, ja?«, sagt sie herausfordernd. »Dann beweise es.«

»Wo und wann?«

Schnaubend stößt sie die Luft aus. »Vergiss, dass ich das gesagt hab.«

»Nein, das vergesse ich nicht. Herausforderung erneut angenommen.«

»Geh zur Seite! Ich muss nach Hause und mich umziehen, weil du mein Kleid ruiniert hast.«

Ich beschließe, nicht noch einmal darauf hinzuweisen, dass das nicht stimmt, und mache ihr stattdessen ein Friedensangebot. »Ich kaufe dir ein neues Kleid.«

»Ernsthaft? *Du kaufst mir ein neues Kleid?* Soll das etwa mein Höschen feucht machen? Glaubst du, du kannst dich von deinem schlechten Benehmen freikaufen? Zuerst drängelst du dich vor und willst meinen Kaffee bezahlen und jetzt das hier. Du bist doch ein arrogantes Arschloch, und ich bin nicht käuflich.«

Blitzschnell packe ich sie und ziehe sie an mich, lege eine Hand an ihre Wange und die andere auf ihre Hüfte, während ich sie eigentlich überall, an jeder Stelle ihres Körpers, berühren will. »Ich hab nicht mit dieser Frau geflirtet. Das mit dir dagegen ist eine ganz andere Geschichte.« Damit presse ich meine Lippen auf ihre und schiebe meine Zunge in ihren Mund. Zuerst wehrt sie sich, aber als ich den Kuss verstärke, stößt sie ein leises, lustvolles Stöhnen aus, und im nächsten Moment drückt sie sich an mich und erwidert den Kuss. Sie schmeckt nach Schokolade und Kaffee. Brennendes Verlangen durchströmt meinen Körper, und mein Schwanz wird hart.

Doch plötzlich drückt sie gegen meine Brust und reißt ihre Lippen von meinen los. »Wie ich schon sagte«, bringt sie keuchend hervor, »ich bin nicht käuflich.«

»Du denkst, ich wollte dich mit dem Kuss bestechen?«, frage ich.

»Ja«, erwidert sie. »Genau das denke ich.«

»Hat es denn funktioniert?«

»Ein bisschen, aber sobald du mich loslässt, vergesse ich es ganz schnell wieder.«

»Sofern ich dir die Chance dazu gebe, was ich nicht tun werde.«

»Ich hab dir doch gesagt ...«

Erneut küsse ich sie, diesmal länger, intensiver und berauschender, bevor ich sage: »Wenn ich mehr Zeit hätte ...« Kurz halte ich inne und vervollständige den Satz gedanklich mit verschiedenen Varianten: ... *würde ich dich ficken; dich lecken; dich damit bestrafen, dass du einen Orgasmus willst, aber erst bekommst, wenn wir uns wiedersehen.* »Ich muss ins Gericht.«

»Wenn du mehr Zeit hättest«, entgegnet sie, »würde ich dich trotzdem keins von den Dingen machen lassen, die dir gerade durch den Kopf gegangen sind.«

»Wie ich schon sagte: Herausforderung angenommen.« Ich lasse sie los und beginne die Treppe hinaufzugehen, drehe mich jedoch noch einmal um und füge hinzu: »Du schmeckst genauso gut, wie ich gedacht habe.« Dann wende ich mich ab und setze meinen Weg nach oben fort.

»Reese«, ruft sie mir hinterher, kurz bevor ich oben angekommen bin.

Als ich mich umdrehe, steht sie am unteren Ende der Treppe. »Ja, Cat?«, sage ich – *und mein Gott, sie sieht heiß aus, wenn sie das Haar so offen trägt.*

»Du hast Lippenstift im Gesicht.«

Ich fahre mir mit der Hand über den Mund, woraufhin ich pinke Farbe an den Fingern habe. »Ist das wenigstens deine Glücksfarbe?«

»Mir wurde gerade Kaffee übers Kleid geschüttet ...«

»Und ich hab dich geküsst.«

»Ja, stimmt. Das auch.«

Einen kleinen Augenblick lang denke ich darüber nach, die Treppe hinunterzustürmen, Cat in die Toilette zu ziehen und sie dort auf den Waschtisch zu setzen. Als Nächstes würde ich ihr den Rock über ihre wunderschönen Beine schieben, ihre Schenkel mit meinem Knie teilen und ihr das Höschen vom Leib reißen, anstatt es feucht zu machen. Dann würde ich sie lecken, bis sie stöhnt, an meinen Haaren zieht und darum bettelt, dass ich weitermache. Aber ich muss in dieses verdammte Gericht zurück.

Also sage ich einfach nur: »Wir sehen uns im Gericht, Cat«, bevor ich mich umwende und wieder ins Café gehe, wo ich mich mit Servietten eindecke und anschließend auf den Ausgang zusteuere; hoch motiviert, meinen Fall zu gewinnen – und Cat. Und ich werde Cat gewinnen. Einen feuchten Schritt nach dem anderen, wenn das der Weg ist.

Kapitel Sieben

Cat

Reese macht mich wahnsinnig. Seit ich ihm begegnet bin, kann ich nicht mehr klar denken. Ich kann nicht schlafen. Ich kann mir nicht mal einen Kaffee holen, ohne ihn mir überzukippen. Reese bringt mich in Schwierigkeiten. Ich habe beruflich mit ihm zu tun. Er kann unglaublich gut küssen. Ich hasse ihn. Ich bin total durcheinander wegen dieses Mannes.

Diese Gedanken kreisen durch meinen Kopf, während ich zurück in meine Wohnung eile, um mir mein pinkes Kleid überzuziehen, das ich nicht oft vor Gericht anhabe. Aber irgendwie finde ich mich am Ende doch immer darin wieder, genauso wie irgendwie Reese' Lippen auf meinen gelandet sind. Vielleicht hat das mit der pinken Farbe zu tun. Pink verkörpert Unschuld und Süße. Wenn ich schon so aussehe, werde ich mich auch so verhalten. Und damit die hinterhältigen, arroganten Arschlöcher abschrecken – wie Reese. Den ich hasse.

Als ich wieder aus meinem Wohnhaus trete, hinterfrage ich zwar nicht mehr meine Kleiderwahl, aber sehr wohl die Tatsache, dass ich Reese nicht davon abgehalten habe, mich anzufassen – in einem Café, mitten in diesem Prozess. Hastig steuere ich auf den schwarzen Sedan zu, den ich per Uber bestellt habe, steige ein und begrüße den Mann mittleren Alters hinterm Steuer mit einem »Hallo«.

Er hebt die Hand, sagt aber nichts, und wahrscheinlich sollte ich mir keine Gedanken über die seltsam dreieckige kahle Stelle an seinem Kopf machen, die er sicher nicht von Natur aus hat. Schließlich sind wir in Manhattan. Selbst wenn dem Mann Antennen aus dem Kopf wachsen würden, wäre das noch längst nicht das Merkwürdigste, was ich während meines fast dreißigjährigen Lebens in dieser Stadt schon gesehen habe.

Wir sind gerade mal einen Block weit gefahren, als wir im Verkehr stecken bleiben und mein Handy in meiner Handtasche klingelt. Ich hole es raus und sehe Reese' Nummer auf dem Display. »Solltest du nicht bei deinem Mandanten sein?«

»Das impliziert, dass es irgendein Problem gibt, was wiederum eher die Staatsanwaltschaft betreffen würde, nicht mich oder meine Leute. Schmeckst du immer nach Schokolade und Kaffee?«

»Schmeckst du immer nach Arroganz?«

»Besser nach Arroganz als nach mangelnden Fähigkeiten, eine Frau zu befriedigen«, kontert er.

»Das war eine extrem arrogante Antwort.«

»Zurück zum Kuss. Oder noch besser: Lass uns über dich reden und dein Geständnis, dass du unbedingt mit mir ins Bett willst.«

»Das hab ich nie gesagt.«

»Doch, das hast du.«

Er hat recht. Irgendwie habe ich das. »Das ist Schnee von gestern«, sage ich.

»Als du mich noch widerlich gefunden hast.«

»Ich fand dich nie widerlich«, entgegne ich. »Ich konnte dich nur nicht leiden.«

»Und trotzdem wolltest du mit mir ins Bett?«

»Ich hab gesagt, ich würde die Möglichkeit in Betracht ziehen. Einen One-Night-Stand.«

»Süße, die Tatsache, dass du das für eine Option hältst, sagt mir, dass du noch nie richtig gevögelt wurdest. Also lass mich das mal klarstellen: Wenn ein Mann dich vögelt und du das Ganze danach immer noch als One-Night-Stand beenden willst, hat er es dir nicht richtig gemacht. Und ich hab nicht vor, es nicht richtig zu machen. Bis später dann, Cat. Ach, und Cat: Ich kann dich immer noch auf meinen Lippen schmecken.«

Damit legt er auf.

Fast in derselben Sekunde klingelt mein Handy erneut, und ich melde mich mit den Worten: »Du weißt ja, was man sagt: Ein Mann, der große Reden schwingt …«

»Hat einen kleinen Schwanz. Wem sagst du das …«

Peinlich berührt verziehe ich das Gesicht, als ich die Stimme meiner Agentin erkenne. »Liz. Ich dachte, du wärst …«

»Ein Mann, auf den du sauer bist. Na, dann hoffen wir mal, das Ganze läuft auf unglaublichen Versöhnungssex hinaus. Aber erst nach dem Prozess. Bleib fokussiert. Deine Texte zahlen sich aus: für dich und für mich. Der Verlag bietet dir eine sechsstellige Summe an, um sicherzustellen, dass du nicht woanders hingehst«, berichtet sie. »Aber dafür wollen sie ziemlich viel Mitspracherecht, was den Inhalt angeht.«

»Was für eine Art von Mitsprache?«

»Einen Teil deines Honorars gibt es nur, wenn bestimmte Interviews abgedruckt werden.«

»Das gefällt mir nicht. So arbeite ich nicht. Und wenn sie das Spiel so spielen wollen, schreibe ich erst das Buch fertig, und anschließend kannst du es mehreren Verlagen anbieten. Dann wird es auf jeden Fall so, wie ich es will.«

»Ich wusste, du würdest das sagen, aber ich brauchte noch deine Bestätigung. Da wäre allerdings noch was: Sie führen gerade Gespräche mit Dan Miller über ein Buch. Und sie fragen, ob du dir vorstellen könntest, als Co-Autorin zu fungieren.«

»Vom Staatsanwalt? Das soll wohl ein Witz sein. Der wird diesen Prozess verlieren, und außerdem ist er ein Arsch. Niemand kauft das Buch eines Arschlochs und Losers.«

»Es soll folgenden Titel haben: *Die wahre Geschichte – Was die Anklage den Geschworenen verschweigen musste.*«

»Das ist nicht mein Stil.«

»Es springt aber nicht nur mehr Geld für dich dabei raus. Die wollen auch deine eigene True Crime Marke etablieren.«

»Das ist aber nicht das, was du mir eben beschrieben hast.«

»Sprich mit Miller«, sagt sie. »Das wird dem Verlag gefallen.«

»Ich hab nicht mit dem Schreiben angefangen, um irgendwem zu gefallen.«

»Du hast heute Abend einen Termin mit ihm«, verkündet sie, als hätte sie gar nicht gehört, was ich gesagt habe. »Nach der Verhandlung. Im Boutique-Hotel an der Ecke neben dem Gericht. Das Johnnie …«

»Walker«, ergänze ich. »Das kenne ich. Sehr beliebt in Insiderkreisen. Wann?«

»Um sieben«, antwortet sie. »Das sollte zeitlich passen, oder?«

»Ja. Sieben passt.« Ich muss an meine erste Begegnung mit Miller im Café denken und an seinen Kommentar, dass er ein Buch schreiben wird. »Und der weiß, wer ich bin?«

»Ja.«

»Ich hab ihn um ein Interview gebeten, und er meinte, er kennt mich und schreibt ein eigenes Buch.« Zum damaligen Zeitpunkt ergab diese Aussage noch keinen Sinn, jetzt schon.

Liz lacht. »Offensichtlich hat der Verlag schon mit ihm gesprochen.«

»Dann sag mir doch noch mal, wieso wir uns treffen. Ich hab nämlich nicht besonders positiv über seine Verhandlungsfähigkeiten berichtet, was das Ganze nicht gerade einfacher macht.«

»Das ist mir bewusst. Uns allen, aber der Verlag findet anscheinend, dass eure Zusammenarbeit durch deinen derzeitigen Ansatz noch interessanter wird.«

»Die wollen also noch mehr Skandale«, merke ich an.

»Die wollen Bücher verkaufen«, erwidert Liz, und ohne mir Zeit zu geben zu antworten, fügt sie hinzu: »Ruf mich danach an!« Dann legt sie auf.

Geräuschvoll atme ich aus. Mir steht eine Zusammenarbeit mit Reese' Gegner in Aussicht, während ich derzeit verzweifelt versuche, mich von dem Gefühl seiner Hände auf meinem Körper und seinen Lippen auf meinem Mund zu erholen.

Geht es noch komplizierter?

***

Die gleiche Frage stelle ich mir immer noch, als ich am Gericht ankomme und merke, dass ich so spät dran bin, dass ich bei einem der Sicherheitsleute um Einlass bitten muss. Der Richter, die Geschworenen und die Anwälte sind bereits auf ihren Plätzen, sodass ich gezwungen bin, mich entweder in die letzte Reihe zu setzen oder an sämtlichen Kameras vorbei durch den Mittelgang zu gehen. Es hat einen Grund, warum ich nicht Nachrichtensprecherin geworden bin. Ich mag es nicht, von den Kameras so eindringlich beobachtet zu werden, und das in vielerlei Hinsicht, aber was das über mich aussagt, soll jemand anders analysieren – oder besser nicht.

Die Verhandlung fängt an, zum ersten Mal ohne dass die Anwälte ans Richterpult treten. Von einer Aura aus Entschlossenheit und Selbstsicherheit umgeben beginnt Reese mit seiner Arbeit und ruft seinen ersten Zeugen auf: den Freund des Opfers, den Lauren für den Mörder hält. Der weint. Schreit. Weint noch mehr. Ob schuldig oder unschuldig, zumindest stellt er sich als Opfer dar, und ich glaube ihm. Bis Reese das Blatt wendet.

»Ist es wahr, dass Jennifer Angst vor Ihnen hatte?«, fragt er.

»Natürlich nicht.«

»Sind Sie sicher, dass niemand, den ich hier in den Zeugenstand berufe, aussagen wird, dass Jennifer Angst vor Ihnen hatte?«

»Es gibt Leute, die mich nicht leiden können. Woher soll ich wissen, was die sagen werden?«

»Was für Leute?«, erkundigt sich Reese.

»Ihre Mutter zum Beispiel. Die kommt ja anscheinend nicht mal auf den Gedanken, dass ich die Frau, die ich liebte, verloren habe, und mein ungeborenes Kind. Das ist schon Strafe genug. Ich ertrage es nicht, dass sie mich auch noch beschimpft.«

»Man beschuldigt Sie der häuslichen Gewalt.«

Von diesem Zeitpunkt an läuft es nicht wirklich besser für den Zeugen, dafür allerdings umso besser für den Angeklagten. Reese entlockt dem Freund des Opfers zwar kein Geständnis, doch er rückt einen weiteren Verdächtigen ins Rampenlicht, und das auf sehr geschickte Art.

Die Anklage ist kurz davor, den Zeugen ins Kreuzverhör zu nehmen, als der Richter eine kurze Unterbrechung anberaumt. »Dreißig Minuten Mittagspause«, verkündet er. »Es ist Freitag, und ich will, dass wir alle heute Abend hier rauskommen und zu unseren Familien können.« Zur Bekräftigung lässt er den Hammer auf den Holzblock knallen. Die Pause reicht gerade mal dafür, eine Kleinigkeit aus dem Automaten runterzuschlingen und pinkeln zu gehen und – wie ich zugeben muss – Enttäuschung angesichts der Tatsache zu verspüren, dass ich mich nicht mit Reese treffen kann. Während ich an einer Wand lehne, die vorbeigehenden Leute beobachte und eine Tüte Erdnüsse verdrücke, summt mein Handy. Ich hole es aus meiner Handtasche und entdecke eine Textnachricht von Reese: *Du schmeckst genauso süß, wie du in dem pinken Kleid aussiehst, allerdings nicht ganz so unschuldig.*

Ich hebe den Kopf, und mein Blick geht nach rechts, wo Reese ebenfalls an der Wand lehnt, gute drei Meter von mir entfernt. Seine blauen Augen richten sich auf mich, und einige kurze Momente lang kann ich mir vorstellen, wie sich die Leute im Zeugenstand fühlen müssen, wenn Reese' stählerner Blick sich auf sie richtet und sie gefangen nimmt, so wie mich gerade. Mehrere Sekunden lang starren wir einander an, doch er kommt nicht auf mich zu, sondern bleibt auf Distanz und respektiert damit die berufliche Grenze, die ich zwischen uns gezogen habe. Und dann ist er plötzlich weg, geht davon, bevor das mit uns zu offensichtlich wird, und ich sehe zu, wie er auf einen seiner Co-Anwälte trifft und mit diesem im Gang verschwindet.

Ich könnte ihm auf die Nachricht antworten, aber ich habe keine Ahnung, was ich schreiben soll. *Null. Nada. Niente.* Ich verdiene meinen Lebensunterhalt mit Schreiben, und mir fällt kein einziges Wort ein. Dieser Mann macht mich wirklich wahnsinnig. Und er sorgt dafür, dass mir ungewöhnlich heiß ist. Gierig stürze ich mein Wasser hinunter, doch was ich wirklich will, ist, mich intensiv an Reese Summer zu betrinken. Ein Blick auf meine Armbanduhr bestätigt, dass *Die Reese Summer Show* gleich weitergeht, was bedeutet: Ich bin einen Schritt näher daran, meine Keinen-Sex-während-des-Prozesses-Regel außer Kraft zu setzen.

Kapitel Acht

Cat

Vier Stunden später haben die im Gerichtssaal versammelten Geschworenen, Presseleute und Beobachter das langweilige Kreuzverhör des Ex-Freundes und die tränenreiche Aussage der Mutter des Opfers über sich ergehen lassen. Die Zeugenbefragung zieht sich in die Länge, und die Verhandlung endet nicht früher, nur weil Freitag ist. Schließlich versucht Reese allerdings, für uns alle ein Ende des Prozesses herbeizuführen. Um kurz vor achtzehn Uhr erhebt er sich und wendet sich an den Richter. »Euer Ehren«, sagt er, »die Verteidigung ersucht Sie um eine Freisprechung des Angeklagten von allen Anklagepunkten. Bisher wurde kein Beweis vorgelegt, um die Anschuldigungen, mit denen sich mein Mandant konfrontiert sieht, zu stützen. Mittlerweile fragen wir uns wohl alle, warum mein Mandant überhaupt angeklagt wurde. Der offensichtliche Mangel an Beweisen und die Zahl weiterer Verdächtiger wirft die Frage auf, ob der Staatsanwalt sich einfach nur den ausgesucht hat, der ihm den besten Buchdeal einbringt?«

Unruhe und Gemurmel erheben sich im Gerichtssaal, während ich mich innerlich winde, weil die ganze Sache nun eine persönliche Note bekommen hat. Ich habe mit Reese geflirtet. Ich habe ihm quasi in Aussicht gestellt, mit ihm ins Bett zu gehen. Und ich habe wahrscheinlich noch in dieser Stunde eine Besprechung mit dem Staatsanwalt über eine gemeinsame Zusammenarbeit an einem Buch. Und da ist die Antwort auf meine Frage von heute Morgen: Ja, es geht noch komplizierter.

Der Richter schlägt mit dem Hammer aufs Pult und ruft: »Ruhe im Saal!«, was mich in die Gegenwart zurückholt, in der er sich gerade direkt an Reese wendet. »Solange Sie kein Geständnis von irgendjemand anders als Ihrem Mandanten vorlegen können, entscheiden die Geschworenen in diesem Fall, nicht ich. Erheben Sie erst gar keinen Einspruch. Die Konsequenzen würden Ihnen ohnehin nicht gefallen. Das Gericht vertagt sich.«

Und damit wird die Verhandlung erst am Montag fortgesetzt, und ich treffe mich mit dem Staatsanwalt auf einen Drink, anstatt mit Reese Summer auf einen Kaffee mit anschließendem Sex. Dieser Tag könnte definitiv eine Überarbeitung vertragen.

Ich bleibe nicht bis zu den Pressekonferenzen nach der Verhandlung. Ich analysiere Verbrechen und sage meine Meinung dazu. Ich spiele mich nicht in den Vordergrund. Ich verstecke mich auch nicht in Büschen oder hinter Straßenecken, um eine gute Story zu bekommen. Mit anderen Worten: Ich bleibe nicht bis zu einer Pressekonferenz nach der Verhandlung, in der es sowieso nur um den gleichen Brei geht, den ich mir schon den ganzen Tag über angehört habe. Nach einem kurzen Fußmarsch erreiche ich die Johnnie Walker Bar im Erdgeschoss des Johnnie Walker Hotels, bevor alle Sitzgruppen besetzt sind. Neugierig lasse ich den Blick durch den großzügigen Raum schweifen: braunes Leder, Holz und gedämpfte Beleuchtung.

Schließlich durchquere ich den Raum und mache es mir in einem Sessel am Fenster gemütlich – abseits der anderen Tische, damit Dan und ich ein persönliches Gespräch führen können, in dem es eventuell um sensible und vertrauliche Informationen geht. Sofern wir unsere gegenseitige Antipathie überwinden. Gleichzeitig habe ich von diesem Platz aus die Tür im Blick, zumindest im Moment noch, bevor die Massen hier hereinströmen. Erst einmal ignoriere ich den Eingang allerdings, genauso wie die Getränkekarte auf dem Tisch, die – wie ich von meinen vorherigen Besuchen weiß – eine umfangreiche Auswahl an Johnnie Walker Whiskys enthält. Ich bin keine Scotch-Trinkerin. Ich trinke überhaupt nicht – zumindest nicht, wenn ich einen klaren Kopf bewahren muss. Was bedeutet, ich werde nie mit Reese Summer trinken.

Ich bestelle mir einen Kaffee.

Der ist harmlos.

Oder auch nicht.

Er ist nicht harmlos, aber er bringt Glück. Durch einen Kaffee bin ich Reese begegnet. Durch einen Kaffee haben Reese und ich uns geküsst. Ich werde kein Buch mit dem Staatsanwalt schreiben. Wenn ich überhaupt mit irgendjemandem ein Buch schreibe, dann mit Reese. Das werde ich ihm und dem Verlag vorschlagen. Ich muss nur das obligatorische Treffen heute Abend hinter mich bringen.

Entschlossen bestelle ich einen White Russian mit einem halben Schuss Wodka, um sicherzustellen, dass ich mehr Sahne als Alkohol trinke. Während ich auf den Drink und auf Dan warte, schaltet jemand auf einem Fernseher in meiner Nähe die Nachrichten ein, in denen gerade ein bekannter Korrespondent vor dem Gerichtsgebäude steht und über die Demonstranten berichtet. Ich erhasche einen Blick auf ein »Tod dem Babymörder«-Plakat und beschließe, dass ich auch noch die andere Hälfte des Wodkas brauche. Aber es ist zu spät. Mein Drink ist schon da und auch Dan Miller, der heute Abend genauso wütend aussieht wie eigentlich immer.

Dan hat mich rasch entdeckt und liefert mir damit einen weiteren Beweis dafür, dass dieser Tag dringend einen Neustart braucht. Energisch durchquert er den Raum: groß und schlaksig, wie er nun einmal ist; ein Mittvierziger mit einer Spur von Grau in seinem braunen Haar. Viel zu schnell kommt er bei mir an und setzt sich mir gegenüber ans Fenster. »Ich nehme an, Sie haben diesen Platz ausgesucht, damit Sie jeder sehen kann. Die Reporterin mit der Sensationsstory über den Staatsanwalt.«

Sofort steigt Wut in mir hoch, aber meine Erfahrung als Anwältin und mein Argumentationstalent erinnern mich daran, mir dieses Gefühl zu verkneifen. »Erstens«, sage ich daher und zwinge mich, gelassen zu klingen, »habe nicht ich diesen Treffpunkt ausgesucht, sondern mein Verlag. Zweitens schreibe ich keine Sensationsstorys. Habe ich auch nie. Ich schreibe Gerichtsreportagen und True-Crime-Bücher.«

»Wie wahr«, entgegnet Dan. »Und ich habe nachgegeben und einem Treffen mit Ihnen zugestimmt. Sie brauchen mir also nicht mehr in irgendwelche Cafés hinterherzuschleichen. Also, was wollen Sie?«

Ungläubig schüttle ich den Kopf. Zuerst Reese mit seiner Behauptung, ich würde ihn stalken. Und jetzt Dan. »Ich wohne in der Nähe dieses Cafés, also vielleicht schleichen Sie ja mir hinterher, um einen Buchdeal zu bekommen.«

»Dafür brauche ich Sie nicht.«

»Und trotzdem sind Sie hier. Haben Sie überhaupt je ein Buch geschrieben?«

»Nein, aber …«

»Das war eine Ja-oder-nein-Frage, Herr Anwalt. Und jetzt wissen wir auch beide, warum Sie hier sind. Der Verlag denkt, Sie brauchen einen guten Co-Autor an Ihrer Seite, um ein gescheites Buch zu schreiben. Aber ich will nicht Ihre Co-Autorin sein. Damit können wir jetzt sagen: Wir haben uns getroffen, haben miteinander gesprochen und werden nicht zusammenarbeiten.«

Einige Sekunden lang mustert er mich prüfend. »Wer, glauben Sie, wird diesen Prozess gewinnen?«

»Niemand, weil der Gerechtigkeit nicht Genüge getan wird. Sie haben zu schnell reagiert. Sie haben nicht gewartet, bis Sie genug Beweise zusammenhatten, um ihre Argumentation glaubwürdig zu stützen.«

»Sie denken, er ist unschuldig?«

»Ich bin Anwältin. Ich erkenne unser Rechtssystem an, und danach ist er so lange unschuldig, wie er nicht schuldig gesprochen wird. Was das Buch betrifft, ist das Gespräch hiermit für mich beendet. Wir können jetzt sagen, dass wir uns getroffen haben. Und dass wir unterschiedlicher Auffassung sind.«

»Aber Sie schreiben so oder so ein Buch?«

»Ja.«

»Dann brauchen Sie meine Informationen.«

»Wenn Sie sich dafür entscheiden, gar nichts zu sagen, während Reese Summer sich frei äußert«, entgegne ich, »werde ich mich damit in meinem Buch auseinandersetzen, und das müssen Sie dann auch.«

»Ist das eine Drohung?«

»Das ist eine Tatsache.«

»Dieses Treffen war von Anfang an ein Witz.«

Er sagt noch etwas anderes, aber ich blende ihn aus, weil mich das gleiche Gefühl, beobachtet zu werden, überkommt wie schon zuvor im Gerichtsgebäude. Ich werfe einen Blick durch den Raum und bleibe an einem Tisch auf der gegenüberliegenden Seite hängen, wo

Reese mit seinen Co-Anwälten sitzt. Als unsere Blicke sich treffen, verengt er die Augen, und ich erkenne die Frage darin. Er weiß nicht genau, was er denken soll. Ich auch nicht. Meine Handflächen sind schweißnass. Ich habe ein schlechtes Gewissen. Das ist doch verrückt. Ich hab nichts Schlimmes getan. Er macht mich wirklich wahnsinnig. Unwillkürlich balle ich die Hände zu Fäusten. Wieso habe ich eigentlich zugestimmt, mich mit Dan in *dem* Hotspot für Juristen zu treffen? Bei Reese wollte ich unbedingt diskret sein, und dann treffe ich mich ganz locker in aller Öffentlichkeit mit seinem Gegner?

»Hören Sie«, sagt Dan, »ich brauche und will keine …«

»Schon verstanden«, entgegne ich und sehe ihn an. »Ich schreibe kein Buch mit Ihnen. Und offen gesagt hoffe ich, Sie nutzen Ihre Zeit dafür, den *richtigen* Schuldigen zu finden, anstatt ein Buch über den falschen zu schreiben.« Damit schnappe ich mir meine Tasche, stehe auf und eile auf die Tür zu, ohne in Reese' Richtung zu blicken. Sobald ich hier raus bin, werde ich ihm schreiben und ihm alles erklären – oder auch nicht. Immerhin ist das hier mein Job.

Während ich gehe, fühlt es sich so an, als würden mich Reese' Blicke verbrennen. Ich schlängle mich zwischen den mittlerweile besetzten Tischen hindurch und schiebe mich an der Gruppe von Leuten vorbei, die gerade hereinkommt, als ich die Bar verlassen will. Hastig durchquere ich die Lobby. Draußen ist die Temperatur um mindestens zehn Grad gesunken, während mir dagegen total heiß ist. »Warten Sie einen Moment!«

Beim Klang von Dans Stimme zucke ich zusammen, bevor ich mich umdrehe, um ihn anzusehen. »Der Verlag will das Buch rausbringen«, sagt Dan, der jetzt dicht vor mir steht. »Wenn wir das Thema ansprechen, müssen wir uns einig sein.«

»Ich rede mit ihnen«, gebe ich ihm zur Antwort. »Ich sorge dafür, dass es in die Richtung geht, in die wir offensichtlich beide wollen.« *Nirgendwohin*, füge ich in Gedanken hinzu.

»Wann?«

»Die rufen mich heute Abend an. Dann teile ich ihnen unsere Entscheidung mit.«

Einige Augenblicke starrt er mich finster an, dann reibt er sich übers Kinn und geht davon. Genau in diesem Moment wird mir bewusst, dass Reese direkt vor dem Hoteleingang steht – so nahe, dass Dan ihn gesehen hätte, wäre er nach rechts abgebogen. So nahe, dass er alles mit anhören konnte. Mehrere Sekunden lang rührt sich keiner von uns, keiner sagt etwas oder scheint auch nur zu atmen. Das Hotelgebäude wirft einen Schatten auf Reese' Gesicht, aber ich brauche seine Miene auch nicht zu sehen; seine Wut spüre ich auch so. Er denkt, er weiß etwas, das er nicht weiß.

»Egal, was du glaubst, gesehen zu haben, es ist nicht so, wie du denkst«, sage ich, und mein Tonfall scheint ihn in Bewegung zu setzen.

Er kommt auf mich zu, Mr Groß und Dunkelhaarig – und momentan auch Wütend –, ein Mann, der eigentlich Selbstbeherrschung ausstrahlt und den Eindruck erweckt, als hätte er immer alles im Griff, dennoch ist sein Ärger gerade mit Händen greifbar. Direkt vor mir bleibt er stehen, ragt mit seinen breiten Schultern vor mir auf, und ein kühler Windzug weht seinen herben Duft zu mir herüber, der mich wie eine Wolke umhüllt. In diesem Moment wirkt alles an ihm überwältigend stark.

»Das, was ich gesehen habe, macht mich nicht wütend«, sagt er. »Du machst deinen Job. Du musst Leute interviewen. Das ist mir schon klar. Aber das, was ich gehört habe, macht mich wütend. Ein Buch mit dem Typen? Hast du deinem Co-Autor gerade Informationen gesteckt?«

»Nein«, entgegne ich schnell. »Gott, nein! Reese, das ist nicht …«

»Wolltest du mit mir vögeln, um an Informationen zu kommen?«

»Das hat damit überhaupt nichts zu tun. Wenn ich das wirklich wollte, wieso sollte ich dann warten?«

»Du hast mich zum Reden gebracht. Und ich muss zugeben: Du warst gut, Süße. Du siehst gut aus. Du schmeckst gut. Und du bescheißt wirklich verdammt gut.«

»Führ dich nicht so auf wie ein Arschloch, nur weil du denkst, *ich* wäre eins. Das bin ich nämlich nicht, aber das macht dich zu einem noch viel größeren. Und die Tatsache, dass du hier so dermaßen an die Decke gehst, spricht Bände. Du bist offensichtlich mal verletzt worden, aber weißt du was? Wie auch immer sie hieß, die dir was auch immer angetan hat: Ich bin nicht sie.«

»Das kannst du ja in deinem Buch mit Danny Boy schreiben. Und dann kannst du mich auch gleich als Monster darstellen, das ein anderes Monster verteidigt.«

»Nein«, stoße ich atemlos hervor, tief getroffen von seinen Worten, und ich weiß nicht mal, warum. »Ich halte dich nicht für ein Monster.«

»Aber du musst doch Bücher verkaufen. Was auch immer den Verkauf anregt, nicht wahr?«

»So bin ich nicht. Und das weißt du auch.«

Er mäßigt seine Stimme etwas. »Ich kenne dich doch kaum, Cat.«

»Dann urteile nicht über mich. Mein Verlag hat diesen Termin gemacht und …«

»Du hättest mich *warnen* müssen.«

»Das hier ist mein Job. Wir sind kein Paar.«

»Richtig. Wir ficken nur. Nein. Falsch. Wir ficken nicht mal. Wir haben gewartet, während ich dir mehr besorgt hab als nur 'nen Orgasmus. Und jetzt weiß ich auch, was ich bei dir falsch gemacht hab. In dem Moment, als ich erfahren habe, dass du Reporterin bist, hätte ich dir einfach an die Wäsche gehen und mir meinen One-Night-Stand holen sollen. Dann hätte ich mir dich ein für alle Mal aus meinem Kopf gevögelt.«

»Hör auf, so ein Arschloch zu sein!«

»Das bin ich nun mal. Laut dir.«

»Du interpretierst das alles völlig falsch, und du …«

»Mehr will ich gar nicht wissen«, unterbricht er mich harsch. »Lass es uns so einfach wie möglich hinter uns bringen, aber nicht auf die nette Tour. Hart und schnell. Hart und lang. Solange es danach beendet ist. Ich bin dabei. Wenn du ficken willst, lass uns ficken.«

»Du hast mir den Spaß an diesem kleinen Abenteuer verdorben.«

»Schön«, entgegnet er. »Wenn du deine Meinung änderst und

doch noch deinen One-Night-Stand willst, ruf mich an. Ansonsten lass es.« Damit wendet er sich ab und lässt mich auf dem Bürgersteig stehen, während er davongeht. Ich starre ihm nach, bis er wieder im Hotel verschwunden ist.

Eine Sekunde lang setze ich an, ihm zu folgen – um ihm höchstwahrscheinlich eine reinzuhauen –, aber gerade betritt hinter ihm eine Gruppe hochrangiger Anwälte das Hotel. Davon abgesehen muss ich meine Aussage von vorhin revidieren. Sich hier zu treffen war nicht dumm. Ich habe nichts zu verbergen, was Dan angeht. Bei Reese ist das eine andere Geschichte. Uns umgibt eine riesige entflammbare Wolke aus wütender sexueller Spannung, die man nur schwer übersehen kann, wenn man sich mit uns im selben Raum befindet.

Abrupt mache ich auf dem Absatz kehrt und marschiere verärgert in Richtung meines Apartments, und mit jedem Schritt, den ich mache, strömt die brodelnde Wut durch meine Adern. Mein Zorn lässt Szenen vor meinem geistigen Auge auftauchen, von meinem Ex, der mit seiner Sekretärin bumst, und in meinem Ohr läuft eine Playlist all seiner Lügen. Reese hat nicht abgestritten, dass er verletzt wurde, und auch nicht, dass er seine Gefühle von damals auf mich projiziert. Verdammt, ich hab hinter die Maske des Arschlochs geblickt. Dieses miese Verhalten ist sein Schutzwall. Das ist mir nun klar. So einen Wall hab ich auch. Diese Erkenntnis lässt meine Wut verrauchen.

Ich laufe noch einen Häuserblock entlang, bevor ich Reese' Nummer wähle. Doch er geht nicht dran. Nach einem weiteren Block versuche ich es noch einmal. Immer noch nichts. Erneut kocht mein Ärger hoch. Diese Achterbahn der Gefühle und meine Versuche, Reese zu erreichen, wiederholen sich ganze sieben Häuserblocks lang, bis ich schließlich stehen bleibe. Er wird denken, ich rufe ihn an, weil ich Sex will, wird mir bewusst. Deshalb spielt er nun mit mir, genau so, wie ich seiner Meinung nach mit ihm gespielt habe.

Ich drehe mich um und mache mich auf den Weg zurück zum Hotel.

Diese Sache hier endet heute Nacht: auf die eine oder andere Art und Weise.

Kapitel Neun

Reese

Wenn sie jetzt anruft und plötzlich doch vögeln will, hatte ich recht: Dann ist sie ein erfolgsgeiles Miststück.

Genau diese Gedanken gingen mir durch den Kopf, als ich sie vor dem Hotel stehen ließ und zurück zu meinen Kollegen ging: zu Elsa, der Durchsetzungsfähigen, und Richard, dem es immer an genügend Durchsetzungswillen fehlen wird, um einen so großen Prozess wie diesen zu führen, der diesen Mangel jedoch mit seinem genialen Verstand ausgleicht. Heute Abend sind die beiden allerdings ziemlich beunruhigt und machen sich Sorgen um den Mandanten, den sie genau wie ich für unschuldig halten. »Konzentriert euch auf das, was wir beeinflussen können«, sage ich, und die nächsten fünfzehn Minuten besprechen wir, wie wir das tun können, während Cat mich dreimal anruft und keine Nachricht hinterlässt.

Ich gehe nicht dran. Offensichtlich dreht sie gerade durch. Sie will vögeln. Sie will wieder eine Rolle in der Geschichte mit mir spielen. Mit jeder Sekunde werde ich wütender. Normalerweise lasse ich mich von niemandem ärgern, aber Cat bringt meine Wut zum Kochen, als würde sie Benzin darauf gießen. Gleichzeitig bin ich mit meinem Latein am Ende, was Elsa betrifft, die den Tag immer wieder durchkaut.

»Konzentriert euch auf das, was wir beeinflussen können«, wiederhole ich. »Die Zukunft können wir mitbestimmen. Und idealerweise findet ihr zwei mir bis dahin den wahren Mörder.« Verblüfft über den Nachdruck meiner Forderungen starren die beiden mich an, aber ich habe gelernt, dass man fragen muss, wenn man etwas bekommen will. Vielleicht ist genau das mein Problem mit Cat. Bis heute Abend habe ich nie direkt gesagt: *Lass uns ficken.* Ich hab sie nie direkt dazu aufgefordert, mit mir ins Bett zu gehen, und der

Kuss hat mir gezeigt, dass ich es durchaus hätte tun können. Aber zum ersten Mal ging es mir nicht um einen One-Night-Stand – ihr allerdings auch nicht, selbst wenn sie was anderes behauptet. Das hätte sich für sie nicht ausgezahlt.

Ich halte der Kellnerin meine Kreditkarte hin und werfe einen Blick auf Richard und Elsa. »Geht schlafen. Wir treffen uns morgen Mittag im Apartment und bleiben bis Montag früh dort, wenn das nötig sein sollte, um unseren geständigen Mörder zu finden.« Ich schaue zu Elsa. »Ruf den Privatdetektiv an, den wir engagiert haben. Er soll auch kommen.«

»Der ist doch unfähig, Reese«, entgegnet Elsa. »Also, was soll das bringen?«

»Da muss ich ihr recht geben«, meldet sich Richard zu Wort. »Wir sind auf uns allein gestellt. Ich kenne einen Computerspezialisten, der gut im Hacken …«

»Nein«, widerspreche ich. »Illegal beschaffte Beweise gelten vor Gericht nicht. Ich rufe ein paar Leute an. Und jetzt geht, ihr beiden. Fahrt nach Hause. Schlaft, so viel ihr könnt, denn das ist eure letzte Gelegenheit, euch auszuruhen, bis der Prozess vorbei ist.«

Die beiden stehen auf und murmeln mir einen Abschiedsgruß zu, während mein Handy klingelt und es wieder mal Cat ist. Die Verzweiflung, mit der sie mich zu erreichen versucht, regt mich auf. Bisher musste *ich* mich bemühen, jetzt ist sie dran. Was beweist, dass ich mich gar nicht hätte bemühen müssen. *Du bist offensichtlich mal verletzt worden*, hat sie gesagt. Verdammt richtig, das wurde ich. Von ihr. Vor ihr. Ich hätte nie zulassen dürfen, dass sie mir so unter die Haut geht. Vielleicht vögle ich sie doch nicht. Sie ist eine verfluchte Hexe, die mich mit irgendeinem Trank verzaubert hat.

Wieder klingelt mein Handy, aber diesmal lehne ich Cats Anruf ab und rufe stattdessen Royce Walker an, der natürlich – wie könnte es anders sein? – mit Cats Freundin Lauren verheiratet ist. Offensichtlich gibt es derzeit keine Möglichkeit, Cat zu entkommen. »Royce«, begrüße ich ihn.

»Ich übernehme deinen Mandanten nicht«, gibt er zurück.

»Dir auch einen guten Abend, du Arsch. Er ist unschuldig.«

»Mir ist das egal«, sagt Royce, bevor er einen schweren Seufzer ausstößt. »Aber meiner Frau nicht. Sie ist schwanger und total besessen von diesem Prozess. Und die Sache nimmt sie sehr mit, weil das Opfer ebenfalls schwanger war. Sie glaubt, da draußen läuft noch ein Killer frei rum.«

»Da hat sie recht.«

»Wer war's?«

»Ich habe jemanden im Verdacht, aber das muss ich erst beweisen und bis Montag ein Geständnis erzwingen, sonst entscheiden die Geschworenen. Und du weißt selbst, wenn mein Mandant erst mal verurteilt wurde, wird es schwer, das Urteil anzufechten.«

»Bis Montag«, sagt Royce. »Das ist ziemlich viel verlangt.«

»Mein Mandant hat auch ziemlich viel Geld«, erinnere ich ihn. »Er kann dafür bezahlen.«

»Wieso kommst du erst jetzt zu mir?«

»Der Richter hat mir heute erst direkt gesagt, dass ich einen Geständigen brauche, um den Fall ad acta zu legen, sonst liegt alles in den Händen der Geschworenen. Mein Mandant hat nichts getan. Dafür würde ich meine gesamte Karriere aufs Spiel setzen.«

»Das hast du bereits«, entgegnet Royce. »Deshalb hättest du mich auch schon längst engagieren sollen und nicht irgend so eine Sicherheitstruppe. Verdammt, wenn du derjenige wärst, der mich bezahlt, und nicht dein Milliardär, würde ich nicht mal was dafür verlangen. Ich will, dass der- oder diejenige gefasst wird, der diese Frau und ihr ungeborenes Kind umgebracht hat.«

»Genau deshalb hab ich den Fall auch angenommen. Wenn mein Mandant verknackt wird, kommt der wahre Mörder davon.«

»Okay, ich nehme den Auftrag an«, verkündet Royce. »Und normalerweise mache ich keine Versprechungen, schon gar nicht, wenn ich erst so spät ins Spiel einsteige. Aber mein Team ist das beste. Wenn wir irgendein Schlupfloch aufspüren oder einen Mörder fangen müssen, ist die Zeit unser einziges Hindernis. Ich melde mich bis Sonntagabend.«

Damit legt er auf und die Kellnerin mir die Rechnung auf den Tisch. Ich unterschreibe den Beleg und will gerade aufstehen, als sich plötzlich Cat mir gegenübersetzt. Ihre Wangen sind gerötet, und ihre Lippen glänzen pink. »Ich nehme mal an, du denkst, ich hab dich nur angerufen, um dir zu sagen: ›Ja, lass uns vögeln.‹«

»Hast du nicht?«

»Nein. Nein, hab ich nicht. Aber die Vorstellung, dass du das denkst, hat mich verrückt gemacht. Deswegen bin ich jetzt hier, um dir zu sagen, was ich dir eigentlich am Telefon sagen wollte, aber du *bist ja nicht drangegangen.*«

»Ich hab dir doch gesagt, du sollst mich nur anrufen, wenn du ficken willst. Deshalb ist dieses Gespräch jetzt auch beendet.«

Sie senkt die Augenlider und verbirgt damit jegliche Reaktion vor mir, die ich gerade in ihr ausgelöst haben mag. »Okay«, sagt sie dann und atmet laut ein und aus, während sie mich erneut ansieht. »Okay. Hierherzukommen war eine blöde Idee, genauso wie die Tatsache, dass ich mir eingebildet hab, du wärst nicht so, wie du dich bei unserer ersten Begegnung verhalten hast.« Und mit dieser Aussage steht sie auf und geht davon. Verdammt!

Verdammt! Verdammt! Ich kann sie nicht gehen lassen.

Hastig springe ich aus meinem Sessel und folge ihr, während sich mein verfluchter Blick automatisch auf ihren heißen kleinen Po in dem pinken Kleid richtet. Sie schlängelt sich zwischen den Barbesuchern hindurch, und ich beschleunige meine Schritte, erreiche sie gerade in der Sekunde, als sie die Hotellobby betritt, und halte sie am Arm fest. Wütend wirbelt sie herum und reißt sich aus meinem Griff los, bevor sie mir direkt ins Gesicht sieht. »Ich hoffe«, stößt sie leise, aber zornig hervor, »zum Wohle deines Mandanten, dass die Geschworenen über ihn nicht genauso urteilen wie du über mich, ohne Fakten und Beweise.«

Entschlossen überwinde ich die räumliche Distanz, die sie zwischen uns aufgebaut hat. »Ich weiß, was ich gehört habe.«

Sie stemmt die Hände in die Hüften, herausfordernd, nicht abwehrend. »Ich weiß, was du glaubst, gehört zu haben.«

»Du hast doch selbst gesagt, dein Verlag hat den Buchdeal zwischen Dan und dir arrangiert.«

»Mein Verlag hat das Treffen arrangiert.«

»Ich mag vielleicht nicht viel über dich wissen«, gebe ich ärgerlich zurück, »aber was ich weiß, ist, dass du genug Geld und Freiheiten hast, um dich nicht zu irgendwas zwingen zu lassen.«

»Mein Apartment habe ich geerbt, aber ich bekomme keine finanzielle Unterstützung von meiner Familie. Ich hab Ziele. Ich hab Träume, und ganz ehrlich, es kostet Geld, sehr viel Geld, diese Ziele und Träume Wirklichkeit werden zu lassen.«

»Und ich nehme an, zu diesen Zielen und Träumen gehört auch, ein Buch zu schreiben und mich zu verarschen, um dein Bankkonto zu füllen.«

»Denkst du wirklich, ich würde Dans Vorgehensweise in dem Fall auseinandernehmen und dich mit Lob überschütten, wenn ich vorgehabt hätte, mich heute Abend mit ihm zu treffen? Geschweige denn, ein Buch mit diesem Mann zu schreiben?«

»Und trotzdem hast du dich mit ihm getroffen, Cat«, sage ich, nicht sicher, warum ich überhaupt noch hier bei ihr stehe. Und ich weiß auch nicht, warum es mir nicht egal ist, was sie antwortet, aber es ist mir tatsächlich nicht egal.

»Ja, um eine Basis dafür zu schaffen, dass ich ein Angebot meines Verlages ablehnen kann, was ungefähr so ist, als würdest du mitten im Prozess dein Mandat niederlegen. Das ist keine Kleinigkeit. Aber weißt du was? Das Buch ist mir mittlerweile egal. Ich will mir nur den Respekt meiner Leser bewahren, die den Prozess nur durch meine Augen und Gedanken verfolgen. Und das heißt, ich sollte eigentlich nicht mit dir hier stehen und dir quasi in aller Öffentlich keit eine Szene machen. Ich hasse Szenen.« Damit wendet sie sich ab und geht davon.

Wieder halte ich sie am Arm fest und dränge sie durch die Hotellobby in Richtung Sicherheitsbereich. »Wohin bringst du mich?«, zischt sie mir zu.

»An einen Ort, wo du mir keine Szene zu machen brauchst und ich trotzdem meine Antworten bekomme«, entgegne ich, nicke dem Wachmann zu und biege in einen Korridor ein, der zu den mir wohlbekannten privaten Aufzügen führt.

»Ich kann auch einfach gehen«, sagt Cat. »Dann brauche ich dir auch keine Szene zu machen. Und außerdem hab ich dir schon alles gesagt, was ich wollte. Also bleib stehen. Reese, verdammt, bleib stehen! Hier im Gang ist sowieso niemand.«

»Noch nicht«, entgegne ich. »Erst wenn uns keiner meiner Gerichtskollegen mehr sehen kann.«

»Lass meinen Arm los!«

Vor den Aufzügen halte ich an und drücke auf die Ruftaste. »Ich lasse dich nicht los«, sage ich, ziehe Cat vor mich und trete dicht an sie heran. »Noch nicht«, füge ich hinzu, während ich die Wärme ihres Körpers spüren kann. »Du hast mir noch nicht alles gesagt.«

»Nur weil du nichts erfahren hast, was dein Verhalten gerade rechtfertigen würde, heißt das noch lange nicht, dass ich dir nicht alles gesagt habe.«

»Hast du das wirklich, Cat?«

»Was?«

»Mir die Wahrheit gesagt?«

»Ja«, erwidert sie. »Das hab ich.«

»Dann sorg dafür, dass ich es auch glauben kann.«

»Ich hab's nicht nötig, dich davon zu überzeugen, mir irgendwas zu glauben«, gibt sie zurück, und ihre Stimme klingt ein wenig tiefer, ein wenig rauer. Die Luft um uns herum hat sich verdichtet, es fällt mir schwerer zu atmen – andererseits will ich auch gerade nichts anderes einatmen als Cats süßen, blumigen Duft.

»Aber du willst es«, entgegne ich.

»Ja«, gibt sie mutig zu. »Das stimmt. Und es ärgert mich, dass ich es will. Es sollte mir egal sein, weil du ein …«

»Ich bin kein arrogantes Arschloch.«

Einen Moment lang sieht sie mich prüfend an, und ich merke, wie sich ihre Muskeln etwas entspannen, sehe, wie ihr Blick wärmer wird, als sie sagt: »Dann sorg dafür, dass ich es auch glauben kann«, und mit diesem Satz lässt sie mich wissen, dass sie bereit ist. Dass sie immer noch ihren One-Night-Stand will.

Mein Mund verzieht sich zu einem Lächeln, und mein Schwanz wird so hart, dass er gegen meinen Reißverschluss drückt, während ich ihn eigentlich lieber zwischen Cats Schenkel pressen würde. Verfluchte Scheiße! Schon von dem Moment an, als diese Frau mir im Café so verdammt auf die Nerven ging, wollte ich von ihren Schenkeln umschlungen werden. Damals hat dieser Wunsch für mich keinen Sinn ergeben. Bei dieser Frau ergibt nichts einen Sinn, aber das muss es auch nicht. Schließlich geht es nur um einen One-Night-Stand.

Das Klingeln des Aufzugs ertönt, doch ich halte Cat fest. Ich will sie nicht gehen lassen. Ich will sie mit nach oben nehmen, obwohl ich sonst keine Frauen dorthin einlade. Niemals. Und trotzdem habe ich sie zu diesem Aufzug gebracht. Diese Erkenntnis sorgt dafür, dass ich Cats Arm loslasse, und das nicht, weil ich meine Meinung über den One-Night-Stand geändert hätte. Nein, ich will die Kontrolle zurück, die diese Frau mir genommen hat. Ich werde nicht zulassen, dass sie sich hinter meinen Entscheidungen verstecken kann.

»Komm mit mir nach oben«, sage ich, und obwohl ich die Worte nicht als höfliche Bitte formuliert habe, trete ich zurück, lehne mich gegen den Rahmen des Aufzugs und halte die Tür auf; zwinge Cat damit, den nächsten Schritt zu tun und so die Dynamik zwischen uns zu verändern. Sie starrt in den Fahrstuhl, nicht zu mir, und es vergehen mehrere Sekunden, bis sie meinen Blick sucht und ihre grünen Augen mich durchbohren. Fragend hebe ich eine Augenbraue.

»Was ist denn da oben?«

»Die obersten Etagen sind zu Wohnungen ausgebaut. Ich hab ein Apartment hier.«

Trocken lacht sie auf. »Ich hab mich mit Dan in deinem Wohnhaus getroffen.«

»Ja, das hast du. Und fürs Protokoll: Er weiß, dass ich hier wohne.«

»Du dachtest, ich wüsste das auch.« Sie lässt mir gar keine Zeit, darauf zu antworten. »Du dachtest … Ich hatte wirklich keine Ahnung.«

Das würde ich ihr gerne glauben. Zu gerne, verdammt! Ich will sie ficken. *Zu gerne, verdammt!* »Komm mit mir nach oben, Cat.«

Statt einer Antwort kommt sie näher zu mir an die Tür, berührt mich aber nicht. Sie hebt ihr zartes, schmales Kinn an, doch ihr Blick hat nichts Zartes an sich, als er erneut auf meinen trifft und sie sagt: »Ich hab kein Komplott gegen dich geschmiedet. Ich hatte nicht mal vor, mit Dan ein Buch zu schreiben. Was ich allerdings bereue, ist, dass ich dir nichts von dem Treffen geschrieben hab, wobei du meine Reue überhaupt nicht verdienst. Und ich hab das, was ich gesagt hab, auch so gemeint. Ich werde aus diesem Buchdeal aussteigen. Und wenn du mir jetzt immer noch nicht glaubst, sollte ich besser nach Hause gehen.«

»Was spielt es für eine Rolle, was ich glaube, wenn wir nur vögeln?«

»Gerade hast du mir noch gesagt, ich soll dafür sorgen, dass du mir glaubst. Und diese Aussage zeigt klar, dass du nur mit mir schlafen willst, um mir und dir selbst zu beweisen, dass ich dich nicht verletzen kann. Dass ich keinerlei Einfluss auf dich habe. Ich bin nur ein One-Night-Stand. Und das ist okay. Ich bin nur ein One-Night-Stand für dich, und du für mich genauso, aber eigentlich macht man das, um sich gut zu fühlen.«

Aus einem Impuls heraus schlinge ich die Hände um ihre Taille und ziehe sie an mich, sodass ihre Schenkel sich gegen meine pressen und sie nicht anders kann, als ihre Hände auf meine Brust zu legen; genau dorthin, wo ich sie haben will. »Süße«, sage ich sanft, »ich verspreche dir: Alles, was ich tue – ob mit der Zunge, dem Mund oder den Händen –, wird sich genauso gut anfühlen wie der Moment, bevor du kommst.«

»Ich bezweifle gar nicht, dass man mit dir Spaß haben kann, Reese. Ich glaube, das gibt dir irgendwie das Gefühl, gewonnen zu haben; auf eine verquere Art, die ich zwar nicht hundertprozentig nachvollziehen kann, aber egal. Und wahrscheinlich findest du dieses Gefühl morgen früh immer noch toll. Aber ich nicht. Und das macht nicht nur den Sinn eines One-Night-Stands hinfällig – ich hab mir die ganze Sache auch gerade selbst ausgeredet.« Energisch drückt sie die Hände gegen meine Brust und versucht, sich aus meinem Griff zu lösen. Doch ich denke gar nicht daran, sie gehen zu lassen. Ich *will* diese Frau nicht einfach nur – ich *begehre* sie mit allen Sinnen.

In einiger Entfernung erheben sich Stimmen, und ich reagiere instinktiv. Auf keinen Fall werde ich zulassen, dass eine Situation entsteht, die peinlich für Cat ist oder dazu führt, dass ich sie verliere. »Ich hab mich tatsächlich wie ein Arschloch aufgeführt«, sage ich und lege ihr die Hände an die Hüften. »Ich hab dich falsch eingeschätzt.« Unvermittelt schiebe ich sie in den Fahrstuhl und dränge sie dort in eine Ecke. Dann gebe ich meinen Sicherheitscode ein und konzentriere mich nur noch auf das, was in diesem Moment wichtig ist: *Cat.* Zärtlich nehme ich ihr Gesicht in beide Hände. »Ich mache es wieder gut.«

»Du hast dich wirklich wie ein Arschloch aufgeführt.«

»Ich mache es wieder gut«, sage ich noch einmal und presse meine Wange an ihre, den Mund dicht an ihrem Ohr, als ich fortfahre: »Ich verspreche dir, Süße: Alles, was ich tue – ob mit der Zunge, dem Mund oder den Händen –, wird sich genauso gut anfühlen wie der Moment vor deinem nächsten Orgasmus.«

Sie krallt die Finger um die Aufschläge meines Jacketts, und ich spüre, wie ihre Muskeln sich ein klein wenig lockern, als sie mit rauer Stimme antwortet: »Beinhaltet dieses Versprechen auch die Worte ›Es tut mir leid‹?«

Behutsam lehne ich mich ein Stück zurück, um sie anzusehen. »Ich werde die Worte ›Es tut mir leid‹ sagen, Ms Wohlerzogen«, versichere ich ihr, »wenn du *bitte* sagst.«

»*Du* hast einen Grund, dich zu entschuldigen«, kontert sie. »Aber bisher hast du mir noch keinen Grund gegeben, *bitte* zu sagen.«

Und hier ist sie: eine weitere Provokation dieser Frau, die mein Blut um zehn Grad heißer werden lässt. Der Fahrstuhl bleibt mit einem Klingeln stehen, und die Türen öffnen sich. Sanft verschränke ich die Finger mit denen von Cat und ziehe sie an mich. »Du weißt schon, dass du einen Mann nicht so herausfordern kannst, ohne ihm die Chance zu geben, die Herausforderung auch anzunehmen, oder?«

»Okay, ich bleibe, aber du weißt schon, dass das Wort ›bitte‹ in diesem speziellen Zusammenhang von deiner Leistung abhängt, oder?«

Ich muss lachen, und mein Schwanz zuckt. »Wir lassen *deine guten Manieren* über meine Leistung entscheiden.«

»Okay«, sagt sie, und damit hat das Spiel begonnen: die Art von Spiel, bei dem sie nackt ist und ich am Ende auch. Nachdem sie *bitte* gesagt hat.

Kapitel Zehn

Cat

Die Fehler und Erfahrungen der Vergangenheit haben mich gelehrt, dass Sieg und Erfolg einem nicht automatisch die Kontrolle verschaffen, wie mein Vater und zwei meiner drei Brüder mir gerne weismachen würden. Eigene Entscheidungen zu treffen verschafft einem Kontrolle. Zu diesen Entscheidungen zu stehen, seines Glückes Schmied zu sein und seine Bedürfnisse zu befriedigen: Das gibt einem Kontrolle.

Während Reese und ich den langen Flur zu seinem Apartment entlanggehen und er mich mit seinem starken, muskulösen Arm an sich zieht, ist mir durchaus bewusst, worauf das alles hinauslaufen wird. Ich weiß, die Gefühle in mir – die Wärme, die sich in meinem Bauch ausbreitet, und das Ziehen in meinen Brüsten – sind nicht nur das Vorspiel zum Sex, sondern auch zu etwas anderem: dazu, dass ich Reese freiwillig die Kontrolle überlasse, alles zu tun, was mich dazu bringt, *bitte zu sagen.* Aber das ist meine Entscheidung. Es ist mein Weg, meine Bedürfnisse zu befriedigen. Und auch wenn Reese all das verkörpert, was ich bei Männern nicht leiden kann – er ist arrogant, reich und machthungrig und außerdem viel zu attraktiv für diese Welt –, ist er doch irgendwie genau das, was ich brauche. Über den Grund dafür mache ich mir keine Gedanken. Ich muss das nicht verstehen.

Es geht nur um eine Nacht.

Und das ist genau das, was ich will. Bei einem One-Night-Stand kann man sich von allen Hemmungen und komplizierten Verwicklungen lösen, und doch spüre ich ein nervöses Flattern in meinem Magen, als wir vor Reese' Wohnungstür stehen bleiben und ich zusehe, wie er aufschließt. Ich werde nie nervös, wenn ich mit Männern zusammen bin. Nicht, seitdem ich im Jurastudium diverse

Übungsprozesse gewonnen und dadurch ein gesundes Selbstvertrauen erlangt habe. Ich fühle mich wohl in meiner Haut, aber das Problem ist vielleicht, dass Reese schon zu weit daruntergekrochen ist. Ich kenne ihn. Ich habe mich mit ihm unterhalten. Ich habe angeregte Gespräche mit ihm geführt und es genossen. Ich habe mich auf unsere kurzen Begegnungen und Wortwechsel gefreut. Und da ich schon mal dabei bin, Selbstgespräche in meinem Kopf zu führen, sage ich mir gleich, dass all diese Dinge nur das Vorspiel waren, die Hinführung zu einer guten Show. Mehr nicht.

Reese öffnet die Tür, doch ich wende mich ihm nicht zu. Stattdessen blicke ich ins Innere des Apartments und starre in die Dunkelheit.

»Cat«, drängt er mich sanft, »sieh mich an.«

»Nein«, entgegne ich, und das nicht aus Trotz, denn in diesem Moment verspüre ich keinen. Es ist eine einfache Verneinung, die vielleicht aus einem tief in mir verwurzelten Bedürfnis entsteht, jeden herauszufordern, der mich auf irgendeine Art unbewusst kontrollieren könnte. Reese gehört zu der Sorte Mann, die sich an einen heranschleicht und genau so was tut, deshalb treffe ich eine Entscheidung: Er soll wissen, dass jedes bisschen Kontrolle, das ich ihm heute Nacht überlasse, auf meinem Entschluss basiert, nicht auf seinem.

Daher setze ich mich nun doch in Bewegung und betrete sein Apartment, weil ich es so entschieden hab. Nachdem ich gerade einmal drei Schritte in den dunklen Flur hinein gesetzt habe, geht das Licht an und erhellt einen Flur mit Mahagonidielen, der nach links führt und fast einen Halbkreis bildet. In die Wände an den Seiten sind bogenförmige Nischen eingelassen, gefüllt mit Büchern, und am liebsten würde ich mir jeden einzelnen Titel ansehen, aber dann würde ich nur Dinge über diesen Mann erfahren, die über eine sexuelle Beziehung hinausgehen – und das mit uns ist nicht mehr. Trotzdem ertappe ich mich dabei, dass ich den Blick über ein Regal mit Bildbänden schweifen lasse – darunter einige meiner Lieblingsmaler.

Sofort schiebe ich den Gedanken beiseite, wir könnten ein gemeinsames Interesse haben – vielleicht ist es bei ihm nur reine Angeberei, während ich mich tatsächlich für Kunst begeistere. Der Flur führt mich in einen großzügig geschnittenen Wohnbereich mit deckenhohen Fenstern und grauen Polstermöbeln, die um einen runden Tisch herum gruppiert sind. An der Frontseite hängt ein Flachbildfernseher in der Mitte des Fensters. Der Raum ist wahnsinnig elegant und ausgesprochen maskulin eingerichtet – ein schlicht dekorierter Wohnbereich, in dem es keinerlei Möglichkeiten gibt, irgendwo ein Gemälde aufzuhängen. Auch kann ich nirgendwo Familienfotos entdecken. Dennoch passt die Einrichtung zu Reese.

Ich frage mich, warum das so ist, aber ich finde keine eindeutige Antwort darauf, während ich zu einer der beiden weißen Säulen hinübergehe, die die Fensterfront links und rechts teilen, und meine Hand darauflege. Das helle Licht der Sterne bildet Sprenkel am Himmel, während das hell erleuchtete New York City darunter ein farbenfrohes Bild in die Dunkelheit malt. Musik erklingt, ein Lied, das ich nicht kenne: sanft, sexy, ungewöhnlich. Reese könnte man wohl als hart, sexy und ungewöhnlich beschreiben.

Eigentlich hatte ich gehofft, die Schmetterlinge in meinem Bauch würden sich beim Betreten der Wohnung verflüchtigen, doch anscheinend haben sie beschlossen, sich häuslich einzurichten und munter weiterzuflattern; einige davon sogar bis in meine Brust. Das ist das Adrenalin. Und die Spannung, mit der wir so gekonnt gespielt haben, wie ein begabter Künstler es mit den Farben auf einer Leinwand tun würde. Und das Ganze offensichtlich mit einem Hang zum Drama, wenn man bedenkt, wie turbulent unsere einwöchige Bekanntschaft bisher verlaufen ist. In meinem Nacken bildet sich eine Gänsehaut bis zum Haaransatz hinauf – allein durch die Tatsache, dass Reese hinter mich tritt. Als ich mich zu ihm umdrehe, stelle ich fest, dass er sein Jackett und die Krawatte abgelegt hat und einen Drink in der Hand hält. »Johnnie Walker?«, fragt er und streckt mir sein Glas entgegen.

Automatisch starre ich auf seine Hand mit dem Glas – eine starke Hand ohne jeglichen Schmuck –, und erneut erhebt sich ein Flattern in meinem Innern, als ich mir vorstelle, dass er mich schon bald damit berühren wird. Dieser Gedanke lässt mich aufsehen, und als unsere Blicke sich treffen, verschlägt es mir nicht nur den Atem. Ich kann ihn einfach nicht ansehen, ohne ihn an jeder Stelle meines Körpers zu spüren. Ich kann auch nicht mit ihm sprechen, ohne mehr über ihn wissen zu wollen.

Fragend hebt er eine Augenbraue und deutet mit dem Kinn auf das Glas, das er mir immer noch entgegenstreckt. »Nein danke«, lehne ich ab, erschrocken darüber, wie atemlos ich mich anhöre und fühle. »Alkohol vertrage ich nicht so gut.« *Und ich will mich an diese Nacht erinnern*, füge ich im Stillen hinzu. *An jeden einzelnen Moment.*

»Und das bedeutet was?«, fragt er mich zu meiner Überraschung, nachdem ich erwartet habe, dass er direkt zum nackten Teil dieses Treffens übergeht.

»Das bedeutet, ein Date mit mir ist ziemlich günstig. Ein halbes Glas – egal von was –, und ich bin hackedicht.«

»Ein kleiner Schluck wird dich beruhigen.«

»Ich bin doch gar nicht nervös.«

Er beugt sich vor, und plötzlich spüre ich seinen warmen Atem auf meiner Wange, gefolgt von seinen Fingern. Sein Mund ist nur wenige Zentimeter von meinem entfernt. »Lügnerin«, raunt er, bevor er mit den Lippen über meine streicht, eine kaum wahrnehmbare Berührung. Dann richtet er sich auf und stützt die Hand oberhalb meines Kopfes gegen die Säule. »Ein kleiner Schluck«, drängt er.

Angespannt presse ich die Hände gegen den Beton zu meinen Seiten, anstatt gegen seine Brust, wo ich sie viel lieber ablegen würde. »Ich mag keinen Whisky.«

»Du magst es nicht, die Kontrolle zu verlieren«, behauptet er.

»Nein«, stimme ich zu, »das mag ich nicht.«

»Weißt du, was mir das sagt?« Unvermittelt liegt seine Hand sengend heiß an meiner Taille und seine Wange an meiner, als er ergänzt: »Ich bin nicht der Einzige hier, der verletzt wurde.«

»Vorhin hast du noch was ganz anderes gesagt.«

»Das war falsch, Cat, und es tut mir leid. Siehst du?« Er verzieht den Mund zu einem Grinsen. »Ich hab *doch* Manieren. Extra für dich. Aber wenn du ehrlich zu dir bist – und zu mir –, hast du mich genauso mit jemandem aus deiner Vergangenheit verglichen.«

Mein schlechtes Gewissen meldet sich mit einem Stich, und ich muss an die vielen Mutmaßungen denken, die ich bei unserer ersten Begegnung über ihn angestellt habe und eigentlich immer noch anstelle. »Ja«, gebe ich zu. »Da hast du recht. Und das war genauso falsch von mir. Und es tut mir leid. Jetzt, nachdem ich mich entschuldigt habe, darf ich dich dann auch so weit bringen, dass du *bitte* sagst?«

Wieder verzieht er die Lippen. »Süße, wenn's weiter nichts ist: Für dich lässt sich das einrichten. *Bitte.* Und ich wiederhole mich sogar: *bitte* … zu allem.« Seine Stimme wird rau. »Ich will dich. Und wie!«

Irgendwie hat dieser Mann etwas sehr Verletzliches und, ja, – denke ich erneut – auch *Ehrliches* an sich, und ich möchte gern glauben, dass dieses Verhalten echt ist und nicht nur aufgesetzt. Das wünsche ich mir wirklich. »Ich will dich auch«, sage ich. »*Bitte.* Und jetzt, da du dein Bitte bekommen hast: Wie geht's weiter?«

»Jetzt kommt der harte Teil: Vertrauen.« Erneut schüttelt er sein Glas, sodass die Eiswürfel klirren. »Nur einen kleinen Schluck.«

Mit dem Drink bittet er um genau dieses Vertrauen, von dem er gerade gesprochen hat. So viel ist mir klar. Ich kann es in seinen Augen sehen. Oder ich mache mir zu viele Gedanken – immerhin geht es hier nur um eine Nacht. Aus einem spontanen Impuls heraus beschließe ich, doch etwas gegen meine Anspannung zu tun. Beherzt greife ich nach dem Glas, und als unsere Finger sich berühren, fährt ein Stromschlag durch meinen Arm. Zum ersten Mal, seit wir uns begegnet sind, wende ich den Blick ab, setze das Glas an die Lippen und lasse die herbe, würzige Flüssigkeit meine Zunge umspülen. Mehr als zwei große Schlucke schaffe ich nicht, bevor Reese die Hand auf meine legt und sie mitsamt dem Glas wegzieht. »Das reicht«, sagt er knapp. »Du sollst dich entspannen, nicht betäuben. Ich will, dass du dich an diese Nacht erinnerst.« Damit leert er das Glas selbst und stellt es irgendwo ab. Ich habe keine Ahnung, wo. Vielleicht auf einem Fenstersims. Auf jeden Fall befinden sich seine Hände nun wieder über mir an der Säule.

Den Blick hat er auf mein Gesicht gerichtet, nicht auf meinen Körper, und obwohl wir uns nirgendwo berühren, kann ich die Wärme spüren, die von ihm ausgeht und mir verspricht, die kleine Flamme in meinem Innern in ein heißes Feuer zu verwandeln.

»Einmal, und das war's, richtig?«, fragt er.

»Ja«, flüstere ich.

»Wie viele One-Night-Stands hast du schon gehabt?«

»Einmal, und das war's bedeutet, du hast nicht das Recht, mir solche Fragen zu stellen«, kontere ich.

»Wir sind aber keine Fremden, die einfach nur einen One-Night-Stand haben, ohne sich zu kennen.«

»Wir sind Fremde«, widerspreche ich beharrlich. »Wenn man es genau nimmt, bleiben die meisten Leute Fremde, und du bist ein zu guter Anwalt, um das nicht zu wissen.«

»Das musst du mir erklären.«

»Wieso reden wir eigentlich?«

Doch er lässt nicht zu, dass ich mich drücke. »Erklär's mir«, drängt er.

»Es gibt Leute, die zwar zu deinem Leben gehören, aber nie richtig hinter deine Fassade blicken. Sie versuchen es auch nicht mal. So verbirgt sich hinter Leidenschaft in Wahrheit Lügen und hinter Liebe Hass. Und Sex ist nur eine Fluchtmöglichkeit aus dem Alltag und nicht etwas, wobei man seine Seele öffnet.«

Mit einem undeutbaren Ausdruck betrachtet Reese mich, während im Hintergrund ein Lied ertönt, das ich kenne. Es ist das Duett »Don't You Wanna Stay« von Jason Aldean und Kelly Clarkson – eine Musikauswahl, die ich bei Reese nicht erwartet hätte. Gleichzeitig fällt mir dadurch auf, dass ich begonnen habe, den Mann hinter dem Anwalt und Arschloch kennenzulernen. Ein Junge vom Land, dessen Familie eine Ranch besitzt und der mehr ist als ein Typ im Anzug, den er im Gerichtssaal wie eine schützende Rüstung trägt. Und vielleicht auch im Privatleben. Doch während die Fragen aus dem Liedtext durch den Raum hallen, spricht nicht seine Vergangenheit zu mir oder zu uns, sondern das Hier und Jetzt mit all seinen Möglichkeiten.

Wollte ich noch eine Weile hierbleiben? Ihn eine Weile festhalten? Und neben ihm einschlafen?

Die letzte Zeile löst ein Erdbeben in meinem Innern aus, und plötzlich spüre ich, wie Reese' Finger durch mein Haar streichen, und sein Mund befindet sich nun direkt über meinem. »Schlaf wird überschätzt«, sagt er, offensichtlich in Bezug auf den Songtext, und einen Moment später presst er die Lippen auf meine und streicht aufreizend sanft mit der Zunge in meinen Mund, bevor er sie wieder zurückzieht.

Für einen Augenblick verharrt er dicht vor mir, und sein Atem geht im gleichen Rhythmus wie meiner, dann dreht er mich ohne Vorwarnung herum und schiebt mich so vor sich, dass ich mit dem Rücken zu ihm stehe und unsere Körper auf intime Weise miteinander verschmelzen. Eine Sekunde lang – oder zwei oder zehn – habe ich das Gefühl, er atmet nur meinen Duft ein, und ich bin mir ziemlich sicher, dass ich noch nie etwas erlebt habe, das so sexy ist. Mein Körper reagiert darauf, als würde Reese mich bereits berühren, und mich überkommt eine Gänsehaut. Meine Brustspitzen ziehen sich schmerzhaft zusammen. Mein Slip fühlt sich feucht an und klebt an meiner Haut. Unvermittelt und doch gar nicht so überraschend zieht Reese mir den Blazer aus und streicht dabei über meine nackten Arme. Seine Berührung ist nur ganz leicht, dennoch entbrennt in jeder Pore meines Körpers ein warmes Verlangen.

Reese wirft meinen Blazer beiseite. Ich habe keine Ahnung, wohin, und es ist mir auch egal. Ich will mich umdrehen, um ihn anzusehen, doch er hält mich an den Hüften fest. »Noch nicht«, sagt er, und ich fühle den tiefen, rauen Klang seiner Stimme bis in meine Zehenspitzen.

Sanft streicht er mir mit den Fingern das Haar über die Schulter zur Seite und berührt mit den Lippen die empfindliche Haut in meinem Nacken. Ein hauchzarter Kuss, der meinen ganzen Körper zum Kribbeln bringt, während Reese den Reißverschluss meines Kleides absichtlich langsam nach unten zieht. Zentimeter für Zentimeter lässt er ihn von meinen Schulterblättern hinunter bis zu meinem Po wandern, und die kühle Luft im Raum bildet einen krassen Gegensatz zu der Hitze, die ich vor lauter Erwartung spüre: Was passiert als Nächstes? Was wird er tun? Was werde ich tun?

Fragen, die Reese mir beantwortet, als er mit geschickten Fingern den Haken meines BHs löst. Erneut küsst er meinen Nacken, und trotz der kaum merklichen Berührung geht ein Zittern durch meinen Körper. Seine Hände wandern zu meinen Schultern, und einen Wimpernschlag später bin ich nackt bis zur Taille. Noch einen Wimpernschlag später fühle ich den Stoff meines Kleides sanft über meine Hüften rutschen, und kurz darauf an meinen Knöcheln. Instinktiv will ich meine Füße befreien, doch als Beweis dafür, dass er tatsächlich gute Manieren hat, lässt Reese mich nicht gefesselt hier stehen. Stattdessen legt er seine starken Arme um meine Taille und hebt mich hoch, während er mit dem Fuß meine Sachen beiseitestößt.

Im selben Moment, als meine Füße wieder den Boden berühren, wird mir bewusst, dass ich die Einzige im Raum bin, die nackt ist. Um an dieser Tatsache etwas zu ändern und eine Art von Kontrolle zu behalten, drehe ich mich zu Reese um. Trotz der Bewegung hält er weiterhin den Arm um meine Taille geschlungen, während meine Hände auf seiner Brust landen und unsere Blicke sich treffen. Sofort vergesse ich die Sache mit der Kontrolle. Ich vergesse alles außer diesen wenigen Sekunden, in denen sich das Gefühl der Intimität wie eine warme Decke um uns legt und mir den Atem nimmt.

Dann senkt er den Blick auf meine nackten Brüste und lässt ihn dort einen schier unendlichen Moment lang ruhen. Meine Brustspitzen ziehen sich noch fester zusammen, während er sie einer ausgiebigen Betrachtung unterzieht, bevor er den Blick wieder hebt und mir erneut in die Augen sieht. »Du bist genauso perfekt, wie ich mir dich vorgestellt habe«, sagt er, und seine Stimme reibt wie eine Mischung aus Sandpapier und Seide über meine Nervenenden, als er hinzufügt: »Und fast so nackt, wie ich dich haben will.«

Die Vorstellung, dass er mich genauso sehr will wie ich ihn, stellt seltsame Dinge mit meinem Magen an, gleichzeitig löst sie ein unerwartetes und irrationales Gefühl von Verletzlichkeit in mir aus. Hier geht es nur um Sex. Punkt. Ich will keine Gefühle und kann sie auch nicht gebrauchen. Ich will, dass er sich auszieht und mich jetzt und hier nimmt, schnell und hart. Das ist der sichere Weg. Und weil ich diese Sicherheit unbedingt brauche und die Kontrolle zurückerlangen muss, stelle ich mich auf die Zehenspitzen, sodass meine Brüste sich an seine Brust schmiegen, und presse meinen Mund auf seine Lippen. Sie sind warm, und er ist überall hart, wo ich weich bin.

Seine Reaktion auf meinen Kuss – das Stöhnen, mit dem er mich belohnt – wirkt wie glühendes Feuer auf mein Blut, das er noch mehr zum Kochen bringt, indem er mich intensiv mit seiner Zunge streichelt. Der Druck seiner Lippen verstärkt sich, und er vertieft unsere Verbindung, küsst mich so wild, wie ich es zuvor noch bei keinem Mann erlebt habe; andererseits wusste ich von der ersten Sekunde an, dass er irgendwie anders ist als alle Männer, die ich je kennengelernt habe. Was auch erklärt, warum ich ihn so heftig will. Und auch an diesem Abend ist bisher nichts so, wie ich es erwartet habe, aber an diesem Mann gibt es auch nichts, das ich kontrollieren könnte.

Gleichzeitig hat die Vorstellung, es zu versuchen, etwas sehr Erregendes.

Als wollte er mir beweisen, dass ich nach etwas Unmöglichem strebe, zieht er mich enger an sich, die Hand zwischen meinen Schulterblättern, und seine Zunge spielt aufreizend mit meiner. Mit jedem Lecken komme ich ihm näher, wölbe mich ihm entgegen. Mit den Händen umfasst er meine Pobacken und drängt mich hart gegen seine Erektion. Diese Runde gewinnt er. Jetzt bin ich diejenige, die stöhnt, und ich presse mich noch stärker an ihn, genieße die intime Verbindung zwischen uns. Ich kann es kaum erwarten, ihn endlich in mir zu spüren.

Aber ich will auch, dass es ihn genauso brennend danach verlangt, und ich muss ihn unbedingt berühren. Dieses Bedürfnis ist nahezu übermächtig. Im nächsten Moment schiebe ich eine Hand zwischen uns und streiche über seinen harten Schaft. Reese reißt seine Lippen los und presst mich erneut heftig gegen die Säule, und als er die Hände von mir nimmt, sie wieder über mir gegen den Beton stützt, kann ich spüren, dass er sich deshalb zurückzieht, um die Kontrolle wieder zu übernehmen. Ich hätte also fast gewonnen. Diese Vermutung bestätigt sich, als unsere Blicke sich treffen und ich erkenne, dass in seinen Augen nicht nur Leidenschaft lodert, sondern auch Kampfgeist aufblitzt.

»Wenn ich jetzt meine Finger zwischen deine Beine schiebe«, sagt er, »bist du dann feucht für mich? Bist du bereit für mich?«

»Wieso findest du das nicht selbst raus?«, provoziere ich ihn, teste ihn und stachle ihn an, und ich weiß nicht mal, wieso.

»Wenn ich deine Klit lecke, stöhnst du dann für mich?«

»Ist das eine Fangfrage?«

»Antworte mir, Cat!«, befiehlt er, und seine Stimme klingt tief und schroff. Erregt. Gott, ich liebe es, wie er gleichzeitig Macht und Kontrolle ausstrahlt und trotzdem nicht abstreitet – ob nun bewusst oder unbewusst –, dass *ich* dies bei ihm auslöse. Dieser Gedanke macht mich mutig und stark. Deshalb unterbreche ich ihn, als er weiterdrängt und erneut fragt: »Wenn ich deine Klit lecke …«

»Bitte«, entgegne ich genervt. »Soll das jetzt die ganze Zeit so weitergehen? Können wir das nicht einfach lassen, und du kommst direkt zur Sache?«

Er verzieht die Lippen zu einem Lächeln, und der Hauch von Verruchtheit, der darin mitschwingt, sagt mir, dass er mir dieses Wort noch häufiger zu entlocken gedenkt, bevor die Nacht vorbei ist. Und das ist okay für mich, stelle ich fest. Weil das den Reiz eines One-Night-Stands ausmacht. Ich kann jede Herausforderung mit diesem Mann genießen und muss bis morgen früh nicht die Kontrolle haben. Dafür gibt er sie ab morgen wieder ab.

Kapitel Elf

Cat

Als hätte er meinen inneren Kampf mit angehört, fordert Reese nun sein Recht ein. Er krallt die Finger in meinen Slip und reißt ihn herunter, sodass ich nur noch in halterlosen Strümpfen und High Heels dastehe. Überrascht keuche ich auf, bevor ich die Luft wieder einziehe – gespannt auf das, was als Nächstes kommen wird. Nur dass nichts passiert. Er fasst mich nicht an. Stattdessen legt er die Hand zurück auf die Säule und starrt mit halb verhangenem Blick auf mich herunter; wartet ab, wie ich reagiere. Vielleicht will er ein *Bitte fass mich an* von mir hören. Oder mich so lange reizen, bis ich ihn vor lauter Frustration schlage. Doch ich beschließe, ihm das zu geben, womit er nicht rechnet: vollkommene Ruhe.

»Du hast entschieden zu viel an«, sage ich, stoße mich von der Säule ab und strecke die Hand nach der Knopfleiste seines Hemds aus.

Er hält mich nicht auf, berührt mich jedoch immer noch nicht, was zu weiteren Fragen in meinem Kopf führt. Ich weiß nicht, ob er mir doch mehr Kontrolle überlassen will, als ich dachte, oder ob das alles Teil eines Machtspielchens ist. Vermutlich Letzteres. Wie auch immer, ich will ihn endlich nackt sehen, und mittlerweile habe ich schon den zweiten Knopf geöffnet. Als ich auch mit Nummer drei fertig bin und mich an Nummer vier zu schaffen machen will, belohnt Reese meine Bemühungen endlich, indem er sich das Hemd über den Kopf zieht. Dann tritt er einen Schritt zurück und wirft das Kleidungsstück hinter sich in Richtung Couch, während ich seine breite, durchtrainierte Brust bewundere. Die feine Schicht dunkler Härchen, die ich dort entdecke, lenkt meinen Blick nach unten, bis zu meinem Ziel unterhalb der Gürtellinie.

Ich gehe auf Reese zu, im selben Moment, als er auch auf mich zukommt, und diesmal bestimmt er, was als Nächstes passiert. Unvermittelt dreht er mich erneut mit dem Gesicht zur Säule und zwingt mich damit, mich mit den Händen am Beton vor mir abzustützen. Im nächsten Moment kniet er zu meinen Füßen, legt die Finger um meine Knöchel und drückt die Lippen auf meinen Hintern. Dann streicht er mit den Händen meine Beine entlang bis nach oben zu meinen Hüften, wo er eine Hand auf meinen Bauch legt, bevor er sich wieder aufrichtet und mich mit seinem Körper umschließt. »Nach dieser Nacht«, sagt er, die Lippen dicht an meinem Ohr, während er meine Pobacken umfasst, »bin ich kein Fremder mehr für dich, wie du vorhin behauptet hast.« Langsam fährt er mit den Händen über meine Hüften, bevor er seine Erkundungstour über meinen Po fortsetzt und auf wahnsinnig intime Weise der Spur meiner Kurven folgt, weiter nach unten, über meine Schenkel und zurück zum Ausgangspunkt, bis er mir einen schnellen Schlag auf den Hintern verpasst. Vor Überraschung öffne ich den Mund und keuche. Instinktiv wölbe ich mich nach vorne, presse mich gegen seine Hand, die mittlerweile meine Brust umschließt. Seine Finger kneifen meine Brustspitze zusammen, üben diesen bittersüßen Druck darauf aus, der erleichternd und anregend zugleich ist.

Um mich festzuhalten, legt Reese mir die Hand in den Rücken, und, oh Gott, die Finger seiner anderen Hand lässt er zwischen meine Schenkel gleiten und krümmt sie so, dass er gleichzeitig meinen Unterleib umfasst und meine Klitoris streichelt.

»So ist es genau richtig, Süße«, murmelt er, drückt ein Bein gegen meine Schenkel und schiebt sie Zentimeter für Zentimeter auseinander, während seine Finger immer noch aufreizend über die empfindliche, geschwollene Stelle zwischen meinen Beinen streichen. »Ich frage mich, ob ein Fremder dich auch so feucht machen dürfte.« Zärtlich fährt er mit der anderen Hand über die Rippen an meinem Rücken, bevor er sie nach vorne wandern lässt, um diesmal meine andere Brustspitze zu erforschen.

»Du *bist* ein Fremder«, murmle ich, bin mir aber nicht ganz sicher, ob ich die Worte wirklich sage oder nur denke. Ich bin vollkommen überwältigt von zu vielen Sinneseindrücken: Er fährt mit den Zähnen über meine Schulter, presst die Lippen in meinen Nacken, sein warmer Atem kitzelt mich, und seine Finger tun so fantastische Dinge zwischen meinen Beinen und mit meinen Nippeln, dass ich jeden Moment die Beherrschung zu verlieren drohe.

Seine Zähne, die sich eben noch auf meiner Schulter befanden, knabbern nun an meinem Ohrläppchen, und dieses Gefühl strahlt bis in meinen Unterleib aus, wo ich ihn endlich in mir spüren will. »Bin ich immer noch ein Fremder, Cat?«, will er wissen. »Oder muss ich dich erst so lange lecken, bis du kommst, um zu einem Freund zu werden? Denn das werde ich, und das solltest du wissen. Ich werde dich so lange lecken, bis du nicht mal mehr weißt, was das Wort One-Night-Stand bedeutet.«

Bei seinen Worten entfährt mir ein Stöhnen, und mittlerweile lehne ich nicht mehr an der Säule. Unbewusst habe ich mich an ihn gepresst, und er hält mich, hat immer noch eine Hand auf meiner Brust, die ich umklammere. Mit der anderen Hand streichelt er mich zwischen den Beinen, und als er das nächste Mal über meine Klitoris fährt, keuche ich auf, bevor ich zitternd Erlösung finde und am ganzen Körper erbebe.

Reese hört nicht auf mit seinen Berührungen, scheint instinktiv genau zu wissen, was ich brauche. Langsam und sanft geleitet er mich bis zu dem Moment, als meine Beine nachzugeben drohen, doch er hält mich immer noch fest. Ich rechne damit – will es sogar –, dass er mich einfach nach vorn beugt und mich an Ort und Stelle nimmt, aber für Reese gilt das Prinzip »Einmal und nie wieder« offensichtlich auch nicht bei einem One-Night-Stand. Er dreht mich zu sich herum, streicht mir über die Wange und übers Haar, und dann küsst er mich. Langsam schiebt er die Zunge zwischen meine Lippen, und das ist so verdammt sexy, dass ich in seinen Mund stöhne. Er reagiert darauf mit einem leisen, kehligen Laut, vertieft gleichzeitig den Kuss, und plötzlich ist unser Zusammenspiel nicht mehr bedächtig und sinnlich, sondern hungrig und wild.

»Ich will jetzt in dir sein«, höre ich ihn irgendwo neben meinem Ohr stöhnen.

»Ja«, entgegne ich. »*Bitte.*«

Er weicht ein Stück zurück, und als er mich ansieht, liegt in seinem Blick kein Triumph, wie ich es erwartet hätte. Sein Ausdruck lässt sich nicht deuten, während er mich forschend mit seinen wunderschönen blauen Augen anschaut und in meinem Blick irgendetwas Unausgesprochenes sucht. Unvermittelt umfasst er meinen Nacken und zieht mich zu sich, bis unsere Lippen sich fast berühren. Ich habe das Gefühl, er will irgendetwas sagen. Ich kann die Worte nahezu auf meinen Lippen spüren und will sie wissen, sie verstehen, so wie *er* gerade versucht hat, *mich* zu verstehen. Aber er spricht sie nicht aus. Stattdessen küsst er mich, und ich erwidere seinen Kuss.

Dann greift er in seine Hosentasche und holt ein Kondom heraus, und einen Moment lang denke ich darüber nach, es wegzuwerfen. Ich nehme die Pille, und es dauert mir einfach zu lange, bis er das Kondom übergezogen hat. Ich habe jetzt schon zu viel Zeit, um zu erkennen, wie nahe ich mich mit diesem Mann an den Abgrund gewagt habe und wie viel ich für ihn empfinde. Da er jedoch bereits den Reißverschluss seiner Hose herunterzieht und ich eine kluge, rational denkende Frau bin, ermahne ich mich im Stillen, dass Kondome uns vor vielen Dingen schützen. Ganz steril und unemotional.

Ich will in seine Hose greifen, doch es ist, als würde er die Mauer, die mein Verstand gerade zwischen uns aufbaut, spüren und einreißen, denn er zieht das Kondom nicht über. Stattdessen hebt er mich hoch und trägt mich. In diesem Moment, in dem ich nackt in seinen Armen liege, wird mir erneut bewusst, wie sehr mich dieser Mann schon jetzt emotional berührt und wie verletzlich mich das macht. Reese geht zwischen den Couches hindurch und steuert auf einen grauen Polstersessel mit Hocker zu. Der bietet Platz genug für uns beide, und er legt sich mit mir darauf, hinter mich, während ich in zusammengerollter Position daliege.

Er bewegt sich hinter mir, und ich kann hören, wie er die Verpackung aufreißt, das Kondom auseinanderrollt und sich die Hose auszieht. Als er vollkommen nackt neben mir liegt, sich mit seinem breiten, wundervollen Körper an mich schmiegt und ich seinen dicken Schaft zwischen meinen Beinen spüre, fühlt sich das Kondom gar nicht mehr so steril an. Ich fühle es gar nicht. Ich fühle nur seine Hand an meiner Brust und das Vor und Zurück seines Schwanzes in der feuchten Hitze meines pochenden Unterleibs. Es ist die reinste Folter. Gerade will ich all das, was ich nicht habe.

»Reese …«

Er stößt in mich, hart und tief, vergräbt sich bis zum Anschlag in mir und stöhnt vor Lust. Ich stöhne ebenfalls und keuche auf, als er noch tiefer in mich eindringt. Doch er lässt mir gar keine Zeit, das Gefühl zu genießen, vollkommen von ihm ausgefüllt zu werden; eins mit ihm zu sein, wie mein Körper es verlangt. Wieder stößt er in mich, und die Bewegung geht wie eine Welle durch mich hindurch. Ich kralle die Finger um seine Hand, die immer noch meine Brust hält, und wölbe mich ihm entgegen, presse mich an ihn und dränge mich dem nächsten Stoß seines harten Schafts in mir entgegen.

Irgendwo ganz hinten in meinem Kopf habe ich den Gedanken, dass sein Mund mich nicht berührt. Ich will ihn küssen. Ich will, dass er mich küssen will. Natürlich ist mir die Ironie des Ganzen nicht entgangen. Ich will Grenzen. Ich will nicht verletzlich sein, und trotzdem will ich seinen Mund. Gerade will ich alles von diesem Mann, was ich kriegen kann, und genau in diesem Moment tut er es wieder: Er liest meine Gedanken. Er zieht sich aus mir zurück und dreht mich zu sich herum, legt ein Bein zwischen meine Schenkel und eine Hand unter mein Haar in den Nacken. Sein Mund ist nur einen Atemhauch von meinem entfernt, als er erneut in mich dringt, und sein Schwanz stößt in mich im selben Augenblick, als er mit der Zunge über meine streicht.

Jetzt, da er mich berührt, mich küsst und sich in mich presst, steigert sich meine Lust rasch. Am liebsten würde ich den Orgasmus ewig hinauszögern. Ich will hierbleiben, in diesem wonnigen Zustand. Ich will an diesem Punkt sterben, als glückliche Frau, doch Reese pumpt weiter in mich, berührt mich weiter mit den Händen, macht mich verrückt, und ich werde schwach. Ich spanne mich an, erstarre im Moment, bevor ich innerlich zerspringe. Mein Unterleib krampft sich um seinen harten Penis und schießt Pfeile purer, brennend heißer Glückseligkeit auf jeden Nerv ab, der sich in meinem Innern befindet.

Aus Reese' Mund dringt ein kehliger Laut, und er vergräbt sich tief und hart in mir, als er bebend seine eigene Erlösung findet. Ich möchte mich bewegen, mich an ihn drängen, an seiner Lust teilhaben, so wie er an meiner teilhatte und noch hat, aber ich bin wie gelähmt von den Nachwirkungen einer ganzen Reihe von Orgasmen.

Einige Augenblicke lang verblasst die Welt um uns herum, und wir lassen uns in die Blase fallen, die nur uns umgibt, in die kein anderer eindringen kann und in der nichts außer Zufriedenheit herrscht. Doch als wir endlich wieder in die Gegenwart zurückkehren, ist auch die nicht schlecht. Reese ist immer noch in mir, hat die Stirn an meine gelehnt, und sein Atem vermischt sich mit meinem. Dann hebt er die Hand und fährt sanft mit seinen Fingerknöcheln über meine Wange. »Bin ich immer noch ein Fremder für dich, Cat?«

»Du bist immer noch ein Arschloch«, murmle ich.

Er lächelt.

»Klar bin ich das. Aber bin ich auch ein Fremder?«

Ich antworte ihm nicht. Es fühlt sich wie eine Falle an oder eine Tür, die geöffnet werden will, die ich jedoch nicht öffnen sollte, auch wenn ich sie in Wahrheit am liebsten eintreten würde. Reese schlingt die Finger um mein Haar und zieht behutsam daran, bis ich ihm in die Augen sehe. *»Bin ich immer noch ein Fremder für dich, Cat?«*

»Dass du mich gevögelt hast, ändert nichts. Du bist immer noch ein Fremder.«

»Und wenn ich das ändern will?«

Noch so eine Fangfrage. Eine weitere Tür, die ich eintreten möchte, aber ich bin kein Sadist. Mir gefällt es nicht, wenn sich Lust in Schmerz verwandelt. Doch als ich den Mund öffne, um Reese' Frage mit Nein zu beantworten, schaffe ich es nicht, das Wort laut auszusprechen.

Kapitel Zwölf

Cat

Das Klingeln meines Handys bewahrt mich davor, Reese als Fremden oder irgendetwas anderes bezeichnen zu müssen, stattdessen holt es mich ruckartig in die Gegenwart zurück. »Meine Agentin. Ich sollte sie nach dem Treffen mit Dan anrufen. Der hat sicher schon den Verlag informiert.« Ich will mich von Reese wegrollen, doch so leicht lässt er mich nicht davonkommen.

Zwar lässt er mein Haar los, hält mich aber noch am Bein fest. »Du kannst sie in sechzig Sekunden zurückrufen. Aber um das klarzustellen: Wir sind noch nicht fertig. Wir haben gerade erst angefangen.« Er dreht sich zur Seite und steht vom Sessel auf.

Ich tue es ihm nach und versuche gleichzeitig, meinen Herzschlag zu beruhigen, während mir mehr als deutlich bewusst ist, dass ich gerade vollkommen nackt bin und mein Kleid sich ziemlich weit von mir entfernt befindet. Ich habe keine Ahnung, wo es gelandet ist, aber zumindest kann ich es von hier aus nicht entdecken. Erneut klingelt mein Handy; ein klares Zeichen dafür, dass mich irgendjemand – höchstwahrscheinlich meine Agentin – unbedingt erreichen will. Reese hält mir meine Handtasche hin, und ich nehme sie ihm ab, während mir ebenso deutlich bewusst wird, dass auch er vollkommen nackt ist. »Danke«, murmle ich, bevor ich mein Handy aus der Tasche hole.

»Meine Agentin«, bestätige ich, während Reese seine Hose aufhebt und mir dabei einen Blick auf seinen nackten Arsch gewährt, der so appetitlich aussieht, dass man damit fünfzig Nationen satt bekommen könnte.

»Hey, Liz«, sage ich ins Telefon, genau in dem Moment, als Reese den Anblick mit seiner Hose verdeckt.

»Dan hat beim Verlag angerufen und gesagt, du seist ein Miststück.«

Mein Blick verfinstert sich. »Hat Dan tatsächlich das Wort ›Miststück‹ benutzt, oder schmückst du die Geschichte wie immer mit deinen eigenen Worten aus?«

»Ich zitiere Dan, gemäß deiner Lektorin.«

»Er ist so ein Gentleman«, gebe ich sarkastisch zurück, während Reese eine Decke von der Couch nimmt und mir den weichen grauen Stoff um die Schultern legt. Ich blicke zu ihm hoch, doch er geht bereits davon, mit all seiner lässig-arroganten Männlichkeit, mit der er sich eben noch an genau den richtigen Stellen an mich gepresst hat.

»Wie? Sonst hast du dazu nichts zu sagen?«, fragt Liz in diesem Moment.

»Ich denke, er hat schon alles gesagt, oder? Die Sache ist durch.«

»Was war denn los?«, hakt Liz nach. »Ich brauche Einzelheiten.«

»Wir können nicht zusammenarbeiten, und ich mache es für alle Beteiligten einfach: Ich bin raus. Ich schreibe kein Buch über diesen Prozess.«

»Was? Bist du verrückt? Das ist ein Deal mit sechsstelligem Honorar. In New York City lehnt man so was nicht ab.«

»Mir ging es bei der ganzen Sache nie ums Geld«, sage ich, während Reese zurückkommt, in einem engen schwarzen T-Shirt, das sich über seine unglaubliche Brust spannt. Ein zweites T-Shirt hat er sich über die Schulter gelegt, und an diesen lässig-arroganten Gang könnte ich mich gewöhnen – es macht geradezu süchtig, ihn zu beobachten.

»Nein, *aber* …«, lenkt Liz meine Aufmerksamkeit zurück auf den Anruf und erspart mir dadurch die Peinlichkeit, Reese anzustarren. »… kluge Leute«, fährt sie fort, »sichern sich dieses Geld und lehnen niemals eine große Summe ab. Vor allem nicht, wenn diese Summe ihnen das Tor zu noch mehr Geld öffnet.«

»Du verstehst es nicht«, wende ich ein. »Dieser Deal ist nicht *das Richtige für mich.*« Genau in dieser Sekunde gesellt sich Reese zu mir, und ich füge im Stillen hinzu: *Ganz anders als der Mann, der jetzt vor mir auf dem Wohnzimmertisch sitzt und mich anstarrt. Der fühlt sich jedes Mal, wenn ich mit ihm zusammen bin, ziemlich richtig an.*

»Wir müssen uns treffen. Wo bist du jetzt? Ich komme dahin.«

»Gerade passt es nicht«, entgegne ich und setze mich auf. »Ich muss noch meine Kolumne schreiben.«

»Dann morgen. Wir treffen uns zum Mittagessen«, sage ich entschlossen und nehme die passende Körperhaltung dazu ein. Das ist die einzige Möglichkeit, Liz zu überzeugen. »Ich werde meine Meinung nicht ändern, also rufe ich dich am Montag an.«

»Wenn du aus dem Deal aussteigst, lassen die dich fallen«, sagt Liz in Bezug auf meinen Verlag.

»Und ich lasse mich nicht gerne erpressen«, erwidere ich, und mein Tonfall wechselt von entschieden zu wütend. »Und wenn du wirklich auf meiner Seite stehst, solltest du dabei nicht auch noch mitmachen. Ich rufe dich am Montag an.« Damit lege ich auf, ohne Reese anzusehen, der zum Teil der Grund dafür ist, warum ich mich gerade in die Ecke gedrängt fühle, sowohl beruflich als auch privat. »Ich muss meine Kolumne schreiben.« Ruckartig stehe ich auf, aber da ich die blöde Decke nicht festhalte, rutscht sie herunter auf den Boden.

Als ich sie aufheben will, lasse ich mein Handy fallen. Jetzt bin ich nackt und in jeder Hinsicht vollkommen entblößt vor diesem Mann, doch anstatt mich von oben bis unten zu mustern, nimmt Reese das Shirt von seiner Schulter. »Das hab ich für dich mitgebracht«, sagt er zuvorkommend, und einen pulsierenden Moment lang trifft sein Blick auf meinen und macht mich sprachlos.

Zustimmend nicke ich, doch bevor ich ihm das T-Shirt abnehmen kann, hat er bereits angefangen, es mir über den Kopf zu ziehen. Der Stoff fällt herunter und bedeckt meinen Körper. Ich schiebe die Arme durch die übergroßen Ärmel, die ihm sicher genau passen. »Danke«, bringe ich schließlich heraus und wage es nun doch, ihm in die Augen zu sehen. Sofort ist dieser Impuls wieder da, dieser elektrische Funken zwischen uns, den ich noch bei keinem Mann erlebt habe. Ich kann nicht atmen. Ich kann nicht denken. Er hat so eine starke Wirkung auf mich, dass ich nicht mehr weiß, ob ich komme oder gehe.

Ich verliebe mich gerade in diesen Mann. Er wird mich verletzen. »Ich muss gehen«, verkünde ich, aber als ich mich in Bewegung setzen will, hält er mich an den Beinen fest, unterhalb seines Shirts, und versengt meine nackte Haut mit seinen Händen.

»Geh nicht«, bittet er.

»Ich muss arbeiten.«

»Das kannst du hier machen. Ich muss auch was tun. Wir bestellen uns was zu essen. Cat.« Seine Stimme wird sanfter. »Ich *will*, dass du bleibst.«

Er spricht die Worte so aus, als würde er irgendetwas gestehen, aber was? Dass er mich braucht? Mich will? Das hat er doch schon gesagt. Prüfend schaue ich ihn an, suche in seiner Miene nach einer Antwort, obwohl ich die Frage gar nicht kenne, und zum ersten Mal, seit wir uns begegnet sind, sehe ich die Schatten in den Tiefen seiner Augen: Hinweise auf eine Verletzung, vielleicht sogar Schmerz, worauf er bereits angespielt hat, doch das habe ich beiseitegeschoben. Nun allerdings nehme ich es wahr, und ich frage mich, ob ich diese Spuren vorher einfach nicht gesehen habe oder ob er sie mir erst jetzt zeigt. Dieser Gedanke löst ein Ziehen in meiner Brust aus; die Vorstellung, dass er vielleicht freiwillig ein Stück von sich preisgibt, um mich davon abzubringen, ihn weiter als Fremden zu bezeichnen. Ja. Ich glaube, das tut er tatsächlich, und es berührt mich. Ich bin nackt in seiner Gegenwart, auf eine Weise, mit der ich nicht gerechnet hatte, und dennoch sitze ich immer noch hier und will mehr von ihm.

»Bleib«, wiederholt er. »Ich will, dass du hierbleibst, Cat.«

»Ja«, flüstere ich, und dabei könnte ich es belassen, doch aus Gründen, die ich nicht verstehe, kommt es mir so vor, als würde es nicht reichen. »Ich will hierbleiben.«

Bei meiner Antwort tritt Wärme in seinen Blick, und in diesem Moment verändert sich etwas zwischen uns. Ich spüre, dass er mehr für mich wird, als ich angestrebt hatte, und vielleicht geht es ihm mit mir genauso. Aber da kann ich mir nicht sicher sein. Das weiß ich nicht. Ich weiß nur, dass ich mein Schutzschild gerade zu leicht fallen lasse und sich jede Warnung, die mir heute bezüglich »Männern wie Reese« durch den Kopf ging, jetzt genauso falsch anfühlt wie das Treffen mit Dan an diesem Abend. Dieser Mann hier dagegen fühlt sich vollkommen richtig an.

Er hebt die Hand und streicht mir eine Haarsträhne hinters

Ohr. »Gott, du bist so schön, Cat«, murmelt er, und in seinem rauen Tonfall schwingt etwas Gequältes mit, das mir mehr mitteilt als das Kompliment.

Mich erschüttern die Spontaneität und die Gefühle, die mit seinen Worten einhergehen, und der plötzliche Schwall an Emotionen, der mich als Reaktion darauf überkommt. Aus einem Impuls heraus strecke ich die Hand aus und schließe die Finger um Reese' Kinn. »Am Anfang ist jeder ein Fremder«, stelle ich fest, und diesmal rede ich nicht weiter, sage ihm nicht, wie leicht es ist, nackt und trotzdem allein zu sein; sage ihm nicht, wie leicht man Lügen für die Wahrheit halten kann.

Er nimmt meine Hand und führt sie an seine Lippen zu einem Kuss. »Und jemand, der einem heute etwas bedeutet, hatte irgendwann mal noch keine Bedeutung für einen.« Reese' Mund verzieht sich zu einem Lächeln, und wieder verändert sich die Stimmung zwischen uns, wird lockerer, als plötzlich etwas Freches in seinen Augen aufblitzt. »Verrätst du mir deine tiefsten Geheimnisse, Cat? Mit Peperoni oder ohne?«

Ich muss lachen. »Definitiv mit«, entgegne ich, nicht sicher, ob je ein Mann so einen Wirbelsturm der Gefühle in mir ausgelöst hat. »Und du?«

»Doppelt Peperoni«, gibt er ziemlich ernst zurück, bevor er noch einmal meine Hand küsst und sie anschließend auf meinem Bein ablegt. »Hier um die Ecke gibt es eine Pizzeria, die innerhalb einer halben Stunde liefert.«

»Die Idee mit der Pizza ist toll«, befinde ich. »Aber was mir gar nicht gefällt, ist, dass ich beim Essen arbeiten muss.« Ich nehme mein Handy und werfe einen Blick auf die Uhr. »Mist! Ich kann nicht fassen, dass ich mir nur zwei Stunden bis zur Deadline gelassen hab. Ich bin es nicht gewohnt, freitags eine Deadline zu haben. Diese Woche gibt es eine Ausnahme wegen des Prozesses.«

»Wegen des Prozesses und meiner Unfähigkeit, die Abweisung der Klage zu erwirken«, murmelt Reese leise, bevor er hinzufügt: »Ich muss auch arbeiten. Möchtest du jetzt was bestellen oder bis dreißig Minuten vor deiner Abgabe warten?«

»Würde es dir was ausmachen zu warten?«

»Nein, überhaupt nicht. Aber ich hab noch eine bessere Idee: Im Restaurant hier unten machen sie eine grandiose Sandwichplatte, die ich mir immer kommen lasse, wenn es spät wird. Soll ich nicht lieber die bestellen? Darauf sind so um die sechs verschiedene Sorten. Dann brauchen wir uns keinen Stress machen, wann wir bestellen oder essen wollen.«

»Noch besser«, bestätige ich. »Die Idee gefällt mir.«

»Möchtest du irgendwas trinken? Wein oder ...«

»Keinen Alkohol, bitte«, lehne ich ab. »Nur Wasser, falls du welches hast. Ich will nicht müde werden.«

»Ich will auch nicht, dass du müde wirst. Definitiv nicht. Ich bestelle uns eine Kanne Kaffee.«

Diese extreme Kehrtwende bringt mich zum Lachen. »Klingt gut.«

Prompt holt Reese sein Handy aus der Hosentasche, drückt auf eine Taste und gibt rasch die Bestellung auf. »Erledigt«, verkündet er, bevor er das Handy auf den Wohnzimmertisch legt. »Möchtest du hier arbeiten oder brauchst du einen Schreibtisch?«

»Wo arbeitest du denn?«

»An deiner Seite, Süße.«

Es überrascht mich, wie begeistert ich von dieser Antwort bin. Vielleicht mehr, als ich sollte. Aber »mehr, als ich sollte« könnte auch der Titel zu meiner Geschichte mit Reese sein. »Brauchst du einen Schreibtisch?«

»Ich muss nur E-Mails bearbeiten, also wäre hier okay.«

»Ich habe einen Platz auf dem Boden vor dem Wohnzimmertisch im Sinn.«

»Dann hole ich mein MacBook und setze mich neben dich.« Ich erwarte, dass er aufsteht, doch plötzlich beugt er sich vor und nimmt mein Gesicht in beide Hände, sodass sein warmer Atem meine Lippen kitzelt. »Nur um das klarzustellen, Cat: Normalerweise nehme ich keine Frauen mit in meine Wohnung. Wenn ich wollte, dass wir Fremde bleiben, wärst du jetzt nicht hier.«

»Und wenn ich sage, das ist nicht deine Entscheidung?«

»Dann küsse ich dich noch ein kleines bisschen intensiver und nehme dich noch ein wenig härter, bis du mich genauso gut kennenlernen willst wie ich dich. Und das wäre erst der Anfang.«

Mit diesen Worten steht er auf, geht davon und lässt mich mit der in diesem Moment wohl wichtigsten Frage im Kopf zurück: Wie viel intensiver und härter?

Kapitel Dreizehn

Reese

Normalerweise nehme ich keine Frauen mit in meine Wohnung.

Das war ernst gemeint, als ich es zu Cat gesagt habe, und trotzdem sitzt sie jetzt hier auf dem Boden vor meiner Couch, in meiner Wohnung. Und seitdem ich unser Essen vor uns auf dem Tisch abgestellt habe, sitze ich neben ihr und bin verdammt froh darüber. Wobei ich mir nicht sicher bin, ob sie mich überhaupt noch wahrnimmt: Bisher hat sie nicht ein einziges Mal den Blick vom Bildschirm ihres MacBooks gehoben, nicht mal, als ich aufgestanden bin, um unser Essen an der Tür in Empfang zu nehmen, und mich wieder zu ihr gesetzt habe. Die Tatsache, dass sie bei ihrer Arbeit so fokussiert und engagiert vorgeht und so intelligente, durchdachte Texte schreibt, bestätigt mir, was ich bereits weiß, ohne Nachforschungen über sie anstellen zu müssen: Sie war eine verdammt gute Anwältin, genauso überragend, wie sie jetzt als Autorin ist. Und die Wahrheit ist: Trotz meines kurzzeitigen Ärgers während unserer ersten Begegnung im Café hatte Cat mich bereits beim »Hallo« – oder vielleicht eher beim »Arschloch«.

Lächelnd wende ich mich wieder meinem Computer zu, während ich mich daran erinnere, wie sie mich im Café am Ärmel gezogen und dann finster angesehen hat: wunderschön und wütend zugleich. Meine Leidenschaft für diese Frau begann genau in jenem Moment, und davor galt meine Leidenschaft einzig und allein meiner Arbeit. Ich beantworte einige E-Mails und greife geistesabwesend nach den hausgemachten Kartoffelchips, die zusammen mit den Sandwiches geliefert wurden. Anscheinend hat Cat im selben Augenblick die gleiche Idee, sodass unsere Hände sich berühren. Cat stößt ihr süßes, feminines Lachen aus und wirft mir einen Blick aus ihren hübschen grünen Augen zu, was beides einem Vorspiel gleichkommt. Und so passiert es dann auch: Ich werde hart. Und ich will sie noch mal vögeln. »Ups«, sagt sie. »Du zuerst.«

»Ladies first«, entgegne ich. »Gute Manieren sind schließlich das A und O.« Lächelnd sehe ich sie an und füge hinzu: »Vor allem das Wort *bitte.*«

Ihre Wangen verfärben sich in einem hübschen Rosa, trotzdem antwortet sie ohne das geringste Zögern. »*Bitte* ist ein *sehr* wichtiges Wort.«

Ich zwinkere ihr zu, bevor wir uns beide wieder unseren Computern zuwenden, um weiterzuarbeiten und uns dabei mit Sandwiches und Chips vollzustopfen. Ich beantworte noch mehr Mails, bis Cat eine Stunde später einen Seufzer ausstößt. »Fertig«, verkündet sie und blickt zu mir herüber. »Kann ich dir bei der Recherche für den Fall helfen? Das kann ich ziemlich gut, schließlich muss ich das für meine jetzige Arbeit auch immer noch tun.«

»Für den Moment«, antworte ich und klappe mein MacBook zu, »bin ich fertig.« Ich stütze den Ellbogen auf den Tisch und sehe sie an. »Ich hab nur E-Mails beantwortet, hauptsächlich Presseanfragen.«

»Ich gehöre nicht zu denen«, sagt Cat und wendet sich mir ebenfalls zu. »Das weißt du doch, oder? Ich bin nicht auf der Jagd nach irgendwelchen Sensationsstorys, nicht mal nach einem Skandal. Ich weiß, ich hab das schon gesagt, aber …«

»Das weiß ich, Cat.« Beruhigend strecke ich die Hand aus und fahre sanft mit den Fingern über ihre Wange. »Es gibt allerdings tatsächlich eine Möglichkeit, wie du mir helfen könntest.«

»Okay. Super. Ich helfe dir gern. Was soll ich tun?«

»Lies mir dein Abschlussplädoyer vor. Ich brauche die Sicht eines Außenstehenden für mein eigenes.«

»Klar. Ich wollte es dir sowieso noch vor der Veröffentlichung zum Lesen geben.« Sie verlagert ihren Sitzplatz vom Boden auf die Couch und stellt ihren Laptop auf ihren Schoß. »Nur den Schluss, richtig?«

Bestätigend nicke ich und setze mich direkt neben sie. »Ja. Im Moment interessiert mich vor allem, zu welcher Erkenntnis du am Ende der Woche gekommen bist: schuldig oder nicht schuldig. Das gibt mir eine Vorstellung davon, zu welchem Schluss vielleicht die Jury ebenfalls gekommen ist.«

»Ich denke, die Geschworenen werden mit mir einer Meinung sein«, sagt Cat und schüttelt ihre Hände. »Okay, ich weiß, das ist albern, aber ich werde immer nervös, wenn ich meine Texte durchlese und gleichzeitig weiß, es ist zu spät, um noch was zu ändern. Und mittlerweile ist das der Fall. Ich hab ihn meiner Redaktion quasi auf die letzte Minute geschickt.«

»Das verstehe ich. Ich bin während der Eröffnungs- und Abschlussplädoyers auch immer nervös, vor allem bei den Verhandlungen, die im Fernsehen übertragen werden.«

»Mittendrin nicht?«

»Sobald ich das Eröffnungsplädoyer hinter mir habe, bin ich in meinem Element, bis zum Schluss.«

»Deine Eröffnung war übrigens genial.«

»Das Kompliment weiß ich zwar zu schätzen, aber wie wir beide wissen, kommt es nur auf das Ergebnis an. Und alles, was man innerhalb der Verhandlung tut, ist erst dann genial, wenn man das Ergebnis bekommt, das man haben will.« Auffordernd tippe ich auf ihren Laptop. »Jetzt will ich dein Schlussplädoyer hören.«

»Ach ja. Okay.« Sie fängt an zu lesen.

In diesem Prozess wurde noch einmal deutlich, auf welch tragische Weise diese Frau und ihr Kind umgekommen sind. Was hier allerdings nicht deutlich wurde, sind Beweise. Ich persönlich habe kein einziges Indiz für die Schuld des Angeklagten entdeckt. Und ja, ich weiß, es ist leicht, einen Mann zu hassen, der reich und gut aussehend ist und scheinbar alles hat – so wie es auf den Angeklagten zutrifft. Darauf setzt offensichtlich auch die Staatsanwaltschaft. Dass man ihn hasst, weil er alles hat. Ich dagegen hoffe, die Geschworenen erinnern sich daran, dass zu den vielen Gründen, warum Amerika das großartigste Land der Welt ist, auch unser Rechtssystem zählt. Bei uns gilt: Man ist so lange unschuldig, bis man schuldig gesprochen wird, und das dürfen wir niemals für selbstverständlich halten. In vielen anderen Rechtssystemen gilt dieser Grundsatz nicht. Und wir müssen uns alle die Frage stellen: Was wäre, wenn ich oder einer meiner

Liebsten aus irgendeinem Grund eines Verbrechens beschuldigt würde? Würde ich dann wollen, dass mein oder ihr Urteil auf Grundlage der öffentlichen Meinung gefällt wird? Wenn es keine Beweise gibt, müssen die Geschworenen den Angeklagten für unschuldig erklären. Seien Sie nicht entsetzt oder verärgert, wenn die Jury das Richtige tut. Seien Sie lieber entsetzt oder verärgert darüber, dass hier Zeit und Geld verschwendet wurden und der Mörder – wer auch immer er oder sie sein mag – noch frei da draußen herumläuft und sein Leben genießt. Im Gegensatz zu einer Frau und ihrem ungeborenen Kind. Zu oft fehlt Anklagevertretern der Mut, zu warten, bis sie genügend Beweise haben, um einen Verdächtigen für schuldig zu erklären, und zu oft klagen sie jemanden zu früh an. Und damit schaden sie uns allen.
Bis dahin
Ihre Cat

Sie stellt ihren Computer auf dem Wohnzimmertisch ab. »Das ist der Text für morgen, wie du weißt, aber bis Sonntagnacht kann ich noch eine weitere Kolumne einreichen. Die kommt dann am Montag.«

Ich nehme mir einen Moment, um ihr Plädoyer zu verarbeiten, und reibe mir nachdenklich übers Kinn. »Du möchtest vielleicht keinen Drink, aber ich glaube, ich brauche noch einen.«

»Ich dachte, du würdest dich über mein Plädoyer freuen. Schließlich fällt es zu deinen Gunsten aus.«

»Es bringt jeden Fehler auf den Punkt, den ich in diesem Prozess gemacht habe.«

»Fehler?«, fragt sie. »Was denn für einen Fehler, Reese? Du hast den Prozess doch in der Tasche.«

»Wenn dem so wäre, hätte der Richter heute meinem Antrag auf Abweisung der Klage stattgegeben.«

»Das hat er doch nur nicht gemacht, weil er Angst vor der öffentlichen Meinung hat. Und unter uns: Nach dem Gespräch mit meiner Agentin hab ich den Eindruck, sowohl dein gegnerischer Anwalt als auch der potenzielle Verleger von dessen Buch glauben, dass er den Prozess verlieren wird.«

»Und trotzdem wollen sie, dass die Frau, die permanent auf ihn eindrischt – journalistisch gesprochen –, ihm bei seinem Buch hilft?«

»Ich fand das auch bescheuert, deshalb hab ich denen genau die gleiche Frage gestellt. Die meinten, das hänge mit der Outline des Buches zusammen.«

»Was bedeutet das?« Sofort hebe ich abwehrend die Hände. »Du musst es mir nicht erzählen.«

»Natürlich erzähle ich es dir. Ich hab *dein* T-Shirt an, in *deiner* Wohnung, und außerdem schreibe ich sowieso kein Buch über diesen Prozess. Und ich habe auch keine Verschwiegenheitsklausel unterschrieben. Das Buch verfolgt den Ansatz ›Was die Anklage den Geschworenen verschweigen musste‹. Die wollten mich, weil es skandalöser ist, wenn einer der Autoren Zweifel an der Schuld des Angeklagten hat.«

Ich runzle die Stirn. »Was die Anklage den Geschworenen verschweigen musste? Wohl eher: Was dem Verteidiger verschwiegen wurde. Ich habe keine Ahnung, was das sein soll. Du?«

»Nein. Jetzt im Nachhinein wünschte ich, ich hätte ihn bei unserem Gespräch gefragt. Dan ist nur so ein Arsch, dass mir ›Hallo‹ und ›Auf Wiedersehen‹ schon zu viel waren. Aber ich kann mal meine Agentin fragen.«

Einen Augenblick sehe ich sie gedankenvoll an. »Ich hab gehört, wie du mit deiner Agentin gesprochen hast. Logisch, schließlich hab ich direkt vor dir gesessen. Ich will nicht, dass du diesen Buchdeal meinetwegen ablehnst.«

Sie antwortet nicht sofort, und ihre Miene ist nicht zu deuten, als würde *sie* vor einer Schar von Geschworenen sitzen, nicht ich. »Okay«, sagt sie dann. »Ich gehe jetzt besser.« Abrupt wendet sie sich ab und will aufstehen.

Doch ich halte sie am Arm fest, schließe die räumliche Lücke zwischen uns und drehe sie so zu mir herum, dass meine Beine ihre einschließen. »Ich wollte damit nicht sagen, dass die Sache mit uns keine Bedeutung hat. Das weißt du doch, oder?«

»One-Night-Stand, Reese. Hab schon kapiert. So haben wir es vereinbart. Und keine Sorge: Wichtige Entscheidungen mache ich nicht davon abhängig, dass ich mit dir im Bett war.«

»Einen One-Night-Stand haben wir nicht vereinbart.«

»Wir haben gesagt …«

»*Du* hast das gesagt, Süße. Nicht ich. Ich hab nur bestätigt, dass ich deine Absicht verstanden habe – meine habe ich dir nie mitgeteilt. Und wenn es nach mir geht, ist diese eine Nacht erst der Anfang, nicht das Ende. Wieso lehnst du diesen Buchdeal überhaupt ab?«

»Herrgott«, entgegnet sie theatralisch. »Du bist echt der geborene Anwalt. Erst klatschst du mir irgendwas ins Gesicht, und dann trittst du mit einer Fangfrage nach, während ich noch dabei bin, mich vom ersten Schlag zu erholen.«

»Dann erhol dich hier bei mir, übers Wochenende. Und ja. Ich *bin* Anwalt, und es interessiert mich sehr, warum das Wort ›Anwalt‹ für dich offensichtlich eine Beleidigung ist, vor allem da du selbst Anwältin bist.«

»Weil bisher jede Herausforderung in meinem Leben, die mich an einen Punkt gebracht hat, an dem ich gar nicht landen wollte, irgendwie mit diesem Beruf zu tun hatte.« Sie wendet den Blick ab. »Und ich weiß nicht, warum ich dir das überhaupt erzählt habe.«

»Ich bin froh darüber«, entgegne ich, und da ich nicht die Absicht habe, sie weglaufen zu lassen – ihr nicht mal erlaube wegzu*schauen* –, dränge ich sie nach hinten auf die Couch, sodass sie auf dem Rücken liegt und ich neben ihr, auf den Ellbogen gestützt, ein Bein zwischen ihren. »Erzähl mir mehr über diese Herausforderungen«, dränge ich sie und schiebe die Hand unter ihr T-Shirt, um sie auf ihren Bauch zu legen.

»Ich kann nicht klar denken, wenn du deine Hand auf meinem Bauch hast, unter *deinem* T-Shirt.«

»Dann stelle ich dir ein paar Suggestivfragen«, biete ich an. »Sonst darf ich das ja nicht, also ist das eine gute Gelegenheit. Ich nehme an, irgendwann wolltest du mal als Anwältin arbeiten, schließlich hast du deinen Abschluss an einer der härtesten Unis des Landes gemacht.«

»Ich wollte überhaupt nicht Jura studieren«, gibt sie zurück, dreht sich so auf die Seite, dass sie mich ansehen kann, und schnappt sich ein Kissen, um es unter ihren Kopf zu legen. »Es wurde von mir erwartet. Du weißt ja, wer mein Vater ist, und zwei meiner Brüder arbeiten auch als Wirtschaftsanwälte. Aber ich hab noch einen dritten Bruder, der Ingenieur ist. Er ist damals nach Texas gegangen, um Jura zu studieren, hat dann aber sein Hauptfach gewechselt, ohne es unserem Vater zu sagen.«

»Und war dein Vater sehr sauer?«

»Er ist total ausgerastet. Und ich hab weiter Jura studiert.«

»Aber du hast eine andere Fachrichtung eingeschlagen. Ist das der Grund, warum du dich für Strafrecht entschieden hast? Weil dein Vater und deine Brüder in der Wirtschaft arbeiten?«

»Ja und nein. Ich meine: Ja, ich wollte mein eigenes Ding machen und musste das auch tun – da war es nur logisch, ein anderes Fachgebiet zu wählen. Aber ich wollte auch etwas verändern, deshalb habe ich in der Kanzlei des Bezirksstaatsanwalts angefangen, wo auch Lauren gearbeitet hat, aber du weißt ja, welche Erfahrungen ich dort gemacht habe. Da zählt nur die Politik, nicht die Gerechtigkeit. Du tust viel mehr, als ich im öffentlichen Dienst gemacht habe, und du wirst dafür gut bezahlt.«

»Aber du könntest auch in einer privaten Kanzlei anfangen.«

»Ich will nicht reich werden. Wenn das mein Ziel gewesen wäre, hätte ich bei meinem Vater angefangen, so wie meine beiden Brüder, und würde jetzt fünfhunderttausend im Jahr verdienen. Aber mir gefällt meine jetzige Arbeit. Ich darf immer noch die aufregende Atmosphäre im Gerichtssaal schnuppern und kann mich weiterhin der Herausforderung stellen, die Fälle zu lösen. Außerdem kann ich die Öffentlichkeit so auf die Dinge aufmerksam machen, die im Gerichtssaal und damit in unserem Rechtssystem richtig oder falsch laufen.«

»Und was hält deine Familie von deinem neuen Job?«

»Daniel – das ist der Bruder, der für den ganzen Aufruhr gesorgt hat – unterstützt mich sehr. Er schickt mir immer Fotos von sich mit meinem Buch, wenn er es irgendwo in einem Laden entdeckt hat, und er erzählt jedem, dass seine große Schwester einen *New York Times*-Bestseller geschrieben hat. Er ist stolz auf mich und freut sich für mich. Meine älteren Brüder finden, ich hätte mir eine große Karricre verbaut.«

»Und dein Vater?«

»Hat das Jurastudium umsonst bezahlt.«

Genau diese Antwort habe ich erwartet, und ich frage mich, wer aus ihrem Umfeld sonst noch ihre Entscheidungen beeinflusst hat. Deshalb wechsle ich die Richtung meiner Befragung. »Wieso hast du nie geheiratet?«

»Weil ich nicht beziehungsfähig bin. Ist dir das nach diesem Gespräch noch nicht aufgefallen?«

»Du bist doch nicht beziehungsunfähig, nur weil deine Familie will, dass du Anwältin wirst, du aber dein eigenes Ding machen willst und nicht das Gleiche wie sie.«

»Ich war mal verlobt, aber der Typ hat mit seiner Sekretärin geschlafen – oder besser gesagt: sie auf seinem Schreibtisch gevögelt und praktischerweise vergessen, dass ich an dem Abend vorbeikommen würde. Also, siehst du? Ich hab's nicht mit Beziehungen.«

»Der Typ war ein Scheißkerl und hat dich nicht verdient. Das ist nicht deine Schuld. Wann war das?«

»Vor zwei Jahren.«

»Und wann hast du deinen Job als Anwältin aufgegeben?«

»Vor zwei Jahren. Stehe ich hier gerade im Zeugenstand, oder was?«

»Also war er der Auslöser für deine Veränderung.«

»Ja«, verkündet sie feierlich. »Ich wusste, es war an der Zeit, mein eigenes Leben zu leben.«

»Er war auch Anwalt«, stelle ich fest.

»Ja, war er.«

»So langsam setzt sich das Puzzle zusammen«, sage ich nachdenklich. »Ich hab ziemlich schlechte Karten, oder?«

»Ziemlich.« Sie hebt die Hand und berührt meine Wange. »Du siehst gut aus, hast Geld – zumindest, soweit ich das beurteilen kann –, bist eine starke Persönlichkeit vor und hinter der Kamera, und du entwickelst Manieren. Du bist der klassische Herzensbrecher und damit der perfekte Mann für einen One-Night-Stand.«

»Mit anderen Worten: Du willst jemand Unattraktives, der wenig Geld im Portemonnaie hat und so ziemlich gar nichts kann. Richtig?«

»Ich denke, ich bleibe einfach Single«, entgegnet sie. »Und was ist mit dir? Warst du je verheiratet?«

»Nein«, erwidere ich. »Nie. Meine Leidenschaft für meinen Beruf war bisher nicht gerade beziehungsfördernd, aber bei uns ist das kein Problem, Cat.«

»Weil ich ein One-Night…«

»Weil du meine neue Leidenschaft bist«, sage ich, rolle sie auf den Rücken und lege mich halb auf sie. »Vom ersten Moment an, Cat.«

»Weil du gedacht hast, du könntest mich nicht haben«, wirft sie ein. »Aber jetzt hast du's geschafft. Jetzt …«

»Will ich mehr.« Langsam lasse ich die Hand über ihre Taille nach oben bis zu ihrer Brust wandern und streiche sanft über ihren Nippel. Keuchend wölbt sie den Oberkörper nach vorn, presst sich in meine Hand, während ich ihre Brust umfasse. »Merk dir das Wort, Cat«, sage ich. »*Mehr.* Ich will mehr.« Ich küsse sie, und sofort überkommt mich ein wahnsinniges Gefühl von Zärtlichkeit für sie, das ich nicht verstehe; das ich noch nie für eine Frau empfunden habe. Ich ficke nur, danach verabschiede ich mich. Aber verflucht noch mal, als ich mit der Zunge über ihre lecke, will ich ihren Geschmack voll auskosten, weil er auf hinterhältige Weise süchtig macht und gleichzeitig so wahnsinnig süß ist, irgendwie verletzlich, während Cat alles andere als unschuldig ist.

Ich ziehe ihr das T-Shirt über den Kopf und bringe meinen Mund auf Höhe ihrer Lippen, doch ich küsse sie nicht. Stattdessen warte ich einen Atemzug ab, dann einen zweiten und dritten, ohne sie zu berühren. Im nächsten Moment hebt sie die Hand und umfasst mein Kinn. »Mehr geht besser, wenn du keine Hose mehr anhast. *Bitte* zieh sie aus.«

Normalerweise würde ich darüber lachen, dass sie »bitte« gesagt hat, aber gerade will ich sie so sehr, dass ich nichts außer diesem Wort in meinen Lenden spüre. Shit! Ich will diese Frau seit unserer ersten Begegnung, in jeder einzelnen Sekunde. Und merkwürdigerweise lenkt sie mich nicht von meiner Welt ab, sondern ist bereits Teil davon. Vielleicht liegt das an ihrem Beruf. Vielleicht auch an ihrer Persönlichkeit. Gerade jetzt liegt es allerdings an ihren verdammt faszinierenden Brüsten. Ich lege die Hände darum und lecke über ihre Nippel. Cat belohnt mich mit diesen süßen, sanften Lauten, die so verflucht weiblich und sexy sind, dass ich mich sofort in ihr vergraben will. Doch dann würde ich den nächsten süßen Laut verpassen, den sie nur ausstößt, weil ich sie berühre oder lecke.

Während ich mit der Zunge eine Spur nach unten zu ihrem Bauch ziehe, fährt sie mit den Fingern in mein Haar, und ihr Bauch erzittert unter meinen Küssen. Als ich schließlich zwischen ihren Beinen ankomme und auf ihren Kitzler puste, krallt sie sich an meinem Haar fest, als hinge ihr Leben davon ab, und wieder stemmt sie sich gegen mich, gegen meinen Mund, gegen meine Finger. Ganz sanft lecke ich über ihre Vertiefung, bevor ich mit der Zunge weiter nach unten wandere, und ihr süß-salziger Geschmack macht meinen Schwanz so steif und meine Eier so verdammt hart, dass sie schmerzen. Ich schiebe die Hand unter ihren kleinen, festen Arsch, und jetzt sauge ich an ihrer Klit, während ich die Finger in sie presse und auf und ab bewege. Offensichtlich löst das den Zauber aus, hinter dem wir beide her sind. Sie keucht auf, zuckt, und dann beginnt sie zu erbeben. Ihr Orgasmus kommt, und das so verdammt schnell, dass ich eins sicher weiß: Egal, wie tough und One-Night-Stand-mäßig sie dieses Spiel spielen will – sie ist genauso wenig damit fertig wie ich.

Wieder schiebe ich zwei Finger in sie, um ihrem zuckenden Körper Halt zu geben, bis mein Schwanz den Weg dorthin findet. Ich warte noch, bis sie diesen herrlichen Punkt erreicht hat, der auf die Erlösung folgt, doch dann ist es vorbei mit meiner Willenskraft. Ich muss in sie, *sofort*. Ich küsse sie auf den Bauch, und sie stützt sich auf die Ellbogen, und als unsere Blicke sich treffen, liegt ein Hauch von Verletzlichkeit in ihren Augen. Als hätte ich irgendeine Schutzmauer eingerissen, ohne dass sie es wollte, und jetzt ist sie sich nicht sicher, was sie tun soll. Vielleicht denkt sie auch darüber nach, wie sie am schnellsten von hier verschwinden kann.

Ich beschließe, ihr einen Grund zum Bleiben zu geben – einen von vielen. Deshalb rutsche ich nach oben, nehme ihren Kopf in beide Hände und küsse sie, sodass sie sich auf meinen Lippen schmecken kann. »Jetzt hast du nicht nur meine Leidenschaft geweckt«, sage ich. »Jetzt bin ich auch süchtig nach deinem Geschmack, und das heißt, beim nächsten Mal lasse ich dich nicht so schnell kommen.« Ich gebe ihr Zeit, diesen Gedanken sacken zu lassen, und stehe von der Couch auf, um ein Kondom aus meiner Hosentasche zu holen. Dann ziehe ich die Hose aus und setze mich wieder neben Cat. Als ich das Kondom überziehen will, hockt Cat jedoch plötzlich vor mir auf den Knien und legt die Hand um meinen Schwanz, und, Gott im Himmel, jetzt will ich auch ihren Mund auf mir spüren.

Sie nimmt mir das Kondom aus der Hand, und mein Schaft ragt zwischen uns auf, dick vor Erregung, die Venen deutlich sichtbar. »Soll ich es dir jetzt schon überziehen oder erst nachdem ich herausgefunden habe, wie du schmeckst?«, will sie wissen.

»Das kannst du entscheiden«, entgegne ich.

Statt einer Antwort leckt sie meinen Schwanz und sendet damit eine Welle der Lust durch meinen Körper. »Mehr?«, fragt sie.

»Bitte«, antworte ich, ohne zu zögern.

Wieder stößt sie dieses süße Lachen aus, und, oh Gott, sie hat einfach alles: Sie ist klug, witzig, sexy. Ich glaube, ich habe mich verliebt, vor allem seitdem mein Schwanz in ihrem Mund ist.

Kapitel Vierzehn

Cat

Reese. Nackt. Überall hart, vor allem sein Schwanz. Meine Zunge leckt und streicht über weiche Haut, die harten Stahl umgibt. Das ist der Punkt, an den mich eine Begegnung in einem Café gebracht hat, an den mich diese Nacht gebracht hat – mich und uns. Reese beobachtet mich mit halb verhangenem Blick, oder zumindest versucht er es. Ich erkenne den Moment, als er durch mich an diesem wundervollen Ort ankommt, wo man nur noch fühlt und nichts mehr denkt. Seine Augenlider senken sich, und die Muskeln in seinem Gesicht, an seinem gesamten Körper spannen sich an. Jetzt habe ich mein angestrebtes Ziel erreicht, den Ort, zu dem ich mit ihm reisen wollte, als ich mich vor ihn gekniet habe; den Ort, an dem ich die Kontrolle habe. Doch plötzlich geht es gar nicht mehr darum, sondern nur noch um sein Vergnügen. Er berührt mich tief, und die Bestätigung, dass ich ihn ebenfalls berühre, macht mich an und beruhigt mich gleichzeitig. Dass ich diese Bestätigung überhaupt brauche, bedeutet allerdings, dass meine Vergangenheit mich verkorkst hat, und diese Tatsache hasse ich an mir, aber Reese hasse ich nicht.

Um sicherzustellen, dass das Kondom nicht verloren geht, stecke ich es unter Reese' Beinen fest und lege eine Hand auf seinen Schenkel. Die weichen Härchen dort kitzeln mich auf eine überraschend erotische Weise, andererseits bin ich aber auch gerade ultrasensibel, und mein Körper kribbelt überall. Die andere Hand habe ich immer noch um das untere Ende seines Schafts geschlungen, und jetzt ziehe ich den Kopf zurück, höre auf zu saugen und zu lecken. Als Reese die Augen öffnet, lecke ich den süß-salzigen Lusttropfen ab, der sich an der Spitze seiner Erektion gebildet hat. Das ist wie eine Explosion auf meinen Geschmacksknospen, und Reese stöhnt auf. Dieser Ausdruck seiner Erregung facht mein Verlangen von Neuem an. Im Kreis fahre ich mit der Zunge um ihn herum und sauge mit den Lippen an ihm.

Unter meiner Handfläche spüre ich, wie seine Oberschenkelmuskeln sich anspannen, und nun ist er *meine* Leidenschaft, er und seine Lust, aber ich will, dass er nach mir greift; dass er einfach nicht anders kann, weil er sich so sehr nach der Erlösung sehnt. Dieses Ziel vor Augen lasse ich seine Länge in mich gleiten, bewege mich langsam vor und zurück, während er die Hüften hebt. Ich kann sein Bedürfnis, mich festzuhalten, beinahe spüren, doch er gibt ihm noch immer nicht nach. Deshalb nehme ich ihn noch tiefer in mich auf, rücke ein Stück näher an ihn heran und presse meine Brüste an seine Beine.

Er stöhnt auf und beugt sich vor. »Schluss!«, sagt er im Befehlston und packt mich an den Armen.

Ich will mich wehren, ihn bis zum Äußersten bringen, aber er ist zu stark für mich. Im nächsten Moment sitze ich auf seinem Schoß, schmiege mich an seine Brust, während er die Finger in meinem Haar vergräbt, die Lippen auf meine presst. Er drängt mit der Zunge in meinen Mund, küsst mich tief und sexy. Ich spüre seine Erektion an meinem Po, und irgendwie finden meine Finger das Kondom.

Ich schließe die Hand darum und drücke sie an Reese' Brust. Unwillkürlich öffnen sich unsere Lippen, und ohne nachzudenken, frage ich das Erste, was mir in den Sinn kommt. »Wieso hast du mich nicht zu Ende machen lassen?«

Er weicht ein Stück zurück und sieht mich an. »Wir bringen das zusammen zu Ende, Süße«, entgegnet er und fällt erneut über meine Lippen her. *Zusammen.* Ich weiß nicht einmal, was dieses Wort bedeutet, obwohl ich dachte, ich wüsste es. Ich wollte es wissen, aber es kommt mir vor wie etwas Fiktives, wie eine Geschichte, die schlecht ausgeht. Warum ich überhaupt darüber nachdenke, weiß ich nicht. Ich weiß auch nicht, was dieser Mann mit mir macht. Gerade haben seine Berührungen, seine Hände, mit denen er mir über den Rücken streicht, eine Wirkung auf mich, die ich noch nie zuvor erlebt habe. Jeder Zentimeter meiner Haut, jedes Nervenende kribbelt und ist zum Leben erweckt.

»Ich will jetzt in dir sein«, knurrt er mir ins Ohr, und sein Atem streift warm meinen Nacken, bevor er mit den Lippen über die empfindliche Stelle streicht.

Mein gesamter Körper reagiert auf diese Worte, und sehnsuchtsvoll zieht sich mein Unterleib zusammen. »Ja«, flüstere ich. »Bitte.«

Ich bewege mich, oder er bewegt mich – ich habe keine Ahnung, was von beidem. Ich bin so wahnsinnig erregt, dass ich kaum klar denken kann. Ich weiß nur, dass das Kondom irgendwie dorthin kommt, wo es hingehört, genau wie ich. Reese bringt mich in eine andere Position, dann schiebt er sich in mich. Ich keuche auf, als er in mich eindringt, mich weitet, sich immer tiefer in mich presst.

»Mein Gott«, murmelt er mit tiefer, fast kehliger Stimme und küsst mich, vergräbt die Finger aufreizend grob in meinem Haar. Ich lege die Hände an seine Brust, biege den Oberkörper seinem entgegen, und als unsere Münder sich trennen, treffen unsere Blicke aufeinander, und die Wirkung raubt mir den Atem. Plötzlich scheint sich die Luft um uns herum zu verdichten, und die Verbindung zu diesem Mann, die ich bei jeder unserer Begegnungen gespürt habe, wird stärker, breitet sich zwischen uns aus, beherrscht mich – und ich denke, ihn auch. Ich kann es in seinen Augen sehen: sein Verlangen, seine Leidenschaft für mich. Für uns.

»Komm her!«, befiehlt er, und ich kann mich zwar nicht daran erinnern, mich bewegt zu haben, aber auf einmal liegt seine Hand in meinem Nacken, unter meinem Haar, und unsere Lippen vereinen sich zu einem Kuss, der sich jetzt anders anfühlt; er enthält viel mehr Emotionen, und es geht nicht mehr nur um Sex.

Ich spüre diesen Kuss in jedem Winkel meines Körpers, und mittlerweile sind auch die Schmetterlinge in meinen Bauch zurückgekehrt, doch diesmal haben sie nichts mit Nervosität zu tun. *Zusammen* beginnen wir, uns zu bewegen, schwingen wie in einem sexy Tanz hin und her, während unsere Hände überall zu sein scheinen und ich gar nicht genug von ihm bekommen kann. Ich verliere jegliches Zeitgefühl. Ich verliere die Fähigkeit, mir Sorgen darüber zu machen oder Angst davor zu haben, wo das mit uns hinführen könnte. Alles, was ich will, ist, ihn ganz in mich aufzunehmen, seinen herben Duft einzuatmen und ihn auf meiner Zunge zu schmecken. Ich will, dass es nie aufhört, doch er umfasst meine Brust und drückt die Spitze zusammen, während er gleichzeitig mit der Zunge über meine streicht und seinen Schwanz tief in mich bohrt. In diesem Moment ist es vorbei. Ich kann weder das sengend heiße Feuer stoppen, das er in mir entfacht hat, noch den Orgasmus, der mich überwältigt.

Ergeben lasse ich mich an ihn sinken, vergrabe das Gesicht in seinem Hals, als ich am ganzen Körper erbebe und mein Unterleib sich zusammenzieht, sich an ihn presst, während er weiter in mich stößt. Er stöhnt, als meine Muskeln sich um seinen Schaft krampfen, und zieht mich an sich, eine Hand zwischen meinen Schulterblättern, während sein starker, muskulöser Körper vor Erlösung zittert. Die Zeit vergeht viel zu schnell und viel zu langsam. Um mich herum verblasst alles, und ich lasse mich tiefer in die Gefühle sinken, die meinen Körper erschüttern.

Als ich endlich wieder in die Gegenwart zurückkehre, spüre ich Reese neben mir, an mir, und während sein Körper sich fühlbar entspannt, folgt meiner nach. Ich bin wie betäubt, meine Glieder sind schwer, als Reese sich mit mir auf die Couch legt und mir das Haar aus dem Gesicht streicht. »Bin gleich wieder da«, sagt er, bevor er mich zart und lang auf die Schläfe küsst und sich dann von mir löst. Einen Augenblick später fühle ich wieder die Decke auf mir, doch ich befinde mich noch in dem Moment davor, bei dem zärtlichen Kuss. Heute Nacht hat mich dieser Mann auf so viele Arten berührt, aber dieser Kuss und auch die Decke berühren mich am meisten. Ich habe kaum Zeit, diese Gedanken zu verarbeiten, als er schon wieder zurück ist, ohne Kondom.

»Ich hab den Kamin angemacht«, verkündet er, legt sich hinter mich und drückt mich an seine Brust. Mein Blick fällt auf die Flammen, die irgendwie direkt gegenüber im Fenster zu brennen scheinen.

»Ich sollte wohl besser gehen«, murmle ich.

»Ich will nicht, dass du gehst«, sagt Reese, legt mir die Hand auf die Hüfte und vergräbt das Gesicht an meiner Schulter, unterhalb meines Nackens. »Bleib, *Cat.*«

Ich weiß genau, dass ich gehen sollte. One-Night-Stand et cetera. Genauso sollte man mit Männern wie Reese verfahren. Nur dass er mich ziemlich fest hält. Und meine Augenlider sind so schwer.

Kapitel Fünfzehn

Cat

Ein gedämpftes Klingeln lässt mich blinzelnd die Augen öffnen, und sofort spüre ich, dass Reese mich mit seinem breiten Körper umschlungen hält, während das Läuten von irgendwoher auf dem Boden kommt. Erneut blinzle ich gegen das Sonnenlicht an, das um uns herum durch die Fenster scheint. Reese bewegt sich nicht, ist offensichtlich vollkommen k. o. Und sieht im Tiefschlaf genauso gut aus wie im Wachzustand.

Ich weiß, es ist schon der Morgen danach, und eigentlich hätte ich mich bereits gestern Nacht verabschieden sollen, aber jetzt ist das mit uns definitiv vorbei, und ich kann nicht anders, als ihn noch ein letztes Mal zu berühren. Behutsam hebe ich die Hand und zeichne seine Lippen nach, dann lasse ich seine rauen Bartstoppeln über meine Haut streifen. Blinzelnd wacht Reese auf, und ich will meine Hand wegziehen, doch er hält sie fest. »Guten Morgen«, sagt er und streicht mit den Lippen, die ich gerade noch berührt habe, über meine Fingerknöchel. Das Sonnenlicht wirft bernsteinfarbene Sprenkel in seine blauen Augen. »Wie geht's dir?«, fragt er.

»Besser, sobald ich den peinlichen Morgen danach hinter mir habe.«

Er lacht. »Es gibt keinen peinlichen Morgen danach, Cat. Es gibt Pfannkuchen und Kaffee, und vielleicht … nein, definitiv mehr Sex. Und irgendwie finde ich nichts davon peinlich. Du?«

One-Night-Stand, sage ich mir im Stillen. »Was machen wir hier, Reese?«, will ich wissen, doch als er sich etwas bewegt, spüre ich ein Bedürfnis in mir aufkommen, das meine Frage an zweite Stelle rücken lässt. »Warte mit der Antwort. Ich muss leider pinkeln. Ziemlich dringend.«

»Ist das so?« Er lacht leise.

»Ja. Und das bedeutet, ich muss dich bitten, sofort dein Bein von meinem Bein zu nehmen.«

»So schlimm also?«

»Ja. Ich bin die ganze Nacht nicht gewesen. Steh auf!«

»Okay, okay.« Er hebt sein Bein an und lässt mich los.

Ich rolle mich herum und bin mir sofort der Tatsache bewusst, dass ich vollkommen nackt bin, und da ich gerade keine Zeit habe, mich anzuziehen, reiße ich an der Decke, unter der wir beide gelegen haben. Dann setze ich mich damit in Bewegung, doch nach nur einem Schritt wird mir klar, dass Reese nun nackt daliegt. Als ich mich zu ihm umwende, ist er gerade dabei, sich aufzusetzen, und, ja, er ist tatsächlich vollkommen entblößt und bietet einen herrlichen Anblick.

Amüsiert hebt er eine Augenbraue, als er die Situation erfasst, und in seinen Blick tritt ein freches Funkeln. »Ich dachte, du musst pinkeln?«

»Muss ich auch.«

Der Schalk bringt seine blauen Augen zum Leuchten, während sich in ihren Tiefen das Sonnenlicht spiegelt. »Wieso stehst du dann noch da?«

»Weil du nackt bist«, entgegne ich und sehe keinen Grund, das Offensichtliche nicht auszusprechen. Er ist schließlich nackt. Und möglicherweise der perfekteste Mann, den ich je von so Nahem gesehen habe.

»Wenn du weiter da stehen bleibst«, warnt er mich, »ziehe ich dich wieder ins Bett und sorge dafür, dass du ebenfalls nackt bist, bevor ich dir angemessen ›Guten Morgen‹ wünsche.«

»Oh«, bringe ich hervor. »Nein. Das ist gerade unmöglich.« In diesem Moment klingelt sein Handy, und er schnappt sich seine Hose. »Eben hat es schon mal geklingelt«, rufe ich, während ich durch den Raum flitze und ihn »Hallo« ins Telefon sagen höre.

Hastig laufe ich an den Sofas vorbei, als mir meine Klamotten wieder einfallen. Also mache ich mich auf die Suche und sammle meinen BH, mein Kleid und meine Schuhe ein. Mein Slip scheint allerdings verschwunden zu sein. Mittlerweile habe ich das Pinkeln so lange aufgeschoben, dass ich jetzt zehnmal so stark muss wie vorher. So stark, dass ich vorsichtig und doch schnell zur Toilette gehen muss. Ich betrete den Flur und laufe eilig durch den Bogengang. Links neben der Wendeltreppe erspähe ich die Tür, die ich aufreiße.

Ich haste in den kleinen Raum, in dem es nur ein Klo und ein kunstvolles weißes Keramikwaschbecken gibt, werfe die Decke auf den Boden und tue, was ich zu tun habe. Danach gehe ich zum Waschbecken, wasche mir die Hände und betrachte mich im Spiegel. Gott, mein Haar steht zu allen Seiten hin ab, und Make-up, das einen Tag alt ist und dem der Lippenstift fehlt, ist sowieso nie schmeichelhaft. Mutig werfe ich einen Blick in den Spiegelschrank und entdecke dort eine Zahnbürste samt Pasta und Zahnseide. Ich nehme die Tube heraus, und mit Hilfe meines Fingers und der Zahnseide schaffe ich es tatsächlich ganz gut, mir die Zähne zu putzen. Eine Bürste, mit der ich das Chaos auf meinem Kopf beseitigen könnte, finde ich allerdings nicht, und ich werde mir das Gesicht nicht mit Handseife waschen.

Seufzend stütze ich mich auf dem weißen Keramikwaschbecken auf und versuche, die Tatsache zu verarbeiten, dass ich nackt in Reese' Gästetoilette stehe – am Morgen, nachdem ich auf alle möglichen Arten wundervollen Sex mit ihm hatte. Ich bereue es nicht, und ich denke, er auch nicht. Trotzdem bin ich verwirrt. So hatte ich das nicht geplant, und gerade weiß ich nicht mal, was genau ich fühle. Ich sollte gehen. Oder soll ich bleiben?

Schließlich komme ich zu der Erkenntnis, dass ich mehr Optionen habe, wenn ich angezogen bin. Also werfe ich mir schnell meine Klamotten über und bin gerade in meine Schuhe geschlüpft, als vor der Tür ein »Cat« ertönt.

Tief atme ich ein, und plötzlich bin ich wieder total nervös, was albern ist. Ich war mit ihm im Bett. Und ich wollte nur einen One-Night-Stand. Deshalb zwinge ich mich, die Tür zu öffnen, und werde erneut mit einem wunderschönen Anblick belohnt. Er steht mit nacktem Oberkörper vor mir und hat zwar die gleiche Hose an wie gestern Abend, aber der Reißverschluss ist noch offen. In seinen Augen lodert Hitze, während er mich von oben bis unten mustert.

»Mit der Decke hast du mir besser gefallen«, sagt er und lehnt den Arm über seinem Kopf gegen den Türrahmen. Es fällt mir schwer, den Blick nicht über die Spur aus weichem, dunklem Haar auf seiner Brust wandern zu lassen. »Und noch besser ohne.«

»Mir hast du ohne auch besser gefallen«, traue ich mich zu sagen. »Deshalb hab ich sie auch mitgenommen.«

Er packt mich an der Taille und zieht mich zu sich. »Hör auf, dich so zu benehmen, als wäre das hier der peinliche Morgen danach.«

»Tue ich doch gar nicht.«

Er hebt eine Augenbraue.

»Okay«, gebe ich mich geschlagen.

»Okay?«

Ich greife das Thema wieder auf, das ich vor meinem Gang zur Toilette angeschnitten hatte: »Ich weiß nicht, was wir hier machen.«

»Das finden wir schon noch heraus. Allerdings haben wir ein kleines Problem: Ich hab gestern Abend noch mit Royce Walker telefoniert und ihn gebeten, uns bei dem Prozess zu helfen. Anscheinend haben er und sein Bruder irgendwas gefunden und sind jetzt auf dem Weg hierher.«

»Oh«, ist das Einzige, was mir dazu einfällt. Was für bedeutsame Worte doch aus meinem Mund kommen.

»Und«, fügt Reese hinzu, »wir haben länger geschlafen, als ich dachte. Es ist schon halb elf, und meine Kollegen kommen gegen Mittag ebenfalls hierher, um an dem Fall weiterzuarbeiten.« In seiner Hosentasche klingelt sein Handy. »Gib mir eine Minute, Süße.« Er gibt mir einen Kuss – ein kurze, nach Minze schmeckende Berührung seiner Lippen, die mir zeigt, dass er ebenfalls Zahnpasta gefunden hat. »Nur eine Minute«, wiederholt er, als wäre es ein Versprechen, und nimmt sein Handy heraus. Dabei zieht er die Hose bis zu einer Stelle herunter, deren Anblick mich fast aus dem Konzept bringt. »Hallo«, sagt er in sein Telefon, bevor er es mit der Hand bedeckt und mich ansieht. »Komm mit in die Küche. Ich mache uns einen Kaffee.« Er wartet meine Antwort gar nicht erst ab, sondern dreht sich um und setzt sein Telefonat fort. »Was gibt's?«

Ich folge ihm nicht. Dieses furchtbare Gefühl steigt wieder in mir hoch. Deshalb verlasse ich die Toilette und gehe zurück ins

Wohnzimmer, wo ich meine Taschen und meinen Computer einsammle und mich damit auf den Weg hinaus mache. Ich bin gerade an der Wohnungstür angekommen, als ich hinter mir »Cat« höre, bevor Reese mich am Arm packt und mich zu sich umdreht. »Was machst du da?«

»Ich gehe«, erwidere ich, obwohl es für uns beide schon vor diesem Wortwechsel offensichtlich war.

»Ohne mit mir zu reden?«

»Mir ist das alles total unangenehm, und du musst an deinen Prozess denken und …«

»Dann hilf mir bei dem Prozess. Ich weiß, dieses Wochenende ist nicht gerade spannend, aber bleib hier und hilf mir, den Mörder zu finden.« Er tritt näher und legt eine Hand an meine Wange. »Ich brauche dich hier. Ich will dich hier haben.«

»Du brauchst mich nicht.«

»Doch. Das ist irrational, ich weiß. Wir haben uns gerade erst kennengelernt, aber ich brauche dich wirklich hier.« Er schiebt mich nach hinten, bis ich gegen die Tür stoße. »Ich kann nicht ändern, was gerade in meinem Leben los ist, aber ich möchte, dass du ein Teil davon bist. Genau genommen bist du schon ein Teil davon. Deshalb haben wir uns kennengelernt. Weil das auch *dein* Job ist. Lass uns zusammenarbeiten.«

»Reese, ich …«

»Du kannst gut Schlussplädoyers verfassen. Ich muss ein hammermäßiges Plädoyer vor den Geschworenen halten und vor dir offensichtlich auch. Also sag Ja. Dazu, mir bei dem Prozess zu helfen und herauszufinden, was das zwischen uns ist. Ich will das wissen. Du nicht?«

Irgendwie hat dieser Mann, den ich als Arschloch bezeichnet habe und mit dem ich eigentlich nur einen One-Night-Stand haben wollte, es geschafft, alles zu verändern. Er hat es geschafft, dass ich ihn will und brauche, und dann hat er all das gesagt, was ich hören wollte und brauchte, obwohl ich nicht mal wusste, dass ich es nötig hatte. »Ja und ja«, willige ich schließlich ein, weil es einfach keine andere Möglichkeit gibt, mit der ich leben könnte. »Aber ich muss erst nach Hause und duschen und mich umziehen. Vorzugsweise, bevor der Walker-Clan hier aufkreuzt.«

»Das könnte jede Sekunde passieren.«

»Oh Gott! Ich muss los.« Hastig wende ich mich zur Tür um, die Reese für mich öffnet, damit ich verschwinden kann, doch unvermittelt hält er mich erneut am Arm fest und dreht mich zu sich um. »Lauf nicht vor mir weg, Cat. Ich weiß, du bist verletzt worden. Aber ich bin nicht er, und normalerweise laufe ich Frauen nicht hinterher, aber bei dir würde ich es tun.« Zärtlich streicht er mir über die Wange, und mir bleibt die Luft weg, während er noch einmal sagt: »Dir würde ich hinterherlaufen.« Dann lässt er mich los.

Ich wende mich ab und gehe davon, während seine Worte in meinem Kopf nachhallen: *Ich bin nicht er.* Der Gedanke, dass mein Ex-Arschloch gerade die Kontrolle über mich hat, lässt mich abrupt stehen bleiben. Das geht nicht. Diese Art von Kontrolle darf ich ihm nicht überlassen. Ich drehe mich wieder um und stelle fest, dass Reese immer noch an der Tür steht. Energisch marschiere ich auf ihn zu, presse meine Hand auf seine umwerfende Brust und küsse ihn. »Ich komme zurück. Weil ich es will. Und ich kann gute Schlussplädoyers verfassen, und du brauchst ein hammermäßiges. Außerdem musst du es völlig anders angehen als bei der Eröffnung. Wenn du die Geschworenen für dich gewinnen willst, darfst du nicht so sein wie dein Mandant.«

»Was soll das denn heißen?«

»Arrogant, reich und gut aussehend. Du bist alles drei.« Damit mache ich auf dem Absatz kehrt und setze mich wieder in Bewegung, während mich sein leises, sexy Lachen verfolgt. Ich muss lächeln. Gott, bringt mich dieser Mann zum Lächeln. Schließlich komme ich am Aufzug an, betrete die Kabine und lasse mich gegen die Wand sinken. Er macht mich verrückt, aber ich hab mich auch seit ewigen Zeiten nicht mehr so lebendig gefühlt. Das ist ein wahnsinnig tolles Gefühl. Und er hat recht: Ich will wissen, wohin das alles führt.

Kapitel Sechzehn

Cat

Als ich aus dem Fahrstuhl trete, habe ich immer noch ein Lächeln im Gesicht – zumindest bis ich die beiden breitschultrigen, ernst dreinblickenden Männer auf mich zukommen sehe und keine Chance mehr habe, ihnen aus dem Weg zu gehen: Royce und Blake Walker von Walker Security. Beide könnten als Sinnbilder für den Typ »groß, dunkelhaarig und attraktiv« gelten und sind noch dazu mit einer geradezu tödlichen Selbstsicherheit gesegnet. Beide haben langes Haar, das sie im Nacken zusammengebunden haben, und tragen Jeans und T-Shirts mit ihrem Firmenlogo. Und beide befinden sich auf direktem Kollisionskurs mit meiner Wenigkeit. Meine einzige Rettung ist, dass Blakes Frau Kara auch dabei ist, die ich schon öfter getroffen habe und sehr sympathisch finde: Sie ist gleichzeitig tough und trotzdem lieb.

Da mir keine andere Wahl bleibt, stürme ich auf die drei zu und bleibe direkt vor ihnen stehen. »Oh, hi, Cat«, begrüßt mich Kara, während die beiden Männer das Gesicht zu einem vielsagenden Grinsen verziehen.

»Ich erinnere mich vage, dass ich dich gestern im Fernsehen in diesem Kleid gesehen habe«, sagt Royce.

Ich runzle die Stirn, perplex, dass ausgerechnet er meine offensichtliche Übernachtung bei Reese anspricht, während er sonst eher der ruhige, nachdenkliche der beiden Walkerbrüder ist. »Wieso fällt *dir* überhaupt mein Kleid auf?«, will ich wissen.

Blake lacht, woraufhin Kara ihm den Ellbogen in die Rippen stößt. »Tut mir leid, Cat«, sagt sie. »Nicht mal seine eigene Frau schafft es, ihm Manieren beizubringen.«

»Mir ist dein Kleid aufgefallen«, entgegnet Royce und wirft seiner Schwägerin einen finsteren Blick zu, bevor er mich ansieht, »weil meine Frau sich darüber beklagt hat, dass sie da nicht reinpassen würde, weil sie zu dick ist. Was sie natürlich nicht ist. Sie ist bloß schwanger. Aber das will sie einfach nicht verstehen.«

Mit anderen Worten: Es ist ihm völlig egal, dass ich die Nacht bei Reese verbracht habe. Er denkt nur laut darüber nach, was er für seine Frau tun könnte. »Zeig ihr einfach, dass du sie liebst, Royce«, rate ich ihm, als hätte er mir die Frage tatsächlich gestellt. »Und so, wie ich das beurteile, tust du das bisher sehr gut.« Aufmunternd tätschle ich ihm den Arm. »Mehr als gut. Aber ich will euch nicht weiter aufhalten. Reese brennt schon darauf, zu erfahren, was ihr herausgefunden habt.« Ihre Reaktionen, die sicherlich aus einem weiteren vielsagenden Grinsen bestehen, warte ich gar nicht erst ab, sondern setze mich wieder in Bewegung und trete nach draußen auf die Straße. Die kühle Luft fährt mir direkt unters Kleid und über meinen nackten Schritt, was mich natürlich daran erinnert, dass Reese mir gestern den Slip vom Leib gerissen hat. Wieso habe ich überhaupt danach gesucht? Ich kann ihn sowieso nie wieder anziehen.

Lächelnd weiche ich einer Gruppe von Fußgängern aus, während meine Gedanken zu Royce und seinem liebevollen Umgang mit Lauren zurückkehren. Alle Walkermänner lieben ihre Frauen geradezu abgöttisch. Sie sind zwar arrogant und sexy, aber sie lieben mit der gleichen Intensität, die sie ausstrahlen, wenn sie einen Raum betreten. Wahrscheinlich weiß ich nur dank ihnen, dass diese Art von Liebe tatsächlich da draußen existiert. Mein Vater ist vollkommen anders mit meiner Mutter umgegangen. Er hatte andere Frauen. Sie hat ihm seine Freiheiten gelassen. Aber ich kann nicht so sein wie sie. Und vielleicht war es gar kein so schlechtes, sondern gutes Timing, dass ich gerade auf die Walkermänner getroffen bin.

Die Begegnung hat mich daran erinnert, dass echte Männer ihre dicken schwangeren Frauen lieben. Ich muss lachen und hole mein Handy heraus, um Lauren anzurufen. Schon nach dem ersten Klingeln geht sie dran. »Hey, du dicke, fette, schwangere Frau«, begrüße ich sie.

»Das ist nicht witzig«, schimpft sie, und ich kann geradezu hören, wie sich ihr Gesicht verfinstert. »Könnte sogar sein, dass ich dir die Freundschaft kündige.«

»Du bist nicht dick«, sage ich und schaffe es gerade noch, zwei Männern auszuweichen, die mich fast über den Haufen gerannt hätten und mich nicht mal bemerken. »Allerdings scheinst du langsam verrückt zu werden, wenn du dich wirklich für zu dick hältst. Ich hab eben Royce getroffen, der hat mir das erzählt.«

»Royce ist so eine Tratschtante. Und ich bin sehr wohl dick. Mir passen keine meiner Klamotten mehr.«

»Du bist *schwanger.* Und zierlich.«

»Bei mir sitzt alles auf den Hüften, nicht am Bauch. Manche Frauen haben einen total süßen Babybauch, aber nein, ich natürlich nicht. Bei mir werden nur der Arsch und die Hüften fett. Ich will auch einen süßen Babybauch. Und wieso hast du Royce getroffen? Der wollte doch zu … Reese … Cat. Warst du etwa …«

»Jepp. Offensichtlich hat er deine und meine Herausforderung angenommen und gewonnen.«

Sie lacht. »Ich wusste es. Er hat viel mit den Walkermännern gemeinsam. Er sieht etwas, will es haben und macht sich auf die Jagd.«

»Warte mal kurz«, sage ich und renne über die Straße, bevor die Ampel wieder auf Rot springt. »Okay, sorry, ich hetze gerade nach Hause. Ich muss dringend unter die Dusche. Er ist doch ein guter Kerl, oder, Lauren?«

»Ein sehr guter Kerl. Und er gefällt dir, sonst würdest du jetzt nicht mit mir telefonieren.«

»Er war noch nie verheiratet.«

»Du auch nicht.«

»Aber er war auch noch nie verlobt«, kontere ich. »Oder … zumindest glaube ich das. Wieso eigentlich nicht? Er sieht gut aus, ist erfolgreich …«

»Hast du ihn gefragt?«

»Ja. Er meinte, er sei ein Workaholic.«

»Na ja, er ist über dreißig, wahrscheinlich Selfmade-Millionär oder zumindest auf dem Weg dorthin, und einer der besten Verteidiger des Landes. Und wir wissen beide, wie schwer das ist.« In ihrer Leitung tutet es. »Warte mal kurz.« Ein Klicken ertönt, und einige Sekunden vergehen. »Ich muss Schluss machen«, meldet sich Lauren schließlich zurück. »Ich hab eine Mandantin, die sich von ihrem gewalttätigen Ehemann scheiden lässt. Der reinste Albtraum, also für sie, nicht für mich. Aber ich muss mit ihr über den Prozess reden. Ich rufe dich heute Abend an.«

Damit legt sie auf, und ich betrete mein Wohnhaus, wo ich meinen zweitältesten Bruder Gabe am Empfang vorfinde. Gerade sagt der Wachmann irgendetwas zu ihm, woraufhin Gabe sich umdreht und mich entdeckt. Und wie immer sieht er piekfein aus mit seinem perfekt gestylten blonden Haar und den edlen Jeans, die er zu seinem Lieblingsshirt aus Harvard – natürlich mit Kragen – trägt.

»Wieso hast du dasselbe Kleid an wie gestern im Gericht?«, will er wissen.

»Woher weißt du denn, dass ich das gestern anhatte?«

»Du warst im Fernsehen.«

»Ich wiederhole noch mal: Woher weißt du, was ich gestern anhatte?«

»Du bist meine Schwester.«

»Das erklärt's natürlich«, entgegne ich.

»Was, dass ich nicht blöd bin? Na, vielen Dank. Deine Haare sind total durcheinander und dein Make up verschmiert. Wie heißt er?«

»Was machst du hier?«

Er nimmt zwei Becher vom Empfangstresen. »Ich wollte mit meiner kleinen Schwester einen Kaffee trinken.«

Stirnrunzelnd nehme ich den Becher entgegen und sehe Gabe neugierig an. »Okay, was willst du?«

Er lacht. »Nun hör schon auf. Ich bin nur vorbeigekommen, um zu schauen, wie es dir geht. Und …«

»Cat!«

Bevor Gabe den Satz beenden kann, wende ich mich um und sehe eine zierliche, hübsche Brünette auf mich zueilen – etwa einen Meter zweiundfünfzig groß, mit Zehn-Zentimeter-Absätzen und einem schwarzen Hosenanzug bekleidet. Dieser Tag wird immer besser – oder auch nicht. »Wer ist denn das?«, erkundigt sich mein Bruder.

»Meine Agentin«, verkünde ich wenige Sekunden, bevor Liz vor mir zum Stehen kommt.

»Was machst du denn hier?«, frage ich sie, hebe jedoch sofort abwehrend die Hand. »Vergiss es, ich weiß, was du hier machst. Nein. Ende der Diskussion.«

Sie legt die Stirn in Falten. »Wieso trägst du …?«

»Stopp, behalt's für dich«, warne ich sie. »Ich hab keine Lust, mir diese Frage schon wieder anzuhören.«

»Okay«, sagt sie. »Lass uns oben reden, dann kannst du dich zurechtmachen. Du siehst furchtbar aus.«

Resigniert hebe ich die Hände zur Decke. »Das weiß ich. Kommt mit!«

Ich gehe los, und mein Bruder und meine Agentin beeilen sich, mit mir Schritt zu halten, während ich an meinem Kaffee nippe, der erstaunlicherweise genau so ist, wie ich ihn mag. »Danke«, sage ich mit einem Blick auf meinen Bruder, bevor ich die Ruftaste des Fahrstuhls betätige.

»Sehr gerne, Schwesterchen.«

»Das ist dein Bruder?«, fragt Liz und mustert ihn eine Idee zu interessiert. Okay, er sieht gut aus, aber sie ist meine Agentin und er mein Bruder.

»Ja«, antwortet Gabe für mich. »Ich bin der große Bruder.«

»Alter?«, will Liz wissen.

»Sechsunddreißig.«

»Verheiratet?«, erkundigt sie sich schamlos.

Die Fahrstuhltür öffnet sich, und ich verdrehe die Augen, während ich vor ihnen die Kabine betrete. Dort stellen sich die beiden zwar auf gegenüberliegende Seiten, aber sie unterhalten sich weiterhin. »Noch nie gewesen«, informiert mein Bruder meine Agentin.

»Wieso nicht?«, hakt Liz nach, als würde sie mein Gespräch mit Lauren über Reese nachspielen. »Was stimmt nicht mit Ihnen?«

Ungläubig folge ich dem Wortwechsel, der mich komplett ausschließt und mit jedem vorbeiziehenden Stockwerk direkter wird, bis ich es schließlich nicht mehr aushalte. Kopfschüttelnd sehe ich Liz an, die knallrote Wangen hat. »Ernsthaft?«, frage ich. »Du flirtest vor mir mit meinem Bruder?«

»Tue ich doch gar nicht«, widerspricht sie entrüstet.

»Nein?«, sagt Gabe. »Das ist aber schade.«

In diesem Moment geht die Fahrstuhltür auf, und ich verlasse die Kabine, ohne mich um die beiden zu kümmern. Als ich an meiner Wohnung ankomme, schließe ich die Tür auf und lasse sie offen stehen, während ich im Eingangsbereich die Schuhe ausziehe. Ich will einfach nur unter die Dusche, doch stattdessen gehe ich in die Küche, stelle meine Taschen auf einem der mit rotem Leder bezogenen Barhocker ab und steuere dann auf die Mikrowelle zu, um meinen Kaffee aufzuwärmen. Als er fertig ist, stehen mein Bruder und Liz einander gegenüber an der Kücheninsel und sehen mich an.

»Cat«, setzt Liz an.

»Nein«, entgegne ich sofort. »Ich lehne den Buchdeal ab.«

»Warum lehnst du einen Buchdeal ab?«, will Gabe wissen. »Mit deinem letzten Buch standest du doch auf der Bestsellerliste der *Times*.«

»Wieso weißt du überhaupt davon?«

»Natürlich weiß ich davon«, erwidert er.

»Tust du nicht«, beschuldige ich ihn.

»Tue ich wohl«, beharrt er.

»Wirklich?«

»Ja«, sagt Gabe. »Ich bin nicht so ein Arschloch, wie du offensichtlich denkst.«

»Aber du hast dich aufgeregt, weil ich meine Karriere als Anwältin aufgegeben habe.«

»Das ist doch Schnee von gestern. Deine Kolumne ist verdammt gut, genau wie das Buch. Wieso lehnst du einen weiteren Deal ab?«

»Moment mal«, meldet sich Liz zu Wort und blickt zu Gabe. »Haben Sie ihr gratuliert, als ihr Buch auf die Bestsellerliste kam?«

»Nein, aber …«

»Jetzt wissen wir auch, warum Sie Single sind«, befindet sie. »Das nächste Mal sollten Sie ihr Blumen und Pralinen schicken. Und nein, ich habe nicht mit Ihnen geflirtet.« Sie richtet die Aufmerksamkeit wieder auf mich. »Aber zurück zu seiner Frage: wieso?«

»Nein«, wiederhole ich.

»Wieso?«, drängt Gabe.

»Ja«, hakt Liz nach, »wieso?«

»Weil Dan ein Arschloch ist«, erkläre ich. »Und er repräsentiert all das, was ich an diesem System hasse. Ich schreibe kein Buch mit ihm.«

Mein Handy klingelt, und ich beeile mich, es aus meiner Handtasche zu holen, in der Hoffnung, dass ich dieses Treffen in meiner Küche damit beenden kann. Auf dem Display steht Reese' Nummer. »Hey«, melde ich mich.

»Bist du nach Hause gelaufen?«

»Ja.«

»Draußen ist es frisch, und ich hab deinen Slip. Das hast du sicher gemerkt.«

Ich muss lachen und wende den Blick ab, als mich plötzlich zwei forschende Augenpaare interessiert ansehen. »Ich hab's überlebt.«

»Komm her und hol ihn dir.«

»Der ist jetzt nicht mehr wirklich zu gebrauchen. Aber ich bin in etwa einer Stunde da. Mein Bruder und meine Agentin sind bei mir vorbeigekommen.«

»Mach das mit dem Buch, Cat«, sagt Reese unvermittelt ernst.

»Das kann ich gerade nicht mit dir diskutieren.«

»Dann lehne es wenigstens noch nicht offiziell ab, bis wir darüber gesprochen haben. Versprich es mir.«

»Nein.«

»Cat ...«

»Nein.«

»Okay«, sagt er. »Wir sprechen später darüber, im Bett. Aber bald. Komm her, oder ich hole dich.« Damit beendet er das Gespräch.

Nachdenklich lege ich das Handy weg und blicke zwischen Liz und Gabe hin und her. »Ihr müsst gehen. Ich hab noch einen Termin.«

Gabe wendet den Blick ab und wirkt frustriert, als wollte er noch etwas sagen, überlegt es sich jedoch anders. »Dann bis demnächst mal«, sagt er und verlässt den Raum.

Ich schaue zu Liz hinüber. »Ist schon okay«, versichert sie mir. »Bring ihn zur Tür. Ich mache Kaffee, schließlich weiß ich, wo alles steht.«

»Nein zum Buchdeal«, wiederhole ich in einem Versuch, sie ebenfalls zum Gehen zu bewegen.

»Okay, ich mache mir einen Kaffee und bleibe noch ein bisschen.«

Seufzend folge ich Gabe zum Ausgang und finde ihn wartend und mit ernster Miene an der Tür vor, die einen Spaltbreit offen steht. »Weshalb bist du wirklich hier?«

»Wie gut ist Reese Summer?«

»Gut. Ziemlich gut. Wieso?«

»Der Beste?«

»Ja. Der Beste.«

»Gnadenlos?«

»Juristisch gesehen schon. Wieso? Willst du ihn engagieren?«

»Die Sache ist kompliziert, und du bist nicht allein.« Ohne weitere Erklärung wendet er sich um und geht davon. Ich möchte ihm nachlaufen und mehr erfahren – auch wenn ich nicht genau weiß, warum –, aber er hat recht: Ich bin nicht allein.

Stirnrunzelnd gehe ich in die Küche zurück, wo Liz an der Arbeitsplatte bei der Kaffeemaschine lehnt und an ihrer Tasse nippt. »Wir können andere Konditionen für das Buch festlegen. Du hast das Sagen. Du bestimmst den Inhalt, den Titel und das Cover. Wenn du diese Gelegenheit ausschlägst, bist du echt verrückt.« Sie stellt ihren Kaffee ab und geht zur Kücheninsel hinüber, um ihr Handy dort abzulegen. »Schläfst du mit Reese Summer?« Mit dem Finger tippt sie auf ihr Telefon, und plötzlich wird mir gleichzeitig heiß und kalt.

»Was?«

»Schau dir das Foto hier an«, fordert sie mich auf.

Ich gehe zur Insel und starre auf ein Foto von mir und Reese, das gestern Abend im Hotel aufgenommen wurde. Seine Hand liegt auf meinem Arm, und er steht ziemlich dicht bei mir. »Woher hast du das?«

»Von deinem Redakteur, und der hat es von Dan.«

»Dieser Mistkerl«, rege ich mich auf. »Ich hatte gestern Abend eine Diskussion mit Reese, genau wie mit Dan. Eigentlich wollte ich gehen, aber Reese war noch nicht fertig mit der Diskussion.«

»Schläfst du mit ihm?«

Verdammt, sie lässt einfach nicht locker. »Ich verweigere die Aussage.«

»Cat«, sagt sie seufzend. »Wieso hast du mir das nicht erzählt?«

»Weil es erst gestern Nacht passiert ist.«

»Die Verlegerin, also die Chefin deiner Lektorin, will sich am Montag mit mir treffen, aber ich kann mir schon vorstellen, was sie sagen wird.« Sie senkt die Stimme. »Diese Geschichte wird für allerlei Schlagzeilen in der Klatschpresse sorgen, und das passt nicht zu True Crime.« Mit normaler Stimme fährt sie fort: »Ich hoffe, dieser Mann ist es wert, dass du deine Karriere für ihn aufs Spiel setzt. Ich sag dir dann Bescheid, wie es gelaufen ist.«

Sie macht sich auf den Weg zur Tür, und ich halte sie nicht auf. Ich rühre mich gar nicht, höre nur, wie die Tür geöffnet und geschlossen wird. Ich hatte den Buchdeal doch schon abgelehnt. Wieso fühle ich mich dann gerade so schlecht?

Kapitel Siebzehn

Cat

Die kurze Zeit, die ich unter der Dusche stehe, verbringe ich damit, mich über Liz' Behauptung zu ärgern, dass ich meine Karriere zerstöre. Doch als ich wieder draußen bin und mich abtrockne, fange ich langsam an, die Sache abzuhaken. Ich ziehe eine schwarze Jeans an, einen dünnen petrolfarbenen Pullover und Stiefel, und als ich damit fertig bin, summt mein Handy auf dem Waschbecken, weil eine Nachricht eingeht. Ich schnappe mir das Telefon, setze mich auf den Stuhl vor dem Waschtisch und klicke die Nachricht an, die – wie ich feststelle – von Reese ist: Nimm Sachen mit. Bleib übers Wochenende. Im Namen der Gerechtigkeit und der in diesem Lande gültigen Rechtsprechung.

»Im Namen der Gerechtigkeit und der in diesem Lande gültigen Rechtsprechung«, murmle ich lachend, und nachdem ich einen Augenblick über meine Nachricht nachgedacht habe, texte ich zurück: *Was, wenn wir uns heute total in die Haare geraten? Dann wird das Wochenende ziemlich unangenehm.*

Seine Antwort folgt prompt und ist typisch männlich: *Dann vögeln wir so lange, bis das geklärt ist. Für mich klingt das gar nicht unangenehm.*

Er hat recht, denke ich bei mir. *Das werden wir tun.*

Und das ist ganz und gar nicht unangenehm.

Was bedeutet, es ist vielleicht sogar okay, wenn wir uns in die Haare kriegen und dann das andere in die Tat umsetzen. Oder noch besser: Wir streiten uns gar nicht erst und tun es so oder so. Ich denke, ich packe einfach eine Tasche und überlege mir, welche Möglichkeiten ich habe. Ich muss ja nicht bleiben, wenn ich nicht will. Glücklich darüber, meine eigenen Entscheidungen treffen zu können, schminke ich mich rasch. Doch als ich mir die Haare föhne, gehen mir erneut Liz' Worte durch den Kopf. *Ist er es wert, dass du deine Karriere für ihn aufs Spiel setzt?* Offensichtlich habe ich das noch längst nicht abgehakt. Nein, hab ich nicht, aber nachdem ich mein Haar mit dem Glätteisen bearbeitet habe, weiß ich auch, warum. Liz macht genau das, was mein Vater immer mit mir gemacht hat, wenn wir bei irgendeinem Thema verschiedener Meinung waren. Und ich habe genauso darauf reagiert, wie ich es bei meinem Vater getan habe: *Ich habe an mir gezweifelt.*

Ich hatte mir geschworen, nie wieder so zu denken, doch kaum stellt jemand die Sache mit Reese infrage, verfalle ich zurück in alte Muster und zweifle an mir. Verärgert gehe ich zu dem Wandschrank, der sich hinten in meinem Bad befindet, und während ich mich selbst fertigmache, indem ich mir immer wieder Liz' Worte durch den Kopf gehen lasse, packe ich einige persönliche Dinge und Kleidung zum Wechseln in meine Tasche und stopfe meinen Laptop dazu. Nun kann ich bleiben oder gehen, und es sieht nicht so aus, als hätte ich eins von beidem geplant. Schließlich nehme ich meine Handtasche, und zwei Minuten später stehe ich im Fahrstuhl und bin nur noch wütend auf mich, nicht auf Liz. Ich hab das mit mir machen lassen. Das war meine eigene Schuld.

Energisch hole ich mein Handy aus meiner Tasche, um Liz anzurufen, sobald ich auf der Straße bin. In diesem Moment meldet ein Piepen eine weitere Nachricht von Reese. *Ich hab dir einen Wagen geschickt. Er wartet unten auf dich.*

Stirnrunzelnd schreibe ich zurück: *Woher weißt du, wo ich wohne?*

Er antwortet mit: *Arrogante und sexy Arschlöcher wissen alles.*

Er hat Lauren gefragt, die dafür ihren schwangeren Arsch versohlt bekommt, und das nicht von ihrem Mann. Ich lese noch einmal die Nachricht und tippe dann ein: *Ich sagte arrogantes und gut aussehendes Arschloch.*

Er antwortet: *Meine Variante gefällt mir besser.*

Ich muss lachen. Mal wieder. Das bedeutet etwas. Normalerweise bringt man mich nicht so leicht zum Lachen. Aber das gefällt mir. Dieser Mann gefällt mir. Aber ein ganzes Wochenende? Soll ich wirklich bei ihm bleiben? Gott. Ich habe eine Tasche gepackt. Also werde ich wohl bleiben. Als ich aus dem Haus trete, wartet tatsächlich ein Wagen auf mich, und nachdem ich es mir auf dem Rücksitz gemütlich gemacht habe, rufe ich Liz an, die allerdings nicht rangeht. Ich hinterlasse ihr eine Nachricht. »Ruf mich bitte zurück.«

Es ärgert mich, dass sie meinen Anruf ignoriert. Es ärgert mich sogar sehr, und als ich bei Reese' Wohnhaus ankomme und mich beim Sicherheitsdienst anmelde, hat sie immer noch nicht zurückgerufen. Auf dem Weg zum Aufzug probiere ich es noch mal bei ihr, mit dem gleichen Ergebnis. Auch als ich den Fahrstuhl auf Reese' Etage verlasse, rufe ich sie an, bevor ich beschließe, die Sache fürs Erste beiseitezuschieben. Jetzt will ich erst mal dabei helfen, einer unschuldigen Frau und ihrem Kind Gerechtigkeit zu verschaffen. Was bisher weder der Prozess noch Dan erreicht haben.

Genau in dem Moment, als ich bei Reese' Wohnungstür ankomme, öffnet sie sich und gibt den Blick auf ihn frei. Und Gott, ist er sexy! In seiner zerrissenen Jeans und dem schlichten schwarzen T-Shirt, das an ihm überhaupt nicht schlicht wirkt, sieht er aus wie die Verführung in Person und ist genau das, was ich in meinem Leben brauche – abgesehen von einer sinnvollen Aufgabe. Momentan besteht diese sinnvolle Aufgabe darin, ihm bei dem Fall zu helfen.

»Hey«, sagt er, als ich vor ihm stehen bleibe.

»Hey«, antworte ich und stelle fest, dass er offensichtlich immer so wundervoll maskulin duftet. »Sind deine Kollegen schon da?«

»Ja«, bestätigt er, tritt jedoch nicht zurück, um mich hineinzulassen. Stattdessen legt er die Hand in meinen Nacken, unterhalb meines Haars, und zieht meinen Kopf zu sich. »Bevor wir zu ihnen gehen …« Er küsst mich, auf diese langsame, verführerische, betäubende Art und Weise, die mich dazu bringt, mich an ihn zu schmiegen, doch plötzlich löst er sich von mir und sieht mich an. »Was zum Teufel machst du da eigentlich mit mir?«

»Dich hoffentlich dazu motivieren, das noch mal zu tun.«

»Wie war's mit deiner Agentin?«, fragt er, und seine Lippen befinden sich immer noch nur einen Atemhauch von meinen entfernt.

»Du kannst einem wirklich die Stimmung vermiesen«, sage ich

und versetze ihm einen Stoß gegen die Brust, der nicht mal die kleinste Reaktion bei ihm auslöst. Er hält mich immer noch fest. Sein Mund verharrt immer noch dicht vor meinem. »Es ist auch nicht wichtig.«

»Wir wissen doch beide, dass das nicht stimmt.«

»Es ist echt egal. Lass uns reingehen und was wirklich Wichtiges tun.«

»Okay. Dann sprechen wir darüber, wenn wir allein sind, im Bett, nackt.« Er küsst mich schnell und heftig, bevor er mich schließlich loslässt. »Dann komm.« Mit einem bedeutungsvollen Blick nimmt er mir die Tasche ab. »Die ist aber klein.«

»Sie ist groß genug«, entgegne ich und eile an ihm vorbei in den Flur, wo ich mich umdrehe und auf ihn warte. »Aber ich muss vorher noch meinen Laptop rausnehmen, sonst ziehe ich nachher aus Versehen irgendwelche anderen Sachen mit raus, während dein Team zuguckt.«

Reese schließt die Tür und lehnt meine Tasche gegen die Wand. »Na, wir wollen ja nicht, dass deine Sachen überall in der Wohnung verstreut sind, nicht wahr? Oder zum Beispiel an einem Lampenschirm hängen.«

Ich hocke bereits vor meiner Tasche und bin dabei, den Reißverschluss aufzuziehen, als mein Blick automatisch zu ihm hochschießt. »Also da war mein … äh … Teil?«

»Jepp«, erwidert er, und in seinen Augen blitzt ein freches und amüsiertes Funkeln auf. »Genau da war es.«

Ich hole mein MacBook aus der Tasche und ziehe den Reißverschluss zu, bevor ich aufstehe und mich frage, welche Probleme mich wohl im Nebenzimmer erwarten. »Ist der Walkerclan schon gegangen?«

»Ja«, bestätigt Reese und legt die Hände an die Hüften. »Die sind wie ein Tornado hier reingestürmt, haben eine Million Fragen gestellt und sind dann wieder verschwunden.«

»Hast du nicht gesagt, sie hätten eine heiße Spur?«

»Jepp. Sie glauben, die Ehefrau war's.«

Stirnrunzelnd sehe ich ihn an. »Die Ehefrau? Soll das heißen, der Freund des Opfers war verheiratet?«

»Die Frau von meinem Mandanten.«

»Oh. Wow. Glaubst du auch, sie war's?«

»Ich tendiere in die Richtung, aber was ich glaube, spielt keine Rolle. Es zählt nur das, was ich beweisen kann oder was sie gesteht.«

»Du brauchst nur begründete Zweifel.«

»Die hab ich. Aber du weißt, das reicht bei solchen Fällen nicht.«

»Sollte es aber«, entgegne ich.

»Könnte, würde, sollte«, sagt er und deutet auf den Bogengang, der Richtung Küche führt und in andere Bereiche der Wohnung, die ich noch nicht gesehen habe.

Wir durchqueren ihn, gehen an der Küche vorbei und betreten den Raum, der sich auf der anderen Seite der Treppe befindet und ähnlich aussieht wie der Wohnbereich. Das Zimmer ist umgeben von Fenstern und mit den gleichen Mahagonidielen auf dem Boden, nur dass in diesem Fall ein hochfloriger grauer Teppich fast den gesamten Bereich bedeckt. Darauf stehen eine L-förmige graue Couchgarnitur und mehrere niedrige Polsterstühle. Reese' Kollegen sitzen beide auf dem Boden, an gegenüberliegenden Seiten eines Beistelltischs mit grauer Marmorplatte, ihre Laptops vor sich. »Cat«, sagt Reese und legt mir die Hand kurz oberhalb meines Pos auf den Rücken, »das sind Elsa und Richard.«

»Hi!«, grüße ich. »Wie läuft's?«

Elsa und Richard bedenken mich mit einem festen, nicht zu deutenden Blick. »Hi!«, sagen sie fast gleichzeitig.

»Ich bin Richard, nicht Elsa«, erklärt Richard mit vollkommen ernstem Gesicht. Und er hat ein attraktives Gesicht mit harten, kantigen Zügen, die von halblangem, welligem braunem Haar eingerahmt werden.

Elsa dagegen ist eine hübsche Blondine mit einem herzförmigen Gesicht, ungefähr zehn Jahre älter als ich, und offensichtlich hat sie gute Manieren. »Freut mich, dich kennenzulernen, Cat«, sagt sie jetzt.

»Du siehst aus wie Elsa«, fügt Richard hinzu.

Elsa stößt ein Grunzen aus. »Wenn ich doch nur noch so jung wäre, aber da ich das nicht bin: Vielen Dank, Richard! Den Vergleich nehme ich als Kompliment.« Sie blickt zu mir. »Komm, setz dich. Ich hab deine Kolumne gelesen und bin ein großer Fan.«

»Ich auch«, bemerkt Richard trocken, aber seinem Auftreten im Gerichtssaal nach zu urteilen, ist das üblich bei ihm.

»Danke. Euch beiden«, sage ich und unterhalte mich anschließend noch ein wenig mit ihnen über Belanglosigkeiten.

Reese unterbricht schließlich unsere Plauderei, indem er mich bittet, eine Verschwiegenheits- und Beratungsvereinbarung zu unterschreiben, bevor er mir einen Dollar für meine Dienste zahlt. »Über deine Vergütung verhandeln wir später«, verspricht er.

Ich lächle ihn an, und er lächelt zurück, weil wir beide wissen, was ich möchte, und das hat nichts mit Geld zu tun. Ich will *ihn*, nackt, um alles Mögliche mit ihm anzustellen. Der intime Moment bleibt nicht unbemerkt, aber das macht mir nichts aus. Er ist sowieso schnell wieder vorbei, und wir beginnen mit der Arbeit. Ich mache es mir am Kopfende des Tischs auf dem Boden gemütlich, während Reese beschließt, sich mit dem Rücken zu uns ans Fenster zu stellen und hinaus auf die Stadt zu starren – wahrscheinlich ohne irgendetwas anderes wahrzunehmen als das, was ihm durch den Kopf geht. »Ich glaube immer noch, es war der Freund«, verkündet Elsa, während ich den Bericht der Walkerbrüder durchgehe.

»Es war die Ehefrau«, stellt Richard fast nüchtern fest.

Weder Reese noch ich sagen irgendetwas, während die beiden über ihre unterschiedlichen Standpunkte diskutieren. Ich höre nur mit halbem Ohr zu, lese immer noch die Dokumente der Walkers, unter denen sich einige Telefonaufzeichnungen zwischen der Ehefrau und dem Opfer befinden sowie einige E-Mails, in denen sich die beiden zu Treffen verabreden. »Ich sehe hier keinerlei Beweise dafür, dass die Frau die Mörderin ist«, sage ich. »Aber diese Treffen sind seltsam. Reese, weiß dein Mandant irgendwas darüber?«

Reese dreht sich zu uns um. »Gute Frage«, befindet er, schlendert zu dem Stuhl neben mir herüber und setzt sich. »Er geht nicht ans Telefon.«

»Es war sowieso der Freund«, wirft Elsa ein. »Wir haben seine Polizeiakte: Er ist mehrfach wegen gewalttätigen Verhaltens aufgefallen. Prügeleien. Hausfriedensbruch.«

»Aber nichts davon hat mit dem Opfer zu tun«, stellt Richard klar. »Und all seine Vergehen sind Jahre her, damals war er noch als Punk unterwegs.«

»Also, da wir keine Beweise haben«, sage ich, »müssen wir die Verdächtigen davon überzeugen, wir hätten welche.«

»Genau«, stimmt Reese mir zu. »Lasst uns eine Liste mit Fragen zusammenstellen und jede mögliche Antwort abdecken.«

»Wir können zwar nicht vorhersehen, in welche Richtung uns die Fragen führen werden«, entgegne ich. »Aber wir können verschiedene Szenarien durchspielen.«

»Die Herausforderung«, fährt Reese fort, »besteht darin, dass wir die Geschworenen nach einer für uns hilfreichen Zeugenaussage nicht zu lange warten lassen dürfen. Deshalb brauche ich ein Schlussplädoyer, das ich noch anpassen kann, je nachdem, was im Gerichtssaal passiert. Und dann muss ich schnell und wirksam meinen Treffer landen.«

Wir alle sehen das genauso, und die nächsten zwei Stunden fokussieren wir uns auf die Ehefrau als mögliche Mörderin. Reese konzentriert seine gesamte Aufmerksamkeit auf den Prozess, nicht auf mich, doch wenn sein Blick auf meinen trifft, spüre ich es in jedem Winkel meines Körpers. Und es gefällt mir, ihm dabei zuzusehen, wie er mit seinen Leuten umgeht und mit welcher Leidenschaft er bei jedem Austausch seine Ansichten vertritt. Gerade als wir uns Kaffee aus der Kanne eingeschenkt haben, die Reese beim Zimmerservice bestellt hat, ruft Liz mich auf dem Handy an, das ich auf den Tisch gelegt habe. Wieder gehen mir ihre Worte durch den Kopf, und ich atme tief ein, bevor ich mein Telefon nehme und vom Boden aufstehe. Reese, der gerade seine Notizen durchgeht, schaut auf, doch ich wende den Blick ab, damit er nicht etwas darin liest, das er nicht lesen soll.

Während ich den Raum durchquere, fühle ich, wie Reese mich beobachtet – neugierig, vielleicht mit einem zu guten Gespür für meine aktuelle Stimmung, die aus Anspannung und Wut besteht. Ich gehe an der Treppe vorbei und nehme den Anruf entgegen. »Einen Moment«, sage ich, noch während ich den Flur betrete und meinen Weg in den Wohnbereich fortsetze, wo ich ungestört bin. »Bist du noch da?«, frage ich dann und gehe zum Fenster hinüber, vor dem ich gestern Nacht mit Reese stand.

»Ja«, sagt Liz. »Ich bin noch da. Du hast angerufen. Ich hatte heute Nachmittag ein Meeting.«

Das hört sich wie eine Ausrede an, was mich dazu veranlasst, direkt zum Punkt zu kommen. »Dan verkörpert alles, was ich an unserem Rechtssystem nicht mag«, erkläre ich resolut. »Ich werde kein Buch mit ihm schreiben, und nichts, was du sagst, wird daran etwas ändern.«

»Es ist sowieso schon zu spät«, erwidert sie. »Die Verlegerin ist alles andere als begeistert von dem Foto. Aber ich muss dich das trotzdem fragen, weil ich das denen sicher erklären muss: Wieso ist Dan ein Problem für dich, aber gleichzeitig schläfst du mit dem Typen, der einen Mörder verteidigt?«

»Was? Fragst du mich das allen Ernstes? Hast du eigentlich eine meiner Kolumnen gelesen? Es gibt keinerlei Beweise dafür, dass der Angeklagte schuldig ist. Und man verurteilt keinen unschuldigen Mann, nur um die Öffentlichkeit zufriedenzustellen.« Mir fällt wieder ein, was Reese im Gerichtssaal gesagt hat. »Oder um einen Buchvertrag abzuschließen. Weißt du was, Liz? Ich glaube, du solltest besser Dan vertreten und nicht mich.«

»Was? Nein. Ich bin nur ehrlich.«

»Und darüber bin ich froh. Das zeigt mir nämlich, dass wir offensichtlich nicht zusammenpassen. Und ich hab die Erfahrung gemacht, dass solche Beziehungen im Laufe der Zeit nicht besser werden. Im Gegenteil: Irgendwann schaden sie einem. Es tut mir leid.« Ich lege auf, und im gleichen Moment wird mir mit einem harten Schlag bewusst, was ich gerade getan hab. Ich habe meine Agentin gefeuert. Oh Gott! Ich habe meine Agentin *gefeuert.* Das ist ziemlich heftig.

Schockiert klammere ich die Hände um die Brüstung, die um die Fenster verläuft, und gehe noch einmal das Gespräch durch. Ich bin so in Gedanken, dass ich nicht einmal höre, wie Reese näher kommt. Plötzlich steht er hinter mir, legt mir die Hand auf den Bauch und schmiegt sich an mich. Mir wird heiß an jeder Stelle, die er berührt, und dort, wo ich instinktiv von diesem Mann berührt werden will. »Wie lange stehst du schon da?«

»Ich hab das Telefonat mit angehört«, sagt er. »Zumindest alle wichtigen Punkte.«

Ich wende mich zu ihm um und lehne mich gegen die Brüstung. »Du bist ganz schön neugierig.«

»Nur besorgt, und außerdem hast du ziemlich laut gesprochen, was dir gar nicht aufgefallen ist.«

»Oh. Echt?«

»Jepp. Und jetzt zurück zu dem Punkt, wegen dem ich besorgt bin.«

»Nein. Ja. Ich meine, es war richtig, Liz zu feuern. Sie hat einfach völlig andere Vorstellungen als ich.«

»Bist du sicher? Oder nimmst du die ganze Sache zu persönlich?«

Mir fällt wieder ein, wie sie mit meinem Bruder geschimpft hat, weil der meinen Erfolg bei der *New York Times* nicht genug zu würdigen wusste. »Ich denke, ihr ist mein Erfolg schon wichtig, aber nur, solange sie gut daran verdient. Und das verstehe ich sogar. Sie muss ja auch verdienen. Aber ich bin einfach nicht bereit dazu, das zu tun, was sie will, nur damit sie Geld bekommt. Manchmal muss man solche Entscheidungen treffen, und anschließend stopft man sich mit Eis und Schokolade voll und hakt die Sache ab.«

»Okay, dann gibt es heute Abend Eis und Schokolade. Aber du solltest das Buch trotzdem schreiben, nur so, wie du es möchtest. Es wird sich gut verkaufen.«

Und mit diesem einfachen Satz wird aus ihm mal eben der erste Mann in meinem Leben, der möchte, dass ich etwas auf meine Art tue, und nicht auf seine. Und das, obwohl es Auswirkungen auf sein Leben haben könnte, wie es bei diesem Buch definitiv der Fall wäre. Schließlich würde ich größtenteils über ihn schreiben. »Vielleicht«, sage ich nachdenklich. »Ich werde es mir überlegen. Aber jetzt lass uns dafür sorgen, dass du deinen Prozess gewinnst.«

»Du bist wirklich gut darin, Cat. Verdammt gut.«

Und er kann Komplimente machen. Dieser Mann gefällt mir immer besser. »Danke!«

Zärtlich nimmt er mein Gesicht in beide Hände. »Und du tust mir verdammt gut.«

»Ja?«

»Jepp.«

»Ich glaube, du tust mir auch ganz gut.«

»Du glaubst?«

»Mehr bekommst du im Moment nicht von mir.«

»Du bist vorsichtig. Verstehe. Herausforderung auch diesmal angenommen.« Er greift nach meiner Hand, und gemeinsam durchqueren wir den Raum. Mr Arrogantes Arschloch *hält Händchen mit mir.* Auf einmal wird mir bewusst, dass vor ein paar Tagen noch niemand mit mir Händchen gehalten hat. Um ehrlich zu sein: Hätte es irgendeiner versucht, hätte ich die Hand auch weggezogen und die Geste als blöd abgetan. Bei Reese allerdings empfinde ich es nicht als Blödsinn, und es ist wirklich unglaublich, wie sich das Leben innerhalb eines Augenblicks verändern kann. In einem Moment hat man noch eine Agentin, im nächsten nicht mehr. In einem Moment bezeichnet man einen Mann, dem man gerade erst begegnet ist, als Mr Arrogantes Arschloch, und im nächsten ist er plötzlich so viel mehr.

Alles verändert sich. Dieser Gedanke führt dazu, dass ich versuche, meine Hand doch aus Reese' Umklammerung zu ziehen, aber es gelingt mir nicht. Er hält sie einfach zu fest.

Kapitel Achtzehn

Reese

Es ist schon fast zwanzig Uhr, als ich meine Kollegen zur Tür bringe und endlich Cat für mich allein habe, in meiner Wohnung – und bald auch in meinem Bett. Als ich ins Arbeitszimmer zurückkehre, sitzt sie immer noch neben dem Couchtisch auf dem Boden und hackt auf ihren Laptop ein. »Du bist doch bestimmt müde, Cat«, sage ich, während ich zu ihr hinübergehe.

Sie blickt zu mir hoch. »Noch nicht. Ich bin immer ziemlich aufgedreht, wenn ich arbeite.«

»Klar, wenn du fast eine ganze Kanne Kaffee trinkst.«

»Das war wegen der Pizza. Die lag echt schwer im Magen.«

Ich lege mich neben sie auf den Teppich, mit dem Ziel, sie in absehbarer Zeit – also jeden Moment – neben mir liegen zu haben. »Woran arbeitest du denn so fieberhaft?«

»Ehrlich gesagt schreibe ich gerade meine Kolumne, die ich bis morgen Abend abgeben muss.«

»Daran kannst du doch morgen noch arbeiten. Beim Frühstück.«

»Ich weiß, aber …«

»Du hast einen Plan und musst den jetzt durchziehen.«

Sie dreht sich zu mir um, und ihre grünen Augen leuchten. »Da du es schon ansprichst: Ja, das ist tatsächlich so. Mein Eröffnungsplädoyer fängt an mit: *Wer hat Jennifer und ihr ungeborenes Kind getötet?* Ich nenne keine Namen, aber ich beleuchte den Fall aus verschiedenen Blickwinkeln. Die Geschworenen kann ich zwar nicht damit erreichen, das kannst nur du, aber zumindest kann ich die öffentliche Wahrnehmung beeinflussen. Ich kann die Leute dazu bringen, über verschiedene Möglichkeiten nachzudenken, die über die Anklage eines Unschuldigen hinausgehen. Also, ich erkläre dir jetzt, warum ich glaube, das könnte dir helfen. Oder zumindest hoffe ich das. Ich denke, der wahre Mörder wird meine Kolumne lesen und daraufhin ziemlich angespannt sein. Das heißt, er oder sie wird im Zeugenstand sicher nervös werden. Was denkst du?«

»Das ist genial. Du bist genial. Ich hab echt Glück, dass du mir hilfst.« Dann senke ich die Stimme. »Ich will dich spüren, Cat. *Komm her.*«

»Ich … Sieh mich nicht so an, und sag meinen Namen nicht so. Erst wenn ich mit der Arbeit fertig bin.« Sie will sich wieder ihrem Computer zuwenden, doch ich lasse sie nicht.

Stattdessen halte ich sie am Arm fest und ziehe sie zu mir nach unten, schmiege mich an sie und lasse die Hand unter ihren Pullover gleiten, wo ich sie auf ihrer warmen, weichen Haut ablege. »Ich muss arbeiten«, wiederholt sie. »Und ich glaube wirklich, das hier ist gut. Für dich.«

»*Du* bist gut für mich«, entgegne ich. »Deshalb habe ich wohl auch die ganze Zeit das Gefühl, dass ich dich brauche.«

»Das hast du schon ein paarmal gesagt.«

»Ja, das stimmt. Vielleicht glaubst du es mir ja eines Tages.«

»Aber du kennst mich doch noch nicht lange.«

»Das hast du auch schon ein paarmal gesagt. Und bald stimmt das nicht mehr.« Zärtlich schnuppere ich an ihrem Hals. »Du duftest immer wie ein frischer Blumenstrauß in einer Stadt voller Verbrechen und Smog.« Ich streiche ihr das Haar aus dem Gesicht. »Es ist ziemlich lange her, seit ich irgendwas anderes als diesen Smog gerochen habe, Cat. Und bis ich dir begegnet bin, war mir nicht klar, wie sehr ich mich nach was anderem gesehnt habe.«

Sanft legt sie mir die Hand auf die Schulter. »Du weißt aber schon noch, dass ich dich als Arschloch bezeichnet habe, oder?«

»Hast? Oder tust du's immer noch?«

Sie lacht, auf diese süße, sexy Art und Weise, die wie Adrenalin auf mich wirkt. Hitze durchströmt mich, und ich werde hart, und im nächsten Moment presse ich den Mund auf ihren, dränge die Zunge zwischen ihre Lippen, und ihr atemberaubender Geschmack – nach Honig, Kaffee und Verführung – berauscht meine Sinne. Ich vertiefe den Kuss, koste von ihr wie von einer Droge, von der ich nicht genug bekommen kann. *Von ihr kann ich nicht genug bekommen.*

Erregt stöhnt sie auf und lässt ihre Hand unter mein T-Shirt wandern. Dieser Laut und die Berührung ihrer Hand auf meiner Haut bringen mich um den Verstand. Ein raues, tiefes Knurren entringt sich meinem Mund. Ich will sie nackt, will in ihr sein. Schon seit zwölf verdammten Stunden will ich in ihr sein, aber nicht hier und nicht so. Sie krallt die Finger in mein Haar, doch als sie die Hand auf den Reißverschluss meiner Hose legt, halte ich sie fest. »Ich kann es zwar kaum abwarten, dass du das tust, aber nicht hier. Und noch nicht.« Damit stehe ich auf und ziehe sie zu mir. »Oben.« Ich hebe sie hoch und trage sie durch den Raum.

»Du brauchst mich nicht zu tragen.«

»Nicht, dass du wegläufst«, sage ich, während ich die Treppe hochsteige.

Diesmal kontert sie nicht mit einer ihrer geistreichen Antworten. Sie sagt überhaupt nichts, was für mich der Beweis ist, dass ich mindestens zehn Nägel auf den Kopf getroffen habe. Ich betrete mein Schlafzimmer, schalte jedoch nicht das Licht ein. Mein Bett befindet sich direkt rechts an der Wand, aber ich gehe nur bis zum Fußende und setze Cat davor ab – nicht mit dem Gesicht zum Bett, sondern zum Fenster: Der Raum ist vollkommen verglast und gibt den Blick auf den sternenübersäten Himmel frei, und unter uns leuchtet die Stadt, die niemals schläft, in einem Meer aus Farben.

Cat dreht sich zu mir um. »Ich laufe nicht weg.«

»Beweis es mir!«

Einige Sekunden lang mustert sie mich prüfend, dann tritt sie einen Schritt zurück, so weit, dass sie genug Platz hat, um sich auszuziehen, und ich lasse sie. Erregt sehe ich ihr dabei zu, sauge jeden Moment auf, jedes Stückchen Haut. Ich sehe, wie sich ihre rosigen Nippel zusammenziehen, nehme die Kurven ihrer Brüste wahr, ihrer Hüften, das V aus kurz geschorenem Haar zwischen ihren Beinen. Als sie fertig ist, schließt sie die Distanz zwischen uns und stellt sich vor mich. »Sehe ich so aus, als würde ich weglaufen?«

Ich berühre sie nicht sofort, denn ich weiß jetzt, was sie da tut. Jetzt verstehe ich es. »Ich verdiene mein Geld damit, Leute erfolgreich zu manipulieren.« Abrupt ziehe ich mein Shirt aus, werfe es beiseite und presse Cat eng an mich. »Und ich merke es, wenn man mich manipuliert.«

»Ich habe keine Ahnung, wovon du redest.«

»Doch, das hast du. Sex ist deine Schutzmauer, stimmt's? Ich darf dich zwar vögeln, aber ich kann dich nicht haben.«

Behutsam legt sie mir die Hand auf die Brust und richtet den Blick darauf, bevor sie ihn schließlich hebt und mir in die Augen sieht. »Das stimmt. Ich habe mir selbst Grenzen gesetzt.«

»Und denen, die mit dir zusammen sind.«

»Ja.«

Ich vergrabe die Finger in ihrem Haar. »Und wie funktioniert das bisher für dich bei mir?«

»Gar nicht. Weil du ein Arschloch bist und mich von meiner Arbeit abhältst.«

Ich lache, doch meine Stimmung verwandelt sich schnell in ein dunkleres, viel besitzergreifenderes Gefühl, das ich noch nie für eine Frau empfunden habe. »Du befindest dich in meinem Schlafzimmer, Cat«, sage ich. »Das bedeutet, hier geht es um mehr als nur ums Vögeln, trotzdem werden wir jetzt genau das tun.«

Unvermittelt drehe ich sie um und dränge sie gegen den hohen Pfosten meines schweren Holzbetts. »Rühr dich nicht von der Stelle«, kommandiere ich, bevor ich sie loslasse, um mich auszuziehen. Sie protestiert nicht gegen meinen Befehl. Stattdessen lehnt sie sich entspannt an den Pfosten und schlingt die Hände um das Holz, sodass ihre Brüste nach oben rutschen und ihre Nippel hoch aufragen. Sie fühlt sich wohl in ihrem nackten Körper. Sie hat das Gefühl, die Kontrolle zu haben, als könnte sie einen Mann einfach bei den Eiern packen, ihm selbige umdrehen, und er beschwert sich nicht, solange er seinen Orgasmus bekommt. Aber bei mir kann sie das nicht. Das hier wird ganz anders verlaufen, sie weiß es nur noch nicht.

Ich kicke meine Schuhe in eine Ecke und hole ein Kondom aus meiner Hosentasche, bevor ich mich ganz ausziehe. Ich bin gerade dabei, die Packung aufzureißen, als Cat sagt: »Das brauchst du nicht. Ich nehme die Pille. Und falls wir uns beim anderen irgendwas einfangen, können wir uns einfach gegenseitig verklagen. Schließlich sind wir beide Anwälte, und damit du Bescheid weißt: Ich hab immer noch meine Zulassung.«

Falls sie damit bezweckt, dass ich sie mir aus dem Kopf schlage und umgekehrt, sodass das Ganze doch nur Sex ist, hat sie sich geschnitten.

Innerhalb von exakt zwei Sekunden stehe ich vor ihr und lege die Hände oberhalb ihres Kopfes an den Pfosten. »Ich dachte, das mit ihm ist schon zwei Jahre her«, stelle ich fest und bemühe mich gar nicht erst um einen sanften Tonfall. Ich mag keine Spielchen. Ich will Fakten.

»Ist es auch«, entgegnet sie. »Aber es gab noch einen anderen. Einen, mit dem ich nur Sex hatte, der aber mehr wollte.«

Normalerweise läuft die Sache mit dem »nur Sex haben« auch bei mir so. Eigentlich läuft es nur so, aber nicht bei Cat. Ich ziehe sie an mich, schiebe die Hand unter ihr Haar und umschließe ihren Nacken, verharre einen Atemhauch von ihrem Mund entfernt – auf dem Weg zu einem Kuss, zu dem ich noch nicht bereit bin. »Ich will mehr«, verkünde ich. »Und nicht nur Sex, und wenn du das jetzt noch nicht weißt, wirst du es bald wissen.« Für eine Antwort lasse ich ihr gar keine Zeit. Stattdessen küsse ich sie, intensiv und leidenschaftlich, presse den Mund auf ihren und öffne ihre Lippen mit der Zunge, lecke sie, wieder und wieder. Sie stöhnt auf und drängt sich an mich, und ihr Stöhnen wirkt auf mich wie eine erneute Herausforderung. Wie eine Unterwerfung, die keine ist.

Als wollte Cat auf genau diesen Gedanken antworten, schlingt sie erneut die Arme um mich, und trotz ihrer kleinen, zierlichen Figur, strahlt sie eine ungeheure Kühnheit aus. Die Art, wie sie mich berührt und wie sie schmeckt, lassen meinen Ärger verrauchen und stacheln mein Verlangen nach dieser Frau an; ein Verlangen, das ich auch bei ihr spüre. In dem einen Moment küsse ich sie noch, und sie küsst mich. Im nächsten liegen wir auf dem Bett, und ich habe ihre festen, kleinen Nippel in meinem Mund, während mein Schwanz tief in ihr vergraben ist und ich in sie stoße. Ich lasse zu, dass ich mich in ihr verliere, in dem, was wir tun, obwohl ich mich sonst nie in irgendwas verliere. In Cat jedoch schon; mit ihr vergesse ich die Zeit, und es gibt kein Ende. Es gibt nur uns, während wir uns küssen und miteinander schlafen, und sie ist genauso wild und hungrig wie ich.

»Reese«, flüstert sie, und mein Name ist genau das, was ich hören will. Das zeigt mir, dass sie da ist; dass sie hier bei mir ist und nicht bei irgendeinem namenlosen Typen, mit dem sie nur Sex hat. Ich löse meine Lippen von ihren, um ihr genau das zu sagen.

»Ich bin kein Typ, mit dem du nur Sex hast.«

»Okay«, stimmt sie zu. »Aber du bist immer noch ein Arschloch.«

Ich betrachte den Arschloch-Kommentar als eine Schutzmauer, die sie immer noch braucht, und reagiere darauf, indem ich dafür sorge, dass sie mich verdammt noch mal genauso spürt wie ich sie. Fest ziehe ich sie an mich, versiegle ihre Lippen mit meinen und streiche mit der Zunge über ihre. Das hier ist nicht nur unbedeutender Sex. Das hier sind wir. Ich. Sie.

Sie wölbt sich mir entgegen, und ich schlinge mein Bein um ihres, halte sie fest und gebe ihr keine Chance, sich zu bremsen. In Cats Gegenwart bin ich anders. Das fühle ich. Ich verstehe es zwar nicht, aber das ist mir egal. Mir ist das hier wichtig, ich will es. Ich will sie, deshalb umfasse ich ihren perfekten kleinen Hintern und presse sie an mich, während ich gleichzeitig in sie stoße. Sie keucht auf, biegt sich nach hinten und gräbt die Fingernägel in meine Schulter, als sich die Muskeln in ihrem Unterleib um mich herum zusammenziehen. Das macht mich total verrückt. Stöhnend dränge ich mich noch tiefer in sie, und plötzlich spannt sich ihr ganzer Körper an, zieht mich mit sich in diese wundervolle Welt, in die sie gerade eintaucht, und ich erbebe vor Erleichterung. Im nächsten Augenblick wird alles um mich herum schwarz, doch ich rieche immer noch diesen süßen, blumigen Duft und spüre ihren Körper an mir. Die Zeit steht still, bevor ich in die Gegenwart zurückkehre und mich dieses feuchte, warme Gefühl empfängt; dieses Gefühl, in ihr zu sein, ohne Kondom zwischen uns.

Ich greife hinter uns, nehme mir ein Taschentuch und biete es ihr an. »Danke«, sagt sie, doch als ich sie wieder an mich ziehen will, rollt sie sich weg. »Ich muss mal ins Bad.« Sofort steht sie auf und eilt – rennt geradezu – in Richtung Bad, das sich auf ihrer Seite des Bettes befindet.

Mein Instinkt befiehlt mir, ihr zu folgen, und so bin ich eine Sekunde später auf den Füßen, bleibe jedoch stehen, um mir die Hose anzuziehen und etwas Kontrolle zurückzugewinnen. Als ich die Jeans vom Boden nehme, fällt mein Blick auf das Kondom, das ich offensichtlich dort fallen gelassen habe, und ich hebe es auf. Normalerweise mache ich es nie ohne Kondom, doch mit Cat schon. Und das, ohne zu zögern. Diese Frau hat mich tatsächlich in der Hand, und eigentlich sollte das ein Problem für mich sein, aber das ist es nicht. Das einzige Problem ist, dass sie keine Ahnung davon hat. Die Sache mit dem Kondom hat sie nur gemacht, um dem, was gerade passiert ist, die emotionale Bedeutung zu nehmen, sodass es doch nur Sex war. Nachdenklich stecke ich das Kondom in meine Hosentasche und bemerke, dass die Badezimmertür geschlossen ist. Das ist eine klare Botschaft, und ich lasse ihr den Raum, den sie braucht.

Was sie als Nächstes tut, ist das Entscheidende.

Kapitel Neunzehn

Cat

Nackt.

Als ich mich gegen die Tür von Reese' luxuriösem Badezimmer lehne, grau-weiß karierte Fliesen unter meinen Füßen, bin ich auf jede erdenkliche Weise nackt. Was macht dieser Mann bloß mit mir? Was bedeutet dieses verrückte, wilde Gefühl in meinem Bauch und in meiner Brust? Ich kann mich nicht erinnern, je so etwas für Mitch, den beschissenen kleinen Betrüger, empfunden zu haben. Nicht mal, bevor er sich als beschissener kleiner Betrüger entpuppt hat, auch wenn ich den Verdacht habe, dass er das schon immer war – ich wusste es nur nicht. Ich kann mich auch nicht erinnern, so etwas je für irgendeinen Mann empfunden zu haben. Also ehrlich, wie kann ein Arschloch, das sich in der Warteschlange vorgedrängelt hat, so etwas – was immer das auch ist – auslösen?

Und er denkt, ich laufe davon. Ich laufe nicht davon. Ich schütze mich. Ich stelle sicher, dass ich nicht den gleichen Fehler zweimal begehe. Das ist klug. Das hat nichts mit Angst zu, wie es das Wort »davonlaufen« impliziert. *Angst.* Er hat gesagt, ich hätte Angst. Mein Vater bezeichnet mich als ängstlich, jedes Mal, wenn ich irgendetwas tue, das ihm nicht passt. Auf einmal werde ich wütend und verdränge dieses Gefühl, nackt zu sein. Stattdessen komme ich zu dem Schluss, dass ich Reese Grenzen setzen muss. Ich muss ihm deutlich sagen, was in mir vorgeht, selbst wenn ich das gerade selbst nicht weiß. Auf der anderen Seite bin ich mir vollkommen sicher, dass ich es noch verstehen werde, und dann wird es von ganz allein aus meinem Mund kommen. In seiner Gegenwart. Vermutlich laut.

Mit einem Ruck reiße ich die Tür auf, doch mein Moment der Erkenntnis ist irgendwie ernüchternd, angesichts der Tatsache, dass ich Reese nicht einmal sehe. In seinem massiven Himmelbett liegt er jedenfalls nicht, was andererseits nicht schlecht ist, da es mich mit ziemlicher Wahrscheinlichkeit ablenken würde. Ich verlasse das Zimmer und hebe auf dem Weg Reese' T-Shirt auf, denn ich gehe nicht weg. Ich laufe nicht davon. Aber er vielleicht, er ist nämlich nicht da. Das gefällt mir nicht, trotzdem behalte ich meinen Kurs bei. Ich ziehe mir sein Shirt über den Kopf und lasse den Stoff bis hinunter zu meinen Knien fallen. In genau diesem Moment wandert mein Blick nach rechts und trifft auf Reese, der mit dem Rücken zu mir in einem riesigen Sessel vor der Fensterfront sitzt.

Leise atme ich ein, und obwohl ich mir sicher war, dass mir im richtigen Moment schon die passenden Worte einfallen würden, ist mein Kopf leer. Vollkommen leer. Bis mich die Erkenntnis mit voller Wucht trifft. Ich bin tatsächlich weggelaufen – als ich ins Bad gestürmt bin. Und dadurch habe ich die Chance verpasst, zu sehen, was er nach unserem heißen Zusammentreffen empfunden hat. Das bereue ich. Und ich möchte nichts bereuen. Es gibt schon zu vieles, was ich bedaure – genau das hat mich dorthin geführt, wo ich jetzt bin. Zu ihm. Ich weiß immer noch nicht, was ich ihm sagen soll, aber ich denke, das wird mir schon einfallen, sobald ich ihm in die Augen sehe. Eins der Dinge, die ich am Zusammensein mit diesem Mann liebe, ist, dass man so gut mit ihm reden kann. Dass er so direkt ist. Dass ich mich bei ihm so wohlfühle. Einzig meine Vergangenheit sorgt für ein unangenehmes Gefühl zwischen uns.

Ich umrunde den riesigen Sessel und geselle mich zu Reese, setze mich neben ihn, berühre ihn jedoch nicht. Trotzdem bin ich in seiner Gegenwart so hypersensibel, dass es mir dennoch vorkommt, als würden wir uns berühren. Ich spüre ihn überall, vom Kopf bis zu den Zehenspitzen, inner- wie äußerlich. Sogar schmecken kann ich ihn geradezu. Sekunden vergehen, in denen wir beide vor uns hin starren, während diese Verbindung, die vom ersten Augenblick an zwischen uns existiert hat, noch stärker, noch intensiver wird. Dann – wie zum Beweis dafür, dass wir vollkommen gleich ticken – drehen wir uns im selben Moment zueinander um. Und in diesem ersten Augenblick der Verbundenheit raubt er mir den Atem und lässt meinen Widerstand dahinschmelzen. Er ist weder herrisch noch ein gnadenloses Alphatier, wie die meisten der Männer in meinem Leben. Er braucht all das nicht zu sein, denn er ist mit einer inneren Stärke ausgestattet und mit einem natürlichen Charme, der es ihm ermöglicht, jeden um sich herum zu beherrschen. So, wie er mich gerade beherrscht.

»Du bist nicht davongelaufen«, merkt er mit sanfter Stimme an.

»Ehrlich gesagt, schon«, entgegne ich mit einem verhaltenen Lächeln. »Ins Bad.«

»Stimmt«, sagt er, während er mir zärtlich über die Wange streicht. »Aber du bist immer noch hier. Das ist das Einzige, was zählt.«

Ich halte seine Hand fest. »Weißt du, warum ich dich als Arschloch bezeichnet habe?«

»Nein, sag's mir.«

»Um nicht enttäuscht zu sein, falls du dich tatsächlich als eins entpuppen solltest.«

»Schuldig, bis das Gegenteil bewiesen wurde?«

»Ja, tatsächlich. Ich weiß, damit mache ich mir selbst etwas vor, aber bisher hat es so für mich ganz gut funktioniert.«

»Bei uns funktioniert es aber nicht so, Cat.«

»Dann funktioniert es für mich wohl doch nicht so gut, wie ich dachte.«

In seine Augen tritt ein warmer Ausdruck, und er legt die Arme um meine Schultern. »Komm her«, sagt er und zieht mich noch enger an sich.

Ich lasse es zu. Ich will diesem Mann nahe sein, deshalb kuschle ich mich in den Schutz seines breiten, warmen Körpers. Vielleicht ist es genau das, was mich bei meiner Verbindung mit Reese am meisten aus der Fassung bringt: dass er wie ein sicherer Hafen für mich ist, während ich so viel Zeit damit verbracht habe, mir mein eigener Hafen zu sein. Jetzt, in diesem Moment, hat jedoch er diesen Platz eingenommen, und ich beschließe, es einfach zu genießen.

Mindestens eine Minute lang sitzen wir einfach nur schweigend da und starren hinaus auf die Stadt. Die Stille zwischen uns ist angenehm und irgendwie ein Test, der bestätigt, dass das, was auch immer da zwischen uns läuft, richtig ist, nicht falsch. »Dieser Ausblick ist fantastisch«, murmle ich und kuschle mich noch enger an ihn. »Irgendwie hat das mit der Perspektive zu tun. Es kommt mir vor, als würden wir schweben, und niemand kann uns erreichen.«

»Der Ausblick ist einer der Gründe, warum ich diese Wohnung gekauft habe und nie ausgezogen bin. Na ja, der Ausblick und die Bar unten. Auf jeden Fall hilft mir das Panorama dabei, Antworten auf Tausende von Fragen zu finden.«

»Und welche Fragen hast du gerade?«

»Wer war er?«, will er wissen, und ich muss nicht nachfragen, wen er meint. Er spricht nicht über seinen Fall, wie ich es erwartet hätte, sondern von mir und meiner Vergangenheit, von der Geschichte, die ich wie einen Keil zwischen uns getrieben habe.

»Niemand Wichtiges«, sage ich, aber ich weiß, er will mehr erfahren, und mittlerweile sind wir an einem Punkt, wo er das auch verdient hat. Deshalb füge ich hinzu: »Er heißt Mitch Welk.«

Reese schweigt einige Sekunden lang, und ich vermute schon, dass ihm meine Antwort nicht reicht. »Reese …«

»Ich kenne Mitch, Cat«, unterbricht er mich.

Überrascht wende ich mich zu ihm um und sehe ihn an. »Was? Woher? Seid ihr befreundet?«

»Entspann dich, Süße.« Er zieht mein Bein zu sich und legt es über seine Schenkel. »Wir sind auf dieselbe Uni gegangen. Seitdem ist er mir ein paarmal über den Weg gelaufen, aber er war schon in der Uni ein Arschloch und ist es anscheinend immer noch.«

»Er ist eben, wie er ist.«

»Wie? Du ziehst nicht über ihn her?«

»Das ist nicht meine Art«, sage ich.

»Gut. Meine nämlich auch nicht. Und fürs Protokoll: Dass er ein Arschloch ist, könnte ich beweisen, aber das muss ich ja gar nicht. Du weißt es auch so.« Einen Moment hält er inne, bevor er fortfährt: »Wie habt ihr euch kennengelernt?«

»Auf einer Party in der Kanzlei meines Vaters. Seine Kanzlei arbeitet gelegentlich mit der meines Vaters zusammen.«

»Hast du ihn geliebt?«

»Falls ich das habe, kann ich mich ehrlich gesagt nicht mehr daran erinnern. Und ich glaube nicht, dass man es vergisst, wenn man jemanden geliebt hat.«

»Und was ist mit dem Typen, mit dem du nur im Bett warst?«

»Ob ich den geliebt habe? Nein. Wie er heißt? Lance Parish. Er war Bildhauer, und gegen so einen Hai wie Mitch war er der reinste Goldfisch.«

»Wie lange bist du denn mit deinem Bildhauer ins Bett gegangen?«

»Er war nicht *mein* Bildhauer, und sechs Monate. Wir hatten nur Sex. Das hab ich dir doch schon gesagt. Er hat seine Sache ganz gut gemacht.«

»So was will *kein* Mann über seine Fähigkeiten im Bett hören.«

»Aber du brauchst dir darüber keine Gedanken zu machen, und das weißt du auch.«

»Ich erledige meine Sache ganz gut.«

»Ja«, sage ich lachend und streiche ihm übers Kinn. »Du machst deine Sache ganz gut, und fürs Protokoll: Ich verkneife mir gerade einen Witz über einen gewissen Spitznamen, obwohl du mir so eine tolle Vorlage lieferst. Aber ich weiß, du hasst diesen Namen.« Deshalb lasse ich den Gag und wechsle das Thema. »Irgendeine Frau muss es doch aber auch mal in deinem Leben gegeben haben.«

»Am Anfang meiner Karriere gab es mal eine. Aber sie war der Meinung, dass für mich die Arbeit an erster Stelle steht und kein Platz für sie ist.«

»Hatte sie recht damit?«

»Ja.«

»Hast du sie geliebt?«

»Wenn ich das hätte, hätte ich meine Arbeit vielleicht nicht auf Platz eins gesetzt. Und wenn sie mich geliebt hätte, hätte sie meinen Job vielleicht wichtiger genommen und ich ihn weniger wichtig. Aber sie wollte mehr. Und ich habe ihre Definition von ›mehr‹ nicht verstanden.«

»Und nach ihr?«

»Ich nehme nie Frauen mit in meine Wohnung. Und auch nicht

in mein Bett. Ich teile mit keiner diesen Ausblick. Ich rede nicht mit ihnen über meine Arbeit oder mein Privatleben. Und ich schlafe nicht ohne Kondom mit ihnen.« Sanft legt er mir die Hand ans Gesicht. »Normalerweise will ich nicht mehr. Aber das hier *ist* mehr für mich, und ich will wissen, wie das mit uns weitergeht. Wenn du das nicht …«

»Doch, das will ich auch«, flüstere ich. »Aber bitte stell dich nicht als Arschloch heraus.«

In seine Augen tritt ein freches Blinzeln, und in den blauen Tiefen blitzt ein Funken Sternenlicht auf. »Also, da du *bitte* gesagt hast …« Sein Handy klingelt. »Wie groß, glaubst du, ist die Wahrscheinlichkeit, dass mein Mandant mich endlich mal zurückruft?«, fragt er mich, während er sein Telefon aus der Hosentasche holt und erst aufs Display schaut, dann zu mir. »Royce. Dann hoffen wir mal, er hat gute Neuigkeiten.« Reese nimmt den Anruf entgegen. »Was gibt's?«

Eine Minute lang hört er nur zu, doch unter meiner Hand und meiner Wade kann ich spüren, wie er die Muskeln anspannt. »Wann?«, stößt er ärgerlich hervor, dann folgt eine Pause, in der er offensichtlich weitere schlechte Nachrichten erhält, da er mit einem »Shit!« reagiert; gefolgt von einem weiteren »Shit!«. Danach steht er auf und presst zwei Finger gegen seine Schläfe, bevor er erneut fragt: »Wann?«

Angesteckt von seiner Anspannung stehe ich ebenfalls auf, belausche den Rest des kurzen Gesprächs, ohne wirklich viel zu verstehen, und warte unruhig darauf, zu erfahren, was passiert ist. Schließlich beendet Reese den Anruf und sieht mich an. »Nelson Ward hat die Stadt verlassen, mit seinem Privatjet.«

»Oh mein Gott! Man fliegt doch nicht weg, solange man eines Mordes beschuldigt wird. Was sind denn seine Auflagen?«

»Dank mir hat er ziemlich lockere Reiseauflagen«, erwidert Reese, »aber die erlauben nicht, dass er während des Prozesses wegfliegt.«

»Was sagt dein Bauchgefühl? Haut er ab?«

»Er hat mich den ganzen Tag über nicht zurückgerufen. Ich denke, das heißt, er ist abgehauen.« Nervös fährt er sich mit den Fingern durch das dunkle Haar. »Verdammte Scheiße, Cat! Ich hätte ihn nicht verteidigt, wenn ich geglaubt hätte, er sei schuldig.«

»Das weiß ich. Und jeder, der dich kennt, weiß das auch. Vielleicht macht er nur einen Kurztrip und kommt morgen wieder.«

»Oder er haut ab.«

»Könnte sein«, gebe ich zu. »Aber vielleicht nicht, weil er schuldig ist, sondern aus Angst. Das, was er durchmacht, kann einem ganz schön Angst einjagen. Wie hat Royce das rausgefunden?«

»Walker Security ist mittlerweile für einen Großteil der Flughafensicherung zuständig. Er hat einen Tipp bekommen. Abgesehen davon hat er auch einen Privatjet, den ich nutzen kann, um dem Arschloch nachzufliegen, wenn wir denn mal rausgefunden haben, wohin er geflogen ist.«

»Ich weiß, du hast tausend Gründe, ihm nachzureisen, aber wenn du das tust, könnte es so aussehen, als wärst du sein Komplize.«

»So weit wird es nicht kommen. Royce' Leute werden ihn, wenn nötig, in Gewahrsam nehmen, und dann sorge ich dafür, dass er der Polizei übergeben wird. Blöderweise befinden wir uns im Prozess schon in einem zu weit fortgeschrittenen Stadium, als dass der Richter mir noch erlauben wird, aus diesem verdammten Fall auszusteigen.« Eindringlich sieht er mich an und legt die Hände auf meine Oberarme. »Eigentlich möchte ich, dass du mitkommst, aber ich will nicht, dass du ins Visier eines Mannes gerätst, der vielleicht doch ein Mörder ist. Bleib hier in meiner Wohnung. Warte hier im Bett auf mich.«

»Ich liege nur wegen dir und mit dir in diesem Bett, nicht *ohne* dich. Noch nicht.« Ich stelle mich auf die Zehenspitzen, um ihn zu küssen. »Ich komme wieder her, wenn du zurück bist.«

»Was das betrifft, kann ich dich in den zehn Minuten, die mir noch bleiben, nicht überzeugen, richtig?«

»Nicht, wenn du noch packen musst.«

Ein helles Klingeln kündigt den Eingang einer Nachricht auf seinem Handy an. »Wie zur Bestätigung«, sagt Reese, bevor er sein Handy aus der Tasche zieht und die Nachricht liest. »Laut seiner Frau ist Royce vor fünf Minuten losgefahren.« Er steckt das Telefon zurück in seine Jeans und gibt mir einen Kuss. »Ich muss mich jetzt fertig machen, aber eins will ich noch klarstellen: Ich komme wieder und hole dich.« Damit wendet er sich ab und geht davon.

»Du musst dir was für die Nacht einpacken«, rufe ich ihm hinterher.

Er steckt den Kopf durch die Tür. »Kannst du mir einen Rasierer und ein frisches T-Shirt holen?«

»Ja. Klar.«

»Danke, Süße!« Er zwinkert mir zu, dann verschwindet er im Flur und lässt mich vertrauensvoll allein in seinem Zimmer zurück.

Das bedeutet mir viel.

Und jedes Mal, wenn er mich »Süße« nennt, geht ein Flattern durch meinen Magen. Ich benehme mich wie ein albernes Schulmädchen, obwohl ich nie eins war. Keine Ahnung, was das über mich und meine Beziehung zu ihm aussagt, aber das analysiere ich später. Jetzt ziehe ich Reese' T-Shirt aus, schlüpfe in meine eigenen Sachen und konzentriere mich anschließend darauf, Reese' Tasche für die Nacht zu packen, denn er braucht mehr als nur ein Shirt und einen Rasierer. Schnell mache ich mich an die Arbeit und gehe zu einer Tür hinüber, hinter der sich, wie ich annehme, sein Wandschrank befindet. Als ich das Licht anknipse, stehe ich tatsächlich vor einem unglaublich beeindruckenden begehbaren Kleiderschrank, in dem sicher hundert Paar High Heels Platz hätten – nach einigen kleineren Anpassungen hier und da, wie zum Beispiel der Tatsache, dass ich überhaupt erst mal so viele Schuhe kaufen müsste. Inmitten der grauen Holzmöbel befindet sich eine Kommode, die von mehreren Reihen voll behangener Kleiderstangen eingerahmt wird, mit Regalen und Schubladen dazwischen.

Nachdem ich eine kleine Reisetasche aus Leder entdeckt habe, gehe ich damit ins Bad, packe zuerst den Rasierer ein und dann verschiedene Kosmetikartikel, darunter das Aftershave, das er heute benutzt hat und dessen Duft ich mittlerweile mit ihm verbinde. Anschließend kehre ich in den Wandschrank zurück und öffne verschiedene Schubladen, bis ich Socken – und ja, auch Unterwäsche – gefunden habe, von denen er eine ganze Auswahl in unterschiedlichen Farben hat. Ich entscheide mich für Blau und Rot, weil ich – na ja – eine Patriotin bin. Dann nehme ich eine Jeans aus dem Schrank und packe sie ein, während ich darüber nachdenke, auch einen Anzug dazuzulegen, mich dann jedoch dagegen entscheide. Er braucht nur ein paar T-Shirts. Ich drehe mich um und steuere auf die Reihe mit den Shirts zu, wo ich ein schwarzes und ein weiteres in Blau herausnehme. Abrupt halte ich inne, als mein Blick auf ein pinkes T-Shirt fällt. Pink? Mein Hals wird ganz trocken, als ich es in die Hand nehme. Es ist für eine Frau geschnitten, hat Blumen vorne drauf und einen V-Ausschnitt. Von wegen er hat nichts zu verbergen. Angeblich nimmt er nie Frauen mit hierher.

»Das passt mir nicht.«

Ich wirble herum und sehe, dass Reese in der Tür steht, immer noch mit nacktem Oberkörper, aber mittlerweile hat er den Reißverschluss seiner Jeans hochgezogen und trägt Schuhe. »Ist mir schon aufgefallen«, entgegne ich.

»Wem es allerdings passt – oder wohl eher: passte –, ist meine Schwester. Die hat hier kurz vor Beginn des Prozesses übernachtet und es im Schrank liegen gelassen, weil es mir beim Waschen eingelaufen ist. Wofür ich sie – laut ihr – damit entschädigen muss, dass ich sie öfter als sonst anrufe.«

»Deine Schwester«, sage ich, und erneut ist mein Hals ganz trocken.

»Ja, Cat. Meine Schwester.« Er kommt auf mich zu und hält mir sein Handy hin. »Hier, schau.«

Eigentlich hab ich das Gefühl, dass ich nicht hinschauen sollte, aber da er es mir schon anbietet, komme ich der Bitte nach. Zögernd blicke ich auf das Display, auf dem das Foto einer hübschen Brünetten zu sehen ist, die Reese ähnlich schaut und genau dieses T-Shirt anhat, das ich gerade in der Hand halte. »Meine Schwester«, verkündet Reese. »Das Foto hat sie mir gerade erst heute geschickt, zusammen mit diesem Kommentar.« Er tippt auf einige Icons, bevor er mir eine Textnachricht vor die Nase hält. »Von meiner Schwester.«

Diesmal hebe ich abwehrend die Hände. »Ich muss das nicht lesen, Reese.«

»Dann lese ich es dir vor«, antwortet er. »Sie schreibt: *Du schuldest mir noch einen Anruf, großer Bruder. Ich weiß, ich weiß. Der Prozess. Dann ruf mich danach an. Mach sie fertig, du Killeranwalt.*« Er blickt auf und sieht mich an. »Sie hat einen ziemlich bösen Humor«, erzählt er. »Fast so böse wie deiner.«

»Ja«, stimme ich zu, »hat sie, aber in diesem Fall bin ich die wirklich Böse. Ich will gar nicht erst so tun, als hätte ich dir nichts Schlechtes zugetraut. Das hab ich. Und das tut mir leid.« Ich hänge das Shirt wieder zurück in den Schrank. »Hatte ich schon erwähnt, dass ich nicht beziehungsfähig bin?«

»Jetzt hast du das mit uns sogar als Beziehung bezeichnet und nicht mehr als One-Night-Stand, Cat. Und du hast ehrlich gesagt, was du gedacht hast. Für mich ist das beides schon ein Erfolg.« Wieder klingelt sein Handy, und er gibt mir einen Kuss. »Tut mir leid, Süße.« Er holt sein Telefon erneut aus der Hosentasche und nimmt den Anruf entgegen. »Wir sind schon auf dem Weg nach unten, Royce.« Einen Moment lang hört er nur zu. »Ja. Verstanden.« Er beendet den Anruf. »Royce holt uns ab. Er wartet unten.«

»Uns?«

»Ich lasse dich nicht zu Fuß nach Hause gehen oder warten, bis du ein Taxi bekommst«, sagt er, nimmt sich ein Shirt aus dem Schrank und zieht es an. »Wir fahren dich heim.«

»Okay. Danke. Einen Anzug habe ich dir übrigens nicht eingepackt«, informiere ich ihn. »Ich dachte mir, den brauchst du sicher nicht.«

»Das stimmt«, erwidert er. »Und wenn wir Glück haben, finde ich schon am Flughafen raus, was los ist, und kann gleich wieder nach Hause fahren und mich mit was Schönerem beschäftigen. Und damit meine ich dich.« Er wirft einen Blick in die Tasche, die ich für ihn gepackt habe, bevor er wieder mich anschaut. »Hiermit bist du die erste Frau nach meiner Mutter, die mir Unterwäsche rausgesucht hat.« Schmunzelnd hängt er sich die Tasche über die Schulter. »Die Roten mag ich übrigens sehr gern.«

Als ich mit »Mir gefallen die Blauen besser« kontere, müssen wir beide lachen, dann verlassen wir den Raum und gehen die Treppe hinunter. Doch obwohl er herumwitzelt, spüre ich seine Anspannung und wie sehr ihn die Vorstellung belastet, dass er vielleicht doch einen Mörder vertritt. Und damit liefert er mir noch einen Grund dafür, mich in ihn zu verlieben. »Hat Royce irgendeine Ahnung, wohin Nelson geflogen ist?«, frage ich, als wir im Arbeitszimmer ankommen und unsere Sachen von heute zusammenpacken.

»Bisher nicht«, sagt Reese und schließt den Reißverschluss seiner Aktentasche, »aber wir sind ziemlich nah an der kanadischen Grenze, was mich nicht gerade beruhigt. Ein beliebtes Ziel für Leute, die das Land verlassen wollen.«

Da hat er recht, und die Sache sieht nicht gut aus. Gemeinsam gehen wir zur Wohnungstür, und als ich mir meine Tasche schnappe, wendet Reese sich mir zu, legt den Arm um mich und drückt mich an sich, während er mir suchend in die Augen sieht. Sein Blick lässt sich nicht deuten. »Was ist los?«, frage ich und lege ihm die Hand auf die Brust, sodass ich seinen hämmernden Herzschlag spüre.

Unvermittelt umfasst er mein Gesicht mit beiden Händen und neigt meinen Kopf so, dass ich ihn ansehen muss. »Komm nicht auf die Idee, Panik zu kriegen, während ich weg bin, und davonzulaufen. Ich laufe schneller als du – ich gebe nämlich nicht auf, wenn ich etwas unbedingt will.« Dann küsst er mich, intensiv, berauschend, und als der Kuss vorbei ist, fügt er hinzu: »Und dich will ich, Cat.« Er wartet gar nicht erst auf meine Antwort oder gibt mir Zeit, gegen diese Bemerkung zu protestieren. Stattdessen öffnet er die Tür, und Sekunden später gehen wir gemeinsam durch den Flur, Seite an Seite, meine Hand erneut in seiner. Schon bald wird er abreisen, während ich hierbleibe, aber das ist kein Abschied für immer. Nach der heutigen Nacht ist es ein ganz neuer Anfang. Einer, bei dem man so lange unschuldig ist, bis einem jemand das Gegenteil beweist.

Kapitel Zwanzig

Cat

Reese und ich betreten den Aufzug, und als die Türen schließen, legt sich in meinem Kopf ein Schalter um. »Ich habe ganz vergessen, dir etwas zu erzählen«, sage ich und wende mich zu ihm um. »Ich kann nicht fassen, dass ich das vergessen konnte. Meine Agentin hat ein Foto von uns beiden, ein recht offensichtliches.«

»Was für ein Foto?«

»Von neulich, als wir in der Lobby waren und du mich am Arm in Richtung Sicherheitsbereich geführt hast. Dan hat es an meinen Verlag geschickt.«

»Wieso hast du mir das nicht gesagt, Cat?«

»Weil so viel passiert ist. Deine Kollegen haben auf uns gewartet, und außerdem hab ich's wirklich total vergessen, aber jetzt ist es mir wieder eingefallen. Dan ist ein Arschloch.«

Die Fahrstuhltüren öffnen sich. »Lass uns draußen darüber reden«, sagt Reese. Zustimmend nicke ich, und wir verlassen die Kabine. »Ist meine Vermutung richtig, dass deine Agentin befürchtet, das könnte sich negativ auf deinen Buchvertrag auswirken?«, fragt er.

»Ich habe den Deal abgelehnt, Reese. Mit Dan zusammenzuarbeiten kam für mich nie infrage. Ich schwöre.«

»Das bezweifle ich gar nicht. Ich glaube nur, sie hat irgendwas mit Dan zu schaffen. Dieses Foto hier zeigt doch, dass du jederzeit mit mir ein Buch schreiben könntest, also wenn es denen nur um eine Co-Autorenschaft ginge, hätten sie hiermit eine. Und egal, ob ich gewinne oder verliere, mit mir an deiner Seite könntest du schon eine Hälfte der Geschichte abdecken.«

»Vorher hab ich zwar nie darüber nachgedacht, aber das hätte ich tun sollen. Und welches Spiel sie auch immer spielt: Es ist nach hinten losgegangen. Ich hab sie gefeuert. Aber das ist gerade nicht das, was mir Sorgen macht. Dan ist hinterhältig. Wer weiß, was er noch alles mit dem Foto anstellt.«

»Ich muss mich schon seit Jahren mit der Presse auseinandersetzen, Spekulationen über mein Privatleben eingeschlossen. Mittlerweile habe ich mir eine dicke Haut zugelegt und bin den Klatsch gewohnt. Aber um dich mache ich mir Sorgen. Ich will nicht, dass diese ganze Sache deine Arbeit noch mehr beeinträchtigt, als sie es sowieso schon getan hat.«

»Der Prozess ist doch bald vorbei«, entgegne ich.

»Aber du hast dir schon mal Sorgen darüber gemacht, dass das mit uns für dich zum Problem werden könnte, Cat.«

»Das mit uns war ja auch nur ein One-Night-Stand.«

»Das war nie …«

Abwehrend lege ich meine Hand auf seine Brust. »Ich weiß. Du sollst nur verstehen, was ich gedacht habe. Ich wollte mich schützen. Deswegen habe ich eine Mauer zwischen uns errichtet und mir eingeredet, die würde auch im wahren Leben existieren, weil ich das einfach glauben musste. Das mit dem Buchdeal hat sich jetzt ohnehin erledigt, und meine Kolumne werde ich nicht verlieren, solange die Klickzahlen hoch sind, und das sind sie. Ich habe dieses Thema nur deinetwegen angeschnitten, damit du Bescheid weißt. Aber jetzt musst du los.«

»Ich will nicht da raus in die Lobby gehen und so tun, als wären wir nicht zusammen. Das sind wir nämlich. Und ich will mich nicht verstecken.« Er spricht die Worte mit einer solchen Leidenschaft aus, dass sich mein Herz zusammenkrampft. Dann fügt er hinzu: »Falls du allerdings noch warten willst …«

»Nein. Ganz und gar nicht.« Ich nehme seine Hand. »Jetzt musst du aber los zum Flughafen und rausfinden, was mit deinem Mandanten ist.«

Lächelnd legt er beide Hände an meine Wangen und küsst mich. »Ich fliege nur weg, wenn ich muss, also mache es dir nicht allzu gemütlich.« Und damit verschränkt er die Finger mit meinen und führt mich den Gang hinunter.

In diesem Moment wird mir bewusst, dass er oft die Führung

übernimmt, aber nicht auf eine unangenehme Art und auch nie zum falschen Zeitpunkt – zumindest bis jetzt nicht. Er macht sich Gedanken über meinen Job und macht es mir damit leicht, mich auch um *seine* Karriere zu sorgen. Als wir die Lobby betreten, deutet Reese auf den Sicherheitsbereich. »Lass uns kurz da anhalten.«

Wir steuern auf den Tresen zu, hinter dem uns ein stämmiger Mann um die fünfzig mit dunklem, leicht ergrautem, welligem Haar erwartet, bekleidet mit einem burgunderfarbenen Jackett. »Mr Summer«, begrüßt er Reese, als wir bei ihm ankommen.

»Newt«, sagt Reese. »Das hier ist Cat. Bitte setzen Sie sie auf die Liste der Zugangsberechtigten.«

Fragend sehe ich zu ihm hoch. »Hast du denn Zeit für so was?«

»Die nehme ich mir. Ich kann sowieso noch nicht abfliegen, solange wir nicht wissen, wohin.« Er zeigt in Newts Richtung. »Lass ihn das ruhig jetzt machen.«

»Okay.« Ich blicke den Sicherheitsmann an. »Hi, Newt!«

»Freut mich, Sie kennenzulernen, Cat. Ich brauche irgendwas von Ihnen, womit Sie sich ausweisen können.«

Ich zeige ihm meinen Führerschein und fülle ein Formular aus. Währenddessen hat Reese die ganze Zeit die Hand in meinen Rücken gelegt. Trotzdem verspüre ich ein seltsames Kribbeln in meinem Nacken, als würde mich jemand beobachten; als würde *uns* jemand beobachten. Zum Glück dauert der Vorgang am Sicherheitsschalter nicht lange, und drei Minuten später durchqueren wir bereits die Lobby.

Die Tatsache, dass Reese' Griff um meine Hand sich leicht verstärkt, sagt mir, dass er mein Gefühl teilt. Als wir auf den Haupteingang zugehen, werfe ich einen kurzen Blick nach rechts in Richtung Bar und stelle fest, dass sie ziemlich voll ist. Offensichtlich ist Reese meinem Blick gefolgt, denn er beantwortet meine unausgesprochene Frage: »Die Footballübertragungen am Sonntagabend sind ziemlich beliebt hier.«

»Schaust du auch manchmal mit?«

»Nee. Ich mag zwar Football, aber die Spiele schaue ich mir lieber bei mir im Wohnzimmer an. Allerdings habe ich schon seit Jahren kein Spiel mehr gesehen. Ich habe nie Zeit dafür. Und du? Bist du Footballfan?«

»Ich verfolge es, aber vor allem, um das Team anzufeuern, das besser ist als die Lieblingsmannschaft meines Bruders: die Giants. Momentan stehen die Cowboys bei mir hoch im Kurs.«

Lachend hält Reese mir die Tür auf. Als ich nach draußen trete, empfängt mich ein kalter Wind – offensichtlich zeigt unsere erste Kaltfront in diesem Jahr, was sie kann. »Oh Gott«, sage ich zitternd und schlinge die Arme um mich, während Reese sich zu mir gesellt. »Was ist denn hier passiert?«

Erneut legt er mir den Arm um die Schultern. »Der Winter steht vor der Tür.« Er deutet auf einen schwarzen Escalade. »Das dürfte Royce sein.«

Eilig laufen wir hinüber, und Royce lässt gerade so lange sein Fenster herunter, dass wir ihn als Fahrer identifizieren können. Reese winkt mich weiter und öffnet mir die Autotür. Schnell steige ich ein und rutsche durch auf die andere Seite. »Wie geht's Lauren?«, frage ich, während Reese mir nachfolgt und die Tür zuschlägt.

»Nicht so gut, und alle, die sich normalerweise um sie kümmern, sind nicht da«, erwidert Royce.

»Nicht mal Julie?«, erkundige ich mich nach der Frau seines Bruders, die ebenfalls eine Freundin von mir ist und für Lauren fast so etwas wie eine Schwester.

»Sie und Luke sind nach Paris geflogen, geschäftlich, aber sie planen, das Angenehme mit dem Nützlichen zu verbinden. Kara und Blake sind schon am Flughafen. Sie begleiten Reese zu seinem Mandanten.«

»Oh. Hm, magst du mich vielleicht bei euch absetzen, und ich bleibe bei ihr?«

»Genau das habe ich vor«, sagt er und wirft mir einen Blick durch den Rückspiegel zu. »Ich habe einfach mal angenommen, dass du dich um sie kümmern wirst.«

»Ich glaube, ich wurde gerade überrumpelt, aber das ist okay«, entgegne ich. »Schließlich ist sie meine Freundin.«

»Das weiß ich«, antwortet er, bevor er Reese ansieht. »Vermont.«

Reese versteht den Hinweis sofort. »Nelson ist zu seinem Haus in Vermont geflogen?«

»Nehmen wir an«, entgegnet Royce. »Er ist noch nicht gelandet, aber seine Frau ist heute Morgen dort eingetroffen. Ich verwette meine rechte Hand – und mir liegt verdammt viel an meiner rechten Hand – darauf, dass er auch dorthin fährt.«

»Die müssen beide nächste Woche vor Gericht«, sagt Reese. »Was zum Teufel denken die sich dabei?«

»Hoffen wir mal, sie planen keine Flucht ins Ausland«, erwidert Royce, während er sich in den Verkehr einfädelt. »Trotzdem: Mittlerweile würde ich meine linke Hand darauf verwetten, dass sie die Mörderin ist.«

»Und wie könnte man besser von sich ablenken, als dem eigenen Ehemann die Schuld in die Schuhe zu schieben?«, füge ich an.

»Genau«, stimmt Royce mir zu. »Sogar Lauren, die auf den Freund getippt hat, ist mittlerweile eingeknickt. Als sie sich mal nicht übergeben musste.«

»So schlimm?«, erkundige ich mich.

»Jepp«, bestätigt Royce. »So schlimm, deshalb bleibe ich auch hier. Blake und Kara sind ein super Team. Sie können einem zwar ganz schön auf den Sack gehen, aber als Team sind sie trotzdem klasse. Und Blake war derjenige, der Nelson und seiner Frau auf die Spur gekommen ist.«

»Gibt es noch irgendwas Neues?«, will Reese wissen.

»Bisher nicht«, sagt Royce. »Aber Blake und Kara glauben, wenn du ihnen noch mehr Informationen gibst und erlaubst, dass sie deinen Mandanten und dessen Frau verhören, finden sie die Antworten auf unsere offenen Fragen.«

»Na, wenigstens ein Hoffnungsschimmer in diesem ganzen Scheiß«, kommentiert Reese. »Jepp. Ich bin dabei. Wenn es hilft, kaue ich den beiden gern ein Ohr ab.«

Wir biegen in die Straße ein, in der die Familie Walker ein kleines Gebäude erworben und zum Wohn- und Firmenhaus umgebaut hat. Erneut blickt Royce mich durch den Rückspiegel an. »Ich weiß nicht, wie spät ich zurückkomme. Aber du kannst in unserem Gästezimmer schlafen, wenn du über Nacht bleiben willst.«

»Ich werde gut auf Lauren aufpassen«, verspreche ich.

»Wenn das Baby nur schon auf der Welt wäre«, brummt er.

»Damit du dir um zwei Leute Sorgen machen kannst?«, frage ich.

»Darüber will ich noch gar nicht nachdenken«, entgegnet er.

Seine süße griesgrämige Art bringt mich zum Lächeln, und im nächsten Moment spüre ich einen leichten Druck an meinem Oberschenkel – ein Aufruf, dem ich gerne nachkomme. Als ich mich zu Reese umwende, lehnt er sich vor, bis seine Lippen dicht neben meinem Ohr sind, und sein Atem löst ein warmes Prickeln in meinem Nacken aus, als er raunt: »Du weißt gar nicht, wie gern ich jetzt in meinem Bett wäre und dich vögeln würde.«

Automatisch kralle ich die Finger in seinen Arm, an dem ich mich gerade festhalte, und plötzlich bin ich ziemlich feucht, während meine Brustspitzen sich sehnsuchtsvoll zusammenziehen. So leicht kann dieser Mann mich verführen. Reese lässt sich wieder zurück in den Sitz sinken, und wir tauschen einen wahnsinnig heißen Blick – einen dieser »Bring mich dort zum Kribbeln, wo mir jetzt schon heiß ist«-Blicke. Und danach lächeln wir uns an, im exakt selben Moment. Gott, ich bin so verrückt nach diesem Mann!

»Da sind wir auch schon«, verkündet Royce, als wollte er uns vorwarnen, dass unser heißer kleiner Moment – den er sicher durch den Rückspiegel bemerkt hat – nun vorbei ist.

Erst jetzt fällt mir auf, dass er in eine Einfahrt einbiegt, die unter das Walkergebäude zu einer der wenigen Tiefgaragen der Stadt führt. »Lauren weiß, dass du kommst, Cat«, fügt Royce hinzu, bevor er vor dem Aufzug anhält. »Wie gesagt bin ich einfach mal davon ausgegangen, dass du ihr Gesellschaft leisten wirst. Deshalb habe ich ihr dein Kommen schon angekündigt, nachdem ich erfahren habe, dass du heute Abend bei Reese bist.«

Darauf sage ich nichts. Er ist genauso ein Schlitzohr wie seine Brüder. Reese öffnet die Tür und verlässt den Wagen mitsamt meiner Tasche. Ich folge ihm, und er hilft mir beim Aussteigen, wie ein perfekter, wohlerzogener Gentleman. »Ich bringe dich noch nach oben zu Royce' Wohnung«, sagt er und hebt meine Tasche hoch.

»Nein«, lehne ich ab. »Danke, aber du solltest dich um deinen Fall kümmern. Ich werde mal Lauren fragen, ob ihr noch was Gescheites dazu einfällt. Wir waren ziemlich gut im Lösen von Fällen, als wir noch zusammen beim Bezirksstaatsanwalt gearbeitet haben.« Damit stelle ich mich auf die Zehenspitzen und drücke meine Lippen auf seine.

Er setzt meine Tasche auf dem Boden ab, und im nächsten Moment hat er die Finger in meinem Haar vergraben und sieht mich mit einem sündhaft heißen Blick an. »Wenn ich nach Hause komme, muss ich mir diesen ganzen Mist aus dem Hirn vögeln, also stell dich schon mal darauf ein.« Er küsst mich, kurz, aber wild; dann ist er auch schon weg und lässt mich atemlos und mit weichen Knien zurück, während er in den Escalade einsteigt und die Tür zuschlägt.

Ich sehe zu, wie die beiden davonfahren, und dem Ziehen zwischen meinen Beinen nach bin ich jetzt schon bereit für diese angekündigte Runde Sex. Das Flattern in meinem Bauch verrät mir dagegen noch etwas anderes: Ich verliebe mich gerade ziemlich heftig in Reese Summer.

Kapitel Einundzwanzig

Cat

Drei Minuten nachdem sie mich reingelassen hat, hängt Lauren bereits über der Kloschüssel, und ich hole eine Spange aus einer Schublade und binde ihr die braunen Haare zusammen. Schließlich beruhigt sich ihr Magen wieder, und sie legt sich ausgestreckt auf die flauschige cremefarbene Badematte. »Wie oft musstest du dich schon übergeben?«, frage ich, während ich mich neben sie auf den Boden kniete.

»Ich sollte einfach direkt hier im Bad einziehen«, murmelt sie. »So oft.«

»Was sagt der Arzt?«

»Dass Übelkeit gut ist, weil sie darauf schließen lässt, dass das Baby gesund ist. Was ziemlich bescheuert klingt, aber tatsächlich war mir vor der Fehlgeburt überhaupt nicht schlecht.«

»Aber jetzt geht es dir schlecht. Kann er dir nichts dagegen verschreiben?«

»Ich habe irgendwelche Medikamente bekommen. Aber die Auswahl ist begrenzt, und die Mittel, die man auch als Schwangere nehmen darf, bringen alle nichts bei mir. Weißt du, wie schwer es ist, in diesem Zustand zu arbeiten?«

»Mich wundert es ja schon, dass du es überhaupt versuchst.«

»Meine Mandanten verlassen sich auf mich«, erklärt sie. »Aber Julie ist eine große Hilfe.«

»Ist die nicht Scheidungsanwältin?«

»Ja, aber der Job hat sie völlig ausgebrannt, deshalb arbeitet sie immer öfter mit mir an meinen strafrechtlichen Fällen.«

»Scheidungen sind nicht ohne«, sage ich. »Aber Strafrecht auch nicht. Isst du eigentlich irgendwas?«

»Ja. Eis. Das ist das Einzige, das ich nicht wieder auskotze. Wenn die Schwangerschaft vorbei ist, werde ich so breit sein wie ein Containerschiff.«

»Du hast doch noch kaum Bauch«, widerspreche ich mit einem Blick auf ihren flachen Unterleib, der sich kaum unter ihrem T-Shirt und der Trainingshose abzeichnet.

»Stimmt«, erwidert sie. »Dafür sitzen vier Monate Schwangerschaft auf meinen Hüften.«

Ich muss lachen. »Das ist doch gar nicht wahr. Ich hab mir deine Hüften schon angesehen. Sie sind genauso kurvig wie immer. Geht's dir etwas besser?«

»Ja. Ich will Eis.«

Das bringt mich erneut zum Lachen. »Hast du welches da?«

»Royce hat es literweise gekauft. Und das ist kein Scherz: Er hat mindestens zwanzig Packungen mitgebracht.«

»Da ich ihn kenne«, sage ich, »glaube ich dir das sofort.« Ich stehe auf und helfe Lauren ebenfalls hoch.

Kurze Zeit später sitzen wir vor dem stumm geschalteten Fernseher und dem knisternden Kaminfeuer auf der Couch im Wohnzimmer, eine Auswahl von sechs Eissorten vor uns auf dem Tisch. »Ich habe dir ja gesagt, er hat zwanzig Packungen gekauft«, murmelt Lauren, während sie einen Löffel Eiscreme in den Mund schiebt. »Wusstest du, dass in einem dieser Becher ungefähr siebzig Prozent des täglichen Kalorienbedarfs stecken?«

»Danke für den Hinweis«, entgegne ich und probiere irgendeine Schokoladensorte, die unglaublich gut schmeckt. »Zum Glück habe ich heute noch nicht viel gegessen. Und du auch nicht.«

»Ich hab schon eine Packung gehabt«, verkündet Lauren. »Vielleicht auch zwei. Aus irgendeinem Grund ist mir eine Zeit lang nicht mehr schlecht, wenn ich eine davon gegessen habe.«

»Das Baby nimmt sich halt, was es braucht«, sage ich. »Und in dem Fall ist das offensichtlich Eis.«

Lauren schnappt sich einen Stapel Akten vom Wohnzimmertisch und legt ihn zwischen uns auf die Couch. »Hat Reese mit dir über den Prozess gesprochen, oder darf er das nicht, weil du von der Presse bist?«

»Ich bin nicht von der Presse. Und du weißt, ich hasse es, wenn das jemand sagt, genauso wie Reese es hasst, Mr Sexy genannt zu werden. Auf jeden Fall habe ich den ganzen Tag mit ihm und seinen Leuten an den Fragen und dem Schlussplädoyer für nächste Woche gearbeitet.«

»Echt? Dann vertraut er dir also.«

»Ich … Hm … Ja. Ich schätze, das tut er.«

»Und wie steht's mit *deinem* Vertrauen?«, erkundigt sie sich und wirft mir einen wissenden Blick zu. Schließlich hat sie die ganze Sache mit Mitch gemeinsam mit mir durchgestanden.

»Besser als gedacht«, sage ich. »Und mehr Infos kriegst du heute nicht.«

»Wie hast du ihn eigentlich kennengelernt?«

»Hast du nicht gehört, was ich gerade gesagt habe?«

»Doch, und ich habe beschlossen, es zu ignorieren.«

»Na schön. Er hat sich in meinem Stammcafé in der Schlange vorgedrängelt und mich dann angepampt, ich würde mit meinem Handy rumspielen und den ganzen Verkehr aufhalten. Tatsächlich habe ich gerade einen Blog über Mr Sexy gelesen, ohne zu wissen, dass er das ist.«

Lachend nimmt Lauren einen weiteren Löffel Eis. »Das ist grandios«, befindet sie, bevor sie das Eis verputzt. »Und dann?«

»Ich hab ihn auf seine schlechten Manieren hingewiesen und ihm gesagt, dass er für den Rest seines Lebens Single bleibt, wenn er daran nichts ändert.«

Wieder lacht sie und schüttelt den Kopf. »So kenne ich dich.«

»Und ich habe ihn als arrogantes Arschloch bezeichnet.«

Abrupt presst Lauren die Finger gegen ihre Stirn. »Oh Gott! Jetzt habe ich deinetwegen Hirnfrost.« Einen Moment lang kneift sie die Augen zusammen und verzieht das Gesicht, bevor sie ihre Aufmerksamkeit wieder auf mich richtet. »Okay, ist vorbei. Zurück zu dir und Reese. Da schmachten ihn all diese Frauen an, und du bist diejenige, die das Geheimnis aufdeckt: Man bezeichnet ihn einfach als arrogantes Arschloch ohne Manieren. Das muss an deinem Charme liegen, Cat. Den habe ich schon immer an dir geschätzt.«

»Männer wollen doch immer das, was sie nicht haben können.«

»Aber er hat dich doch.«

»Vielleicht ist er sich da ja nicht so sicher.«

»Und? Hat er dich?«

»Ja. Ehrlich gesagt schon.«

Sie drückt meine Hand. »Das freut mich. Nach Mitch hast du dich echt zurückgezogen.«

»Hab ich nicht. Ich habe mich nur darauf konzentriert, *mein* Leben zu leben anstatt das meines Vaters. Und dafür musste ich erst herausfinden, wer ich bin. Ich brauchte Abstand und Zeit.«

»Und jetzt, Cat? Weißt du jetzt, wer du bist?«

»Okay, formulieren wir es anders: Ich wusste schon, wer ich bin. Aber ich habe mir einfach nicht die Freiheit genommen, wirklich ich selbst zu sein. Und in diesem Prozess bin ich gerade.«

»Hat sich dein Vater wieder beruhigt?«

»Nein. Ich habe seit Monaten nicht mit ihm gesprochen. Das weißt du doch.«

»Ich hatte die Hoffnung, das hätte sich mittlerweile geändert.«

»Nein. Jedes Mal, wenn wir miteinander gesprochen haben, ist es in Streit ausgeartet, deshalb brauchten wir beide Abstand. Komischerweise ist allerdings Gabe bei mir aufgekreuzt und hat mir gesagt, dass er stolz auf mich ist.«

»Wow! Das ist ja der Hammer! Aber er sollte auch gefälligst stolz auf dich sein. Die regen mich so auf.«

»Es ist, wie es ist«, sage ich.

Wir unterhalten uns noch ein bisschen weiter über Reese, meine Familie und Laurens Pläne für das Kinderzimmer, doch nachdem ich die Reste unserer Eisorgie in den Gefrierschrank zurückgebracht habe, legen wir eine Arbeitsrunde ein. »Übrigens habe ich meine Meinung geändert und halte jetzt die Ehefrau für schuldig«, informiert Lauren mich.

»Habe ich schon gehört, und ich bin neugierig, was zu deinem Meinungswechsel geführt hat.«

»Walker Security hat das Haus von Nelson Ward observiert, und heute Morgen hat unser Mann beobachtet, wie sie abgereist ist. Sie und ihr Mann haben sich gestritten, und er wollte nicht, dass sie fährt. Er hat versucht, sie aufzuhalten.« Lauren nimmt sich einen der Aktenordner und reicht ihn mir. »Schau dir das mal an, während ich zum hundertsten Mal heute pinkeln gehe.« Sie steht auf und verlässt das Zimmer.

Gespannt blättere ich die Akte durch, in der sich diverse Fotos vom Haus der Wards befinden sowie von dem Ehepaar, aufgenommen an diesem Morgen. Sie haben sich also gestritten. »Royce ist schon auf dem Rückweg«, verkündet Lauren, als sie wiederkommt. »Reese ist gerade mit Blake und Kara ins Flugzeug gestiegen. So oder so: Bis spätestens morgen früh hat Reese seinen Mandanten wieder hierher zurückgeschleift.«

»Es sei denn, der hat sich in Vermont eine neue Identität zugelegt und zusammen mit seiner Frau das Land verlassen.«

»Leider haben wir kein Team in Vermont, also können wir die beiden nicht aufhalten, ohne die Polizei einzuschalten. Und das sollten wir besser vermeiden. Hast du dir die Fotos angesehen? Wie die beiden sich streiten und sie abreist – für mich sieht das alles nach Manipulation aus. Als wollte sie ihn dazu bringen, gegen seine Reiseauflagen zu verstoßen, damit es so aussieht, als wäre er schuldig und würde abhauen.«

»Oder sie hat versucht, ihn davon zu überzeugen, nicht abzuhauen«, werfe ich ein. »Vielleicht hat sie auch rausgefunden, dass er es wirklich getan hat, und ihn deswegen verlassen.«

»Glaubst du, er war's?«

»Nein«, sage ich sofort. »Ich glaube auch, dass *sie* es war, aber ich spiele hier gerade den Advocatus Diaboli. Und ich hoffe einfach sehr, dass *er* unschuldig ist. Sonst schadet das nicht nur Reese' gutem Ruf. Er wird dann auch anfangen, an seiner Intuition zu zweifeln.«

»Klingt, als hättest du schon tiefe Einblicke in seine Seele gewonnen«, stellt Lauren fest. »Was läuft denn da zwischen euch?«

»Das weiß ich noch nicht«, antworte ich ehrlich. »Aber es fühlt sich toll an.«

»Also magst du ihn.«

»So einen Mann wie ihn habe ich noch nie kennengelernt, und er ist ganz anders, als ich erwartet hätte.«

Lauren verengt die Augen. »Du hast dich gerade elegant um die Frage gedrückt.«

»Das war keine Frage, sondern eine Feststellung: *Also magst du ihn.* Das ist eine Feststellung. Aber ja, ich mag ihn. Nur ist das alles noch frisch, also brauchst du noch keine Hochzeit für uns zu planen.«

»Noch nicht. Das heißt, du schließt es nicht aus, deshalb akzeptiere ich deine Antwort. Lass dich nur nicht von dem, was Mitch gemacht hat, blockieren, Cat.«

»Mache ich nicht.«

»Reese vertraut dir, sonst würde er dich nicht bitten, ihm bei dem Fall zu helfen. Vertrau du ihm auch. Und bevor du irgendwas sagst, will ich noch was hinzufügen: Ich weiß, so was kann einem Angst machen, aber wenn du das Risiko nicht eingehst, wirst du nie wissen, was gewesen wäre.«

»Ich vertraue Reese. Und es erstaunt mich gerade ziemlich, mit welcher Überzeugung ich das sage.«

Lauren schluckt hart. »Oh Gott!«

»Was? Was ist denn?«

»Es kommt schon wieder«, sagt sie und schlägt die Hände vors Gesicht. »Das soll endlich aufhören.«

Sofort knie ich mich neben sie. »Was kann ich tun? Hast du Cracker oder Cola da?«

»Nein danke. Das ist Teufelszeug, davon wird mir noch schlechter. Anscheinend passiert das jetzt auch bei Eis.«

Ich hole ihr trotzdem Cracker, Cola und noch mehr Eis, doch meine Bemühungen sind umsonst. Wir landen erneut im Bad, und als Royce endlich nach Hause kommt, liegen wir beide auf dem Boden und sprechen über den Prozess. Ich bezweifle allerdings, dass Royce mich überhaupt bemerkt. Als ich aufstehe, setzt er sich gleich auf den Boden und zieht Lauren an sich. Ich sehe zu, wie sie miteinander sprechen und Royce sie umsorgt, und mein Herz zieht sich zusammen. Die beiden lieben sich so sehr. Plötzlich muss ich an Reese und mich denken und erinnere mich an verschiedene Momente mit ihm: die Begegnung im Café, die gemeinsamen Mittagessen an den Imbisswagen. *Den Sex.* Der Mann macht seine Sache tatsächlich gut, so viel steht fest. Und dieser Abschiedskuss …

Auf einmal kann ich nicht mehr atmen, und mittlerweile ist es ohnehin schon dreiundzwanzig Uhr. Ich schleiche mich zur Tür und gehe in die Tiefgarage, um auf das Uber-Taxi zu warten, das ich mir gerufen habe. Der Wagen kommt schon kurze Zeit später und erreicht mein Wohnhaus viel schneller, als mir lieb ist – ein Gedanke, den ich sonst nie habe. Ich mag mein Apartment. Ich bin gerne in meinen eigenen vier Wänden. Heute jedoch kommt es mir so vor, als würde ich nicht hierhergehören. Nichtsdestotrotz betrete ich meine Wohnung nur wenige Minuten später, schalte das Licht an und schließe die Tür ab, bevor ich mich dagegenlehne und den Flur hinunterstarre. Normalerweise würde ich sofort zu meiner mir heiligen Badewanne stürmen oder ins Bett. An diesem Abend fühlt sich meine Wohnung allerdings einfach nur leer an.

Das ist Reese' Schuld, weil er mein Leben zu schnell und zu leicht ausgefüllt hat; Reese, der mir – wie ich jetzt schon weiß – sehr wehtun könnte, und doch bereitet mir bereits die bloße Vorstellung, ihn zu verlassen, Schmerzen. Das kann ich nicht tun. Es ist zu spät zum Umkehren.

»Arschloch«, murmle ich vor mich hin, erinnere mich jedoch daran, dass er unschuldig ist, bis man ihm das Gegenteil beweisen kann.

Er vertraut dir, hat Lauren gesagt.

Er wollte, dass ich in seiner Wohnung bleibe. Er hat dafür gesorgt, dass die Wachleute mich jederzeit durchlassen. Er hat mir Dinge erzählt, die jemand von der Presse sofort ausschlachten würde, doch er wusste, *ich* würde das nicht tun. Er vertraut mir tatsächlich, und ich vertraue ihm. Außerdem befinden wir uns gerade an diesem wunderbaren Punkt innerhalb einer Beziehung: Wir sind noch unbeschwert, wie ein Rohdiamant, mit unendlichen Möglichkeiten.

Abrupt stoße ich mich von der Tür ab und gehe über den Parkettboden, bevor ich links abbiege und die Treppe zu meinem Schlafzimmer hochsteige. Gerade als ich das Licht angemacht habe, zu meinem Schlittenbett hinübergegangen bin und meine Reisetasche davor abgestellt habe, klingelt mein Handy. Hastig hole ich es aus meiner Handtasche, die sich noch in meiner Reisetasche befindet, und ich kann nicht leugnen, dass mich Enttäuschung überkommt, als ich Laurens Nummer auf dem Display sehe und nicht die von Reese. »Hey«, melde ich mich, während ich auf mein Bad zusteuere. »Wie geht's dir?«

»Du bist gegangen.«

»Ja«, entgegne ich und knipse die Badezimmerlampe an. »Ich hab dich mit deinem heißen, dich vergötternden Mann allein gelassen.«

»Bist du gut zu Hause angekommen?«

»Ja. Danke fürs Nachfragen. Alles okay bei dir?«

»Na ja, mich erwartet ja eine Belohnung, wenn ich das Ganze durchgestanden habe, also alles okay. Vielen Dank, dass du bei mir geblieben bist. Und, Cat? Er ruft dich sicher noch an.«

»Was?«

»Wenn Reese das Gleiche für dich fühlt wie du für ihn, ruft er an. Das verspreche ich dir.« Damit legt sie auf, und ich würde sie am liebsten erwürgen.

Wenn er jetzt doch nicht anruft, werde ich mir die ganze Zeit Gedanken machen.

Ich gehe ins Badezimmer, ziehe mich aus und nehme ein langes, heißes Bad in meiner riesigen Wanne – das Telefon natürlich neben mir auf dem Wannenrand. Als ich fertig bin und meinen Victoria's-Secret-Pyjama angezogen habe, schnappe ich mir meinen Laptop und nehme ihn mit ins Bett, um dort an meiner Kolumne zu arbeiten, die ich morgen abgeben muss. Mein Abschlussplädoyer lautet wie folgt:

Sollte dieser Prozess mit einem Schuldspruch enden, wurde in diesem Fall nicht auf Grundlage von Beweisen entschieden. Sollte es zu einem Freispruch kommen, geben Sie nicht dem Rechtssystem die Schuld. Das Rechtssystem ist nicht dafür verantwortlich. Diese Verantwortung trägt die Staatsanwaltschaft, weil sie zu früh Klage erhoben hat. Sie hätte sich die Zeit nehmen sollen, die Beweislage ausreichend zu prüfen. Wir alle wollen Gerechtigkeit für eine tote Frau und ihr ungeborenes Kind, aber tief in unserem Innern wollen wir doch auch die Sicherheit, dass derjenige, der dieses Verbre-

chen begangen hat, es nicht noch einmal tun wird. Falls sich nichts Grundlegendes ändert, werde ich zumindest nicht in dem tröstlichen Wissen den Gerichtssaal verlassen, dass ein Mörder hinter Gittern sitzt.

Bis dahin

Ihre Cat

Ich lese mir den Text noch einmal durch, und plötzlich kommen mir Zweifel, was den Inhalt angeht. Wenn ich mit dem Finger auf neue Verdächtige zeige – was ich im ersten Teil dieser Kolumne getan habe –, was passiert dann? Ich glaube immer noch, dass es die Aufmerksamkeit auf andere Verdächtige als Reese' Mandanten lenken wird; möglicherweise versetzt es diese Verdächtigen auch in Unruhe. Aber vielleicht möchte Reese nach dem heutigen Abend lieber auf das Überraschungsmoment setzen, wenn er die Leute im Zeugenstand befragt. Das muss ich unbedingt herausfinden oder morgen früh noch eine andere Version meiner Kolumne schreiben, um mehrere Optionen zu haben.

Ich werfe einen Blick auf den Wecker. Es ist zwei Uhr morgens. Heute Nacht wird Reese nicht mehr anrufen. Seufzend klappe ich meinen Laptop zu und lege mich ins Bett. Allein. In der Dunkelheit. Vielleicht hat er keine Möglichkeit, mich anzurufen. Vielleicht durchlebt er gerade die Hölle. Gott, ich will wissen, was los ist. Ich will seine Stimme hören. Ich will die Bestätigung, dass er nicht in Gefahr ist. Aber um das zu erfahren, muss ich nicht unbedingt mit ihm telefonieren, und er hat nicht die Verpflichtung, mich anzurufen. Schließlich bin ich nicht mit ihm verheiratet.

Trotzdem wünschte ich, er würde anrufen.

Als hätte ich ihn mit reiner Willenskraft dazu gebracht, genau das zu tun, fängt mein Handy in diesem Moment an zu summen. Auf dem Display leuchtet Reese' Nummer auf. Mit einem Gefühl der Erleichterung – was beweist, dass ich mir diesen Anruf sehnlicher gewünscht habe, als ich zugeben will – greife ich nach meinem Telefon. »Hallo«, melde ich mich.

»Hey, Süße. Hast du schon geschlafen?«

»Nein. Ich hab mir zu viele Gedanken darüber gemacht, was bei euch los ist.«

»Du hast dir Sorgen gemacht?«

»Ja. Große Sorgen. Wie ist es gelaufen?«

»Na ja, er war tatsächlich in seinem Haus, wie wir gehofft haben, und Kelli, seine Frau, war auch da. Ich rufe dich gerade vom Mietwagen aus an. Blake und seine Frau sind dabei, Nelson und seine Frau zu verhören. Einzeln natürlich. Eben habe ich eine Stunde mit ihnen gesprochen.«

»Und?«, hake ich nach.

»Angeblich hat Kelli Angst vor der Presse bekommen beziehungsweise hatte das Gefühl, die *schnüren ihr die Luft ab*, wie sie es genannt hat. Sie musste aus der Stadt raus. Und er ist ihr nachgereist.«

»Sie hatte das Gefühl, man schnürt ihr die Luft ab, und dann lässt sie ihren Mann allein – zwei Tage bevor er erfährt, wie sein Leben weitergeht? Klingt für mich nicht nach einer liebenden Ehefrau, die an die Unschuld ihres Mannes glaubt.«

»Nein, tut es nicht, aber andererseits sind wir ja auch alle davon überzeugt, dass sie es getan hat.«

»Lauren hat mir die Fotos gegeben, auf denen die beiden sich streiten.«

»Jepp, es gibt auf jeden Fall Ärger im Paradies. Die Frage ist nur: Ist dieser Ärger auf den Stress durch den Prozess zurückzuführen, oder besteht er schon länger?«

»Ich weiß, du hast in deinem Eröffnungsplädoyer klargestellt, dass das Baby nicht von ihm ist, und er behauptet ja auch hartnäckig, nie mit dem Opfer geschlafen zu haben. Hast du immer noch das Gefühl, das stimmt?«

»Ja. Ich hatte zwar Bedenken, nach heute Abend würde sich dieses Gefühl ändern, aber das hat es nicht.«

»Wieso hat er dich vor seiner Abreise nicht angerufen?«

»Weil er wusste, ich würde ihm sowieso nur sagen, dass er nicht fahren soll, und er wollte, dass ich hinterher alles glaubhaft abstreiten kann«, erklärt Reese.

»Glaubt seine Frau ihm denn?«

»Ja, und sie sagt auch, dass sie das vor Gericht bestätigen wird.«

»Ist es nicht zu riskant, sie aussagen zu lassen? Was, wenn sie ihn nur reinreiten will?«

»Dieses Risiko muss ich eingehen, wenn ich ihr ein Geständnis entlocken will. Ich habe nämlich immer noch keine verfluchten Beweise. Verdammt, vielleicht war's auch der Freund. Ich muss mich da quasi auf gut Glück durchlavieren.«

»Aber der Staatsanwalt hat auch keine Beweise«, werfe ich ein. »Du kannst begründete Zweifel wecken. Das hast du ja auch schon. Wann kommst du zurück?«

»Sobald Blake und Kara fertig sind, fliegen wir alle mit dem Flugzeug der Walkers zurück, Nelson und Kelli eingeschlossen.«

»Dann kommst du ja frühmorgens hier an, ohne Schlaf. Und du musst doch am Montag vor Gericht fit sein.«

»Ich muss vor allem vorbereitet sein, das heißt, Schlaf ist ein Luxus, den ich mir nicht leisten kann. Ruf mich an, wenn du aufstehst, ich hole dich dann ab.«

»Nein. Du brauchst Schlaf, und du musst dich auf deine Strategie für Montag konzentrieren.«

»Das mache ich alles mit dir zusammen, Cat. Bis bald.« Er legt auf.

Ich lasse das Handy aufs Bett fallen und starre erneut in die Dunkelheit, diesmal allerdings, ohne mir Sorgen zu machen. Lauren hatte recht. Sein Anruf bedeutet etwas. Damit zeigt er mir, dass ich nun Teil seines Lebens bin, und das fühlt sich erschreckend gut an.

Kapitel Zweiundzwanzig

Reese

Als Blake, Kara und ich meinem Mandanten und dessen Frau bis zu deren Haus folgen, ist es schon sieben. Zwei von Royce' Männern werden das Haus während meiner Abwesenheit observieren. Ich begleite die beiden zu ihrer Haustür, und Kelli geht hinein, während ich mit Nelson auf der Veranda bleibe. »Sie zahlen den Flug und sämtliche Dienstleistungen, die ich für heute als notwendig erachtet habe. Das ist nicht verhandelbar.«

»Verstanden«, sagt er. »Ich weiß, ich hab Scheiße gebaut. Erzählen Sie dem Richter, dass ich weggefahren bin?«

»Nein, obwohl ich es tun sollte«, entgegne ich. »Genauso, wie ich darum ersuchen sollte, mich aus dem Fall zurückziehen zu dürfen, aber bei einem so kostenintensiven Prozess ist es dafür jetzt zu spät. Der Richter wird meinem Gesuch nicht stattgeben. Aber um eins klarzustellen: Sollten Sie mir noch einen einzigen Grund geben, Ihnen zu misstrauen, werde ich das Schlussplädoyer nur noch halten, um meinen Job zu erledigen, und keine Mühe darauf verwenden.«

Damit drehe ich mich um, gehe davon und steige hinten in den Escalade ein, den diesmal Blake anstelle von Royce fährt. Sobald ich drinsitze, schlage ich die Tür zu und sehe Nelson hinterher, der gerade sein Haus betritt.

»Sie war's«, meldet sich Kara zu Wort. »Ich habe während des gesamten Rückfluges mit ihr gesprochen, und sie war's.«

»Da sind wir der gleichen Meinung, aber wir gehen hier nur von unserem Bauchgefühl aus«, sage ich seufzend. »Ich brauche aber mehr.«

»Kara würde gerne mit Nelsons Sekretärin sprechen«, verkündet Blake, »sofern du kein Problem damit hast.«

»Überhaupt nicht«, bestätige ich. »Aber wozu? Was willst du damit bezwecken?«

»Eine Sekretärin kennt die Geheimnisse ihres Chefs«, erklärt Blake. »Ich kann dir gar nicht sagen, wie oft es mir schon passiert ist, dass ich durch die Sekretärin auf die entscheidende Lösung gestoßen bin.«

»Und Frauen teilen schmutzige Geheimnisse eher mit einer anderen Frau«, fügt Kara hinzu.

Mir fällt Cats Geschichte wieder ein. Von ihrem Ex, der seine Sekretärin gevögelt hat, während er mit ihr zusammen war. Wenn jemand die Geheimnisse eines Mannes kennt, dann definitiv seine Sekretärin. »Mach das«, sage ich, »aber bald. Ich werde Kellis Zeugenaussage auf Dienstag verschieben, aber weiter nach hinten geht's nicht.«

»Wir treffen uns heute noch mit ihr«, erwidert Kara. »Nachdem wir ein paar Stunden Schlaf gekriegt haben.«

Blake biegt in die Straße ein, die zu meinem Wohnhaus führt, und ich muss an Cat denken, die jetzt in *ihrem* Bett liegt und nicht in meinem. »Fahr mich zu Cat«, bitte ich Blake und gebe ihm die Adresse.

»Dann läuft da also wirklich was zwischen euch, hm?«, fragt Blake.

»Ja«, entgegne ich. »Da läuft definitiv was.«

Kara dreht sich zu mir um und lächelt mich an. »Ein Mann, der weiß, was er will, und es sich holt«, kommentiert sie. »Bist du sicher, dass du nicht auch ein Walker bist?«

Darauf sage ich nichts, und das erwartet sie auch gar nicht. Sie wendet sich wieder um und richtet den Blick nach vorn, während ich ihr im Stillen recht gebe: Ich bin ein Mann, der weiß, was er will, und das ist Cat. Und ich werde dafür sorgen, dass sie das auch weiß. Den Rest der Fahrt springe ich gedanklich zwischen dem Prozess und Cat hin und her und stelle fest, wie stark mein Bedürfnis ist, alles mit ihr zu bereden, was auf diesem Kurztrip passiert ist. Das passiert mir zum ersten Mal. Aber sie ist auch jemand, der nicht nur helfen will, sondern es auch tatsächlich tut.

Als Blake mich vor Cats Haus absetzt, ist es schon fast acht. Und mein brillanter Plan, den Wachmann zu überreden, mich zu Cat hochzulassen und sie zu überraschen, funktioniert nicht so gut, wie ich dachte. »Rufen Sie sie an«, sage ich zu dem Angestellten, einem grauhaarigen Mann in einer blauen Jacke und mit einem ziemlich großen Ego. »Sagen Sie ihr, dass ich hier bin. Mein Name ist …«

»Reese Summer«, vervollständigt er den Satz, und in seiner Stimme schwingt Verachtung mit. »Ich weiß. Wir alle wissen, wer Sie sind.«

Der Mann, der den Babymörder verteidigt, denke ich bei mir. Doch nach dem, was ich gerade hinter mir habe, macht mich diese Anmaßung einfach nur verdammt wütend. »Erzählen Sie das besser nicht rum, sonst wird Cat am Ende von der Presse verfolgt, und Sie dürfen sich um die Horde von Leuten kümmern, die ihre Empfangshalle stürmen wird. Und ich werde dafür sorgen, dass die richtigen Leute erfahren, wer dafür verantwortlich ist, und das wären in diesem Fall Sie.«

»Ich tratsche nichts rum, Sir, sonst würde ich wohl kaum noch in diesem Job arbeiten.«

»Rufen Sie Cat an!«, wiederhole ich im Kommandoton.

Der Wachmann presst die Lippen zusammen, als müsste er sich eine patzige Antwort verkneifen, doch er ruft tatsächlich bei Cat an und lässt mich danach sofort durch. Während ich zum Fahrstuhl gehe, ist mein ganzer Körper wie zum Zerreißen angespannt. Ich kann es nicht abwarten, bis dieser verfluchte Prozess endlich vorbei ist; der leise Zweifel an Nelsons Unschuld frisst mich auf. Wenn er tatsächlich schuldig ist, kann ich nicht länger meinen Instinkten trauen. Ich nehme den Aufzug bis in den vierzehnten Stock, und ich schwöre, allein der Gedanke, dass dort ein Bett mit Cat darin auf mich wartet, lässt ein wenig von dem Ärger verrauchen, den der Wachmann in mir ausgelöst hat, und auch meine durch den Schlafmangel bedingte Erschöpfung lässt ein wenig nach. Als ich endlich vor Cats Tür stehe, klopfe ich voller Ungeduld an. Ich muss sie sehen, sie nackt in meinen Armen halten. Das ist vollkommen irrational, und ich habe so etwas noch nie für eine Frau empfunden, aber es ist da, jetzt, zu diesem Zeitpunkt, und ich will, dass sämtliche Mauern zwischen dieser Frau und mir verschwinden, buchstäblich und im übertragenen Sinne.

In diesem Moment öffnet sie die Tür und sieht einfach nur umwerfend aus in ihrem pinken Pyjama und mit dem wirren blonden Haar. »Eigentlich solltest du schlafen«, sagt sie. »Wieso bist du nicht im Bett?«

Mir ist schon von ihrem bloßen Anblick heiß, und ich bin hart, und – so verrückt sich das auch anhören mag – in der Sekunde, als ich ihre Stimme höre, kann ich nicht mehr an mich halten. Ich will sie spüren, ihre Brüste in meinen Händen halten und meinen Schwanz in ihr vergraben. Und verdammt, ich will sie leise stöhnen hören. Abrupt lasse ich meine Tasche fallen und gehe zu ihr, lege die Hände um ihre Taille und dränge sie in ihr Apartment, während ich mit dem Fuß die Tür schließe. »Ich hab dir ja gesagt, wenn ich zurückkomme, will ich dich vögeln. Und das werde ich jetzt tun.« Ich vergrabe meine Finger in ihrem Haar. »Hast du ein Problem damit?«

»Nur damit, dass du es tun *willst*, aber noch nicht getan hast.«

Ich küsse sie, presse den Mund auf ihren und dringe mit der Zunge zwischen ihre Lippen. Ich lecke sie so lange, bis sie mich mit einem dieser stöhnenden Laute belohnt, nach denen ich mich jede Sekunde, die ich von ihr getrennt war, gesehnt habe. Der Klang bringt mich erneut um den Verstand, das schafft sonst niemand – nur diese Frau. Plötzlich habe ich ein solches Verlangen nach Cat, dass die Welt um mich herum verschwindet und ich nur noch ein Ziel habe: mehr von ihr zu bekommen. Ich vertiefe den Kuss, koste sie, fordere alles ein, was sie vor mir zurückhält. Noch während ich sie küsse, ziehe ich sie aus, berühre sie überall, wo ich kann, und das reicht mir nicht mal annähernd.

»Verdammt, Cat, du machst mich echt wahnsinnig«, murmle ich, und diese Gier nach ihr ist schon fast schmerzhaft. Ich dränge sie gegen die Wand, schiebe die Hand zwischen ihre Beine und lasse die Finger in ihre feuchte Hitze gleiten.

Sie keucht auf, und ich schlucke das Geräusch hinunter, während ich mit der Zunge ihren Mund erkunde, einen Hauch von Zahnpasta schmecke, den ich verflucht sexy finde. Cat zerrt an meinem Shirt, und ich ziehe es mir über den Kopf. Als ich es wegwerfe, hat sie bereits meinen Reißverschluss geöffnet und schließt die Hand um meinen Schwanz. Verdammte Scheiße, ich will sie jetzt sofort.

Ich hebe ihr Bein an, und im nächsten Moment dränge ich mich in sie. Als ich ihren süßen kleinen Arsch umfasse, schlingt sie die Beine um meine Taille. Ich stoße in sie und ziehe sie nach unten, noch enger an mich, und als sie sich an meine Schultern klammert, schlinge ich die Arme um ihre Taille.

»Ich halte dich, Cat«, sage ich. Mit ihren grünen Augen sieht sie mich an, und ich kann den Moment erkennen, als sie versteht, was ich ihr sagen will: Ich will, dass sie mir vertraut. Bestätigend nickt sie, als hätte ich mit Worten darum gebeten, dann lehnt sie sich zurück, nimmt mich noch tiefer in sich auf, bäumt sich gegen mich, während ich in sie pumpe und ihre wunderschönen Brüste zwischen uns hin und her schwingen. Sie sieht mir zu, genauso wie ich ihr zusehe, und erneut ist diese Verbindung zwischen uns da, bahnt sich brennend einen Weg von ihr zu mir und zurück. Im nächsten Augenblick setzen wir unseren Rhythmus fort: Sie presst sich nach unten, gegen mich, und ich stoße in sie, nutze jeden Schwung, den sie mir bietet. Ich kann kaum noch an mich halten, bin kurz davor, die Beherrschung zu verlieren, als sie sich unvermittelt nach vorn beugt und das Gesicht in meinem Nacken vergräbt. Ich spüre, wie sie gegen das ankämpft, was als Nächstes passieren wird. Aber das lasse ich nicht zu.

»Komm für mich, Süße«, murmle ich. »Gib mir, was ich will.«

Und ich will, dass ihre Muskeln sich um mich zusammenziehen, dass sie in meinen Armen erbebt, und genau das passiert. Sie stürzt in einen Orgasmus, und ich hämmere in sie, bis ich ihr dorthin folge. Ein letztes Mal stoße ich noch in sie, dann existiert nichts mehr um mich herum. Es gibt nur noch sie, mich und das Beben, das unsere Körper erschüttert.

Als ich in die Gegenwart zurückkehre, brennen die Muskeln in meinen Beinen, und wir zwei klammern uns aneinander fest, atmen im Takt. Wie durch ein Wunder habe ich immer noch meine Hose an. »Wo ist dein Bad?«

»Die Tür rechts neben uns«, erklärt sie.

Mit ihr im Arm betrete ich das Zimmer und setze sie auf dem weiß-rot gekachelten Waschtisch ab, bevor ich ihr ein Handtuch gebe, damit sie sich frisch machen kann. Dann kehre ich rasch in den

Eingangsbereich zurück, um ihr mein T-Shirt zu holen. Sie wirft das Handtuch beiseite, und ich helfe ihr, mein Shirt überzuziehen, bevor ich mich mit den Händen neben ihr am Waschtisch abstütze. »Guten Morgen.«

Ihre Wangen verfärben sich zu einem hübschen Rosa. »Guten Morgen.« Sie berührt mein Gesicht. »Ich kann gar nicht glauben, dass du hierhergekommen bist.«

»Und ich kann nicht glauben, dass du dachtest, ich würde woandershin gehen, Cat. Bring mich in dein Bett.«

»Du solltest zu Hause in deinem eigenen Bett schlafen. Morgen musst du ins Gericht. Du brauchst dein vertrautes Umfeld.«

»Dann komm mit.«

»Du brauchst Schlaf. Und wenn ich mitkomme, werden wir nicht schlafen.«

»Süße, wir hatten doch gerade erst Sex. Ein paar Stunden kann ich schon noch schlafen, verlass dich drauf.«

»Ist das die Methode, um dich zum Einschlafen zu bewegen?«

»Ja, jede Nacht«, entgegne ich. »Bist du der Herausforderung gewachsen?«

Sie lacht. »Ich glaube, du versuchst gerade, dir *mich* aus dem Kopf zu vögeln.«

Das ist nur als Scherz gemeint, aber es schwingt ein ernster Unterton mit. »Okay, lass mich was dazu sagen, Cat. Ich kann das mit uns, und du solltest mich einfach machen lassen, und ich lasse dich umgekehrt auch einfach machen. Und wenn wir es nicht schaffen, reden wir darüber, wie es weitergeht. Okay?«

»Ja. Okay.«

»Gut.« Ich hebe sie hoch und setze sie mit den Füßen auf dem Boden ab. »Jetzt bring mich in dein Bett, und später bringe ich dich in meins.«

Kapitel Dreiundzwanzig

Cat

»Zeit, ins Bett zu gehen«, sage ich. »Um zu schlafen.« Energisch packe ich Reese am Arm und ziehe ihn aus dem Bad und durch meinen Flur.

»Dagegen hab ich nichts«, entgegnet er. »Ich bin offiziell erledigt, und das für die nächsten paar Stunden.«

Sanft lasse ich meine Hand über seinen Arm wandern und verschränke die Finger mit seinen. Es ist das erste Mal, dass *ich seine* Hand nehme, nicht umgekehrt, und als ich ihn ansehe, erkenne ich an seinem warmen Blick, dass er es ebenfalls bemerkt hat. Als wollte mein Körper Reese' Reaktion imitieren, sendet er Wärme in meine Wangen, was wirklich albern ist, wenn man bedenkt, was ich mit diesem Mann schon alles gemacht habe – nackt. Trotzdem wende ich den Blick ab, und in meinem Hals bildet sich ein Kloß, als ich spüre, wie stark meine Verbindung zu Reese inzwischen ist. Und wie entblößt ich mich vor ihm fühle, emotional. Ich stehe in jeder Hinsicht nackt vor ihm, und gleich wird er in meinem Bett schlafen, neben mir, an meiner Seite.

Gemeinsam durchqueren wir mein Wohnzimmer, das ich in Marineblau und Grautönen dekoriert habe, und meine blauen Vorhänge schimmern eine Nuance dunkler als Reese' wunderschöne Augen. Als ich ihn durch die Tür führe, die vom Wohnbereich abgeht, bleibt er im Eingang stehen und betrachtet die graue und pinke Einrichtung; vor allem pink, muss ich zugeben. Die Farbwahl habe ich getroffen, nachdem ich meine Anwaltskarriere und Mitch hinter mir gelassen hatte, als eine Art Abschiedsgruß an alle männlichen Personen in meinem Leben, die mich bevormundet haben. Ich will kein langweiliger, eindimensionaler Mensch sein, und nun, da ich schreibe, muss ich sowieso mehr Abwechslung in mein Leben bringen.

Reese marschiert direkt auf mein Bett mit der flauschigen pinken Decke und den ebenfalls pinken Kissen zu, und er hat so schnell seine Schuhe und Hose ausgezogen, bevor er unter die Decke schlüpft, dass mir klar wird, wie erschöpft er tatsächlich ist. Ich lege mich zu ihm, und er zieht mich an seine Brust, bevor er den Arm um mich legt und murmelt: »Pink passt gut zu dir, Cat.« Seine Stimme klingt wahnsinnig müde, und als ich zu ihm hochblicke, hat er die Augen geschlossen.

Erneut breitet sich Wärme in mir aus, während ich über seine Aussage nachdenke, die mir mehr bedeutet, als ihm bewusst ist. Mein Vater hasst Pink. Seiner Ansicht nach symbolisiert die Farbe Schwäche, und jeder Mann würde mich dadurch sofort als schwaches Frauchen beurteilen und nicht als gleichberechtigt. Reese ist in jeder Hinsicht der Erste für mich. Ich könnte diesen Mann wirklich lieben, und das erschreckt mich, aber vor diesem Gefühl kann man auch nicht einfach davonlaufen. Es nimmt einen vollkommen gefangen, verführt einen wie eine Droge, von der man nicht genug bekommen kann – so wie von diesem Mann. Ich kann einfach nicht genug von ihm bekommen.

Lächelnd schließe ich die Augen, lasse mich von Reese' würzigem, männlichen Duft berauschen und schmiege mich entspannt an ihn, während der Schlaf mich mit seiner Schwere übermannt.

***

Reese und ich schlafen vier Stunden lang, bis wir vom Summen meines Handys geweckt werden. Liz hat mir eine Nachricht geschickt, dass sie mit mir reden möchte. »Was Wichtiges?«, erkundigt sich Reese.

»Nein«, entgegne ich. »Schlaf weiter.«

Er widerspricht nicht. Stattdessen ist er innerhalb einer Minute wieder eingeschlafen, und ich kuschle mich an ihn und tue es ihm gleich. Um vierzehn Uhr stehen wir schließlich auf, duschen zusammen und ziehen uns an. Reese' Auswahl beschränkt sich auf die Sachen, die ich für ihn ausgesucht habe, also Jeans, ein schwarzes T-Shirt und eine *blaue* Unterhose, wie er betont, da die mir am besten gefallen haben – wobei mir die Farbe, ehrlich gesagt, vollkommen egal ist. *Er* hat sie an; das ist alles, was zählt. Ich dagegen entscheide mich für den New-Yorker-Look ganz in Schwarz und wähle eine Jeans, meine kniehohen Stiefel und einen Pullover aus, da die Kaltfront laut der Wetter-App meines Handys nun offiziell angekommen ist.

Gerade als ich mit dem Haareglätten fertig bin, kommt Reese ins Bad und lehnt sich neben mich an den Waschtisch. Sein dunkles Haar ist immer noch feucht, und seine Augen leuchten, während er sie auf mich richtet. »Bleib bei mir, bis der Prozess zu Ende ist.«

Bei ihm bleiben, in seiner Wohnung, bis zum Ende des Prozesses. Das wäre fast so, als würde ich mit ihm zusammenziehen. Eigentlich sollte mein Instinkt mich sofort warnen, aber was diesen Mann betrifft, scheine ich keinerlei Gefahrenbewusstsein mehr zu haben. Mit dem Verstand weiß ich, dass ich die Dinge nicht so überstürzen sollte. Wir legen ein ziemliches Tempo vor, doch die Wahrheit ist, ich will gar nicht langsamer sein. »Ja«, sage ich deshalb. »Sehr gern.«

Ein Ausdruck der Zustimmung erhellt seine Miene. Er freut sich über meine Antwort. Und mir gefällt diese Reaktion. Mir gefällt es, dass ich bei diesem Mann nie das Gefühl habe, mich in einem Machtspielchen zu befinden. Wir sind einfach nur zusammen, bewegen uns gemeinsam auf einem für mich vollkommen unbekannten Territorium, in dem mein einziger Kompass die Akzeptanz ist. »Das war leichter, als ich dachte«, kommentiert Reese.

Automatisch verziehen sich meine Lippen zu einem Grinsen. »Wie sollst du dir den ganzen Mist aus dem Kopf vögeln, wenn ich nicht da bin?«

»Das stimmt«, sagt er amüsiert. »Ich glaube, wir werden es beide genießen, aber Cat«, seine Stimme wird weicher, »ich stand noch nie vor einer Herausforderung, bei der ich scheitern wollte. Bis jetzt.«

In meiner Brust bildet sich ein Knoten. »Für mich wäre es auch okay, wenn du in diesem Fall scheitern würdest, aber du sollst die Herausforderung natürlich trotzdem annehmen.«

»Natürlich«, sagt er lächelnd, und sein Lächeln ist so verdammt sexy. »*Natürlich.* Aber dafür brauchen wir beide Energie. Wir müssen uns stärken. Soll ich uns was zu essen besorgen, während du packst?«

»Oh, ich hab eine bessere Idee. Das ist so eine Art Ritual von mir. Falls du Waffeln und Omeletts magst, ich bestelle mir immer was bei einem Restaurant. Die machen den besten Sonntagsbrunch. Am Kühlschrank hängt die Karte von ihnen. Du kannst einfach sagen, du willst das Übliche für Cat bestellen, und für dich suchst du aus, was du willst.«

Er beugt sich zu mir herunter und küsst mich. »Das Übliche also. Verstanden. Ich warte dann vor der Kaffeemaschine auf dich.«

Damit verschwindet er, und ich seufze, als sein würziger, manchmal fast schon erdiger, aber immer wundervoller Duft zurückbleibt. Gut, dass ich sein Aftershave eingepackt habe. Er riecht so gut. Er riecht immer gut, und ich werde davon nie genug bekommen. Entschlossen stehe ich auf und packe ein paar Sachen zusammen, so viele, dass sie mindestens für ein paar Tage reichen. Als ich fertig bin, stelle ich meine Taschen direkt vor der Tür des Schlafzimmers im Wohnbereich ab, nehme jedoch meinen Laptop mit.

Reese sitzt an meiner Kücheninsel, vor sich seinen Computer und neben sich einen Kaffee. Mittlerweile ist sein dichtes, wildes Haar fast trocken und wellt sich so stark, dass es beinahe aussieht, als hätte er Locken. »Die Lieferung dauert noch zwanzig Minuten«, verkündet er. »Aber die haben eine tolle Speisekarte.«

»Das Essen ist so gut«, verspreche ich ihm, stelle meinen Computer ab und lege mein Handy daneben, bevor ich mir auch einen Kaffee mache. »Bis zum Sonntag spare ich immer Kalorien ein, damit ich mich dann beim Brunch so richtig vollstopfen kann.« Ich setze mich ihm gegenüber auf einen der hochlehnigen Barhocker. »Gibt's irgendwelche Neuigkeiten von Walker Security?«

»Nein.«

»Hast du immer noch vor, Kelli morgen in den Zeugenstand zu berufen, nach dem Freund des Opfers?«

»Ich würde zwar liebend gern mehrere Verdächtige nacheinander präsentieren, aber das muss warten. Blake wollte noch mehr Zeit haben, um nach Beweisen zu suchen. Eigentlich habe ich ihm gesagt, ich kann ihm nur zwei Tage geben, aber ich glaube, ich überdenke die Zeitspanne noch mal.«

»Warum?«

»Jetzt, da ich das Walkerteam ins Boot geholt habe, könnten wir vielleicht doch noch was finden, das ich benutzen kann. Deshalb will ich mir Kellis Befragung bis zum Schluss aufheben, um dann erst die Bombe platzen zu lassen, falls wir eine haben. Aber eigentlich will ich nicht so viel Zeit zwischen ihrer Aussage und der des Freundes verstreichen lassen.«

»Du hast doch gesagt, du willst das Ganze diese Woche abschließen. Ist das immer noch so? Und wieso wolltest du das überhaupt so schnell abwickeln?«

»Diese Entscheidung habe ich getroffen, als offensichtlich wurde, dass die Anklage ihre Beweisführung schnell abschließen würde.«

»Woraus du was geschlossen hast?«, frage ich.

»Dass Dan seine schwache Beweisgrundlage verschleiern wollte, um nicht zu riskieren, dass ich sie auseinandernehme. Da habe ich beschlossen, meine Argumente schnell und effizient vorzubringen. Ich will Dan keinerlei Möglichkeit bieten, die Anklage gut dastehen zu lassen.«

»Wenn ich der Staatsanwalt wäre und der Richter hätte dem Verteidiger gesagt, er brauche das Schuldeingeständnis eines anderen, um eine Abweisung der Klage zu erwirken, würde ich noch mehr versuchen, die Dinge zu beschleunigen, und dafür sorgen, dass sich diese Entscheidung des Richters in den Köpfen der Geschworenen festsetzt. Und das würde ich aus dem einfachen Grund machen, dass zumindest einige der Geschworenen glauben werden, der Richter gehe von der Schuld des Angeklagten aus.«

»Guter Punkt«, sagt Reese. »Und wenn ich mit meiner Einschätzung richtigliege, ist Dan jetzt schon darauf angewiesen, dass ich die Sache beschleunige, damit seine schwache Beweisführung nicht durchschaut wird. Der Mann hat nicht mal die ermittelnden Polizisten in den Zeugenstand gerufen, weil er weiß, die haben keine Beweise. Ich glaube nicht, dass er irgendwas verzögern wird.«

»Aber vielleicht solltest *du* langsamer vorgehen, Reese. Sorg dafür, dass der Richter seine Entscheidung abmildert.«

»Wenn ich das tue, sorge ich gleichzeitig dafür, dass die Beweisführung der Anklage nicht mehr so armselig wirkt.«

»Nicht, wenn du die entscheidenden Punkte widerlegst. Du

könntest sogar überlegen, einige Zeugen der Anklage noch mal in den Zeugenstand zu berufen, um das Gedächtnis der Geschworenen aufzufrischen.«

»Vielleicht. Darüber muss ich mal nachdenken.«

In diesem Moment klingelt mein Telefon, und ich nehme es in die Hand. »Der Sicherheitsdienst«, informiere ich Reese, bevor ich drangehe. »Ja. Bitte. Schicken Sie sie rauf.« Ich beende den Anruf, richte meine Aufmerksamkeit wieder auf Reese und mache dort weiter, wo wir aufgehört haben. »Es überrascht mich, dass Dan nicht jeden, der Nelson Ward kennt, in den Zeugenstand berufen hat, um ein möglichst schlimmes Bild von ihm zu zeichnen.«

»Nelson ist sehr beliebt«, erklärt Reese. »Das war einer der Gründe, warum ich seinen Fall angenommen habe. Neben der Tatsache, dass das Baby nicht von ihm war und es keine DNA-Spuren von ihm gibt. Außerdem glaube ich immer noch an seine Unschuld.«

»Selbst noch nach der Sache von gestern?«

»Ja. Das hat seine Frau eingefädelt, und er hat sie zurückgeholt, damit sie für ihn aussagt.«

»Aber er hätte dich anrufen müssen«, entgegne ich. »Und deine Anrufe annehmen sollen.«

»Das stimmt. Und ich habe ihm schon damit gedroht, mich bei der Verteidigung nur noch auf das Nötigste zu beschränken, also definitiv keine Angriffsstrategie zu fahren. Aber ich glaube ihm immer noch.«

»Okay, dann zurück zu der Option, Zeit zu schinden. Du könntest die Leumundszeugen heranziehen.«

»Von denen könnte aber jeder plötzlich zum Problem werden«, wirft Reese ein. »Es gibt einen Grund, warum ich bemüht bin, jeden Prozess so einfach wie möglich zu halten. Damit nicht neue Probleme auftauchen, während ich gleichzeitig irgendein altes zu lösen versuche. Verdammt, ich könnte Wochen oder vielleicht sogar Monate damit verbringen, vor Gericht ein positives Bild von ihm zu zeichnen. Aber zurück zu den beiden Hauptpunkten: Jede Zeugenaussage kann nach hinten losgehen, und damit würde ich von der schwachen Beweisführung des Staatsanwalts ablenken.«

»Und wenn du Nelson in den Zeugenstand berufst?«

»Du hast doch selbst gesagt: Niemand mag den reichen, erfolgreichen, gut aussehenden Mann, der alles hat, was man selbst nicht hat. Ich glaube, das ist zu riskant.«

»Aber eben hast du noch gesagt, er ist sehr beliebt.«

»Es ist zu riskant.«

»Okay«, lenke ich ein. »Es ist riskant. Hast du immer noch vor, morgen die ermittelnden Beamten aufzurufen?«, frage ich, weil ich mich an die Liste erinnere, die er gestern erstellt hat.

»Jepp. An *dem* Plan hat sich nichts geändert. Diesen Schlag muss Dan einstecken. Und es wird ein ordentlicher Schlag werden.«

»Bist du sicher, dass sie nichts in der Hand haben, womit sie dir schaden könnten?«

»Ich habe ihre schriftlichen Aussagen. Wenn sie davon abweichen, stehen sie als Lügner da.«

Es klopft an der Wohnungstür, und Reese steht auf. »Ich nehme das Essen entgegen.«

Zustimmend nicke ich, hole ein paar Flaschen Wasser aus dem Kühlschrank, und kurze Zeit später machen wir uns über unsere Waffeln mit Ei her. »Vergiss mal für eine Weile den Fall«, sagt Reese. »Bereust du es schon, dass du deine Agentin gefeuert hast?«

»Nein, überhaupt nicht. Wobei *sie* diejenige war, die uns heute Morgen mit der Textnachricht geweckt hat. Sie will mit mir reden.«

»Und? Willst du auch mit ihr reden?«

»Ja, aber ich engagiere sie nicht wieder. Sobald der Prozess beendet ist, suche ich mir eine neue, die sich um meine Option kümmern kann.«

»Wie genau läuft das mit den Optionen?«

»Ich habe einen Vertrag unterschrieben, und der Verlag hat meinen nächsten True-Crime-Roman optioniert. Damit haben sie das Vorkaufsrecht erworben. Aber ich kenne die Konditionen: Ich bin rechtlich nicht dazu verpflichtet, dem Deal mit Dan zuzustimmen. Meine Verpflichtung besteht nur darin, dem Verlag ein Exposé für mein eigenes Buch vorzulegen, wobei sie das auch ablehnen können, weil ich die Zusammenarbeit mit Dan abgelehnt habe. Aber das ist okay. Wenn sie absagen und ich eine neue Agentin habe, kann ich auch zu einem anderen Verlag gehen.«

»Viele Leute hätten den Deal angenommen, Cat.«

»Und ich danke meiner Mutter dafür, dass sie mir dieses Apartment hinterlassen hat und einen Treuhandfonds, den ich bekomme, wenn ich fünfunddreißig bin. Deshalb bin ich in der glücklichen Lage, nichts tun zu müssen, was ich nicht tun will.«

»Das mit dem Treuhandfonds wusste ich gar nicht«, sagt Reese.

»Darüber rede ich auch sonst nie. Es ist schwer, sich auf Geld zu freuen, das man nur bekommt, weil ein Elternteil gestorben ist.«

»Woran ist sie gestorben?«

»Sie hatte zu hohen Blutdruck, der nicht behandelt wurde und einen schweren Schlaganfall ausgelöst hat.«

»Das ist hart.«

»Das war es. Aber sie war auch nicht besonders glücklich. Mein Vater hat sie wie Dreck behandelt. Sie und ich haben uns oft gestritten, weil ich wollte, dass sie sich von ihm trennt – oder sich wenigstens nicht so von ihm behandeln lässt.«

»Das kann ich verstehen. Meine Eltern haben auch ihre Probleme. Manchmal denke ich, es würde ihnen besser gehen, wenn sie sich trennen würden.«

»Wenn ich nicht die Walkers kennengelernt hätte, würde ich wahrscheinlich gar nicht an die Ehe glauben«, gebe ich zu. »Aber die scheinen in der Beziehung auch nicht normal zu sein.«

»Und was bin ich, Cat?«, fragt Reese und sieht mich prüfend an, wartet auf eine Reaktion von mir.

Was ist er? Das ist eine komplizierte Frage, die ich so einfach wie möglich zu beantworten versuche. »Kein Arschloch mehr.«

»Das reicht mir«, entgegnet er. »Erst mal.« Er wechselt das Thema. »Hast du mir nicht erzählt, dein Bruder hat dich besucht? Ich hatte den Eindruck, ihr versteht euch nicht besonders.«

»Tun wir auch normalerweise nicht, aber der Besuch war wirklich seltsam. Er will irgendwas von mir. Da fällt mir ein, er hat sogar nach dir gefragt.«

Fragend runzelt Reese die Stirn. »Wieso nach mir?«

»Er wollte nur wissen, ob ich dich als den Besten der Besten einschätzen würde. Oder so was in der Art. Ich habe Ja gesagt, und dann war er mit dem Thema durch.«

»Weiß er von uns?«

»Nein. Ich glaube, das hatte was mit dem Prozess zu tun. Momentan haben dich viele Leute auf dem Schirm. Und offensichtlich liest er sogar meine Kolumne, in der ich dein Verhandlungstalent lobe.«

»Welcher Bruder war das?«

»Gabe, der Zweitälteste. Er arbeitet für die Kanzlei meines Vaters. Ach, und da wir gerade von meiner Kolumne sprechen: Ich glaube, ich sollte meinen ›Whodunit‹-Ansatz besser aufs Ende der Woche verschieben, direkt vor Kellis Aussage. Wenn du einverstanden bist, ändere ich das, was ich für morgen geschrieben habe, noch mal um, allerdings muss ich das bald tun.«

»Ich bin einverstanden«, sagt er und sieht mich aus zusammengekniffenen Augen an. »Machst du dir keine Sorgen um deine Integrität als Journalistin, wenn du dich mit dem Anwalt des Angeklagten verschwörst?«

»Machst du dir keine Sorgen, dass du die Integrität einer Journalistin gefährdest?«

»Ich gefährde dich sehr gern, Süße«, gibt er zurück, ein freches Blitzen in den Augen. »Und wie funktioniert es bisher?«

»Das sage ich dir ein andermal«, verkünde ich, doch die Wahrheit ist: Er hat dafür gesorgt, dass sich meine Erwartungen an einen Mann vollkommen geändert haben und sich alles nur noch um ihn dreht.

***

Stunden später betreten Reese und ich sein Apartment, und er trägt unsere Taschen ins Schlafzimmer. »Ich stelle die in den Wandschrank«, verkündet er, und ich folge ihm dorthin. Innen deutet er mit der Hand einmal rund um den Raum. »Such dir einen Bereich aus. Der ist dann für dich.«

In meinem Bauch melden sich die Schmetterlinge zurück, und ich bin völlig überwältigt von unserem Tempo. »Reese …«

Er küsst mich, noch bevor ich den Satz beenden kann. »Ich möchte, dass du öfter hier bist. Also richte dich schon mal ein. Ich teile alles außer dir, Cat.« Und nach diesem bedeutungsschwangeren Kommentar klingelt sein Handy, und er holt es aus seiner Hosentasche. »Blake«, informiert er mich und gibt mir erneut einen Kuss. »Merke dir, was du sagen wolltest. Ich will es hören«, fügt er hinzu, bevor er den Anruf entgegennimmt.

Einen Moment lang hört er nur zu, dann sagt er: »Lass mich kurz die Akten raussuchen. Ich rufe dich zurück.« Damit legt er auf und sieht mich an. »Nelsons Sekretärin ist bereit, mit Blake zu sprechen, aber heute ist sie bei ihrer Mutter und will sie nicht noch mehr aufregen, als es der Prozess ohnehin schon tut.«

»Hast du denn nicht schon mit ihr gesprochen?«

»Doch, aber nur über Nelson. Blake und seine Frau wollen herausfinden, was sie über Kelli weiß. Aber Blake braucht eine Info, die in meinen Akten steht. Deshalb gehe ich jetzt runter und suche sie für ihn raus.« Er nimmt mein Gesicht in beide Hände und küsst mich. »Ich bin froh, dass du hier bist, Cat.« Dann dreht er sich um und verlässt den begehbaren Schrank, und ich starre ihm nach, während sich dieses blöde Knäuel aus undefinierbaren Emotionen in meiner Brust noch enger zusammenzieht.

Schließlich wende ich mich ab und lasse den Blick stattdessen durch den Kleiderschrank schweifen, bis ich mich für einen Platz entscheide, wo ich meine Sachen aufhängen kann. Ich denke darüber nach, den Rest in der Tasche zu lassen, komme jedoch zu dem Schluss, dass mein Gepäck dann im Weg steht. Deshalb öffne ich einige Schubladen und verteile meine restlichen Kleidungsstücke. Danach packe ich Reese' Tasche aus und verstaue unser Gepäck in einem der Schränke. Einen Moment lang starre ich nur auf meine Kleider, die neben Reese' Anzügen hängen, und denke gar nichts. Ich fühle nur. So viele verschiedene Emotionen, die ich nicht einmal benennen kann. Das will ich auch gar nicht. Dafür ist es noch zu früh. Mit dieser Erkenntnis sammle ich meine Kosmetikartikel ein und gehe damit ins Bad, wo ich sie um eins der beiden Waschbecken verteile – in der Hoffnung, es ist nicht ausgerechnet das, welches Reese benutzt. Als ich fast fertig bin, spüre ich plötzlich ein Kribbeln in meinem Nacken und drehe mich um. Reese steht in der Tür, mit einer seiner breiten Schultern an den Rahmen gelehnt. »Hast du eigentlich mit Mitch zusammengewohnt, Cat?«

»Nein. Ich habe noch nie mit jemandem zusammengewohnt. Du?«

»Nicht mal darüber nachgedacht«, sagt er.

»Nicht mal bei …«

»Sie hieß Karen. Und nein. Ich hatte immer nur meine Arbeit im Kopf, und wenn ich ganz ehrlich bin, hatte ich das Gefühl, sie wäre eine zu große Ablenkung für mich, wenn sie bei mir wohnen würde.«

»Und was bin ich?«

Einige Augenblicke lang sieht er mich nur an, und sein Gesichtsausdruck lässt sich nicht deuten. »Komm her!«, ordnet er dann mit sanfter Stimme an.

Ich denke über dieses Kommando nach; nicht weil es ein Kommando ist, sondern weil es mir nichts ausmacht, was es bei jedem anderen tun würde. Stattdessen gehe ich willig zu ihm hinüber, und er nimmt meine Hand, verschränkt unsere Finger und führt mich aus dem Bad zu dem Sessel, der vor der Fensterfront steht. Dort setzen wir uns hin, er legt den Arm um mich, und ich schmiege mich an seine Schulter, während draußen die Sonne den Himmel mit Regenbogenfarben bemalt, als sie langsam hinterm Horizont versinkt. »Frag mich noch mal«, sagt Reese leise.

Ich muss nicht nachfragen, wovon er spricht. Ich weiß es. »Was bin ich?«

Er blickt mich an. »Der einzige Mensch, mit dem ich mir gerne einen Sonnenuntergang anschaue, weil es mir etwas bedeutet.«

Die Worte allein könnten auch nur die Einleitung zum Sex sein, aber es heißt etwas, dass er sie genau hier sagt, in diesem Zimmer, in diesem Sessel, und nachdem er mich gebeten hat, bei ihm zu wohnen. Als er mich daher fragt: »Und was bin ich, Cat?«, löse ich mich von meinem Platz an seiner Schulter, setze mich rittlings auf seinen Schoß und lege die Hände an seine Wangen. »Jemand, der mir etwas bedeutet«, entgegne ich und presse die Lippen auf seine.

Er umfasst meinen Hinterkopf und küsst mich zurück. »Frag mich noch mal.«

»Was bin ich?«

»Meine Frau«, sagt er. »Du weißt es nur noch nicht.«

Kapitel Vierundzwanzig

Cat

Den nächsten Morgen könnte man auch als Morgen der Offenbarungen bezeichnen.

Ich wache in Reese' Bett auf und in seinen Armen. Wir liegen in der Löffelchenstellung aneinandergekuschelt. Das ist Offenbarung Nummer eins: Ich kuschle mit Reese Summer, früher bekannt als Mr Arrogantes Arschloch und weithin berühmt als Mr Sexy.

»Morgen, Süße.«, sagt er. Offensichtlich hat er bemerkt, dass ich wach bin. Ich bin außerdem nackt, er auch, und als er mich auf den Rücken dreht, sich zwischen meine Beine legt und einen Pfad aus Küssen über meinen Bauch zieht, bis sich eins meiner Beine plötzlich auf seiner Schulter befindet, habe ich Offenbarung Nummer zwei: Übernachtungen werden definitiv unterbewertet, vor allem da ich schon bald in einem Gefühl absoluter Glückseligkeit aufgehe. Als Reese mich in die Dusche trägt, wo wir heißen Sex an der Wand haben, kommt mir Offenbarung Nummer drei, die ziemlich große Bedeutung für mich hat: Ich stelle fest, dass ich von meiner Aversion gegen frühes Aufstehen – die mich schon fast mein ganzes Leben lang begleitet – geheilt bin.

Nachdem wir die Dusche verlassen haben – beide in Handtücher gehüllt – nehmen wir jeder ein Waschbecken, und ich versuche, mich auf mein Haar und mein Make-up zu konzentrieren, doch Reese rasiert sich neben mir, und irgendwie kann ich nicht aufhören, ihn zu beobachten. Er bemerkt meinen Blick und zwinkert mir zu. Offenbarung Nummer vier: Obwohl ich es nie gemocht habe, wenn ein Mann mir zuzwinkert, gefällt es mir bei Reese, was definitiv beweist, dass es mehr auf den ankommt, der zwinkert, als ich dachte. Und zwar muss es sich dabei um Reese Summer handeln.

Offenbarung Nummer fünf: Reese besitzt einen Glücksbringer-

Anzug, einen grauen, Macht ausstrahlenden Anzug mit passender grauer Seidenkrawatte – was ich herausfinde, als er mich bittet, einen Anzug samt Krawatte für ihn auszusuchen und ich ausgerechnet den Glücksbringer-Anzug wähle. »Den nehme ich nur für Schlussplädoyers«, sagt er. »Such einen anderen aus.«

Diesmal entscheide ich mich für einen blauen Nadelstreifenanzug und eine passende blaue Krawatte. »Wieso ist der graue dein Glücksbringer?«, erkundige ich mich, während ich einen schwarzen Blazer über meinem langärmeligen Rollkragenpullover anziehe, den ich mit meinem Glockenrock kombiniert habe.

»Den hatte ich an, als ich mein erstes Geschworenenurteil gewonnen habe«, erklärt er. »Und wenn ich richtig viel Glück habe – wie an dem Tag damals –, wird dieses Urteil am selben Tag gesprochen, an dem ich mein Schlussplädoyer halte.«

Ich schlüpfe in ein Paar schwarzer Stilettos, und als Reese sich fertig angezogen hat – bis auf sein Jackett –, binde ich ihm die Krawatte. »Du machst das wirklich gut«, befindet er. »Wem hast du denn sonst immer die Krawatte gebunden?«

»Meinen drei Brüdern«, erkläre ich. »Gabe – der mich neulich besucht hat – kann das heute noch nicht. Ich habe sie ihm immer gebunden.«

Reese lacht. »Ich hatte einen Freund auf der Uni, dem das genauso ging. Und ich konnte es ihm einfach nicht beibringen. Schließlich hat er sich ein Gerät gekauft, das ihm die Krawatten gebunden hat. Der Junge konnte dich im Seminar an die Wand diskutieren, und mittlerweile ist er ein verdammt guter Anwalt geworden, aber eine Krawatte konnte ihn in die Knie zwingen.«

Zärtlich tätschle ich Reese' Schlips. »Fertig.« Ich trete einen Schritt zurück und sehe zu, wie er sein Jackett anzieht. »Du brauchst *noch* einen Glücksbringer-Anzug. Eigentlich solltest du dir für jeden Prozess einen kaufen, der dann ›der‹ Anzug ist.«

»Warum das?«, fragt er, während er eine Krawattennadel anbringt.

»Weil du dir dann deine ganzen Erfolge nebeneinander im Schrank ansehen könntest, und weißt du, warum ich das für wichtig halte?«

»Warum?«

»Weil du nicht bloß Glück hast. Du bist einfach gut. Und deshalb brauchst du keinen Anzug als Glücksbringer.«

Er schlingt die Hände um meine Hüften und zieht mich zu sich. »Vielleicht sollte ich *dich* zu meinem Glücksbringer machen.«

»Dann müsstest du aber den Anzug aufgeben.«

»Süße, ich würde dich jederzeit dem Anzug vorziehen.«

Ich lächle immer noch über diesen Kommentar, als wir gemeinsam in die Küche gehen und uns einen Kaffee machen. Danach klappe ich mein MacBook auf und lese mir meine neue Kolumne durch, während Reese seine E-Mails beantwortet. »Bist du zufrieden damit?«, fragt er, während er seinen Computer schließt.

»Ja«, entgegne ich. »Und du?«

»Deine Meinung ist die einzige, die zählt.«

»Ich hatte dich doch gestern Abend noch gebeten, sie zu lesen, bevor ich sie rausschicke.«

»Und ich habe dir gesagt, ich will dich nicht beeinflussen.« Er verstaut seinen Laptop in seiner Aktentasche, bevor er mir seine volle Aufmerksamkeit schenkt. »Lies mir dein Schlussplädoyer vor.«

Es gefällt mir, dass er das hören will. Und es gefällt mir auch, dass er mich nicht beeinflussen will. Das Problem ist nur, dass er mich eben nicht beeinflusst hat, und jetzt bin ich mir nicht mehr sicher, ob ich es ihm vorlesen will. »Heute Abend«, sage ich deshalb. »Ich lese es dir heute Abend vor.«

»Ich will lieber nicht wissen, was du geschrieben hast, stimmt's?«

»Ich will dich nicht beeinflussen.«

»Seit wann hältst du dich vor mir mit deiner Meinung zurück?«

»Das tue ich nur am Morgen, bevor du ins Gericht musst. Es wäre was anderes gewesen, wenn ich es dir gestern Abend vorgelesen hätte, als zehn Minuten bevor wir zum Gericht fahren.«

»Cat«, drängt er. »Lies mir dein Schlussplädoyer vor. Scheißegal, ob du mich beeinflusst. Wenn es wichtig ist, dass ich mir anhöre, was du geschrieben hast, dann muss ich da durch.«

Hörbar atme ich durch. »Na gut«, sage ich dann und beginne zu lesen: »*Wenn ein Staatsanwalt in einem so bedeutenden Prozess wie diesem drei ganze Tage für seine Beweisführung braucht, muss man sich fragen: Wovor hat er Angst? Warum bestellt er niemanden in den Zeugenstand, der am Ruf des Angeklagten kratzt? Warum befragt er die ermittelnden Polizisten nicht, und wie kommt es, dass diese auf der Zeugenliste der Verteidigung stehen, aber nicht auf der des Staatsanwalts? Warum wurden nicht tage- oder sogar wochenlang medizinische Gutachter angehört? Das erstaunt mich, und mir fallen nur zwei Schlussfolgerungen dazu ein: Entweder hat der Staatsanwalt zu schnell Anklage erhoben und die Beweisführung auf später verschoben (weil es keine Beweise gab), oder er verfolgt eine clevere Strategie und hat vielleicht eine Fallgrube für die Verteidigung gebaut, die noch niemand bemerkt hat.*

Bis dahin

Ihre Cat«

Stirnrunzelnd blicke ich Reese an. »Und?«

»Eine Fallgrube«, sagt er. »Wieso zur Hölle hättest du mich vor Gericht antreten lassen, ohne mich vorher darauf hinzuweisen?«

»Der Gedanke kam mir erst, kurz bevor ich den Text abgeschickt habe. Ich meine, was für eine Fallgrube soll er schon gebaut haben?«

»Dass mir einer meiner Zeugen schadet. Oder vielleicht einer der Ermittler, die ich heute aufrufe. Und der Schaden ist dann umso größer, weil *ich* sie aufgerufen habe, nicht die Anklage. Das sieht dann so aus, als wäre ich schlecht vorbereitet.«

»Aber du hast doch selbst gesagt: Die haben ihre Zeugenaussage unterschrieben. Jetzt mach doch keinen Rückzieher.«

Mit dem Finger tippt er auf die Kücheninsel. »Du hast meine Strategie bestätigt. Schnell und effektiv. Ich rufe niemanden auf, den ich nicht aufrufen muss.«

»Verstehst du jetzt, warum ich nicht heute Morgen mit dir darüber reden wollte?«

»Ich lasse mich nicht so leicht durcheinanderbringen, Cat. Wenn du zu etwas eine Meinung hast, sollst du sie mir auch mitteilen.«

»Das mache ich. Versprochen.«

»Gut.« Er blickt auf seine Uhr. »Wenn wir jetzt losgehen, haben wir noch Zeit für einen Zwischenstopp im Café.«

»Lieber nicht. Ich habe Dan schon dort gesehen. Und direkt vor der Verhandlung musst du dich konzentrieren.«

»Der Typ stört meine Konzentration nicht, Süße, aber ich habe das Gefühl, ich störe seine, und nach deinem Schlussplädoyer täte mir das nicht mal leid. Ich bin für Kaffee.«

»Du willst wohl unbedingt Ärger«, vermute ich.

»So läuft das Spiel nun mal während einer Verhandlung.«

»Wir können uns einen Kaffee besorgen, aber nicht dort. Such dir ein anderes Café aus.« Ich nehme meine Aktentasche, stopfe meine Handtasche und mein MacBook hinein und steuere auf die Wohnungstür zu.

Reese folgt mir, bleibt jedoch vor der Tür stehen. »Lass uns in unser Stammcafé gehen, Cat.«

»Na schön, aber dann stelle ich ein paar grundsätzliche Regeln auf: An den Tagen, an denen du bedeutende Verhandlungen führst – oder sagen wir: bei jeder Verhandlung –, machen wir alles achtzig Prozent der Zeit so, wie du willst. An den anderen Tagen bekomme ich zu achtzig Prozent meinen Willen.«

»Damit kann ich leben. Brauchst du einen Mantel? Hast du einen dabei?«

»Ja, aber im Gerichtssaal ist der mir nur im Weg. Es geht auch ohne. Ich bin so weit.«

Doch er rührt sich nicht. Schließlich greift er in seine Hosentasche und zieht einen Schlüssel heraus. »Für dich.«

Erstaunt öffne ich den Mund. »Was ist das?«

»Du wohnst jetzt hier«, erklärt er, bevor er meine Hand nimmt und den Schlüssel hineinlegt. »Also solltest du auch die Möglichkeit haben, jederzeit kommen und gehen zu können.«

»Reese …«

Er beugt sich vor und küsst mich. »Es ist deiner, Cat.« Behutsam streicht er mir das Haar aus dem Gesicht. »Und jetzt bekomm nicht gleich Panik.«

»Tue ich nicht. Ich bin nur … überrascht.«

»Dann hast du es offensichtlich noch nicht kapiert.«

»Was kapiert?«

»Dass es mir ernst ist mit uns, Süße.« Er deutet auf die Tür. »Und jetzt komm. Wir haben einen Prozess zu gewinnen.«

Er sagt das so, als wären wir ein Team, und genau das sind wir auch. Ich stehe voll und ganz an seiner Seite. Ich halte seinen Wohnungsschlüssel in meiner Hand. Im nächsten Moment öffnet er die Tür, und wir treten hinaus in den Hausflur. Während er abschließt, verstaue ich den Schlüssel in der Reißverschlusstasche meiner Aktentasche, und gemeinsam gehen wir in Richtung Fahrstuhl. Gerade als wir die Kabine betreten haben, summen gleichzeitig unsere beiden Handys, um den Eingang einer Nachricht anzukündigen. Reese liest seine und lacht, bevor er sie mir zeigt.

Versau's nicht, Baby. Den Loser mag niemand.

Fragend hebe ich eine Augenbraue.

»Meine Schwester«, informiert er mich.

»Sie hat wirklich einen brutalen Humor«, kommentiere ich lächelnd.

»Ja, den hat sie.« Er schickt ihr eine kurze Antwort zurück, dann zeige ich ihm meine Nachricht. *Wir müssen reden. Ich habe für dich mit dem Verlag gesprochen, weil es mir nicht egal ist, wie das für dich ausgeht.*

»Deine Agentin«, sagt Reese.

»Meine *Ex*-Agentin.«

Die Türen des Fahrstuhls öffnen sich, und wir gehen in Richtung Ausgang. »Ruf sie doch auf dem Weg an.«

»Das mache ich heute Abend. Du sollst dich auf dich und deinen Prozess konzentrieren, nicht auf das Drama mit meiner Agentin.«

»Cat. Hier geht es um deine Karriere.«

»Der Prozess bestimmt gerade meine Karriere. Ich rufe sie später an.« In diesem Augenblick trifft mich die Erkenntnis, dass er der einzige Mann ist – von all den vielen, die in meinem Leben schon eine Rolle gespielt haben –, der nicht lockerlässt, wenn mich etwas beschäftigt. Als wir an einer Ampel anhalten, wende ich mich zu ihm um. »Versprochen. Und danke, dass du so hartnäckig bist. Ich weiß, du machst das, weil du dich um mich sorgst.«

»Das bin ich dir auch schuldig. Deine Beiträge zum Prozess sind unbezahlbar.«

Die Ampel springt um, und Reese und ich gehen über die Straße. Wenige Schritte nach der Kreuzung kommen wir bei unserem Café an, und während wir in der Schlange stehen, vermeiden wir es, über die Verhandlung zu sprechen. Stattdessen unterhalten wir uns über seine Eltern. »Erzähl mir mehr über die Ranch deiner Eltern.«

»Sie haben Zuchthengste. Reitest du?«

»Nein«, sage ich. »Aber ich wollte es immer lernen.«

»Dann nehme ich dich mal mit. Wir schauen mal, wann es passt, und machen es einfach.«

Er will mich mit zu seinen Eltern nehmen. »Du willst mich mit zu deinen Eltern nehmen?«

Sein Blick wird weicher. »Ja, Cat, das will ich. Aber stell dich schon mal auf ein mürrisches altes Ehepaar ein. Und auf meinen Bruder, der meiner Schwester in Sachen Charakter in nichts nachsteht.«

»Mit Brüdern kenne ich mich aus.«

»Dann wirst du meine Schwester mögen.«

»Arbeitet sie auch auf der Ranch?«, erkundige ich mich.

»Nein. Sie ist Innenarchitektin, aber sie wohnt nur eine Stunde von der Ranch entfernt. Wenn ich zu Besuch komme, schaut sie auch vorbei.«

In diesem Moment erreichen wir die Kasse, und schon wenige Zeit später machen wir uns mit unseren Kaffees in der Hand auf den kurzen Fußweg zum Gerichtsgebäude. Einen Häuserblock davon entfernt halte ich Reese auf. »Du musst nicht mit mir zusammen reingehen, Reese. Klatsch und Tratsch über Mr Sexy ist das Letzte, was du jetzt brauchen kannst.«

»Cat …«

Ich stelle mich auf die Zehenspitzen, beuge mich zu ihm vor und küsse ihn. »Bitte, geh ohne mich. Auf geht's, Team Summer. Macht sie fertig!«

»Bist du auch im Team Summer, Cat?«

»Das war ich schon von dem Moment an, als du dich vorgedrängelt und dir deinen vorübergehenden Titel als Mr Arrogantes Arschloch erworben hast.«

Lachend küsst er mich erneut. »Wir sehen uns zum Mittagessen, es sei denn, irgendeine Katastrophe passiert.«

»Wir sehen uns zum Mittagessen.«

»Ruf deine Agentin an«, erinnert er mich, bevor er davongeht.

»Ex-Agentin!«, rufe ich ihm hinterher, aber er hat recht. Ich muss Liz anrufen.

Ein Blick auf meine Uhr bestätigt, dass es noch früh ist und ich tatsächlich Zeit habe, sie anzurufen. Ich steuere auf das Gerichtsgebäude zu, und da die Demonstranten schon da sind, gehe ich um die Ecke und setze mich dort auf eine Bank. Dann drücke ich auf die Kurzwahltaste für Liz' Nummer, doch schon in der nächsten Sekunde wird meine Hochstimmung gedämpft, als ich nur ihre Mailbox erwische. Ich texte ihr: *Bin auf dem Weg ins Gericht. Versuche es gegen Mittag noch mal bei dir.* Anschließend stelle ich mein Handy auf Vibrationsalarm und betrete das Gebäude. Es dauert nicht lange, bis ich mir meinen üblichen Sitzplatz ergattert habe und meinen Laptop auspacke, nicht sicher, ob es richtig war, dieses Schlussplädoyer zu schreiben und es Reese vorzulesen.

Eine halbe Stunde später kommt er in den Gerichtssaal: relaxt, selbstbewusst und charismatisch. Die Energie, die er ausstrahlt, breitet sich im ganzen Raum aus, und falls er nervös ist, zeigt er es nicht. Schon kurze Zeit darauf beginnt der Prozess, und Reese hält sich an seine Strategie: Er ruft den ermittelnden Beamten auf, einen Mann in den Vierzigern namens Kevin Smith. Sein dunkles Haar ist von grauen Strähnen durchzogen, und er besitzt eine sehr selbstsichere Ausstrahlung. Er sieht gut aus. Falls er auch noch klug und redegewandt ist, könnte er gefährlich werden.

»Detective Smith«, sagt Reese. »Ich habe hier«, er hält ein Dokument hoch, »Ihre schriftliche Zeugenaussage. Bitte lesen Sie dem Gericht den letzten Absatz vor.«

Unangenehm berührt rutscht Detective Smith auf seinem Sitz hin und her, während Reese zu ihm hinübergeht und ihm das Dokument reicht. Der Detective nimmt das Schriftstück entgegen und liest davon ab: »Schlussendlich kannte Nelson Ward das Opfer. Er hat häufiger mit ihr gesprochen, aber es gibt keinerlei physische Beweise für einen Mord an Jennifer Wright und deren ungeborenem Kind.« Der Detective legt das Papier beiseite.

»Es gab also keinen Beweis, der darauf hingedeutet hätte, dass er den Mord begangen hat«, wiederholt Reese. »Und trotzdem steht mein Mandant heute hier vor Gericht. Wurden noch irgendwelche Beweisstücke gefunden, nachdem Sie diese Aussage verfasst haben?«

»Ist mir nicht bekannt«, sagt Smith.

»Zeugenbefragung abgeschlossen«, verkündet Reese, bevor er zu seinem Tisch zurückgeht und sich setzt.

Dan erhebt sich, bleibt jedoch hinter seinem Tisch stehen. »Wie viele Ausbildungsstunden in Verhaltensanalyse, Psychologie und Spezialtraining haben Sie absolviert, Detective?«

»Hunderte.«

»Ihrer fachlichen Meinung nach, basierend auf Ihren Verhören …«

»Einspruch«, ruft Reese, ohne aufzustehen und klugerweise bevor Dan die Gelegenheit hat, seinen Mandanten bei dieser Frage mit dem Wort »Mörder« in Verbindung zu bringen. »Das Wort ›Meinung‹«, fährt Reese fort, »bedingt Schlussfolgerungen, die sich nicht auf Beweise stützen.«

»Stattgegeben«, sagt der Richter mit Blick auf Dan. »Fahren Sie fort, Herr Staatsanwalt!«

»Zeugenbefragung abgeschlossen«, erklärt Dan und setzt sich wieder, was einen wichtigen Sieg für Reese bedeutet. Falls noch eine Überraschung kommen sollte, dann nicht jetzt.

Reese steht auf, offensichtlich noch nicht fertig. »Weiterführende Befragung, Euer Ehren?« Als der Richter nickt, fährt Reese fort: »Detective, wie viele Male innerhalb Ihrer beruflichen Laufbahn haben Sie jemanden für schuldig gehalten und sich geirrt?«

»Einige Male.«

Dan erhebt sich. »Einspruch. Irrelevant und nebensächlich.«

Ich kann mir ein Grinsen nicht verkneifen. Das hätte er sagen sollen, bevor der Detective die Frage beantwortet hat.

»Stattgegeben«, verkündet der Richter.

»Verstanden«, sagt Reese. »Ich werde den Detective nicht fragen, wie viele Male er sich geirrt hat.«

»Herr Verteidiger«, rügt ihn der Richter.

»Ich entschuldige mich, Euer Ehren. Ich fahre fort.« Prüfend sieht er den Detective an. »Hatten Sie genügend Beweise, um meinen Mandanten zu überführen?«

»Wie ich schon sagte …«

»Ja oder nein?«, drängt Reese.

»Nein.«

»Mit anderen Worten: Ihre Meinung – unwichtig, wie diese ausfällt – reichte nicht aus, um meinen Mandanten der Tat zu überführen.«

»Nein. Das hat sie nicht.«

»Und gerade, in diesem Moment, können Sie mir und den Geschworenen keinerlei Beweise bieten, abgesehen von Ihrer Meinung.«

Der Gesichtsausdruck des Detectives verhärtet sich. »Korrekt.«

Reese setzt sich. »Keine weiteren Fragen.«

Als Nächstes ruft er einen weiteren Detective auf, und dieser Morgen gehört definitiv ihm. Er hat ihn sich redlich verdient. Zur Mittagspause verlasse ich das Gerichtsgebäude und kann es kaum abwarten, mich mit ihm zu treffen und über den Morgen zu sprechen. Die hoch am Himmel stehende Sonne erwärmt die Luft, und für mein Outfit aus Stiefeln, Rollkragenpulli und Blazer sind die Temperaturen einfach perfekt, genauso wie Reese' Verhandlung an diesem Morgen. Während ich die Treppen hinuntergehe, summt mein Handy. Als ich es aus meiner Tasche hole, entdecke ich drei verpasste Anrufe auf meinem Display, alle von meinem Verlag. Kein gutes Zeichen. Noch im Gehen rufe ich zurück, in der Annahme, dass meine Lektorin versucht hat, mich zu erreichen, da ich meine Mailbox nicht abgehört habe, wie ich es vielleicht hätte tun sollen.

»Melanie«, sage ich, als sie drangeht. »Du hast mich angerufen? Ich war im Gericht.«

»Ja. Ich habe dich angerufen. Liz sagt, ihr habt euch getrennt?«

»Ja. Haben wir. Gestern. Ich hätte dir auch noch Bescheid gegeben, aber heute Morgen musste ich mich auf den Prozess konzentrieren.«

»Das verstehe ich, aber genau deshalb wollte ich dich erreichen. Heute Morgen hat uns jemand im Auftrag von Reese Summer angerufen.«

Abrupt bleibe ich stehen, und sofort bildet sich ein Knoten in meinem Bauch. »Was? Weswegen?«

»Reese Summer hat gesagt, er will kein Buch schreiben, aber falls jemand anders eins schreiben sollte, will er nur mit dir reden.«

Mein Gott! Wieso hat er das gemacht?

»Bist du noch dran, Cat?«

»Ja, bin ich.«

»Wir möchten dir ein Angebot über fünfhunderttausend Dollar machen.«

Mir fällt die Kinnlade herunter. »Kannst du das noch mal wiederholen?«

»*Fünfhunderttausend* Dollar.«

Ich verkneife mir eine Reaktion. »Liz steht immer noch als Agentin in meinem Optionsvertrag. Ich muss erst mit ihr sprechen und mir eine neue Agentur suchen, dann melde ich mich wieder bei dir.«

»Wann?«

»Bis Montag.«

»Heute ist Montag. Bis Mittwoch.«

»Ich werde es versuchen, aber ich kann nichts versprechen. Wenn ihr mir schon so viel Geld für ein Buch über diesen Prozess zahlen wollt, sollte ich ihn auch nicht verpassen.«

»Na gut. Montag.«

Wir beenden das Gespräch, und ich setze mich wieder in Bewegung, um mich zu beruhigen. Das ist ein Wahnsinnsangebot, aber es gilt nicht mir, sondern Reese. Ich kann es nicht annehmen. Mit diesem Vorschlag hat er dafür gesorgt, dass sich meine Karriere nur noch um ihn dreht. Es wäre nicht einmal mein Geld. Mühsam versuche ich mir zu sagen, dass er mich nur beschützen wollte. Ich weiß, das wollte er, aber trotzdem geht in meinem Innern eine rote Warnleuchte an. Bisher hat jeder Mann in meinem Leben versucht, mich zu beschützen, indem er die Kontrolle übernommen hat. Und niemand übernimmt einfach die Kontrolle über meine Karriere. Ich bin wütend. Ich bin verletzt. Ich bin dankbar. Wie kann ich all das gleichzeitig fühlen?

Er fängt an, die Führung in meinem Leben zu übernehmen. Ich verliere meine Unabhängigkeit. Und einem Teil von mir ist das egal, weil es um diesen Mann geht. Was ist nur los mit mir?

Als ich bei den Imbisswagen ankomme, lasse ich sie links liegen und gehe stattdessen zu den Bänken hinüber, wo ich normalerweise mit Reese sitze. »Cat.«

Ich wirble herum und sehe ihn auf mich zukommen, mit diesem typisch lässigen Gang und voller Selbstvertrauen, das ich jetzt, so kurz vor der Verhandlung, nicht erschüttern darf. Ich weiß nicht, was ich sagen oder tun soll.

Kapitel Fünfundzwanzig

Cat

Reese bleibt vor mir stehen, doch als er mich in den Arm nehmen will, weiche ich zurück. »Nein. Ich glaube, ich bin sauer auf dich.«

Er runzelt die Stirn. »Du glaubst?«

»Ja. Es könnte sein. Ich muss erst darüber nachdenken. Gerade bin ich zu verwirrt, und wenn ich sauer sein sollte, will ich lieber genau analysieren, warum. Und sowieso darf ich mich gerade nicht mit dir streiten. Nicht vor der Verhandlung. Deshalb gehe ich jetzt, damit du dein Glückshotdog essen kannst, und wir sehen uns, sobald die Verhandlung vertagt wurde.«

»Wieso bist du sauer?«

»Ich hab doch gesagt, ich glaube nur, dass ich sauer bin. Und ich *brauche ein bisschen Zeit*, um mir darüber klar zu werden, was ich gerade fühle. Ich meine, wieso hast du …? Nein.« Entschuldigend hebe ich die Hände. »Nein. Nein. Das ist kein guter Zeitpunkt. Iss was und dann geh zurück ins Gericht und gewinne deinen Prozess.« Ich versuche, an ihm vorbeizugehen.

Doch er fängt mich ab und zieht mich zu sich heran. Offensichtlich ist mein Körper kein bisschen sauer auf diesen Mann, denn mir wird überall dort warm, wo er mich berührt – und so ziemlich überall dort, wo ich von ihm berührt werden will. Fazit: Mir ist warm. Überall. »Rede mit mir, Cat«, befiehlt er sanft und drückt mich an sich.

Nun ist mir wirklich warm. »Nicht jetzt«, sage ich und wünschte, er würde nicht so gut riechen und sich nicht so gut anfühlen.

»Jetzt«, beharrt er. »Ich will es jetzt wissen.«

»Du weißt genau, was du gemacht hast.«

Er kneift die Augen zusammen. »Süße, ich lerne dich langsam besser kennen, aber ich bin es nicht gewohnt, dass du mir ausweichst.«

»Du musst ins Gericht.«

»Cat«, stößt er zwischen zusammengebissenen Zähnen aus.

»Wieso hast du meinen Verlag angerufen?«

»Wow, das ging aber schnell. Ich dachte, ich könnte heute Abend mit dir darüber reden.«

»Das betrifft mich. Deshalb hast du *erst* mit mir zu reden, nicht *nachdem* du schon was unternommen hast. Also ja, meine Gefühle sind mir jetzt klar: Ich bin definitiv sauer.«

»Ich wollte nicht zulassen, dass Dan deine Karriere zerstört.«

»Und deshalb hast du dafür gesorgt, dass du mein neuer Job bist?«

»Natürlich nicht. Dabei ging es nur um dich. Und wenn du glaubst, es gehe um mich, dann nur, weil du unsicher bist und zulässt, dass deine Vergangenheit schon wieder zwischen uns steht.«

»Das Angebot hab ich doch nur bekommen, weil du dabei bist.«

»Sie wollten dich als Co-Autorin für Dan, Cat. Den Deal hatten sie dir schon angeboten. Nur mit dem Unterschied, dass Dan dein Geld bekommen hätte.«

Damit hat er irgendwie recht. »Aber das ist was anderes.«

»Weil du was anderes daraus machst. Ist es aber nicht.«

»Du hättest mit mir reden müssen.«

»Da gebe ich dir recht.«

Überrascht runzle ich die Stirn. »Du gibst mir recht?«

»Ja, du hast recht. Komm, lass uns hier weggehen«, sagt er und verschränkt die Finger mit meinen, bevor er mich zur Rückseite eines Imbisswagens führt, die Hände um meine Taille legt und mich erneut an sich zieht. »Ich hätte mit dir reden sollen, aber zu meiner Verteidigung und um das klarzustellen: Du gehörst jetzt zu mir, Cat. Deshalb werde ich dich beschützen und mich nicht dafür entschuldigen. Ich weiß auch nicht, warum du das wollen solltest. Aber in Zukunft werde ich meine Kommunikation verbessern.«

Ich gehöre zu ihm. Verwirrt versuche ich zu begreifen, warum diese besitzergreifenden Worte keinen Widerstand in mir auslösen. Schließlich packe ich seine Krawatte. »Für mich sorgt niemand außer mir selbst.«

»Aber jetzt hast du auch mich.«

»Das ist immer noch neu für mich, Reese. Das mit uns ist neu für mich.«

»Und was heißt das? Ich kann dir nämlich versichern, dass ich weiß, was richtig ist. Das mit uns ist richtig. Und das weiß ich, weil ich noch nie für jemanden sorgen wollte, außer für dich. Du bist in jeder Hinsicht anders, und ich muss mich einfach um dich kümmern.«

Eine Million verschiedener Emotionen strömen auf mich ein, und ich beschließe, einfach ehrlich zu sein und das zu sagen, was mir gerade in den Sinn kommt. »Einerseits gefällt mir sehr, was du gerade gesagt hast, aber andererseits will ich unabhängig bleiben, und ich weiß nicht, wie ich beides unter einen Hut bringen soll.«

»Mir gefällst du so, wie du bist, Süße, und ich will nicht, dass du dich änderst, aber du musst dein Misstrauen ablegen. Schließ mich mit ein.«

»Das tue ich. Hab ich auch schon getan, aber das mit uns ist wirklich noch so neu.«

»Da hast du recht. Das ist es. Aber ich hab dir auch gesagt, wenn ich etwas will, weiß ich das sofort und presche mit Tempo hundert vor.«

»Dann presche mit mir zusammen vor und nicht gegen mich, Reese.«

»Gutes Argument. Verstanden.« Behutsam streicht er mir das Haar aus dem Gesicht. »Setzen wir uns und reden.«

»Du musst was essen und dann wieder ins Gericht, genau deshalb wollte ich das nicht jetzt bereden. Wir sprechen heute Abend.«

»Ich hab noch Zeit. Wir haben eine lange Pause. Lass uns zusammen essen.«

»Ja, okay.«

Wir nehmen unser übliches Menü – ich meine Tüte Nüsse und er sein Hotdog – und setzen uns auf unsere übliche Bank. »Heute Morgen hast du deine Schwester stolz gemacht«, sage ich. »Du hast die da drinnen fertiggemacht.«

Er kaut einen Bissen seines Hotdogs zu Ende und schluckt ihn hinunter. »Mein Team und ich hatten einen guten Morgen«, entgegnet er. »Aber das heißt nicht, dass nicht noch die Überraschung auf mich wartet, die du erwähnt hast.«

»Irgendeine Überraschung muss es geben«, sage ich und wende mich ihm zu. »Die Anklage kann nicht so unvorbereitet sein.«

»Es ist Wahljahr«, erwidert Reese. »Dieser Prozess sorgt für Furore. Und wir wissen beide, die Öffentlichkeit hält meinen Mandanten für schuldig und wird die Geschworenen fertigmachen, wenn sie ihn freisprechen, egal, wie die Beweislage aussieht. Das garantiert auf jeden Fall einen Sieg in den Wahllokalen.« Er beißt noch ein Stück von seinem Hotdog ab, während ich seine Wasserflasche für ihn öffne. »Es sei denn«, fährt er fort, bevor er mir die Flasche abnimmt, »wir zaubern doch noch irgendwie dieses Geständnis aus dem Hut, das wir so dringend brauchen.« Er trinkt sein Wasser.

»Gibt es Neuigkeiten von der Walker-Crew?«

Reese kaut seinen letzten Bissen Hotdog und wirft das Papier in den Mülleimer. »Die Sekretärin hält sie hin.«

»Interessant. Bestimmt weiß sie irgendwas und ist sich nicht sicher, was sie sagen darf.«

»Sehe ich genauso. Und ich weiß nicht, ob ich ungeduldig sein oder mir Sorgen machen sollte oder beides.«

»Du musst einfach weiter deinem Mandanten glauben«, sage ich. »Wenn du irgendwelche Zweifel hast, merken das die Geschworenen sofort.«

Er stellt die Flasche auf den Boden und wechselt das Thema. »Lassen wir mich mal außen vor: Wenn du mich nicht kennen würdest, wärst du dann begeistert vom Angebot deines Verlags?«

»Ja, aber ich kann dich nicht außen vor lassen. Du bist nicht einfach nur irgendein Bekannter – ich schlafe mit dir im selben Bett, du hast mir deinen Wohnungsschlüssel gegeben … Wie soll ich das voneinander trennen?«

»Nimm den Deal an, oder benutze ihn als Druckmittel, um den Verlag zu wechseln und die Agentin zu bekommen, die du gerne hättest.«

»Die haben mir fünfhunderttausend Dollar angeboten. Falls ich das mache, teile ich den Betrag mit dir.«

Erstaunt rutscht er ein Stück zurück und hebt eine Augenbraue. »Eine halbe Million. Nicht schlecht.« Er legt mir die Hand auf den Oberschenkel, zieht mich zu sich, und ich rücke näher an ihn heran.

»Ich will dein Geld nicht, Cat. Ich will nur dich.« Sanft umfasst er meine Wangen und presst seinen Mund auf meinen, lässt langsam die Zunge über meine gleiten – ein berauschender Kuss. »Ich kann es kaum erwarten, heute Abend mit dir nach Hause zu kommen.« Ganz leicht streicht er mit dem Mund über meine Lippen. »Bis nachher.« Er steht auf und lässt mich mit so vielen Gedanken im Kopf zurück, dass ich mich mit einer Machete hindurchkämpfen müsste. Stattdessen fokussiere ich mich auf ein einziges Wort.

Zuhause.

Er hat sein Apartment als Zuhause bezeichnet, und natürlich ist es das auch. Aber er hat es so gesagt, dass ich mich mit eingeschlossen fühle – als wäre seine auch meine Wohnung.

Aber das ist sie nicht.

Oder doch?

Will ich das?

Vielleicht.

Was mich zu dem einzigen Gedanken bringt, auf den es gerade ankommt. Ich verliebe mich nicht nur immer mehr in diesen Mann: Ich fange an, ihn zu lieben. Das macht mich verletzlich. Ich könnte auf eine Weise verletzt werden, die noch viel schlimmer ist als damals bei Mitch. Aber ich vertraue Reese. Er hat heute alles richtig gemacht, hat die richtigen Dinge gesagt. Und sie auch so gemeint.

Er wird mir nicht wehtun.

Nicht absichtlich.

Ich stehe auf und stopfe mein Wasser und die Nüsse in meine Aktentasche, bevor ich mich auf den Weg zurück ins Gericht mache. Ich biege um die Ecke zur Vorderseite der Imbisswagen und bleibe wie angewurzelt stehen, als ich sehe, wie Reese mit Kelli Ward diskutiert, der Frau seines Mandanten und potenziellen Mörderin. »Woher wissen wir, dass nicht irgendwas von dem, was wir sagen, in einer ihrer Kolumnen auftaucht?«, will Kelli wissen, und bei der Frage geht es offensichtlich um mich. »Woher?«, hakt sie nach. Und ohne Reese die Chance für eine Antwort zu lassen, fügt sie hinzu: »Das ist Verletzung der Berufspflicht.« Energisch dreht sie sich um und geht davon.

Das ist keine Verletzung der Berufspflicht, denke ich, *das ist total albern*, aber ich will Reese keinen Ärger machen.

In diesem Moment wendet er sich mir zu und winkt mich zu sich, weg von den Leuten, die vor dem Imbisswagen Schlange stehen und Kellis Ausraster sicher mitbekommen haben. »Das war nicht gut«, sagt er. »Aber sie hat anscheinend Angst vor dir. Was mir wiederum sagt, dass sie vor etwas noch viel Schlimmerem Angst hat.«

»Meinst du, du kriegst deswegen Probleme?«

»Ich hab Nelson heute Morgen von uns erzählt. Ich wollte Dan keine Chance geben, mein Team mit irgendeiner Schreckensmeldung zu konfrontieren, die gar keine ist.«

»Und was hat er gesagt?«

»Es war überhaupt kein Thema. Aber tu mir einen Gefallen, Süße. Ruf die Walkers an. Sag ihnen, Kelli ist nervös. Die wird bald irgendeinen Fehler machen, und ich will, dass sie einknickt, selbst wenn das heißt, ich muss vor Gericht ein paar Risiken eingehen und den Prozess verzögern.«

»Ich rufe sie direkt an.«

Er küsst mich. »Ein längerer Prozess bedeutet, wir müssen noch mehr Sachen für dich aus deiner Wohnung holen und sie zu mir bringen.« Mit dieser Aussage geht er erneut davon, und ich verbiete mir, über die Tatsache nachzudenken, dass er gerade mehr oder weniger meinen Einzug bei sich organisiert. Im Moment geht es nur um diesen Prozess. Ich hole mein Handy aus meiner Handtasche und blicke auf die Uhr. Mir bleibt immer noch eine halbe Stunde, und bis zum Gericht sind es nur fünf Minuten zu Fuß. In dem Entschluss, dass dieses Gespräch nicht für die Öffentlichkeit bestimmt ist, umrunde ich ein weiteres Mal die Imbisswagen und setze mich wieder auf die Bank. Da ich gar nicht Royce' Nummer habe, rufe ich Lauren an.

»Hi, Cat. Wow, das war ja ein grandioser Morgen für Reese! Er hat die Anklage in Grund und Boden gestampft.«

»Ja, das hat er. Kelli Ward ist ihn wegen mir angegangen und hat gesagt, das sei Verletzung der Berufspflicht.«

Lauren stößt ein Lachen aus. »Ist ja lächerlich.«

»Jepp«, entgegne ich. »Aber Reese wollte Royce wissen lassen, dass sie sich fahrig verhält und anscheinend sogar Angst hat. Könnte sein, dass sie irgendwas Unbedachtes tut.«

»Das gebe ich sofort an Royce weiter.«

»Danke! Ich ruf dich nachher noch mal an.«

»Cat«, sagt sie, als ich schon auflegen will.

»Ja?«

»Pass auf dich auf! Wenn die so verrückt ist, wie es scheint, möchte ich nicht, dass du zur Zielscheibe wirst.«

»Ich passe auf mich auf«, verspreche ich. »Danke, Lauren!«

Als ich den Anruf beende, kündigt ein Piepen bereits den nächsten an. Ich blicke aufs Display und sehe Liz' Nummer. Da ich diese Angelegenheit endlich hinter mich bringen will, nehme ich den Anruf entgegen. »Ich stehe bei diesem Deal als Agentin im Vertrag«, sagt sie.

»Ja, ich weiß. Ich habe auch nicht vor, dich um dein Geld zu prellen. Allerdings bin ich mir nicht sicher, ob ich bei einem Verlag bleiben will, der mich zu einem Deal mit Dan gedrängt hat. Und offen gesagt hätte ich gerne eine Agentin, die mich auf lange Sicht bei diesem Projekt vertritt. Du kannst die Summe aufteilen.«

»Ich will nichts aufteilen. Ich will dich weiter vertreten.«

Natürlich will sie das. Jetzt bringe ich ja auch mehr Geld ein. »Du hast gesagt, meine Karriere sei am Ende, Liz, weil ich mit Reese zusammen bin.«

»Dan hat eine Verwandte in deinem Verlag«, informiert sie mich. »Ich wollte dir nichts davon sagen, weil ich deine Beziehung zum Lektoratsteam nicht trüben wollte. Aber ich hab die ziemlich zusammengefaltet, hab denen gesagt, dass sie aufgrund eines persönlichen Interesses Spielchen mit meiner Autorin gespielt haben.«

»Die haben mir eine halbe Million Dollar angeboten.«

»Ich weiß. Das haben sie mir erzählt. Und nachdem die Führungsetage so sauer war wegen deines Treffens mit Dan, hätte ich nicht damit gerechnet. Ich wollte dich nicht ausbooten. Ganz im Gegenteil: Ich bin auf deiner Seite, Cat. Wir sind ein gutes Team.«

»Aber du warst nicht ehrlich zu mir.«

»Ich wollte dich nur beschützen.«

Irgendwie kommt es mir so vor, als hätte ich gerade schon mal genau das gleiche Gespräch geführt. »Geschäftliches musst du zuerst mit mir bereden, bevor du irgendwelche Entscheidungen triffst.«

»Okay. Wir sagen denen, du willst siebenhundertfünfzigtausend, sonst bieten wir das Projekt jemand anders an. Aber falls sie Ja sagen, musst du ihnen ihr mieses Verhalten verzeihen und bei dem Deal zusagen.«

»Du tust so, als hätte ich dich wieder engagiert.«

»Und? Hast du?«

»Ja«, entgegne ich. »Falls ich das Projekt anderen anbiete, würde ich dann mehr bekommen?«

»Vielleicht, vielleicht aber auch nicht. Wenn du mit dem Projekt rausgehst und dann eine Option ablehnst, werden die anderen Verlage dich für schwierig halten.«

»Na gut. Bei siebenhundertfünfzigtausend sage ich zu. Und jetzt gehe ich zurück ins Gericht.«

»Ich melde mich«, verkündet Liz und legt auf.

Unschlüssig starre ich auf mein Handy und denke darüber nach, Reese eine Nachricht zu schreiben, aber jetzt sollte ich ihn besser nicht ablenken. Gerade als ich mein Telefon wieder einstecken will, kommt mir plötzlich jemand entgegen. Ich blicke hoch, und beim Anblick der umwerfend schönen Frau, die mich mit hasserfüllten grünen Augen ansieht, öffne ich unwillkürlich den Mund. Es ist Kelli Ward.

»Wenn Sie uns verleumden oder Lügen über uns verbreiten«, sagt sie, »wenn Sie irgendwas zitieren, was Sie nicht zitieren dürfen, verklagen wir Sie und Ihre Familie bis auf den letzten Penny.«

Neben mir taucht Kara auf. »Ich glaube, es wäre ganz gut, wenn meine Waffe und ich Sie zum Gericht zurückbegleiten würden.« Sie geht mit Kelli davon.

In diesem Moment klingelt mein Handy, und auf dem Display wird eine unbekannte Nummer angezeigt. Um den Anruf zu ignorieren, habe ich gerade zu viele Dinge um die Ohren, deshalb gehe ich dran.

»Cat, hier ist Royce.«

»Lauren hat dich also angerufen.«

»Ja, aber eigentlich sitze ich auf der Bank direkt gegenüber von dir.«

Ich hebe den Blick und sehe ihn tatsächlich dort sitzen. »Du beschattest Kelli«, schlussfolgere ich.

»Jepp. Und ich wollte dir sagen: Falls sie dir noch mal zu nahe kommt, wir sind immer in der Nähe. Ich hab dir eine Warnung geschickt, aber die hast du ignoriert.«

Sofort sehe ich auf dem Handy nach, und natürlich ist dort eine Nachricht eingegangen. *Ich bin's, Royce. Kelli Ward ist auf dem Weg zu dir, aber ich bin in deiner Nähe.*

»Falls das also noch mal passiert, ist Kara direkt bei dir. Wir sind beide da.«

»Die wird mir nichts tun«, sage ich. »Das wäre dumm, und diese Frau ist nicht dumm.«

»Wir sind da, Cat.« Damit beendet er den Anruf.

Er hat meine Meinung zwar nicht bestätigt, aber ich hatte schon mit Leuten wie Kelli zu tun und habe dabei geholfen, sie zu überführen. Und das werde ich auch in Kellis Fall tun. Ich texte Reese: *Kelli ist auf mich losgegangen, aber Royce hat aufgepasst. Sie ist definitiv deine Täterin, Reese. Nagel sie fest!*

Noch in derselben Sekunde ruft er an. »Geht's dir gut?«

»Klar. Ich hab für den Bezirksstaatsanwalt gearbeitet. So was kenne ich schon. Ich wollte dir nur Bescheid sagen, dass es nicht mehr lange dauert, bis Madame Tickende Zeitbombe hochgeht.«

»Schreib mir, wenn du im Gericht bist. Ich werde zwar nicht antworten, aber ich will es wissen, wenn du hier bist. Pass auf dich auf!«

Nachdem wir das Gespräch beendet haben, stehe ich auf und setze mich wieder in Bewegung. Doch jetzt hat sich der Satz »Pass auf dich auf!« in mein Gedächtnis eingebrannt.

***

Reese

Ich beende das Telefonat mit Cat und lasse den Blick einfach über den Konferenztisch schweifen, wo meine beiden Co-Anwälte und Nelson Ward sitzen, der auf dem Stuhl direkt mir gegenüber Platz genommen hat. »Ihre Frau ist heute nicht nur auf *mich* losgegangen. Gerade hat sie auch Cat gedroht. *Kriegen Sie sie in den Griff!*«

Nelson presst die Lippen zu einem dünnen Strich zusammen. »Ich kümmere mich um sie«, sagt er.

»So, wie Sie sich um sie gekümmert haben, als Sie am Samstagabend in dieses Flugzeug gestiegen sind?«

»Das haben wir doch jetzt schon tausendmal besprochen, und so langsam kriege ich Kopfschmerzen davon. Es war ein Fehler.«

»Wenn Sie Ihre Frau nicht besser unter Kontrolle bekommen«, entgegne ich, »lasse ich sie aus dem Gerichtssaal verweisen und beantrage eine einstweilige Verfügung, dass sie sich Cat nicht mehr nähern darf. Eigentlich kommt es uns aber ganz gelegen, wenn der Verdacht auf jemand anders fällt. Wenn Ihre Frau sich weiter so unberechenbar verhält, dürfte das klappen.«

»Wovon zur Hölle reden Sie überhaupt?«, will Nelson wissen und lehnt sich vor.

»Schützen Sie sie?«, dränge ich ihn.

»Warum sollte ich sie schützen? Und wovor?«

»Hat sie die Frau und deren ungeborenes Kind getötet?«, frage ich.

»Ich schütze sie nicht«, erwidert Nelson.

»Das ist keine Antwort«, meldet sich Elsa zu Wort. Sie klingt aufgebracht. »Hat sie Jennifer umgebracht?«

»Nein«, sagt Nelson und wirft ihr einen scharfen Blick zu, bevor er mich ansieht. »Kelli hat sie nicht umgebracht.«

»Was, wenn sie eifersüchtig auf Jennifer war«, beharrt Elsa, während ich gespannt zuhöre.

»Ich habe mich mit Jennifer in einem Café getroffen«, antwortet Nelson barsch. »Die Geschichte kennen Sie bereits, aber da Sie sie offensichtlich vergessen haben, obwohl Sie meine Anwältin sind, wiederhole ich sie noch einmal. Jennifer hat geweint. Sie wollte ihren Freund verlassen. Sie hat gesagt, sie brauche unbedingt einen Job. Ich habe mich einige Male mit ihr dort getroffen. Dabei hat sie immer geweint. Ich habe meiner Frau von ihr erzählt, und Kelli hat großzügig ihre Hilfe dabei angeboten, Jennifer einen Job zu suchen. Und das Baby war nicht von mir. Das hat auch der DNA-Test bestätigt.«

»Aber Kelli hat keinen DNA-Test gesehen, als sie rausgefunden hat, dass Jennifer schwanger war«, wirft Elsa ein.

»Jennifer Wright und ich hatten keinerlei sexuellen Kontakt«, sagt Nelson seufzend. »Es schmerzt mich sehr, dass sie tot ist. Und ich kann immer noch nicht glauben, dass jemand sie die Treppe hinuntergestoßen hat. Für mich hört sich das eher wie ein Unfall an und nicht wie Mord.«

»Die Indizien sprechen aber für Mord«, klinkt sich Richard ein. »Die gute Nachricht ist, dass es nicht genügend Beweise gibt, die Sie als Täter identifizieren.«

»Und trotzdem bin ich hier der Angeklagte«, merkt Nelson an.

»Haben Sie nie in Betracht gezogen, dass Ihre Frau die Tat begangen haben könnte?«, fragt Elsa, offensichtlich noch nicht bereit, die Sache fallen zu lassen.

»Nein, habe ich nicht«, blafft Nelson zurück, und mittlerweile schwingt Wut in seinem Tonfall mit. »Sie hat das alles auch sehr erschüttert.«

»Und deshalb ist sie nach Vermont abgehauen und hat Sie mit Ihrem Kummer allein gelassen«, argumentiert Elsa dagegen. »Das nenne ich mal wahre Liebe.«

»Sie war panisch, als sie nach Vermont abgereist ist«, antwortet Nelson. »Natürlich bin ich ihr dorthin gefolgt.«

»Genau mein Punkt«, sagt Elsa. »Das wusste sie. Und sie wusste auch, dass man Sie festnehmen würde.«

»Kelli wird in den Zeugenstand gerufen, sobald der passende Zeitpunkt gekommen ist«, klinke ich mich ein. »Ich hoffe, Sie sind sich sicher, dass sie Sie genauso schützen wird, wie Sie das für sie tun. Wenn nicht, verlieren wir beide diesen Prozess. Nur dass ich zwar den Schlag einstecke, aber danach zum nächsten Fall übergehen kann. Sie dagegen können froh sein, dass im Staate New York die Todesstrafe abgeschafft wurde.«

Nelson steht auf. »Ich bezahle Sie, damit Sie mich verteidigen, und nicht, damit Sie das Leben meiner Frau zerstören.«

»Da haben Sie recht«, sage ich und erhebe mich ebenfalls. Mit den Händen stütze ich mich auf dem Konferenztisch ab und lehne mich vor. »Sie bezahlen mich, damit ich Sie verteidige«, bestätige ich. »Das bedeutet: Entweder finde ich den wahren Täter, oder die Entscheidung liegt in den Händen der Geschworenen, die mit ziemlicher Wahrscheinlichkeit alles andere als auf Ihrer Seite sind.«

»Ich weiß, die Presse hasst mich, aber denen geht es nur darum, Zeitungen zu verkaufen. Die Geschworenen haben die Beweisführung mit angehört. Ich habe diese Tat nicht begangen. Sie müssen das nur von *mir* hören.«

Richard meldet sich zu Wort, bleibt jedoch sitzen. »Wenn Sie im Zeugenstand sind, wird die Anklage alles an Ihnen hervorheben, womit sie den Hass der Leute auf sich ziehen. Und falls Sie nicht wissen, worum es sich dabei handelt, lassen Sie es mich Ihnen noch mal in aller Deutlichkeit vor Augen führen: Sie sind reich, gut aussehend und – sagte ich schon reich? Ach, und Ihre Frau ist heiß, und die Geschworenen glauben immer noch, dass Sie eine andere gebumst, geschwängert und dann umgebracht haben.«

Finster sieht Nelson ihn an. »Der DNA-Test weist doch Jennifers Freund als Vater des Kindes aus. Was versteht ihr Leute eigentlich nicht daran?«

»Ich weiß das«, entgegnet Richard. »Aber da man Sie überall als Babymörder bezeichnet, der die Frau gevögelt hat: Wie wahrscheinlich ist es, dass die Geschworenen diese Info behalten haben?«

»Dann erinnern Sie sie daran«, sagt Nelson ungehalten, und als er mich ansieht, hat sein Blick etwas von einem wilden Tier. »Erinnern Sie sie.«

Ich hebe eine Augenbraue. »Möchten Sie uns noch irgendwas mitteilen?«, erkundige ich mich.

»Ja, machen Sie Ihren Job!«

»Selbst wenn ich Sie da rauskriege«, antworte ich, »müssen Sie immer noch jede Nacht neben ihr schlafen.«

In diesem Moment steckt ein Wachmann den Kopf zur Tür herein. »Fünf Minuten noch.«

»Zeit, in den Gerichtssaal zu gehen«, verkünde ich und steuere bereits auf die Tür zu.

Ich verlasse den Raum und bin schon auf dem Weg den Gang hinunter, als Elsa zu mir stößt. »Der deckt sie.«

»Ich weiß«, entgegne ich.

»Wieso deckt man jemanden, der so was Schreckliches getan hat? Was treibt einen Mann dazu, alles für eine Frau zu tun?«

Ich antworte ihr nicht, aber wie ich aus eigener Erfahrung weiß, gibt es keine Erklärung dafür, warum eine Frau einem Mann alles bedeuten kann. Ich durchlebe diese Erfahrung gerade. Aber offensichtlich habe ich ein wesentlich besseres Händchen für die Wahl meiner Frau als Nelson Ward. Was bedeutet, ich sollte mich bemühen, sie an meiner Seite zu behalten. Und das wiederum bedeutet, ich hole besser meine Laufschuhe heraus, denn Cat kann immer noch jederzeit davonrennen.

Kapitel Sechsundzwanzig

Cat

Auch der Nachmittag geht siegreich aus für Reese. Jeder Zeuge, den er aufruft, stützt ihn, und keiner, den der Staatsanwalt ins Kreuzverhör nimmt, fällt Reese in den Rücken. Als die Verhandlung vertagt wird, schickt Reese mir eine Nachricht: *In einer Stunde im Café.*

Worauf ich antworte: *Ich arbeite dort und warte auf dich.*

Genau in diesem Moment teilt sich die Menge, und er sieht mich an. Wir lächeln beide, und ich schwöre, meine Wangen werden so heiß, als hätte er mir gerade schmutzige Dinge ins Ohr geflüstert. Fast unbemerkt nicke ich ihm zu und wende mich dann ab, bevor die Kameras uns entdecken. Ich mische mich unter die Horde von Leuten, die alle versuchen, hier herauszukommen, und brauche ganze zehn Minuten, bis ich den Saal verlassen habe. Als ich endlich draußen vor dem Gerichtsgebäude bin, dränge ich mich durch die Menschenmengen, die geschäftig durch die Straßen von New York hasten und die kühle Abendluft allein durch ihre Anwesenheit erwärmen.

Im Lokal angekommen, bestelle ich mir einen Kaffee und sichere mir meinen Lieblingstisch in der Ecke, um dort an meiner Kolumne zu arbeiten und sie wenn möglich fertigzuschreiben, bevor Reese kommt. Da ich mir heute so viele Notizen gemacht habe, bin ich tatsächlich schnell. Nur fünfundvierzig Minuten später ist mein Kaffee ausgetrunken, meine Kolumne an meinen Redakteur abgeschickt, und ich bitte einen meiner Tischnachbarn, ein Auge auf meine Sachen zu haben, während ich zur Toilette gehe. Gerade als ich mir die Hände wasche, summt mein Handy in meiner Hosentasche. Ich hole es heraus und sehe eine Nachricht von Reese: *Ich bin da.*

Allein bei der Vorstellung, ihn gleich zu sehen, fängt mein Herz an zu rasen. Wahnsinn, wie intensiv ich auf diesen Mann reagiere. Ich öffne die Tür, und er steht direkt vor mir. »Reese.«

Statt einer Antwort lässt er Taten folgen: Er schiebt mich zurück in die Toilette, und seine Hand liegt heiß auf meiner Haut, unter meinem Pullover. »Das können wir nicht machen«, sage ich, aber er schließt bereits die Tür ab und drängt mich dagegen. »Ich hab dich vermisst.«

»Du hattest doch gar keine Zeit, mich …«

Unvermittelt presst er den Mund auf meinen, und ich vergesse, was ich sagen wollte. Er hat mich unter Drogen gesetzt, das muss es sein. Ich kann nicht mehr denken, bis seine Lippen sich von meinen lösen. In der Zwischenzeit hat er es irgendwie geschafft, meinen Rock bis zur Taille hochzuschieben. »Wir können das nicht hier machen«, sage ich, diesmal mit festerer Stimme, und stemme die Hand gegen seine Brust.

»Wieso nicht?«

»Die Leute …«

Erneut küsst er mich, und oh Gott … Er hat die Hand in meinem Slip und lässt sie über meinen mittlerweile feuchten Schritt gleiten, und ich wölbe mich seiner Berührung entgegen. »Komm für mich, und dann vögeln wir erst, wenn wir zu Hause sind.«

Ich umklammere seine Arme. »Das ist nicht gut, Reese.«

Doch er hebt mich einfach hoch, setzt mich auf dem Waschbecken ab und spreizt meine Beine, bevor er sich auf ein Knie stützt und keine Zeit verliert, als er dort unten ist. Schon leckt er über meinen Kitzler und sendet damit eine Schockwelle der Gefühle durch meinen Körper. Ich lehne mich an den Spiegel und kralle die Hände um das Becken. Mit keinem anderen Mann habe ich je so etwas erlebt: diesen absoluten Verlust der Fähigkeit, irgendetwas außer ihm zu spüren. Er leckt mich. Berührt mich. Seine Finger sind in mir. Mein Bein liegt auf seiner Schulter, und ich kann mich nicht einmal daran erinnern, dass er es angehoben hat. Und dann passiert es. Direkt hier in der Toilette meines Stammcafés. Dieses ansteigende Gefühl purer Glückseligkeit, das mich vollkommen lähmt, bis ich erbebe. Oh, und wie ich erbebe und zittere und wie perfekt er mich durch all das mit der Zunge begleitet. Schnell. Langsam. Perfekt.

Als es vorbei ist, bin ich nur noch ein schwaches Etwas, deshalb setzt Reese mich auf dem Boden ab, zieht mir den Rock hinunter, und als er mich küsst, schmecke ich mich auf seiner Zunge. »So möchte ich bis zum Rest meines Lebens schmecken«, verkündet er nach diesem Kuss.

Mein Magen reagiert darauf mit einem Purzelbaum, und vermutlich schwanke ich erneut. Vielleicht war das nur eine dieser Gefühlsäußerungen direkt nach dem Sex, aber die Worte »bis zum Rest meines Lebens« berühren mich, und er nimmt sie nicht zurück. Stattdessen streicht er mir auf seine typische Art zärtlich mit den Fingerknöcheln über die Wange und fügt hinzu: »Sag nicht, ich hätte dich nicht gewarnt. Jetzt lass uns zu dir fahren und noch ein paar Sachen für dich holen.«

Dagegen protestiere ich nicht. Ich will ja mit ihm zusammen sein. Wie könnte ich mit diesem Mann nicht zusammen sein wollen?

***

Ein paar Minuten später habe ich die Sachen von meinem Tisch in meine Aktentasche gepackt und dabei versucht, niemanden anzuschauen, aus Angst, man könnte sehen, dass mir »die Frau, die gerade einen Orgasmus hatte, nur weil Mr Sexy anwesend war« auf der Stirn geschrieben steht. Als ich mit der Tasche fertig bin, wirft Reese meinen Becher in den Mülleimer und zieht dann – zu meiner Überraschung – seinen Mantel aus, bevor er ihn mir um die Schultern legt. »Den wirst du brauchen. Draußen ist es mittlerweile einige Grad kälter geworden.«

»Und was ist mit dir?«

In seine blauen Augen tritt ein heißes Glimmen. »Du kannst mich ja wärmen, wenn wir zu Hause sind.«

Zu Hause.

Da ist es schon wieder, dieses Wort. »Dein Zuhause oder mein Zuhause?«, frage ich, bevor ich mich noch davon abhalten kann.

»Das Zuhause, das wir gerade miteinander teilen, Cat«, antwortet er und verschränkt die Finger mit meinen. »Komm, Süße.«

Er führt mich zur Tür, und als wir nach draußen treten, merke ich, dass er recht hat. Es ist kalt, deshalb legen wir den Rückweg schnell zurück, und trotz des kurzen Fußmarschs ist die Präsenz dieses Mannes neben mir so stark, dass ich mich nicht dagegen wehren kann. Ich spüre ihn auf jede erdenkliche Art: seinen Geruch, seinen Mantel, seine Energie. Die Welt, meine Welt, ist mit ihm darin einfach wärmer – nein, reicher ist das bessere Wort.

In meiner Wohnung angekommen packe ich meine Sachen zusammen, während Reese uns ein Taxi ruft, damit wir meine Taschen leichter transportieren können und nicht durch die Kälte laufen müssen. Schließlich bin ich fertig und habe so viel eingepackt, dass ich damit, falls nötig, eine ganze Woche auskomme. Nachdem ich meinen Lieblingstrenchcoat von Chanel übergezogen habe, gehe ich in mein Schlafzimmer zurück, wo Reese auf dem Bett sitzt und ein Foto von meinem Nachttisch betrachtet, auf dem ich mit meiner Mutter zu sehen bin – sechs Monate bevor sie starb. Beim bloßen Gedanken an diese Nacht zieht sich mir das Herz zusammen. »Deine Mutter«, sagt Reese und blickt zu mir hoch.

»Ja. Meine Mutter.«

»Du siehst ihr sehr ähnlich«, bemerkt er und stellt das Foto zurück auf den Nachttisch.

»Das höre ich oft.«

»Wie alt war sie, als sie gestorben ist?«

»Fünfundfünfzig. Zu jung.«

»Wann ist das passiert?«

»Vor zwei Jahren. In der Woche nach Weihnachten. Sie hat mir den Mantel hier zu Weihnachten geschenkt, drei Tage vor ihrem Tod.«

»Genau zu der Zeit, als du …«

»Mich von Mike getrennt habe und meine juristische Karriere beendet hab. Ja.«

Er steht auf und umfasst meine Schultern. »Ich bewundere dich dafür. Du hast alles aufgegeben, deine Mutter verloren und dich neu erfunden.«

»Danke. Es war schwer, mein Leben zu ändern, aber meine Mutter war kreuzunglücklich, und ich wollte nicht genauso enden. Ich weiß davon, weil sie mir einen Brief hinterlassen hat. Darin hat sie mir geschrieben, dass sie dieses Apartment als Zufluchtsort vor meinem Vater genutzt hat. Und sie hat mich beschworen, mein Leben nicht nach meinem Vater auszurichten, so wie *sie* es getan hat.«

»Und mutig, wie du warst, hast du auf sie gehört.«

»Mutig? Nein. Ich hatte wahnsinnige Angst. Manchmal, und ich hab keine Ahnung, warum ich dir das erzähle, aber manchmal habe ich das immer noch. Ich glaube … mein Vater hat mich quasi verstoßen. Ich hab seit sechs Monaten nicht mit ihm gesprochen. Und manchmal macht mich das verrückt.«

»Aber mit deinen Brüdern sprichst du.«

»Ja, mit Daniel – dem, der in Texas wohnt – telefoniere ich ziemlich oft. Mit Gabe – der neulich hier war – manchmal. Mit Reid – er ist der Älteste und hat das engste Verhältnis zu meinem Vater – so gut wie gar nicht.« Geräuschvoll stoße ich den Atem aus. »Lass uns gehen. Ich fühle mich plötzlich wohler bei dir als bei mir.« Ich drehe mich von ihm weg, doch er hält mich am Arm fest, und bevor ich weiß, wie mir geschieht, hat er mein Gesicht mit beiden Händen umfasst und küsst mich.

»Ich musste dich einfach küssen«, sagt er in einem tiefen, rauen Tonfall. »Du bist so schön und stark, und ich bin einfach verrückt nach dir.«

»Ist das so?«

»Ja. Und das ist die Stelle, an der du sagst, dass du auch verrückt nach mir bist.«

»Das bin ich«, flüstere ich. »Und das weißt du auch. Aber so glücklich ich auch in dieser Wohnung bin, manchmal habe ich hier das Gefühl zu ersticken, weil sie nicht mehr da ist. Ich weiß, das klingt albern, aber so fühle ich mich nun mal, und jetzt möchte ich wirklich gerne gehen.«

»Das klingt nicht albern. Es klingt eher danach, dass es wirklich Zeit ist zu gehen.« Er küsst mich auf die Stirn und lasst mich los.

Gemeinsam sammeln wir mein Gepäck ein, darunter auch eine große Reisetasche mit Rollen, die ich tragen will, doch Reese nimmt sie mir ab und geht damit in Richtung Wohnungstür. In diesem Moment klingelt mein Handy in meiner Hosentasche. Als ich es raushole, entdecke ich Liz' Nummer auf dem Display. »Hi, Liz«, melde ich mich, während Reese und ich den Flur betreten.

»Die Verlegerin fragt beim Vorstand nach, ob sie die Summe erhöhen«, verkündet sie. »Bald wissen wir mehr.«

»Was heißt bald?«, frage ich, während wir auf den Fahrstuhl zugehen.

»Höchstens ein paar Tage«, entgegnet sie. »Wann ist der Prozess beendet?«

Diese Frage gefällt mir nicht. Es kommt mir so vor, als wollte Liz mich im Auftrag von Dan ausfragen, und ich hasse es, dass ich gerade Liz gegenüber so misstrauisch bin. »Der Einzige, der dir das sagen kann, ist Reese Summer, und den musst du schon selbst fragen.«

»Ich wollte das nur wegen unserer Verhandlungen wissen«, erklärt Liz. »Die Frage war völlig ohne Hintergedanken und hatte nichts mit Dan zu tun. Ich weiß, das denkst du, aber er ist nicht mein Klient. Das bist du, und nur du bist mir wichtig.«

Laut atme ich aus. »Ich weiß. Tut mir leid.«

»Entschuldigung angenommen. Ich melde mich wieder.« Damit legt sie auf.

Reese und ich steigen in den Aufzug ein. »Das war Liz, wie du dir sicher schon gedacht hast. Sie wollte wissen, wann der Prozess endet. Meine Antwort hast du ja gehört. Und falls du dich jetzt wunderst: Ich hab sie wieder engagiert, weil sie mir die Situation erklärt hat.«

»Und wie?«

»Eine Verwandte von Dan arbeitet bei meinem Verlag. Vor der wollte sie mich schützen. Jetzt versucht sie, mehr Geld für mich rauszuschlagen.«

»Eine Verwandte von Dan arbeitet für deinen Verlag«, wiederholt Reese. »Das erklärt einiges.« Er verengt die Augen und sieht mich an. »Du scheinst dir aber immer noch Sorgen zu machen.«

»Es gefällt mir nicht, dass Liz mir das verschwiegen hat. So kommt es mir vor, als hätte sie mich angelogen, und das ist mir einfach schon zu oft in meinem Leben passiert.«

»Trotzdem hast du sie wieder engagiert.«

»Na ja, sie wollte zwar, dass ich etwas für Geld tue, das total gegen meine moralischen Werte verstößt – während Dan nicht mal welche hat –, aber im Prinzip ist das ihr Job. Dafür zu sorgen, dass ich Geld verdiene. Außerdem ist sie clever und versteht was von ihrem Metier. Ich mag sie wirklich, und ich bin ein loyaler Mensch.

Sie hat meinen ersten Deal eingetütet, und der wurde ziemlich gut bezahlt. Auch ansonsten hat sie sich bisher gut um mich gekümmert. Und ich mag diese ganze ›Auf der anderen Seite ist das Gras viel grüner‹-Mentalität nicht. Meiner Erfahrung nach ist das Gras für gewöhnlich nicht grüner. Es ist nur anders.«

»Versuchst du gerade, *mich* zu überzeugen oder *dich?*«, fragt Reese. »Das war nämlich eine ziemlich lange Lobeshymne auf Liz.«

»Ich bin schon überzeugt. Und du?«

»Das hängt davon ab, wie sie diesen Buchdeal abwickelt.«

Der Fahrstuhl kommt im Erdgeschoss an, und während wir die Eingangshalle durchqueren, habe ich eine weitere Offenbarung: Mit Reese spreche ich über Dinge, die ich keinem anderen erzählen würde. Niemandem. Lauren und ich sind zwar gut befreundet, aber es gibt einen Grund dafür, warum Julie ihre beste Freundin ist und nicht ich. Seit dem Albtraum mit Mitch neige ich dazu, mich zurückzuziehen. Ich schließe andere Menschen aus. Phasenweise telefoniere ich wochenlang nicht mit Lauren. Ich begrüße die Einsamkeit, weil sie mich dann nicht plötzlich überfallen kann. Doch mit Reese spreche ich. Bis wir im Taxi sitzen, sind meine Gefühle für ihn so stark geworden, dass ich sie äußern muss. Im selben Moment, als das Auto anfährt, wende ich mich zu Reese um, und diesmal lege *ich* ihm die Hände an die Wangen und presse die Lippen auf seine. »Ich musste dich einfach küssen«, wiederhole ich seine Worte.

Er erwidert den Kuss mit einem langen, intensiven Streicheln seiner Zunge, das ich inner- wie äußerlich spüre. Die Welle der Gefühle, die mich durchströmt, breitet sich zwischen uns aus und erfasst nun uns beide. Er fühlt sie auch. Ich weiß nicht, was das ist, aber ich will nicht, dass es endet. Leider ist die Fahrt viel zu kurz, und so steigen wir schon bald aus und durchqueren mit meinem Gepäck die Lobby von Reese' Wohnhaus. Am Sicherheitsbereich treffen wir auf Blake, der anscheinend auf uns gewartet hat. »Ich fasse mich kurz«, sagt er und blickt auf meine Taschen. Der Hauch eines Lächelns gleitet über seine Lippen, bevor er sich wieder Reese zuwendet. »Die Sekretärin hatte einige interessante Informationen.«

»Ich höre«, entgegnet Reese.

»Kelli hat Nelson diverse Eifersuchtsszenen gemacht. Die Sekretärin hat außerdem mitbekommen, dass die Wards sich wegen Jennifers Anruf in der Nacht, als sie starb, gestritten haben. Offensichtlich hat nicht Nelson den Anruf entgegengenommen, sondern seine Frau.«

»Die Sekretärin steht auf meiner Zeugenliste«, merkt Reese an. »Wird sie das alles auch im Zeugenstand wiederholen?«

»Nur, wenn du es so aussehen lässt, als würdest du sie spontan zu der Aussage drängen«, erwidert Blake. »Sie will Ward schützen, aber der wiederum schützt Kelli. Deshalb hat sie Angst, dass sie entlassen wird. Sie will auch nicht direkt mit dir sprechen, um Ward nicht zu verärgern.«

»Und hast du ein gutes Gefühl bei ihr?«

»Absolut«, bestätigt Blake. »Sonst würde ich jetzt nicht hier stehen.«

»Das mit der Spontaneität ist kein Ding«, sagt Reese. »Das kriege ich leicht hin. Ich sorge einfach dafür, dass sie sich angegriffen fühlt, obwohl sie mit meinen Fragen rechnet.«

»Wann hast du vor, sie in den Zeugenstand zu rufen?«, will Blake wissen.

»Am Freitag. Und am Freitag endet das Ganze auch. Ich rufe erst sie auf und dann die Frau, bevor ich mein Schlussplädoyer halte.«

Blake übergibt ihm einen Briefumschlag. »Sie weiß nichts davon, aber ich hab unser Gespräch aufgenommen. Damit du dir wegen ihrer Aussage keine Sorgen machen musst. Falls du irgendwelche Fragen hast, ruf an.« Damit geht er davon, und Reese und ich machen uns auf den Weg Richtung Fahrstuhl.

Wenige Minuten später sitzen wir in dem Sessel in seinem Schlafzimmer vor dem fantastischen Ausblick, haben bestelltes Essen vor uns auf dem Boden verteilt und hören uns die Aufnahme an. »Sie wird uns eine große Hilfe sein«, sage ich, als das Band endet. »Sie ist Ward gegenüber loyal, sie hält ihn definitiv für einen guten Menschen, und sie hat eine sympathische Stimme, was auch helfen wird.«

»Wenn ich sie direkt vor Kelli aussagen lasse, wird es ziemlich heftig.«

»Kelli bleibt dann außerhalb des Gerichtssaals, nehme ich an?«

»Oh ja. Sie wird Genevas Zeugenaussage nicht mitbekommen.«

»Möchtest du, dass ich meine Kolumne über die Frage ›Wer hat Jennifer Wright getötet?‹ veröffentliche, oder meinst du, Kelli ist dann gewarnt, dass wir sie verdächtigen? Ich glaube ja, schon, und ich habe für morgen auch noch eine andere Idee, die mir ziemlich gut gefällt.«

»Wenn sie dir so gut gefällt, dann nimm die andere Idee. Lassen wir sie in dem Glauben, dass ihr Mann sie schützt. So ist sie wenigstens völlig unvorbereitet, wenn ich sie im Zeugenstand attackiere.«

»Dann also die andere Idee«, beschließe ich. »Was hat es mit deinem Terminplan auf sich? Warum hast du Freitag für den Abschluss vorgesehen und nicht morgen? Du wolltest den Prozess doch schnell beenden, um auf Dans schlechte Beweisführung aufmerksam zu machen.«

»Freitags wollen alle nach Hause. Damit will ich dafür sorgen, dass die Geschworenen erst gar nicht lange in Klausur gehen.«

»Deshalb hast du gesagt, der Prozess ist am Freitag beendet.«

»Ja. Und dann erfahren wir auch das Ende der Geschichte.«

Das Ende der Geschichte.

Denn jede Geschichte endet irgendwann.

Kapitel Siebenundzwanzig

Reese

Auch am Dienstag und Mittwoch hole ich im Gerichtssaal den Sieg. Die medizinischen Gutachter, die ich aufrufe, bringen die Staatsanwaltschaft zu Fall. Die Staatsanwaltschaft bringt sich selbst zu Fall. Es ist kaum zu glauben, dass die Anklage tatsächlich so unvorbereitet war, aber beschissenerweise könnte sie immer noch den Prozess gewinnen. Die Leute wollen, dass jemand verurteilt wird, selbst wenn es der Falsche ist. Mit genau diesen Gedanken wache ich am Donnerstag auf, einen Tag bevor ich mein Schlussplädoyer halte, wenn alles so läuft wie geplant. Wäre ich perfekt, könnte ich mir dessen wenigstens sicher sein.

Cat rollt sich zu mir herum und öffnet blinzelnd die Augen, die in einem perfekten Sommergrün erstrahlen. *Perfekt.* Als das hat sie mich letzte Nacht bezeichnet, und dieses Wort trifft mindestens zehn wunde Punkte bei mir, obwohl ich normalerweise nur wenige habe. »Perfekt zu sein ist verdammt schwer«, sage ich. »Das weißt du schon, oder?« Ich lasse ihr gar keine Zeit für eine Antwort. Stattdessen steige ich aus dem Bett, gehe ins Bad unter die Dusche und drehe das Wasser auf. Als ich mich unter den heißen Strahl stelle, presse ich die Hände gegen die Glaswand. Scheiße. Ich hasse es, wenn ich mich so fühle. Ich hasse es, dass sie mich als perfekt bezeichnet hat. Ich hasse es, dass mich das an meinen Vater erinnert. An die vielen Streitereien, die ich als Jugendlicher mit diesem Mann ausgefochten habe, wenn er – und nicht ich – sich nachts um drei ins Haus geschlichen hat.

»Du bist verheiratet«, habe ich ihn dann immer erinnert.

»Und du hältst dich für verdammt perfekt, was?«, knurrte er jedes Mal zurück.

Selbst damals, in so jungen Jahren, war ich um Lichtjahre perfekter als er, denn er konnte einfach nicht aufhören, meine Mutter zu betrügen – eins dieser perfekten Geheimnisse, von denen ich Cat nichts erzählt habe. Wie sollte ich auch? Mein Vater ist ein notorischer Fremdgeher. In Cats Vergangenheit gab es so viele Betrüger und arrogante Arschlöcher, und Letzteres ist mein Vater ebenfalls. Mir wäre es lieber, Cat würde mich als Arschloch bezeichnen und nicht als perfekt. Dann würde ich sie wenigstens nie so enttäuschen, wie mein Dad meine Mutter enttäuscht hat.

In diesem Augenblick öffnet sich die Tür der Duschkabine. und plötzlich drängt sich Cat zwischen die Wand und mich, baut sich vor mir auf, und ich schwöre, die Frau kann meine Gedanken lesen. »Arschloch«, sagt sie, und sofort bin ich verdammt hart und bereit zu ficken. Ich nehme ihren Kopf in beide Hände und küsse sie wie wahnsinnig, rolle einen ihrer hübschen rosigen Nippel zwischen den Fingern hin und her, doch sie schiebt mich von sich, und – heilige Scheiße – im nächsten Moment kniet sie vor mir, und mein Schwanz ist in ihrem Mund.

Sie saugt an mir, als hinge ihr Leben davon ab und sie würde es dringend brauchen, dabei bin ich derjenige, der es braucht. Ich brauche sie. Noch nie brauchte ich irgendetwas oder -jemanden so dringend, aber ich kämpfe nicht dagegen an. Die Sache ist die: Ich wusste immer schon, was ich wollte, und hab mich nie davon abbringen lassen, es zu kriegen. Ich brauchte es. Ich habe es mir genommen. Weil ich es wollte. Aber ich kann mich nicht daran erinnern, unter all meinen Wünschen, Träumen und Zielen je etwas so gewollt zu haben wie diese Frau. Mit ihr schließt sich ein Kreis, der nie vollständig war.

Ich sehe zu, wie sie mich in den Mund nimmt, mich leckt, und – oh ja – ich spüre sie. In Gedanken sage ich mir, wenn ich perfekt wäre, würde ich nicht in ihrem Mund kommen. Aber ich bin nicht perfekt, und so tue ich es. Ich komme verflucht noch mal in ihrem Mund, und es macht ihr nichts aus. In dieser Sekunde beschließe ich, dass *sie* perfekt ist. So perfekt, dass ein Mann sie einfach heiraten muss und verdammt glücklich sein kann, dass er derjenige ist, der sie bekommen hat. Weil er nicht ansatzweise perfekt ist.

Ein kleiner Zeitsprung, und ich bin nicht mehr in der Dusche, sondern betrete in meinem Glücksanzug das Gerichtsgebäude, mit der Absicht, diesen Prozess heute abzuschließen. Dabei kann ich immer noch ihren Mund um meinen Schwanz spüren. Ich bin mir ziemlich sicher, das ist das schönste Gefühl, das einen Mann begleiten kann. Mit so viel Glück an meiner Seite besteht meine erste Amtshandlung an diesem Tag darin, mir einen Raum zu suchen und eine kurze Besprechung mit Elsa und Richard abzuhalten, in der wir noch einmal unsere Strategie durchgehen. »Wie wir bereits besprochen haben«, sage ich, »rufe ich zuerst Geneva Marks auf. Elsa sorgt dafür, dass Kelli draußen bleibt, unter dem Vorwand, sie auf ihre Aussage vorzubereiten.« Ich sehe Richard an. »Du bringst Kelli rein, wenn ich mit Geneva fertig bin.«

»Verstanden«, sagt er.

Aufmunternd blicke ich zwischen den beiden hin und her. »Dann los.«

Ich verlasse das Zimmer, durchquere den Flur und betrete den Konferenzraum, in dem mein Mandant wartet – nur um festzustellen, dass Kelli neben ihm sitzt. Andererseits ist Kelli heute die Hauptperson. Sie weiß es nur noch nicht. Sie trägt ein tief ausgeschnittenes türkises Oberteil, aus dem ihre operierten, aber dennoch beeindruckenden Brüste hervorblitzen – eine gute Wahl für den Tag, an dem ich sie in den Zeugenstand berufe. Wobei sie natürlich davon ausgeht, dass sie erst nächste Woche aussagen muss.

Nelson dagegen wirkt eher reserviert, als ich meine Aktentasche auf dem Tisch abstelle. Schließlich gesellen sich Elsa und Richard zu uns und bleiben neben mir stehen. Mit ernstem Gesicht stütze ich mich auf dem Tisch ab.

»Sie sind heute dran, Kelli«, sage ich.

Sofort setzt sie sich aufrecht hin. »Was? Nein. Sie haben doch gesagt, erst nächste Woche.«

»Was ist los, Reese?«, fragt Nelson in beunruhigtem Tonfall. Wie immer strahlt er Professionalität aus in seinem marineblauen Anzug mit gleichfarbiger Krawatte.

»Um diesen Fall endlich abzuschließen«, sage ich, »halte ich heute mein Schlussplädoyer.«

Nelson steht auf. »Heute?«

»Ja«, bestätige ich. »Heute.«

»Was ist mit den Leumundszeugen?«, will Nelson wissen.

»Die Anklage hat noch irgendeine Überraschung für uns in petto«, erkläre ich. »Die möchte ich aber gar nicht erst hören. Also lassen wir Ihre Frau ihre Aussage machen, damit Sie endlich wieder in Ihr normales Leben zurückkehren können.«

»Sie glauben, wir bekommen einen Freispruch?«, fragt er.

»Bei einem Geschworenenurteil kann man sich nie sicher sein«, sage ich. »Aber theoretisch haben wir begründete Zweifel an Ihrer Schuld geltend gemacht. Und Kelli kann uns helfen, die Sache abzuschließen.«

»Was werden Sie mich fragen?«, will Kelli wissen, die jetzt ebenfalls aufsteht.

»Elsa wird Sie heute Morgen auf die Aussage vorbereiten«, entgegne ich in dem Wissen, dass meine Fragen vollkommen anders ausfallen werden als die von Elsa, aber genau das ist der Plan. »Ich rufe Sie am späten Vormittag auf. Nach Ihrer Aussage schließe ich die Beweisführung ab, und heute Nachmittag halte ich mein Schlussplädoyer. Sofern der Richter es nicht auf Montag vertagt, was ich allerdings bezweifle. Er wird wollen, dass die Geschworenen so früh wie möglich nach Hause können.« Mit diesen Worten wende ich mich ab und gehe aus dem Raum, und, ja, ich bin nervös. Vor dem Schlussplädoyer bin ich immer nervös, und mein Körper ist voller Adrenalin – ein gefährliches Gefühl, das sich auf meine Konzentration auswirken kann, wenn ich es nicht in Schach halte.

Fünfzehn Minuten später betrete ich den Gerichtssaal, und wie immer geht mein Blick automatisch zu Cat. Sie sitzt auf ihrem üblichen Platz, hat ihren Notizblock in der Hand und ihr wunderschönes Haar streng im Nacken hochgesteckt. Dieses Lehrerinnenimage für die Öffentlichkeit, während sie ihre wilde Seite für mich aufhebt, ist wahnsinnig heiß. Shit! Ich bin verrückt nach dieser Frau, doch das lenkt mich nicht ab. Stattdessen hilft mir ihre Anwesenheit auf irgendeine Art dabei, das Adrenalin in mir unter Kontrolle zu bekommen. Mehr geht nicht.

Schon kurze Zeit nachdem ich mich an meinen Tisch gesetzt habe, stößt Richard zu mir, und Dan nimmt seinen Platz ein. Es dauert nicht lange, bis auch der Richter und die Geschworenen anwesend sind und der Prozess beginnt. Ich rufe Geneva Marks, Nelsons Sekretärin, auf, eine hübsche Brünette um die dreißig, in einem blauen Kostüm. Sie wird vereidigt und bestätigt ihre Daten, dann beginne ich mit ein paar einfachen Fragen.

»Wie lange arbeiten Sie schon für Nelson Ward?«

»Fünf Jahre.«

»Wie gut kennen Sie ihn?«

»Ich weiß wahrscheinlich sogar mehr über ihn als seine Frau.«

»Auf Grundlage dieser Aussage: Ist er ein ehrlicher Mensch?«

»Einspruch«, ruft Dan. »Suggestivfrage.«

Ich formuliere die Frage um. »Wie schätzen Sie seinen Charakter ein?«

»Er ist einer der nettesten Männer, die ich je kennengelernt habe. Er ist ehrlich, zuvorkommend, großzügig. Klug.«

»Haben Sie je einen Streit zwischen ihm und seiner Frau mitbekommen?«

Geräuschvoll atmet sie durch. »Ja.«

»Worum ging es?«

»Um mich. Sie war eifersüchtig auf mich.«

»Hatte sie Grund dazu?«

»Nein. Meine Beziehung zu Mr Ward ist absolut professionell, was auch zu den Dingen gehört, die ich an ihm schätze. Er würde niemals auch nur daran denken, seine Frau zu betrügen oder irgendeine Frau in eine unangenehme Situation zu bringen.«

»Haben Sie auch mitbekommen, dass die beiden sich wegen Jennifer Wright gestritten haben?«

»Ja.«

»Worum ging es bei diesem Streit?«

»Jennifer Wright hatte Mr Ward auf dem Handy angerufen in der Nacht, als sie ermordet wurde. Er wollte, dass seine Frau bei der Polizei aussagt, dass sie den Anruf entgegengenommen hat, nicht er.«

Im Gerichtssaal erhebt sich lautes Gemurmel, das allerdings schnell wieder versiegt. Man kann förmlich fühlen, dass alle auf die nächste Frage warten.

»Was hat Mrs Ward darauf geantwortet?«, will ich wissen.

»Sie hat gesagt, damit würde sie sich verdächtig machen. Sie …«

»Einspruch!«, ruft Dan und springt von seinem Stuhl auf. »Hörensagen.«

»Das ist kein Hörensagen«, widerspreche ich. »Sie hat draußen vor dem Büro gesessen und das Gespräch mit angehört.«

»Abgelehnt. Fahren Sie fort!«

Ich blicke Geneva an. »Sie wurden unterbrochen. Was hat sie gemacht?«

»Sie hat geweint und Mr Ward vorgeworfen, er würde sie nicht lieben, sonst würde er sie schützen.«

»Und wie hat Mr Ward darauf reagiert?«

»Er hat geschworen, sie zu lieben, und ihr versprochen, sie zu schützen.«

»Hat einer der beiden zugegeben, das Opfer ermordet zu haben?«

»Nein. Ich habe kein Schuldeingeständnis gehört.«

»Hat Mr Ward zu irgendeinem Zeitpunkt zugegeben, Jennifer Wright ermordet zu haben?«

»Nicht in meiner Gegenwart.«

»Keine weiteren Fragen«, sage ich, gehe zurück zu meinem Tisch und setze mich, während Dan aufsteht.

Nelson beugt sich zu mir herüber und flüstert: »Was zum Teufel machen Sie da?«

»Meinen Job«, entgegne ich, als Dan zur ersten Frage anhebt: »Ms Marks, stand die Tür offen, als Sie dieses Gespräch über den Anruf zwischen Nelson und Kelli Ward mit angehört haben?«

»Nein«, antwortet Geneva.

»Mit anderen Worten: Die Unterhaltung war gedämpft?«

»Die Wände sind dünn«, merkt Geneva an. »Ich kann alles hören.«

»Könnte es nicht sein, dass Sie nur einen Teil der Unterhaltung gehört haben?«, hakt Dan nach.

»Unwahrscheinlich.«

»Ja oder nein?«

»Oh, … ja.«

»Keine weiteren Fragen«, verkündet Dan und kehrt an seinen Platz zurück.

Nelson fasst mich am Arm und lehnt sich zu mir herüber. »Hören Sie auf damit.«

Doch ich stehe erneut auf und zwinge ihn dadurch, mich loszulassen. »Dürfte ich die Zeugenbefragung fortsetzen, Euer Ehren?« Als der Richter nickt, presche ich vor: »Ms Marks, haben Sie je etwas durch die Wand mit angehört, das sich im Nachhinein als falsch herausgestellt hat.«

»Nein, habe ich nicht.«

Damit ist sie entlassen, und ich gebe Richard ein Zeichen, Kelli zu holen. »Euer Ehren, wir holen jetzt Kelli Ward herein, die als unsere nächste Zeugin aussagen wird.«

»Bitten Sie um eine Unterbrechung!«, weist Nelson mich an.

Doch ich beiße die Zähne zusammen. Ich habe einen Zeitplan, von dem ich nicht abweichen will, deshalb lehne ich mich zu Nelson hinüber. »Wenn wir jetzt unterbrechen, und ich nicht heute noch mein Schlussplädoyer halte, riskieren wir, dass die Geschworenen nächste Woche eine lange Beratungszeit in Anspruch nehmen, was sich sehr ungünstig für Sie auswirken könnte.«

»Wenn Sie weiter in diese Richtung gehen, sind Sie entlassen.«

»Das Gericht wird dem nicht zustimmen, dafür erwecken Sie danach den Eindruck, dass Sie schuldig sind, oder lenken den Verdacht auf Ihre Frau. Wollen Sie das wirklich?«

Scharf zieht er den Atem ein, bevor er sich wieder in seinem Stuhl zurücklehnt. Innerlich muss ich grinsen. Unsere Auseinandersetzung ist nicht unbemerkt geblieben. Er wirkte, als hätte er Angst, und das nicht um sich, sondern um seine Frau. Nun steht er da wie ein Mann, der eine schuldige Frau schützt. Diese Verbindung zwischen zwei Menschen konnte ich nie nachvollziehen, bis ich Cat kennenlernte. Jetzt weiß ich, wie sich das anfühlt. Nach nur wenigen Wochen würde ich bereits alles tun, um Cat zu beschützen. Der Unterschied zwischen Nelson und mir ist nur, dass Cat im Gegensatz zu Kelli jeden Kampf wert ist.

Kapitel Achtundzwanzig

Reese

Kelli tritt in den Zeugenstand und wird vereidigt, ohne zu ahnen, welche Unterhaltung ich gerade in diesem Saal mit Geneva geführt habe.

»Lieben Sie Ihren Mann?«, lautet meine erste Frage.

»Ja«, sagt sie. »Natürlich.«

»Warum?«

»Er ist alles für mich. Er sieht gut aus, ist großzügig, liebevoll«, antwortet sie. »Er ist alles für mich«, wiederholt sie.

»Wie lange sind Sie schon verheiratet?«

»Fünf Jahre«, entgegnet sie.

»Genauso lange, wie Geneva Marks schon seine Sekretärin ist.«

»Einspruch«, ruft Dan barsch. »Das ist keine Frage.«

»Wie lange arbeitet Geneva Marks schon als Sekretärin für Ihren Mann?«

»Seit der Woche vor unserer Hochzeit«, sagt Kelli. »Fünf Jahre.«

»Haben Sie je für eine der Firmen Ihres Mannes gearbeitet?«

»Ja. Ich war die Sekretärin von einem seiner Partner in einer anderen Firma.«

»Als was arbeiten Sie derzeit?«, frage ich.

Sie runzelt die Stirn. »Wofür ist das relevant?«

Der Staatsanwalt unterbricht die Befragung. »Einspruch. Sie hat recht. Wofür ist das relevant?«

Ich blicke zu Richter Moore hinüber. Der Mann ist sechzig und hat sein ganzes Berufsleben im Gericht verbracht, aber er ist auch hart und nicht immer fair. »Ich will auf etwas Bestimmtes hinaus, Euer Ehren. Ich komme gleich darauf.«

»Dann machen Sie schnell«, merkt er an und sieht zu Kelli. »Beantworten Sie die Frage!«

Ich nicke. »Als was arbeiten Sie derzeit, Mrs Ward?«

»Ich kümmere mich um unseren Haushalt«, antwortet sie. »Mein Mann arbeitet viel. Ich sorge für ihn.«

»Mit anderen Worten: In Ihrem Leben dreht sich alles nur um Ihren Mann. Sie leben für ihn.«

»Einspruch«, schreit Dan. »Suggestivfrage, und noch mal: Was bezwecken Sie damit?«

»Vergessen wir das«, fahre ich fort. »Sie waren Sekretärin. Würden Sie sagen, eine Sekretärin hat einen tiefen Einblick in den Charakter ihres viel arbeitenden Chefs?«

»Ja, das würde ich sagen.«

»Gilt das auch für Geneva Marks, die Sekretärin Ihres Mannes?«

»Ja, das tut es.«

»Kannten Sie Jennifer Wright?«

»Ja.«

»Woher?«

»Mein Mann hat sie in dem Café kennengelernt, in das er häufiger geht. Sie arbeitete dort, und an dem Tag hat sie geweint. Ein paar Wochen lang hat er täglich mit ihr gesprochen. Als sie ihm endlich ihr Herz ausgeschüttet hat, hat er mit mir darüber geredet und mich um Rat gebeten. Da habe ich gesagt, ein besser bezahlter Job wäre die ideale Lösung für sie, und zufällig hatte ich gerade erfahren, dass eine Freundin ein Kindermädchen suchte.«

»Und diese Freundin kann bestätigen, dass ein Termin für ein Vorstellungsgespräch vereinbart wurde?«

»Ja, das kann sie.«

»Bitte geben Sie deren Namen für das Verhandlungsprotokoll an.«

»Carrie Matthews.«

Ich schaue den Richter an, während Richard nach vorne kommt. »Dem Gericht wird eine Aussage von Carrie Matthews vorgelegt, die diese Information bestätigt.«

Nachdem dieser Vorgang abgeschlossen ist, mache ich weiter und kehre zum vorangegangenen Thema zurück. »Haben Sie sich je mit Ihrem Mann in dessen Büro gestritten?«

»Ja. Ehepaare streiten auch mal.«

»Haben Sie sich je wegen Jennifer gestritten?«

»Nein. Natürlich nicht.«

»Haben Sie sich je wegen der Ermittlungen im Büro Ihres Mannes gestritten?«

»Ja.«

»Worum ging es?«

»Nichts Konkretes. Ich erinnere mich nicht mehr.«

»Hat Jennifer Wright Ihren Mann auf dem Handy angerufen in der Nacht, in der sie ermordet wurde?«

»Ja«, bestätigt sie.

»Hatten Sie einen Streit wegen dieses Anrufs im Büro Ihres Mannes, in Hörweite seiner Sekretärin?«

Sie starrt mich an. »Könnte sein. Ja, vielleicht.«

»Saß Geneva Marks zu diesem Zeitpunkt an ihrem Schreibtisch?«

»Ja. Ich glaube schon.«

»Warum haben Sie sich gestritten?«

Unruhig rutscht sie auf ihrem Stuhl hin und her. »Ist das wichtig?«

»Beantworten Sie die Frage, Mrs Ward!«, ordnet der Richter an.

»Ich wollte der Polizei sagen, dass ich den Anruf entgegengenommen habe, aber das wollte er nicht«, entgegnet sie und widerspricht damit dem, was Geneva ausgesagt hat.

Ein Murmeln geht durch den Gerichtssaal, und natürlich steht die Schuldzuweisung gegenüber meinem Mandanten im Raum. Aber ich bin noch nicht fertig. »Also haben Sie der Polizei nichts erzählt.«

»Nein.«

»Warum nicht?«, dränge ich sie.

»Er hatte Angst, dass ich dann in die Sache hineingezogen werde«, sagt sie. »Noch mehr als ohnehin schon.«

»In Bezug auf den Streit, den die Sekretärin Ihres Mannes mit angehört hat: Wer hat den Anruf entgegengenommen?«

»Ich. Ich habe den Anruf entgegengenommen.«

Wieder erheben sich Stimmen im Saal, und der Richter ruft zur Ordnung auf, bevor er zu mir blickt. »Fahren Sie fort!«

»Wie kam es, dass Sie ans Handy Ihres Mannes gegangen sind?«

»Ich war im Bett und habe noch gelesen. Er hat geschlafen, und ich wollte ihn nicht wecken«, erzählt sie. »Also habe ich das Handy genommen und bin ins Nebenzimmer gegangen.«

»Wie lange hat das Telefonat gedauert?«

»Eine Stunde oder so. Es war ein ziemlich langes Gespräch«, merkt sie an. »Aber sie musste mit jemandem sprechen.«

»Hat Ihr Mann auch mit ihr gesprochen?«

»Nein.«

»Hat Ihr Mann mitbekommen, dass *Sie* mit ihr gesprochen haben?«, frage ich.

»Erst, als ich schon längere Zeit mit ihr telefoniert hatte.«

»Warum haben Sie den Anruf überhaupt entgegengenommen?«

»Ich hatte Jennifer von einem möglichen Job erzählt, und ich wusste, sie wollte hören, wie es damit aussah. An diesem Abend hatte sie Spätschicht.«

»Warum hat sie Ihren Mann angerufen und nicht Sie?«

»Ihre Mutter hat ihr ziemlich zugesetzt wegen der Schwangerschaft. Ich glaube, sie hat deswegen lieber mit Männern gesprochen als mit Frauen. Aber daran haben wir gearbeitet.«

»Bei diesem Telefonat mit Jennifer, worüber haben sie sich da noch unterhalten?«

»Sie hatte ziemlich viele Probleme mit dem Vater ihres Kindes. Über ihn haben wir gesprochen.«

»Waren Sie eifersüchtig auf Jennifer?«

»Nein, natürlich nicht! Ich hatte sie sehr gern. Sie war so ein lieber Mensch. Und ich fand es toll, dass mein Mann ihr helfen wollte.«

»Haben Sie geglaubt, er hätte eine Affäre mit ihr?«

»Nein, überhaupt nicht.«

»Waren Sie je eifersüchtig wegen anderer Frauen?«

»Nein, nie.«

»Noch nicht einmal wegen Geneva Marks?«

»Nein, natürlich nicht.«

»Sie haben sich also noch nie wegen Geneva mit Ihrem Mann in dessen Büro gestritten?«

»Ich … ich kann mich nicht erinnern.«

»Aber Sie waren nie eifersüchtig.«

»Ich kann mich nicht erinnern!«

»Haben Sie Jennifer Wright und ihr ungeborenes Kind ermordet?«

»Nein. Nein, das habe ich nicht.«

»Haben Sie mit ihr verabredet, sich in dieser Nacht noch zu treffen?«

»Nein.«

»Und dennoch waren Sie die letzte Person, mit der sie in dieser Nacht gesprochen hat.«

»Einspruch«, ruft Dan. »Bedrängung der Zeugin.«

»Keine weiteren Fragen.« Ich kehre an meinen Platz zurück, während Dan zum Zeugenstand hinübergeht.

»Haben Sie das Opfer und dessen ungeborenes Kind umgebracht?«, wiederholt Dan meine Frage.

»Nein«, sagt Kelli.

»Und Ihr Mann?«, fragt Dan.

»Nein.«

»Das ist Ihre persönliche Meinung, keine Tatsache, korrekt?«, hakt Dan nach.

»Es ist eine Tatsache«, entgegnet Kelli. »Darauf verwette ich mein Leben.«

»Geben Sie öfter Meinungen als Fakten aus?«, will Dan wissen.

»Nein, das tue ich nicht.«

»Aber in diesem Fall mussten Sie Ihr Leben darauf verwetten, weil es keine Fakten gibt«, stellt der Staatsanwalt fest.

»Einspruch«, sage ich, doch Dan wechselt das Thema, bevor ich weitere Erklärungen abgeben kann.

»Waren Sie zum Zeitpunkt des Mordes mit Ihrem Mann zusammen?«, fährt Dan fort.

»Ja, laut den Zeiten, die man mir genannt hat, ja.«

»Haben Sie hier heute die ganze Zeit über die Wahrheit gesagt?«, fragt Dan.

»Natürlich«, bestätigt Kelli.

»Haben Sie zu Ihrem Mann gesagt, dass Sie die Polizei über Ihr Telefonat mit Ms Wright informieren wollen, oder hat er Sie dazu aufgefordert?«

»Wie ich schon sagte: *Ich* wollte die Polizei informieren.«

Dieses Spielchen geht eine Stunde lang hin und her, bis der Staatsanwalt sich wieder auf seinen Platz setzt. Dafür erhebe ich mich. »Herr Vorsitzender, ich erbitte die Erlaubnis, die Zeugin erneut befragen zu dürfen.«

»Stattgegeben«, verkündet der Richter, während Dan stumm bleibt.

Sofort wende ich mich wieder Kelli zu. »Wo befand sich Ihr Mann zum Zeitpunkt des Mordes, laut Aussage der Polizei?«

»Im Bett. Er hat geschlafen.«

»Wo waren Sie?«

»Auch im Bett.«

Ich setze mich. Dan steht auf. »Herr Vorsitzender, ich erbitte die Erlaubnis, die Zeugin erneut ins Kreuzverhör nehmen zu dürfen.«

»Einspruch«, sage ich. »Er hatte genug Zeit.«

»Die Geschworenen brauchen alle Fakten«, erwidert der Richter. »Dem Kreuzverhör wird stattgegeben.«

Dan beeilt sich, zum Zeugenstand zu kommen. »Könnte Ihr Mann unbemerkt das Haus verlassen haben, während Sie schliefen?«

»Ja, aber ...«

»Das reicht mir«, sagt Dan und nimmt erneut seinen Platz ein.

Ich stehe auf. »Herr Vorsitzender, ich erbitte ...«

»Das ist das letzte Mal, Herr Verteidiger. Also nutzen Sie Ihre Zeit gut.«

»Einspruch«, ruft Dan.

»Zu spät«, sagt der Richter. »Ich habe seiner Bitte bereits stattgegeben. Fassen Sie sich kurz, Mr Summer!«

Ich nicke und sehe dann Kelli an. »Haben Sie je unbemerkt das Haus verlassen, während Ihr Mann schlief?«

»Also, ich ...«

»Ja oder nein?«

»Ich ... Ja.«

Mein Blick geht zum Richter. »Die Zeugin ist entlassen.«

Der Richter schaut zu Dan hinüber, und der ist einverstanden. Stehend erkläre ich: »Die Verteidigung hat ihre Beweisführung abgeschlossen.«

Der Richter sieht auf seine Uhr. »Jetzt ist es zehn Uhr dreißig. Im Hinblick auf die Zeit und das nahende Wochenende setzen wir eine dreißigminütige Mittagspause fest. Danach wird die Verhandlung mit den Schlussplädoyers fortgesetzt.« Er schlägt mit seinem Hammer auf den Block.

Sofort erhebt sich ein Stimmengewirr im Gerichtssaal, und es entsteht Bewegung, während ich zusammen mit meinem Team und meinem Mandanten auf die Tür zusteuere. Innerlich wappne ich mich schon mal für den Kampf, den ich gleich ausfechten muss. Nelson und Kelli werden vor uns in den Konferenzraum geführt, und in der Sekunde, als ich das Zimmer betrete, verpasst Kelli mir eine Ohrfeige. »Sie mieses Schwein!«

Sie versucht, mich ein weiteres Mal zu schlagen, doch ich fange ihren Arm ab. »Worüber regen Sie sich so auf? Sie haben gerade dafür gesorgt, dass Ihr Mann freigesprochen wird.«

»Und die Aufmerksamkeit der Polizei auf mich gelenkt.«

Wieder will sie mich ohrfeigen, doch einer meiner Kollegen hat offensichtlich die Wachleute verständigt, die sie jetzt festhalten. »Möchten Sie Anzeige erstatten, Mr Summer?«

»Nein«, sage ich. »Schaffen Sie sie nur hier raus!«

Die Wachleute zerren sie aus dem Raum. »Sie sind gefeuert«, geht Nelson mich an.

Erstaunt hebe ich eine Augenbraue. »Sie wollen also Ihr eigenes Schlussplädoyer halten? Sind Sie sicher? Dieser Prozess endet nämlich mit mir oder ohne mich.« Dass der Richter ihm nicht erlauben wird, mich zu diesem späten Zeitpunkt zu feuern, teile ich ihm nicht mit. Ich will, dass er Angst hat, allein und einsam vor dem Richter zu stehen.

»Sie sind gefeuert.«

Ich lächle. »Na dann, viel Glück.« Damit wende ich mich ab und gehe in Richtung Tür.

»Warten Sie! Verdammt!«

Ich drehe mich um. »Brauchen Sie noch Tipps?«

»Seit wann ignoriert ein Anwalt die Wünsche seines Mandanten?«

»Sie haben mir gesagt, ich soll Sie da rausboxen, koste es, was es wolle. Der Preis ist das, was gerade da im Gerichtssaal passiert ist.«

»Wenn sie angeklagt wird, verteidigen Sie sie dann?«

»Nein. Ich verteidige keine Mörder, es sei denn, sie hatten einen berechtigten Grund für ihre Tat, zum Beispiel Notwehr. Ist sie das wert, was die im Gefängnis mit Ihnen machen werden? Dass Sie zu deren Spielzeug werden?«, frage ich. »Denn genau das wird passieren. Sie werden der hübsche Junge sein, der es allen besorgt. Buchstäblich allen. Und ich bin mir nicht sicher, ob die Wärter Vaseline haben.«

Ward vergräbt das Gesicht in den Händen, und er zittert. »Ich liebe sie.«

Verärgert gehe ich zum Konferenztisch hinüber und stütze mich mit den Händen auf. »Eine Frau und ihr ungeborenes Kind sind tot. Können Sie wirklich eine Frau lieben, die diese zwei Menschen umgebracht hat?«

Nelson öffnet die Augen. »Ich weiß nicht, ob sie es getan hat.«

»Ach nein? Aber wissen Sie was? Wenn Sie sie damit davonkommen lassen, sind Sie genauso ein Verbrecher wie sie. Ehrlich gesagt bin ich mir nicht mal mehr sicher, ob ich das Schlussplädoyer halten kann. Vielleicht sollte ich das meinem Kollegen überlassen.«

»Was soll ich tun?«

»Haben Sie irgendeinen Beweis dafür, dass sie Jennifer umgebracht hat?«, frage ich eindringlich.

»Nein. Ja. Vielleicht. Ich habe letzte Woche etwas gefunden.«

»Was?«

»In ihrer Handtasche. Eine Halskette, die Jennifer immer getragen hat. Die habe ich in Kellis Handtasche gefunden, aber das bedeutet ja noch nicht, dass sie Jennifer getötet hat.«

»Sagen Sie das der Polizei.«

»Das werde ich«, versichert er mir, und es klingt, als meinte er es auch so.

»Und sehen Sie zu, dass Sie so schnell wie möglich von ihr wegkommen, bevor Sie auch noch tot sind.« Energisch stoße ich mich vom Tisch ab, verlasse den Raum und betrete das Zimmer auf der gegenüberliegenden Seite. Dort gehe ich nicht noch einmal mein Schlussplädoyer durch, das ich mittlerweile bis zum Erbrechen durchgekaut habe. Stattdessen rufe ich Cat an.

Kapitel Neunundzwanzig

Cat

Die kurze Pause ist um elf zu Ende, und ich schwöre, ich bin so nervös, als wäre ich diejenige, die gleich ein Schlussplädoyer halten muss, und nicht Reese. Ich muss mich regelrecht zwingen, sitzen zu bleiben, und als Reese zu seinem Tisch geht und unsere Blicke sich treffen, ist diese Verbindung zwischen uns stärker als je zuvor. Mir zeigt er die Nervosität, die sonst niemand im Raum sehen kann, und ich beobachte, wie sie sich in feste Entschlossenheit verwandelt. Irgendwie tauschen wir in diesem kurzen Moment Millionen von Worten aus, ohne sie laut zu äußern.

Der Prozess geht weiter, und Dan nimmt seine Bühne ein. Sein Abschlussplädoyer dauert nur zwanzig Minuten, doch trotz dieser Kürze kann ich am Ende sagen, dass es wesentlich besser ist, als ich erwartet hatte. Er verwendet Begriffe wie »totes Baby« und »junge Frau, die nicht Mutter werden durfte«. Dann spricht er über den brutalen Schlag gegen ihren Kopf, als sie in den Tod gestoßen wurde. Und seinen wahren Trumpf spielt er wieder und wieder aus: Ein reicher, mächtiger Mann, der nicht wollte, dass seine schwangere Geliebte seine Geschäfte und sein Privatleben zerstört. Ein reicher, mächtiger Mann, der nicht wusste, dass das Baby nicht von ihm war.

Ich bin ziemlich beunruhigt, bis Reese aufsteht und exakt vierzig Minuten lang ein Plädoyer hält, in dem er auf eindrucksvolle und kluge Weise die entscheidenden Punkte darlegt. Er wiederholt die Hauptargumente wie das Fehlen von Beweisen und fokussiert sich auf das einzige Indiz innerhalb dieses Verbrechens: die Fingerabdrücke an einer Tür, die Nelson dort jederzeit hätte hinterlassen können.

»Wenn ich«, sagt Reese, »das Opfer zwei Tage vor seinem Tod

besucht hätte, würde man dann auch vermuten, dass ich sie umgebracht habe? Würden Sie wollen, dass unser Rechtssystem so funktioniert, wenn Sie oder jemand aus Ihrer Familie unschuldig wäre und hier auf der Anklagebank säße? Lassen Sie uns über begründete Zweifel sprechen. Hat der Staatsanwalt Ihnen bewiesen, dass mein Mandant seine Fingerabdrücke an dem Tag, als das Opfer starb, an der Tür hinterlassen hat? Falls nicht, und wenn Sie nicht sicher sind, dass er wirklich an diesem Tag dort war, ist das ein begründeter Zweifel. Wenn Sie begründete Zweifel haben, müssen Sie ihn freisprechen.«

Reese beendet sein Plädoyer mit einer Auflistung anderer Verdächtiger. »Wenn Sie auch nur die leiseste Vermutung haben, dass einer dieser Verdächtigen das Opfer getötet haben könnte, haben Sie auch begründete Zweifel gegenüber meinem Mandanten. Begründete Zweifel bedeuten Freispruch. Schuldig, solange die Unschuld nicht beweisen wurde, ist ein Leitsatz, der in anderen Ländern gilt. Aber das hier ist Amerika. Hier ist man so lange unschuldig, bis die Schuld bewiesen wurde.«

Die Geschworenen haben sich vollkommen auf ihn eingelassen, hören ihm zu, nicken, machen sich Notizen. Das Gleiche konnte ich nicht beobachten, als Dan sein Plädoyer gehalten hat. Um dreizehn Uhr zwanzig sind alle Blicke auf den Richter gerichtet. »Der Sprecher der Geschworenen hat im Namen der Geschworenen darum ersucht, bereits an diesem Nachmittag in Klausur gehen zu dürfen, anstatt erst am Montagmorgen, in der Hoffnung, diese bereits heute abzuschließen. Wir werden uns um sechzehn Uhr dreißig wieder hier einfinden und dann entweder ein Urteil verkünden oder die Verhandlung auf Montagmorgen verlegen.« Energisch lässt er den Hammer auf den Holzblock schnellen.

Als ich den Saal zusammen mit dem Rest der Menge verlassen will, hält mich ein Gerichtsdiener auf. »Bitte hier entlang, Miss.« Ich folge ihm durch einen für die Öffentlichkeit gesperrten Flur, und kurze Zeit später werde ich in ein abgeschiedenes Büro zu Reese geführt, der mich sofort küsst.

»Und?«, fragt er.

»Es war genauso fantastisch, wie ich es erwartet hatte.«

Er schiebt die Hände unter meinen Blazer und legt sie an meine Taille. »Hast du die Geschworenen beobachtet?«

»Du hattest sie vollkommen auf deiner Seite.«

»Und Dan?«

»Nicht so wie du. Und du hast als Letzter gesprochen. Das ist ein Vorteil. Was denken Elsa und Richard?«

»Ich mache keine Nachbesprechung mit meinem Team. Ich will keine Meinungen hören, wenn ich sowieso nichts mehr am Ausgang der Geschichte ändern kann.«

Trotzdem hat er *mich* nach meiner Meinung gefragt. »Wo ist Nelson Ward?«

»Bei meinen Leuten. Er hat mir verboten, den Raum zu betreten. Er ist ziemlich angefressen wegen der Sache mit Kelli.«

»Nach allem, was du für ihn getan hast, verbietet er dir, den Raum zu betreten?«

»Ach, scheiß auf ihn. Ich habe ihm seinen verdammten Arsch gerettet.« Heftig stößt er den Atem aus. »Ich spreche kurz mit meinem Team, und dann lass uns ein bisschen rausgehen. Ich brauche frische Luft.«

Fünfzehn Minuten später sitzen wir in einem Café um die Ecke, das über einen geheizten Außenbereich verfügt, und unterhalten uns angeregt über nichts, was mit dem Prozess zu tun hat, während Reese' Handy förmlich vor Nachrichten und Anrufen platzt, die er größtenteils ignoriert. »Gibt es was Neues zum Deal mit dem Verlag?«

»Nein, aber wenn ein Vorstand über Geld entscheidet, dauert das länger.«

Reese wirft einen Blick auf seine Uhr. »Es ist schon fast eine Stunde rum.«

»Denkst du, man ruft uns schon vor halb fünf zurück in den Saal?«

»Ich hatte gehofft, die kommen in den Raum, stimmen ab, und das war's dann.«

»Also ein One-Night-Stand«, ziehe ich ihn auf.

»Richtig, Süße. Aber diesmal wollte ich einen One-Night-Stand.«

»Wie geht es nach diesem Prozess für dich weiter?«

»Im Prinzip habe ich gerade noch einen zweiten Fall, an dem ein Juniorpartner von mir arbeitet, aber eigentlich ist es mein Mandant und ein ehemaliger Kommilitone von mir.«

»Also was Persönliches.«

»Nicht persönlich, aber er ist ein guter Bekannter und netter Kerl, der in eine schlimme Lage geraten ist, genau zu dem Zeitpunkt, als der Prozess begonnen hat. Ehrlich gesagt muss ich morgen in die Kanzlei und mich in den Fall einarbeiten, damit ich am Montag direkt loslegen kann.«

»Morgen? Du bist echt ein Arbeitstier, oder?«

Lachend reibt er mit der Nasenspitze über meinen Hals. »Das ist doch noch gar nichts, Süße. Nach der Besprechung mit ihm werde ich allerdings mal ein wenig entspannen und gar nichts machen.«

In diesem Moment kommt mir die Erkenntnis, dass ich gar nicht weiß, wie es nach dem Prozess weitergeht, weder bei ihm noch bei mir. Und auch nicht, was uns betrifft. Ich wohne nur so lange bei ihm, bis der Prozess zu Ende ist, und das ist im Prinzip schon jetzt der Fall. Reese' Handy klingelt, und als er aufs Display blickt, legt sich ein seltsamer Ausdruck auf sein Gesicht. »Da muss ich drangehen«, sagt er. »Bin gleich wieder da.«

Er steht auf und lässt mich allein zurück, um ungestört zu telefonieren.

Ich bin wie gelähmt, weiß nicht, was ich denken soll. Bisher hat er sich mir gegenüber noch nie so verhalten, als gäbe es etwas, das ich nicht wissen darf; das zu privat für mich ist. Mich beschleicht ein komisches Gefühl. Ich komme mir fehl am Platze vor, und so habe ich mich in Reese' Gegenwart noch nie gefühlt. Vielleicht ist die Vergnügungsfahrt hiermit zu Ende. Vielleicht ist es ihm mit mir zu ernst geworden. Fast fünfzehn Minuten lang bleibt er verschwunden. Ich sehe mir die Nachrichten auf einem Fernseher in der Nähe an, nachdem ich den Gedanken ans Arbeiten gleich wieder verworfen habe. Ich kann jetzt nicht schreiben. Dafür bin ich zu sehr neben der Spur.

Plötzlich kommt Reese auf mich zugeeilt. »Die Geschworenen sind zurück.«

»Oh Gott«, presse ich hervor. »Das ging ja schnell.«

»Freitagabend: das Allheilmittel gegen jede lange Klausur«, erklärt er. »Dann wollen wir mal sehen, ob wir auf unseren Sieg anstoßen können oder uns in Selbstmitleid suhlen müssen.«

Ich schnappe mir meinen Mantel, und er hilft mir hinein, bevor wir hastig zum Gericht zurücklaufen. Fünfzehn Minuten später halte ich den Atem an, als der Richter die Entscheidung der Geschworenen vorliest. »Wir, die Geschworenen, befinden den Angeklagten des vorsätzlichen Mordes für nicht schuldig.«

Reese, sein Team und Nelson Ward sacken vor Erleichterung in sich zusammen.

Dann beginnt die formelle mündliche Bestätigung der Abstimmung durch die Geschworenen, und anschließend werde ich erneut in das abgelegene Büro zu Reese geführt, der die Arme um mich schlingt, mich hochhebt und sich mit mir im Kreis dreht. Lachend sieht uns sein Team vom Flur aus zu, als Nelson auf Reese zukommt und die Hand ausstreckt. »Danke! Vielen Dank!«

Reese schüttelt ihm die Hand. »Jetzt tun Sie das Richtige: Die Gerechtigkeit liegt in Ihren Händen.«

»Das werde ich«, versichert er Reese. »Aber ich brauche einen Anwalt, der mich schützt, während ich das tue.«

»Sie sind jetzt unantastbar«, erklärt Reese. »Aber falls Sie eine Mörderin der Polizei ausliefern wollen, begleite ich Sie gerne durch das ganze Prozedere. Wo ist sie jetzt?«

»Das weiß ich nicht, und ich habe die Befürchtung, dass sie flüchten wird.«

Sofort holt Reese sein Handy heraus und wählt eine Nummer. »Royce. Ja. Danke. Behalte du unbedingt Kelli im Auge!« Er wirft Nelson einen bedeutungsvollen Blick zu, bevor er fortfährt: »Nelson Ward möchte mit einem Kriminalbeamten, dem wir vertrauen können, über Kelli sprechen. Kannst du das arrangieren? Richtig. Verstehe.« Reese beendet den Anruf. »Royce Walker kommt nach der Pressekonferenz mit der Polizei her. Dann wollen wir mal.«

Seine Kollegen gehen auf die Tür zu, doch er bleibt neben mir stehen. »Ich muss mich gleich noch mit der Polizei und Kelli auseinandersetzen.«

»Ich weiß.«

Fest zieht er mich an sich. »Wir treffen uns bei mir. Okay?«

»Ja, okay.«

Er küsst mich und presst die Wange an meine. »Ich kann es kaum erwarten, mit dir allein zu sein«, raunt er mir ins Ohr, bevor er davongeht.

Ich folge ihm nicht. Stattdessen stehe ich einfach da und fühle mich unwohl – so, wie ich mich nach der ersten Nacht hätte fühlen sollen; nach dem One-Night-Stand, der keiner ist, aber vielleicht trotzdem bald endet. Und es gefällt mir ganz und gar nicht, wie sich das anfühlt.

Kapitel Dreißig

Cat

Ich verfolge die Pressekonferenz, und als sie endlich vorbei ist, kann ich mich irgendwie nicht dazu durchringen, zu Reese' Apartment zu gehen. Zu meinem scheine ich allerdings auch nicht zu wollen. Schließlich lande ich in meinem Stammcafé, habe meinen Mantel über einen Stuhl gelegt und einen Kaffee und meinen Laptop als Gesellschaft. Heute habe ich mein pinkes Kleid angezogen, weil ich Pink mag und es tragen kann. Ansonsten gibt es keinen anderen Grund dafür.

Laut atme ich aus. Ich hasse dieses nagende Gefühl in mir, und so kämpfe ich mich mit grimmiger Entschlossenheit durch meine Arbeit. Gerade bin ich bei meinem Schlussplädoyer angelangt, als Lauren anruft. »Royce sagt, Nelson Ward stellt sich jetzt gegen seine Frau?«

»Jepp. Ich war dabei, als er Reese gebeten hat, ihm zu helfen, das Richtige zu tun.«

»Wow!«, kommentiert sie. »Einfach nur wow! Ich hoffe, die kriegen sie dran.«

»Das hoffe ich auch. Sehr sogar.«

Wir quatschen eine gute halbe Stunde lang, doch eine Sekunde bevor wir auflegen wollen, fragt Lauren unvermittelt: »Was ist los?«

»Ich bin total kaputt. Ich schreibe gerade meine Kolumne, und mein Kopf ist einfach total leer.«

»Ist irgendwas mit dir und Reese?«

»Nein. Nichts.«

»Bist du sicher?«

»Ja, das bin ich, und du klingst übrigens, als würde es dir besser gehen.«

»Das ist auch so«, sagt sie. »Es ist total verrückt und kam ganz plötzlich. Erst war mir die ganze Zeit schlecht und jetzt gar nicht mehr.«

Fünf Minuten später beenden wir das Gespräch, und innerlich stelle ich mir die gleiche Frage, die sie mir gestellt hat: Ist irgendetwas mit mir und Reese? Vielleicht liegt es auch einfach nur an meiner gestörten Persönlichkeit, und ich suche förmlich nach einem Problem. Rasch dränge ich diesen Gedanken beiseite und richte meine Aufmerksamkeit stattdessen wieder auf mein Abschlussplädoyer. Doch ich starre nur mit leerem Blick auf die Seite. Mir fällt nichts ein. Schließlich zwinge ich mich dazu, etwas zu tippen:

Das Rechtssystem hat heute funktioniert. Man ist unschuldig, solange die Schuld nicht bewiesen wurde. Nelson Wards Schuld wurde nicht bewiesen. Doch der Gerechtigkeit wird erst Genüge getan, wenn das Verbrechen aufgeklärt wurde. Somit ist es an der Zeit, dass wir, das Volk, diese Aufklärung verlangen. Fordern Sie Gerechtigkeit für Jennifer Wright und ihr ungeborenes Kind.
Bis dahin
Ihre Cat

So. Fertig. Ein Punkt auf meiner Liste abgehakt.

Nun mache ich mich an die Planung meiner Kolumnen für die nächste Woche, und ich bin gerade damit fertig, als mein Handy erneut klingelt. Auf dem Display leuchtet Liz' Nummer auf. »Hi, Liz.«

»Ich habe gerade mit deinem Verlag gesprochen«, verkündet sie.

Ich blicke auf die Uhr. »Um acht Uhr an einem Freitagabend?«

»Ja. Der Prozess ist beendet, und die haben Panik, dass du bei wem anders unterschreibst. Deswegen haben sie das Angebot auf siebenhunderttausend erhöht. Fünfhundert für das Buch über den Prozess, sofern Reese Summer sich als Berater verpflichtet. Sein Honorar musst du selbst finanzieren. Für die zweite Buchoption bekommst du zweihunderttausend, also doppelt so viel wie für dein letztes Buch.«

Sofern Reese Summer einen Beratervertrag unterschreibt. Ohne ersichtlichen Grund zieht sich mir bei dem Gedanken der Magen zusammen. Er wird es machen. Das weiß ich, ganz sicher. »Okay.«

»Okay? Ich habe gerade von siebenhunderttausend Dollar gesprochen, und du sagst ›Okay‹? Ich weiß, wir hatten siebenhundertfünfzig vereinbart, aber das ist verdammt nah dran.«

»Ich weiß. Ich bin einfach nur ausgelaugt. Die Woche war ziemlich heftig.«

»Du und Reese, ihr habt Probleme.«

»Nein.«

»Nein?«, hakt sie nach.

»Nein.«

»Das war's? Mehr hast du nicht dazu zu sagen?«

»Nein«, entgegne ich. »Ist das besser, als mit einem Vorschlag an andere Verlage ranzutreten? Mir gefällt diese persönliche Beziehung zwischen denen und Dan nicht.«

»Ja, es ist besser, und zwar aus folgendem Grund: Wenn du jetzt aus dem Deal aussteigst und woanders nicht mehr unterkommst, wird dein Verlag dich nicht zum gleichen Honorar zurücknehmen. Das ist ein Haufen Geld, den du dabei aufs Spiel setzt.«

»Stimmt. Ich sag dir am Montag Bescheid.«

»Sonntagabend«, beharrt sie.

»Okay.«

»›Okay‹ gefällt mir nicht, Cat.«

»Okay.«

Sie stößt ein frustriertes Schnauben aus. »Ich rufe dich am Sonntag an.« Dann legt sie auf. Ich schicke meine Kolumne an meinen Web-Editor, der sich allerdings aufgehängt zu haben scheint, und überlege, schon mit dem Text für Montag anzufangen. Doch falls man Kelli verhaftet, müsste ich alles noch mal komplett ändern. Deshalb suche ich stattdessen im Internet nach Material für die Zeit nach Nelson Ward – und vielleicht auch nach Reese Summer. Ich entdecke ein paar interessante Fälle und beginne zu recherchieren, bis ich schließlich zwei Prozesse gefunden habe, die ich gern im Gerichtssaal mitverfolgen würde.

Mittlerweile ist es einundzwanzig Uhr, und das Café ist leer und schließt in einer halben Stunde, als Reese anruft. Nervös atme ich aus und traue mich kaum dranzugehen, was mir sonst bei Reese nie so geht. »Hallo.«

»Hey, schöne Frau. Bist du zu Hause?«

Zu Hause. Welches Zuhause? Seins? Meins? »Ich sitze im Café.«

»Ich sitze in einem Taxi. Warte kurz.« Im Hintergrund kann ich hören, wie er dem Fahrer die Adresse des Cafés nennt. »Okay, ich bin auf dem Weg. Nelson hat eine Aussage zu Kelli gemacht, bevor er ins Flugzeug gestiegen ist und die Stadt verlassen hat.«

»Fliegt er ins Ausland?«

»Nein. Er war damit einverstanden, in der Nähe zu bleiben, falls er zurückfliegen muss. Kelli wurde abgeführt und wird gerade verhört.«

»Wie, glaubst du, geht das aus?«

»Ich denke, sie wird sich einen Anwalt nehmen, und es wird schwer werden, sie zu überführen, aber Nelson will die Scheidung einreichen, sodass für sie alles auf einmal kommt.« Jemand klopft bei ihm am Handy an. »Moment.« Einen Augenblick lang schaltet er mich auf stumm, dann meldet er sich wieder. »Das ist Royce. Wir sehen uns in zehn Minuten.«

»Okay.«

Als wir die Verbindung beendet haben, stoße ich einen Seufzer aus. Anscheinend habe ich heute meinen »Okay«-Abend, wobei ich mir nicht mal sicher bin, ob ich dieses Wort überhaupt schon mal so oft benutzt habe. Normalerweise bekommt man meine Zustimmung nicht so leicht. Ich zerre an dem festen Dutt in meinem Nacken und löse mein Haar, bevor ich anfange, meine Sachen einzupacken. Plötzlich sitzt Dan vor mir. »Wie ich höre, schreiben Sie ein Buch zusammen mit Reese.«

»Da haben Sie was Falsches gehört. Ich schreibe ein Buch. Reese hat einem Interview zugestimmt. Möchten Sie auch interviewt werden?«

»Ich erzähle meine Seite der Geschichte lieber mit meinen eigenen Worten.«

»Das war mir klar. Weil Sie so berechenbar sind.«

»Was soll das heißen?«

»Das heißt, ein Arschloch würde niemals jemand anders erlauben, seine Geschichte aufzuschreiben, weil es nicht als Arschloch bezeichnet werden will. Ich hoffe, zum Schreiben haben Sie mehr Talent als zur Beweisführung.«

»In meiner Geschichte steckt mehr drin, als Sie ahnen, Mädchen.«

»Mädchen?«, sage ich lachend. »Die Arschlochsprache beherrschen Sie wirklich gut.«

»Und Sie sind ziemlich frech.«

»Danke schön! Das hat mir meine Mama beigebracht. Sie wäre sehr stolz auf mich.«

»In Ihren Texten haben Sie mich ziemlich auseinandergenommen.«

»Und endlich kommen wir zum Grund Ihres Besuchs. Machen Sie es besser, dann schreibe ich auch netter. Ich bin ein fairer Mensch.«

»Als Anwältin waren Sie sicher eine ziemliche Plage vor Gericht.«

»Jepp, aber ich habe jede Minute davon gehasst. Und ich glaube, das tun Sie auch.« Verschwörerisch lehne ich mich vor. »Wenn Sie Ihren Job hassen, werden Sie ihn auch nie besser machen.«

»Vielleicht ziehe ich mich ja zurück und schreibe Bücher.«

»Wenn es das ist, was Sie wollen, sollten Sie es auch tun. Besser, als dauernd Prozesse zu verlieren, bei denen am Ende niemand ins Gefängnis kommt. Denn wie Sie bei der Pressekonferenz sagten: Heute ist niemand ins Gefängnis gekommen. Und Jennifer hat was Besseres verdient als das.«

»Miststück!«

»Arschloch!«

Er dreht sich um und geht davon.

Ich sehe ihm nach, als er das Café verlässt. Da kommt Reese gerade durch die Tür, mit sexy zerzaustem Haar und gelockerter Krawatte. Dan knurrt ihm irgendetwas entgegen und verschwindet. Stirnrunzelnd kommt Reese auf mich zu, mit seinem typisch lässigen Gang, und er sieht so gut aus, dass mir bei seinem bloßen Anblick immer noch ganz heiß wird. Vor meinem Tisch bleibt er stehen, zieht mich hoch, und es scheint ihm vollkommen egal zu sein, dass wir uns hier in der Öffentlichkeit befinden. Er vergräbt eine Hand in meinem Haar, und dann küsst er mich – nein, er berauscht mich, anders kann ich es nicht beschreiben, wie er mit seiner Zunge jedes Nervenende in meinem Körper zum Kribbeln bringt.

»Hi«, sagt er und streicht mir eine Haarsträhne aus dem Gesicht.

»Hi.«

»Hast du eine Affäre mit Dan?«

Ich lache. »Nein. Ob du es glaubst oder nicht, ich stehe nicht auf Arschlöcher.«

»Na, was für ein Glück, dass ich keins bin. Was hältst du von Pizza, Champagner und mich zum Abendessen, im Bett?«

Er geht davon aus, dass ich mit zu ihm gehe, während ich dachte … Gar nichts. Ich hatte keine Ahnung, was mit uns los war, aber jetzt, da er bei mir ist, glaube ich, ich habe mich erneut von meiner Vergangenheit beeinflussen lassen. Der Geist von Mitch hat mich heimgesucht, obwohl das schon lange vorbei ist. »Ja zu allem«, antworte ich. »Bitte.«

Wir müssen beide lächeln, als ich *bitte* sage.

In diesem Moment beschließe ich, dass dieser Anruf, den ich nicht mit anhören sollte, keine Bedeutung hatte. Er dagegen bedeutet mir immer mehr.

Kapitel Einunddreißig

Reese

Als ich am Samstagmorgen aufwache, liegt Cat zusammengerollt neben mir, und ihr süßer, blumiger Duft haftet an mir und den Laken, was mir direkt eine Morgenlatte beschert. Dummerweise summt auch mein Handy, das auf dem Nachttisch liegt und offensichtlich der Grund ist, warum ich aufgewacht bin. Ich nehme es hoch und stelle mit einem Blick aufs Display nicht nur fest, dass es sieben Uhr morgens ist, sondern auch, dass es sich bei der Anruferin um meine Schwester handelt. In diesem Moment hört das Klingeln auf, und eine Sekunde später bekomme ich eine Nachricht. *Geh an dein Telefon, du Superheld. Freu mich, dass du deinen Fall gewonnen hast, aber jetzt ruft dein anderes Leben.* Sie spielt auf die Eheprobleme meiner Eltern an, und gerade bin ich nicht bereit dazu, diese Situation in Cats Gegenwart zu klären, zumindest nicht, solange ich noch nicht mit Cat über »meine verkorkste Familie« gesprochen hab. Was ich – um fair zu sein – allerdings noch dieses Wochenende tun werde.

So, wie ich Stacey kenne, ruft sie noch zehnmal an. Deswegen rutsche ich sachte von Cat weg, sorgsam darauf bedacht, sie nicht zu wecken. Ich sammle meine Hose und mein T-Shirt vom Boden auf und ziehe beides über, gehe jedoch noch nicht weg. Stattdessen bleibe ich neben dem Bett stehen und starre auf Cat hinunter; vollkommen im Klaren darüber, dass meine Einladung an sie, bei mir zu wohnen, nur bis zum Ende des Prozesses galt.

Nein. Mein Vorwand, sie bei mir zu haben. Das will ich auch immer noch, und es ist an der Zeit, ein ehrliches Gespräch mit ihr zu führen. Sie soll wissen, dass ich nicht ohne sie an meiner Seite aufwachen oder einschlafen will. Ich lasse sie nicht gehen.

Schließlich laufe ich ums Bett herum und betrete das Bad, um mir die Zähne zu putzen und mir Wasser ins Gesicht zu spritzen. Da die Meetings, die ich gestern Abend auf dem Weg zu Cat vereinbart habe, erst am Nachmittag stattfinden, beschließe ich, dass es zum Frühstück heute Kaffee und Cat gibt. Als ich aus dem Bad komme, stelle ich fest, dass Cat sich noch fester in die Decken eingerollt hat und tief schläft. Ihre Miene strahlt vollkommene Zufriedenheit aus. Also Kaffee zuerst, Cat dann später. Mit einem Lächeln im Gesicht steige ich die Treppe hinunter und mache den Kamin im Arbeitszimmer an, das sich direkt neben der Küche befindet. Dann koche ich mir einen Kaffee und stelle meinen Laptop auf die Kücheninsel, bevor ich mich auf einen der Barhocker am Ende der Arbeitsfläche setze, von wo aus ich einen guten Blick auf die Treppe habe, die Cat irgendwann herunterkommen wird.

Nachdem ich mein MacBook zum Leben erweckt habe, gehe ich die Schlagzeilen über den Prozess durch und rufe Cats Kolumne auf, in der Absicht, sie zu lesen. Ich plane, das zu meinem morgendlichen Ritual zu machen, jetzt, da der Prozess vorbei ist und die Kameras aus sind. Nun kann ich ja zugeben, unter was für einem höllischen Druck ich stand.

Wie erwartet klingelt mein Handy erneut. Nach einem Blick auf die Nummer nehme ich den Anruf entgegen. »Hallo, Sonnenschein.«

»Geh gefälligst ans Telefon, wenn ich dich anrufe«, herrscht mich meine Schwester an.

»Ich hab noch geschlafen. So was tue ich ab und zu.«

»Mom und Dad hatten einen Riesenkrach.«

»Das hast du mir gestern schon erzählt, als du mich am letzten Tag des wohl wichtigsten Prozesses meiner Karriere angerufen hast.«

»Ja, aber jetzt hat sie ihn verlassen. Und sie geht nicht an ihr Handy. Keiner weiß, wo sie steckt. Dad ist am Durchdrehen.«

»Vielleicht war sie endlich so schlau, sich einen anderen Mann zu suchen«, schlage ich vor, und das ist eine meiner wenigen Aussagen, die man tatsächlich als hoffnungsvoll bezeichnen könnte.

»Das ist deine Antwort?«, faucht Stacey. »Echt jetzt, Reese?«

»Ich hab diesen Krieg zwischen den beiden jahrelang mitgemacht und zugesehen, dass ich da rauskomme. Das solltest du auch tun.«

»Aber sie geht nicht mal ans Handy, wenn einer von uns anruft. Was, wenn ihr irgendwas passiert ist?«

»Wie lange ist das jetzt her?«, frage ich.

»Zwölf Stunden.«

»Ach, der geht's gut«, sage ich, um meine Schwester zu beruhigen, während ich mir insgeheim selbst Sorgen mache. Normalerweise schottet sie sich nicht von ihren Kindern ab. Davon abgesehen aber auch nicht von dem Arschloch, das sie geheiratet hat. »Sie ist fünfundfünfzig Jahre alt und eine schöne, intelligente und praktische Frau. Gib ihr etwas Zeit.«

In der Leitung meiner Schwester klopft es. »Das ist sie. Ich muss Schluss machen.« Sie legt auf.

Sofort rufe ich meinen Bruder Dylan an. »Er hat 'ne neue Freundin«, meldet sich Dylan statt einer Begrüßung.

»War klar«, gebe ich zurück. Mittlerweile habe ich dieses Thema wirklich satt.

»Sie ist zweiunddreißig. Blond. Wunderschön. Ich würde sie ficken. Aber Dad fickt sie. Was für eine verfickte Scheiße!«

»Ich wusste, er ändert sich nicht«, sage ich. »Keine Ahnung, warum sie bei ihm bleibt. Wir sind doch jetzt alle erwachsen. Wir brauchen kein stabiles Umfeld mehr, und davon abgesehen gab es sowieso nie eins.«

»Offensichtlich bleibt sie diesmal nicht«, entgegnet mein Bruder. »Sie ist verschwunden.«

»Gerade hat sie Stacey angerufen.«

»Gott sei Dank«, sagt er erleichtert. »Ich hatte schon wilde Fantasien im Kopf, dass eine von Dads Frauen sie umgebracht hat. Das hab ich ihm auch gesagt. Irgendwann sucht er sich mal 'ne Verrückte aus, und dann war's das.«

»Jetzt weißt du auch, warum ich weggezogen bin.«

»Dann nehme ich mal an, du kommst auch dieses Weihnachten nicht nach Hause«, vermutet er.

»Oh Gott, nein. Ganz sicher nicht.«

Nun klopft es bei ihm in der Leitung. »Ich muss gar nicht erst nachschauen, wer das ist. Es kann nur Stacey sein.«

»Schick mir 'ne Nachricht und halte mich auf dem Laufenden. Ich habe heute diverse Meetings.«

»Wie immer bei der Arbeit. Ach, Glückwunsch, Mann, zu deinem Sieg. Ich hoffe, er hat's wirklich nicht getan.«

»Nein, hat er nicht.«

»Scheiße«, knurrt Dylan ärgerlich. »Stacey hat aufgelegt.«

In diesem Moment klopft es bei mir. »Jetzt ruft sie mich an«, verkünde ich.

»Ich rufe sie zurück. Überleg dir das mit Weihnachten. Du hast noch drei Monate für deine Entscheidung. Noch mal stehe ich das nicht allein durch.«

»Dann komm doch hierher«, schlage ich vor. »Flüchte aus der Hölle da unten.«

»Vielleicht mache ich das sogar. Wirklich. Ciao.« Er legt auf.

Als Nächstes lese ich mir Cats Kolumne durch, tauche tief in die Gedanken dieser Frau ein, die meine Welt vollkommen verändert hat. Sie ist scharfsinnig, geistreich und intelligent. Aber sie ist auch knallhart und verfügt über ein starkes Selbstbewusstsein, das sich in ihrem Text widerspiegelt. Abwesend trommle ich mit den Fingern auf die Arbeitsplatte. Auch meine Mutter hat all diese Eigenschaften, und trotzdem bleibt sie bei meinem Vater, während Cat mir sicher einen Tritt versetzen würde, wenn ich mich wie er verhalten würde. Wieso bleibt meine Mutter bei ihm?

Schritte ertönen, und als ich aufblicke, kommt Cat in die Küche geschwebt. Sie trägt einen flauschigen pinken Morgenmantel, der oben so weit offen steht, dass er mir einen Blick auf ihre linke Brust erlaubt. Ihr blondes Haar ist auf diese sexy Art zerzaust, die in mir das Verlangen weckt, bis in alle Ewigkeit mit ihr zu schlafen und die Arbeit Arbeit sein zu lassen. Langsam kommt sie zur Kücheninsel herüber, bleibt an der Kante direkt neben mir stehen, und ihre grünen Augen leuchten, als sie sich meinen Kaffee nimmt und daran nippt. Sofort verzieht sie die Nase. »Du trinkst deinen Kaffee ja wie Stout Whisky«, befindet sie und stellt die Tasse wieder ab. »Der erfüllt seinen Zweck, aber es macht keinen Spaß mit ihm.«

Lachend drehe ich mich auf meinem Stuhl herum und ziehe sie zu mir. »So wie ich meinen Zweck erfülle?«

»Ja, aber mit dir macht es manchmal auch Spaß.«

»Manchmal? Ist das so?«

»Jepp«, sagt sie. »Manchmal. Manchmal bist du auch sehr angespannt, so wie gestern in der Dusche.«

»Ach ja. Wegen dieses Vorfalls …«

»Du brauchst mir nichts zu erklären«, unterbricht sie mich und legt ihre Hand an meine Brust. »Die ganzen Kameras gestern … Die halbe Welt hat dir zugesehen. Falls du es vergessen haben solltest: Ich weiß, wie Prozesstage sind. Und ich hatte nie annähernd so viel mediale Aufmerksamkeit wie du.« Zärtlich küsst sie mich auf die Wange. »Ich überlasse dir deinen Whiskykaffee und mache mir jetzt mal was Trinkbares.« Sie geht an mir vorbei, und ich drehe mich auf meinem Stuhl so um, dass ich ihr dabei zusehen kann, wie sie in meiner Küche herumhantiert, als würde sie schon länger als eine Woche hier wohnen. Und im Prinzip kann man tatsächlich von wohnen sprechen.

»Wann musst du zur Arbeit?«, erkundigt sie sich, während sie ein Pad in die Kaffeemaschine steckt und eine Tasse darunterstellt.

»Gegen Mittag«, antworte ich. »Aber mein Meeting ist erst um vier. Vorher will ich noch das durchgehen, was ich bis jetzt in der Kanzlei verpasst habe – was so ziemlich alles ist.«

»Kann ich mir vorstellen«, sagt Cat. »Ich gehe unter die Dusche und fahre dann heim.« Sie wendet sich ab und dreht mir den Rücken zu, während sie an ihrem Kaffee herumdoktert und mir nur ein einziges Wort durch den Kopf geht: *heim.*

Verdammt. Sie hat noch ein anderes Zuhause abgesehen von diesem hier. Doch das kann sie schon bald vergessen. Und ich auch.

»Cat.«

Abrupt dreht sie sich um und verschränkt die Arme vor der Brust. Sie verschränkt nie die Arme vor der Brust. »Ich hab auch Arbeit … und Wäsche … und wahrscheinlich Berge von Post. Ich kann nicht fassen, dass ich nicht mal an meine Post gedacht habe.«

Seufzend stehe ich auf und gehe zu ihr. »Willst du wirklich lieber dort bleiben als hier?«

»Ich habe meine eigene Wohnung, Reese«, sagt sie, löst die Arme und legt nun beide Hände an meine Brust.

»Okay. Möchtest du lieber dort leben? Wir können auch bei dir wohnen.«

»Wir?«

»Ja, Cat. Wir. Es gibt doch ein Uns, oder nicht?«

»Bisher schon, aber …«

»Aber? Du brauchst den Satz gar nicht zu beenden, er gefällt mir jetzt schon nicht. Entweder sind wir zusammen oder nicht.«

»Okay.«

»Okay? Das klingt ziemlich reserviert für deine Verhältnisse.«

»Das ist mein neues Wort. Ich übe mich im Entgegenkommen, und wenn ich dann mal nicht entgegenkommend bin, wirst du dich daran erinnern, wie entgegenkommend ich war. Denn wenn ich mal nicht entgegenkommend bin, bin ich extrem unentgegenkommend.«

Ich stütze mich zu ihren beiden Seiten mit den Händen auf der Arbeitsplatte ab. »Eben hast du mich auf meine Anspannung gestern angesprochen. Du weißt aber schon, dass das eine Ausnahmesituation war, oder?«

»Natürlich weiß ich das. Wie ich schon sagte: Überall waren Kameras auf dich gerichtet. Der Druck war heftig.«

»Sag mir, was los ist, Cat.«

»Ich … Das ist dumm, und ich komme mir blöd vor.«

»Bitte sag's mir.«

»Gestern hast du einen Anruf bekommen und mich einfach im Café sitzen lassen, und ich weiß nicht, wieso, aber das hat sich komisch angefühlt. Als ob du irgendwas vor mir verheimlichen wolltest. Und nein, ich weiß nicht, wieso, aber du kamst mir so verschlossen vor, und vorher warst du nie so, obwohl du natürlich jedes Recht dazu hättest und …«

»Es stimmt«, unterbreche ich sie. »Ich bin weggegangen, weil ich nicht wollte, dass du dieses Gespräch mithörst. Es war meine Schwester, und es ging um ein Problem innerhalb der Familie.«

»Glaubst du, ich kann mit deinen Familienproblemen nicht umgehen? Du erinnerst dich schon noch an meine, oder?«

»Also«, sage ich, stoße mich von der Arbeitsplatte ab und reibe über die Bartstoppeln an meinem Kinn, »meine Eltern bekriegen sich permanent. Das war schon immer so. Und das ist der Grund, warum ich keine Beziehung wollte.«

»Und doch bin *ich* jetzt hier.«

»Ja. Du bist hier. Aber du bist auch anders. Wegen dir habe ich mit meinen Prinzipien gebrochen, aber ich will, dass du weißt, ich werde nie so sein wie mein Vater, und, ja, ich werde dir noch genauer erklären, was ich damit meine. Mir wäre es nur lieber, das nicht ausgerechnet jetzt zu tun, bevor ich in die Kanzlei muss.«

»Okay«, stimmt sie zu, »aber dann will ich auch, dass du eins weißt: Egal, was du mir über deine Eltern erzählst, es wird nichts an meinem Bild von dir ändern.«

Ich lege die Hände an ihre Wangen und küsse sie. »Das will ich hoffen, denn ich lasse dich nicht wieder gehen. So oder so, dieses Wochenende verbringen wir zusammen. Hier oder bei dir.«

»Wir können hierbleiben, aber ich muss trotzdem mal nach meiner Wohnung sehen und ein paar Sachen regeln.«

»Wie wäre es, wenn wir uns zum Abendessen hier treffen und ich dich irgendwohin ausführe? Oder ich hole dich ab und bringe dein Gepäck hierher, falls du welches hast.«

»Ruf mich doch einfach an, wenn du Feierabend machst.«

»Das passt. Wäre eine Reservierung um acht okay für dich?«

»Ja. Super.«

»Aber jetzt kümmern wir uns erst mal ums Frühstück.« Damit hebe ich sie hoch und trage sie aus der Küche, mit der Absicht, das Frühstück im Schlafzimmer einzunehmen. Ich steige die Treppe hinauf und setze Cat auf meinem Bett ab, bevor ich mich zu ihr geselle und mich auf sie lege.

Genau in diesem Moment klingelt mein Handy in meiner Hosentasche. Ich ignoriere den Anruf und senke stattdessen den Kopf, um Cat zu küssen, doch sie legt mir die Finger an die Lippen. »Willst du nicht lieber drangehen?«

»Nein.« Ich löse ihre Hand von meinem Mund und küsse sie. Vorhin hat sie noch nach Zahnpasta geschmeckt. Jetzt schmeckt sie nach Zahnpasta und Kaffee, was anscheinend genau die Mischung ist, die ich brauche, um erneut eine Morgenlatte zu haben. Wieder klingelt mein Handy. Cat schiebt mich von sich weg. »Was, wenn es deine Familie ist?«

»Es ist meine Familie.«

»Dann gehst du jetzt dran und kümmerst dich darum. Ich gehe inzwischen duschen.«

Ich rolle mich von ihr herunter und lasse mich auf den Rücken fallen. »Shit.« Genervt hole ich mein Handy heraus und blicke aufs Display. »Meine Schwester.«

Cat beugt sich vor und küsst mich. »Ich laufe nicht weg. Kümmere dich um sie.«

Damit steht sie aus dem Bett auf, und ich drehe mich auf die Seite, um zuzusehen, wie sie das Schlafzimmer verlässt, während es mir scheißegal ist, dass mein Handy aufgehört hat zu läuten. Gerade beschäftige ich mich gedanklich mit etwas, womit ich mich noch bei keiner anderen Frau beschäftigt habe: Ich verliebe mich gerade in Cat. Verdammt, wahrscheinlich bin ich schon längst in sie verliebt. In jedem Fall gibt es keinen Weg zurück. Ich habe nicht gelogen, als ich sagte, sie hatte mich schon in dem Moment, als sie mich »Arschloch« genannt hat.

***

Cat

In der Sekunde, als ich meine Wohnung betrete, zieht sich mein Magen zusammen. Ich liebe dieses Apartment. Für mich bedeutet es Freiheit, und es steht für meine Entscheidung, mein eigenes Leben zu leben, nicht das, welches mein Vater für mich vorgesehen hat. Aber es ist auch ein Ort, den meine Mutter gewählt hat, um sich zurückzuziehen; den ich gewählt habe, um mich ebenfalls zurückzuziehen. Wo ich die Einsamkeit mehr genossen habe als das Zusammensein mit irgendjemand anders.

Nein. Allein habe ich mich sicherer gefühlt. Und ich denke, zum damaligen Zeitpunkt war die Einsamkeit auch tatsächlich sicherer. Ich war nicht bereit für eine Beziehung, und ich war mir nicht einmal sicher, ob ich je wieder bereit sein würde. Doch dann kam Reese. Und nun fühle ich mich seltsamerweise freier in seiner Wohnung, während mir mein Apartment wie ein Gefängnis vorkommt. Es war das Gefängnis meiner Mutter; der Ort, an dem sie sich vor meinem Vater versteckt hat, anstatt ihn einfach zu verlassen. Und die Vorstellung, wie sie sich gefühlt haben muss, wenn sie hierherkam, bringt mich fast um.

Ich gehe in die Küche, lasse den Poststapel in meinen Armen auf die Arbeitsplatte fallen und fange an, ihn durchzugehen. Kurz überlege ich, Staub zu wischen und die Wohnung zu putzen, doch dann bestelle ich einfach eine Reinigungsfirma und regle die weitere Organisation mit dem Sicherheitsdienst. Meine schmutzige Wäsche habe ich bei Reese gelassen, und nächste Woche habe ich keinen Gerichtstermin, für den ich andere Sachen brauche. Eigentlich bin ich schon fertig. Da mir aber noch mehrere Stunden bis zum Abendessen bleiben, ziehe ich mir meine bequeme Victoria's-Secret-Boyfriendhose über, und mein Laptop ruft bereits nach mir. Ich mache es mir in meinem Lieblingssessel im Wohnzimmer gemütlich, der – als Kontrast zu all den Grautönen im Raum – mit einem weichen marineblauen Filz bezogen ist. Gott, wie habe ich diesen Sessel vermisst!

Zunächst beschäftige ich mich weiter mit den Kolumnen der nächsten Woche, doch ich ertappe mich dabei, dass ich immer wieder die Gliederung meines Buchs aufrufe, mit der ich vor Kurzem begonnen habe. Ich muss eine Entscheidung wegen des Buchdeals treffen, aber das bedeutet, ich muss zuerst mit Reese sprechen. Ich muss ihn bezahlen, damit er nicht das Gefühl hat, ich nutze ihn aus, und außerdem möchte ich ihm nicht verschweigen, wie viel ich verdiene. Selbst wenn ich ihm zweihunderttausend abgebe, bekomme ich immer noch dreimal so viel wie für mein letztes Buch. Ich werde mit ihm sprechen.

Ich mache mich wieder an die Arbeit und schreibe drei weitere Kolumnen über den Nelson-Ward-Prozess, bevor ich Informationen zu einem neuen Fall raussuche und diese als Vorschlag für die nächsten Kolumnen meinem Redakteur maile. Um Punkt drei summt mein Handy, und auf dem Display erscheint eine Nachricht von Reese: *Hab uns für neun einen Tisch im Eleven Madison Park reserviert. Vorher hatten sie nichts mehr frei.*

Ich muss lächeln, weil ich ihm heute erst erzählt habe, dass ich unbedingt einmal dort essen möchte. Begeistert texte ich zurück: *Das ist perfekt.*

Woraufhin er antwortet: *Ich muss vorher noch duschen und mich umziehen. Bei mir, um acht? Bis dahin bleibe ich hier und arbeite sämtliche Stapel ab.*

Ich schreibe zurück: *Das passt.*

Und er antwortet mit: *Sagen wir doch um sieben. Dann duschen wir zusammen.*

Lächelnd tippe ich ein: *18:45. Die Viertelstunde extra werden wir brauchen.*

Also 18:30, lautet seine Antwort.

Ich muss lachen, doch das vergeht mir schnell. Ich glaube, ich liebe diesen Mann. Nein, ich bin mir ziemlich sicher, dass ich ihn liebe, aber erst mal bleibe ich bei diesem »ziemlich sicher«, da ich nicht weiß, was wir beide da eigentlich tun. Schlafe ich nach diesem Wochenende wieder hier oder bei ihm oder was? Ist aus diesem One-Night-Stand eine einmonatige Schwärmerei geworden oder mehr? Mit ihm über seine Grenzüberschreitung in Sachen Buchdeal zu sprechen hat gut funktioniert; Gleiches gilt für den Anruf seiner Schwester. Also muss ich einfach mit ihm über uns reden – und über den Buchdeal. *Mit ihm reden.* Es gefällt mir, dass er mir das Gefühl gibt, dies könnte die Antwort auf alle Probleme sein.

Motiviert mache ich mich wieder an meine Arbeit, und die Ideen fliegen mir nur so zu, sodass ich die Welt um mich herum vollkommen vergesse. Das ist eins der Dinge, die ich am Schreiben so liebe: diese Befreiung, und die Recherche an einem Fall, den ich von einem Blickwinkel aus beleuchten will, den außer mir sonst niemand in Betracht zieht. Ich kann kaum mehr klar sehen, als mein Handy erneut klingelt, und ich mit einem Blick aufs Display feststelle, dass es Gabe ist. Schon wieder Gabe? Das ist seltsam. Stirnrunzelnd nehme ich den Anruf entgegen. »Was ist los?«

»Hast du Zeit, heute Abend mit mir essen zu gehen?«

»Ehrlich gesagt, nein. Ich bin schon verabredet.«

»Wie sieht's mit einem Drink aus?«

Verwundert schiebe ich die Augenbrauen zusammen. »Wieso?«

»Weil ich dich sehen will.«

»Wieso?«, hake ich nach.

»Dad hat ein Problem in seiner Kanzlei. Und falls die Presse davon Wind bekommt, will ich es vorher mit dir besprechen.«

»Worum geht es genau?«

»Darüber will ich nicht am Telefon reden. Ich bringe noch diesen anderen Kerl mit, den du auch als deinen Bruder bezeichnest.«

»Reid kommt mit. Okay. Jetzt mache ich mir wirklich Sorgen.«

»Es ist nichts, was wir nicht regeln könnten, aber wie ich schon sagte: Falls das in die Schlagzeilen gerät, möchte ich, dass du vorgewarnt bist.«

»Wann und wo?«

»Im Boulevard Two in der Achtundfünfzigsten um acht.«

»Das ist mir zu weit weg. Ich hab eine Reservierung um neun. Sagen wir um sechs, und such irgendeinen Treffpunkt in meiner Nähe aus.«

»Wir kommen einfach um halb acht zu dir. Es dauert auch nicht lang. Und ich bringe den Alkohol mit.«

»Alkohol? *Was* ist da bei euch los?«

»Bis nachher, kleine Schwester.« Er legt auf.

Ich blicke auf die Uhr. Es ist halb vier. Reese' Meeting findet um vier statt, also bereitet er sich sicher gerade darauf vor.

Deshalb entscheide ich mich dafür, ihm zu texten, anstatt ihn anzurufen. *Wir müssen uns direkt im Restaurant treffen. Mir ist was dazwischengekommen.*

Sofort ruft er mich an. »Ist was passiert?«

»Weiß ich nicht. Zwei meiner Brüder wollen heute Abend bei mir vorbeikommen. Gabe meinte, es hat irgendwas mit der Kanzlei meines Vaters zu tun, in der auch die beiden arbeiten. Und es könnte an die Presse gelangen.«

»Was denkst du, worum es geht?«

»Eine Übernahme oder Fusion, aber ich weiß nicht, warum sie mich deswegen vorwarnen wollen. Sonst erzählen die mir auch nichts.«

»Klingt seltsam. Soll ich dich nicht einfach abholen?«

»Um ehrlich zu sein … Ich will nicht, dass du meinen Brüdern begegnest.«

»Wieso nicht, Cat?«

»Noch mal ganz ehrlich: Sie hätten es gern, wenn ich mit einem erfolgreichen Anwalt zusammen wäre. Genau das fanden sie so toll an Mitch. Sie wollen jemanden an meiner Seite, der so ist wie sie und der mich ihrer Meinung nach der Familie wieder näherbringt. Also werden sie uns unter Druck setzen, und ich will, dass wir unter uns bleiben und nicht ein ›wir und sie‹ daraus wird. Zumindest so lange, bis wir selbst wissen, wie wir das mit uns definieren.«

»Ich wollte sowieso mit dir darüber sprechen, wie wir das mit uns definieren, aber ich stimme dir zu. Dieses Gespräch sollten wir führen, bevor wir uns in dieses ganze Familienchaos stürzen. Aber jetzt muss ich aufhören. Bis heute Abend, Süße.« Er legt auf.

Er will das mit uns definieren, bevor wir die Familie informieren.

Ich werde da nichts hineininterpretieren, weder Positives noch Negatives.

Bis zu dem Treffen mit meinen Brüdern und der Verabredung mit Reese wird sich der Nachmittag endlos hinziehen. Dafür wird der Abend umso ereignisreicher werden.

Kapitel Zweiunddreißig

Reese

Meine Kanzlei befindet sich beim Central Park und hat einen Ausblick, für den manch einer töten würde. Während ich aus dem Fenster schaue, frage ich mich, wie oft ich das, was ich sehe, tatsächlich bewusst wahrnehme. Ich frage mich, wie Cat die Aussicht gefallen würde. Diese Wirkung hat sie auf mich. Durch sie sehe ich vieles mit ganz anderen Augen.

Ein Räuspern ist zu hören, und als ich mich umdrehe, steht Nate Douglas, mein Juniorpartner, in der Tür. Er sieht ziemlich verkatert aus. »Du kommst spät«, sage ich. »Eigentlich solltest du um halb drei hier sein. Jetzt ist es halb vier.«

»Tut mir leid, Chef«, entschuldigt er sich und setzt sich in den Stuhl vor meinem Schreibtisch. »Ich bin erkältet.«

»Und da dachtest du, das erzählst du mir am besten, wenn du mir gegenübersitzt und mich auch noch ansteckst. Hältst du das wirklich für eine gute Ausrede?«

Er wird blass. »Ich hab ’nen Kater.«

»Du bist hier Juniorpartner. Du kommst nicht verkatert hierher und bist dann auch noch zu spät.«

»Du hast recht. Kommt nicht wieder vor.«

»Hast du die Akte dabei?«

Er gibt mir die Mappe, die er schon beim Hereinkommen in der Hand hatte. »Hier, bitte.«

Ich werfe einen Blick darauf, dann mustere ich ihn. Sein dunkles Haar ist frisch geschnitten, und er scheint sich unwohl zu fühlen. Genau das sollte er auch. »Was haben wir hier?«

»Wir haben das FBI darüber informiert, dass du den Mandanten vertrittst.«

»Und?«

»Der Mandant besteht darauf, dass niemand außer dir mit denen spricht«, erklärt er.

»Laut diesem Memo hier muss die Antwort bis Mittwoch erfolgen, und es gibt überhaupt keine Informationen zu dem Fall.«

»Der Mandant besteht darauf, dass du dich persönlich darum kümmerst.«

»Was, wenn der Prozess noch nicht beendet wäre.«

»Ich verstehe das schon, aber …«

»Bereite einen Brief vor und bitte um zwei Wochen Aufschub«, weise ich ihn an und knalle die Akte vor ihm auf den Tisch. »Besorg mir die Nummer und den Namen eines zuständigen Agenten, den ich jetzt gleich anrufen kann.«

»Steht in der Akte. Erste Seite.«

»Besorg mir ein paar tiefer gehende Infos über diesen Fall, und ich will wissen, wer sonst noch darin verwickelt ist. Nach dem Meeting sage ich dir, was ich noch brauche.«

»Okay«, entgegnet er, und als er zur Tür geht, möchte ich ihn am liebsten in seinen jungen Arsch treten. Andererseits ist er gar nicht mehr so jung. Er ist achtundzwanzig. Mit achtundzwanzig hab ich schon Eindruck bei den Leuten geschunden und sie nicht beerdigt, was er mit meinem Mandanten tun wird, wenn er so weitermacht. Irgendwann muss er allerdings auch Eindruck bei meinen Leuten hier geschunden haben, sonst wäre er nicht Juniorpartner in einer Kanzlei mit acht Anwälten.

»Nate«, rufe ich ihm hinterher.

Er dreht sich zu mir um.

»Was zum Teufel ist los mit dir?«, will ich wissen.

»Nichts.«

»Das versuchen wir jetzt noch mal.«

Unvermittelt vergräbt er das Gesicht in beiden Händen und senkt den Kopf. »Meine Frau hat mich verlassen. Ich arbeite zu viel.«

»Dann hast du entweder die falsche Frau oder den falschen Job. Triff eine Entscheidung, und dann mach das, wofür du dich entschieden hast, richtig. Bei mir gibt es kein Dazwischen. Jetzt. Nicht später.«

»Ja. Das mache ich. Du hast recht.« Er dreht sich um und geht.

Ich starre ihm nach und weiß, dass ich ein Arschloch bin, wie Cat sagen würde, aber man wird nicht Partner, um dann seine Arbeit beschissen zu machen. Und man heiratet auch keine Frau, um sie dann scheiße zu behandeln, indem man entweder keine Zeit hat oder mit anderen Frauen rumvögelt.

Ich suche nach den Kontaktdaten des FBI-Agenten, einem Mann namens Joseph Downs, und rufe ihn an. Er geht tatsächlich dran. »Ich habe diesen Fall übernommen, kurz bevor ich in den Prozess musste, weil ich den Mandanten kenne. Er ist ein grundehrlicher Mensch.«

»Dann sollte er sich nicht mit Leuten einlassen, die das nicht sind.«

»Ich brauche Zeit, um mich einzuarbeiten. Drei Wochen.«

»Eine Woche.«

»Zwei.«

»Na schön, aber keinen Tag länger, und an Tag fünfzehn will ich ihn persönlich befragen. Sie haben also vierzehn Tage ohne Bedingungen. Und wissen Sie, wieso Sie diesen Aufschub bekommen?«

»Sagen Sie's mir.«

»Weil ein Kumpel von mir am Jennifer-Wright-Fall mitgearbeitet hat. Er meinte, die Ehefrau hätte es getan, und wie ich höre, haben Sie den Mann dazu gekriegt, gegen sie auszusagen.«

»Das stimmt, trotzdem ist es traurig, dass die Ermittlungen der Strafverfolgung nicht direkt in diese Richtung gingen. Die Ehefrau hätte ich nicht verteidigt. So was macht nur ein Arschloch.«

»Ich hab gehört, der Bezirksstaatsanwalt hat das entschieden. Aber wie ich schon sagte, *einen* Gefallen tue ich Ihnen. Einen. Das macht Ihren Mandanten allerdings nicht unantastbar.« Er legt auf.

Ein Klingeln kündigt den Aufzug an, und im nächsten Moment ertönen Schritte, bevor Casey Allen, mein Mandant, in der Tür erscheint. »Hey, Mann. Hast du Zeit für mich?«

»Klar. Und verdammt, ich vergesse immer, wie groß du bist. Ich schätze, es hat einen guten Grund, warum du Basketball gespielt hast.«

Er lacht. »Weil ich den Ball auch einfach zum Korb hätte tragen können.« Leise schließt er die Tür und kommt zu mir. »Momentan würde ich mir wünschen, mein Leben wäre noch so wie damals in der NBA.«

»Ich hab die Akte durchgesehen«, erkläre ich. »Mehr hab ich noch nicht geschafft.«

»Verstehe ich. Das war auch ein Riesenprozess, den du da gewonnen hast. Herzlichen Glückwunsch übrigens.«

»Danke«, entgegne ich. »Den Ausgang hat er auch verdient. Er war unschuldig.«

»Das bin ich auch.«

»Erzähl mir, was passiert ist.«

»Ich habe in dieses Unternehmen investiert, das hauptsächlich Investitionen tätigt. Das hat sich alles toll angehört, so wie immer bei blöden Geschäften. Und jetzt ermittelt man gegen mich wegen Aktienbetrugs. Der Typ, dem die Firma gehört, heißt Larry Kurt. Guter Typ, dachte ich. Juraabschluss in Yale. Was soll da schiefgehen, richtig? Und dann hat das FBI an meine Tür geklopft.«

Ich glaube ihm. »Ich hab zwei Wochen für dich rausgeschlagen, damit ich mich einarbeiten und eine Stellungnahme schreiben kann«, sage ich. »Meine Leute werden Nachforschungen anstellen und Beweise zusammentragen, damit man die Ermittlungen gegen dich einstellt.«

»Zwei Wochen?«, fragt er nach. »Das dauert ja noch ewig. Ich will das endlich hinter mir haben.«

»Das verstehe ich, aber es ist besser, richtig zu reagieren anstatt zu schnell.«

Wir besprechen noch einige wichtige Details, dann schicke ich ihn nach Hause und rufe bei Nate im Büro an. »Ich brauche sämtliche Informationen über jeden, der in dieser Firma was zu sagen hat, bis hin zu den Zeiten, wann er aufs Klo geht. Nimm die Akten mit nach Hause. Und leg los.« Nate ist einverstanden, und ich rufe einen der Partner an, der sich wahnsinnig gut in Unternehmensrecht auskennt, spreche mit ihm den Fall durch und überlege mit ihm zusammen, wie wir vorgehen. Unser Plan beinhaltet unter anderem, dass er einen Teil des Falls übernimmt.

Als wir nach langem Hin und Her endlich fertig sind und ich

meinen Mandanten auf den aktuellen Stand gebracht habe, ist es bereits siebzehn Uhr. Bis zu dem Treffen mit Cat bleiben mir nur noch wenige Stunden. Deshalb beschließe ich, meinen Stapel diverser Akten mit nach Hause zu schleppen und dort weiterzuarbeiten.

Dreißig Minuten später betrete ich meine Wohnung, und, verfluchte Scheiße, sie ist leer. Sie ist sogar verdammt leer ohne Cat. Ich setze mich in mein Büro und versuche zu arbeiten. Tatsächlich bekomme ich etwas geschafft, aber ich spüre Cats Abwesenheit in jeder einzelnen Sekunde. Ein Blick auf die Uhr bestätigt mir, dass es für mich Zeit ist, unter die Dusche zu gehen, während Cat sich gleich mit ihren Brüdern trifft und vermutlich gerade ziemlich angespannt ist. Kurz denke ich darüber nach, zu ihr zu fahren, aber ich hab schon bei dem Buchdeal meine Grenzen überschritten. Das werde ich nicht noch einmal tun.

***

Cat

Ich ziehe ein burgunderfarbenes Etuikleid mit langen Ärmeln und V-Ausschnitt an und kombiniere es mit schwarzen Pumps, deren sexy Seidenriemchen weich am Knöchel anliegen. Dann entscheide ich mich doch noch mal um und wähle ein schwarzes Kleid mit weitem Rock, das sich eng um meine Taille schmiegt. Schließlich treffe ich mich vor Reese erst noch mit meinen Brüdern, und die würden mir eine Million Fragen über meine Verabredung stellen. Das Haar lasse ich offen und glätte es. Mein Make-up für den Abend gestalte ich dagegen ein wenig dramatischer, aber dennoch dezent. Als ich fertig bin, will ich das Bad verlassen und in mein Schlafzimmer gehen, drehe mich jedoch sofort wieder um. Was mache ich hier eigentlich? Ich treffe mich mit meinen Brüdern und wechsle das Outfit, nur um ihren Fragen aus dem Weg zu gehen? Nein. Ich gebe ihnen einfach keine Antwort. Punkt. Also ziehe ich das burgunderfarbene Kleid wieder an.

Um neunzehn Uhr fünfundvierzig habe ich ein Glas Wein leer getrunken. Normalerweise vertrage ich nicht viel Alkohol, aber irgendwie muss ich das Treffen mit meinen Brüdern durchstehen. In diesem Moment läutet es auch schon an der Tür, und eine Sekunde denke ich darüber nach, mir noch ein Glas zu genehmigen, beschließe dann jedoch, darauf zu verzichten. Stattdessen gehe ich zur Tür und öffne. Wie erwartet stehen dort meine beiden großen, blonden, attraktiven, aber auch arroganten Brüder. Reid, der Älteste, hat ein paar Falten mehr als Gabe und ist einige Zentimeter größer, doch ansonsten könnten sie Zwillinge sein, und diese beiden Zwillinge mustern mich gerade von oben bis unten. »Wie heißt er?«, will Reid wissen.

»Du hast dich monatelang nicht bei mir gemeldet«, entgegne ich, »und das ist das Erste, was dir einfällt? Die Antwort ist: Das geht dich gar nichts an. Ab in die Küche«, füge ich hinzu, wende mich um und gehe vor.

Als ich dort ankomme, schenke ich mir natürlich doch das Glas Wein ein. Ich habe es nötig. Meine beiden Brüder sind in Jeans und T-Shirt erschienen, was bei ihnen immer irgendwie seltsam wirkt. Manchmal vermute ich, sie schlafen in dreitausend Dollar teuren Pyjama-Anzügen. Kurz überlege ich, ihnen genau das zu sagen, aber ich glaube, im Gegensatz zu mir fänden sie das nicht besonders lustig. Gabe stellt eine Flasche Whisky auf der Arbeitsplatte ab, von der ich garantiert nichts trinken werde. Ich sehe die Flasche nicht einmal an, sondern stehe nur auf der anderen Seite der Kücheninsel, meinen Brüdern gegenüber. Die klassische Sie-gegen-mich-Konstellation.

»Du siehst viel zu gut aus«, sagt Gabe. »Das gefällt mir nicht.«

»Ihr zwei solltet einfach mal die Klappe halten«, kommentiere ich.

»Deine Kolumne ist wirklich gut, Cat«, meldet sich Reid wieder zu Wort. »Das wäre sie nicht, wenn du nicht eine verdammt gute Anwältin mit Harvard-Abschluss wärst. Du solltest wieder praktizieren.«

»Weißt du eigentlich, wo du hier gerade bist, Reid? Du bist in der Wohnung, in die Mom sich geflüchtet hat – vor den Männern, die ihr Leben bestimmen wollten. Und vor unserem Vater, der sie die ganze Zeit betrogen hat.«

»Mom ist nicht vor Dad geflüchtet«, blafft Reid zurück.

»Ach nein? Warte mal.« Ich gehe in mein Arbeitszimmer und kehre mit dem Brief zurück, den Mom mir geschrieben hat und den ich meinen Brüdern nie zu lesen gegeben habe. Nun lege ich ihn vor den beiden ab.

»Was ist das?«, fragt Gabe.

»Der Brief, den Mom mir geschrieben hat, kurz bevor sie gestorben ist.«

»Das lese ich nicht«, verkündet Reid mit schneidender Stimme.

Doch Gabe nimmt das Blatt und fängt an zu lesen, und es dauert nicht lange, bis er sich ins Wohnzimmer zurückzieht, um allein zu sein. Reid dagegen sieht mich direkt an. »Wir brauchen eine Anwältin für Strafrecht in der Kanzlei.«

»Dann stellt eine ein.«

»Wir brauchen jemanden, dem wir vertrauen können.«

Mit zusammengeschobenen Augenbrauen blicke ich ihn an. »Was ist los?«

»Dad will sich mit dir versöhnen.«

»Deshalb schickt er ausgerechnet dich, der sich noch nicht mit mir versöhnt hat.«

»Ich bin doch jetzt hier.«

»Weil er dich geschickt hat.«

»Nein.«

»Doch«, beharre ich.

»Ich finde, du verschwendest deine Talente.«

»Und ich finde, du bist ein Arsch, der nur an seinen eigenen Vorteil denkt und dem alles andere scheißegal ist«, kontere ich. »Warum bin ich plötzlich wichtig für dich?«

»Wir haben ein Familienunternehmen. Und du bist meine Schwester.«

»Was ist wirklich los?«, will ich wissen.

»Dad hatte wahrscheinlich einen leichten Schlaganfall.«

»Was?«, rufe ich entsetzt und fühle mich, als hätte ich einen Faustschlag abbekommen. »Wann?«

»Vor zwei Wochen.«

»Vor zwei Wochen?«

Gabe kommt zurück ins Zimmer. »Reid, du musst das hier lesen.«

»Dad hatte einen Schlaganfall?«, wende ich mich nun eindringlich an Gabe.

»Scheiße, Mann«, sagt der zu Reid. »Konntest du nicht auf mich warten?«

»Du warst nicht hier«, entgegnet Reid.

»Ihr habt gar kein Problem in der Kanzlei«, beschuldige ich Gabe. »Es ging um Dad.«

»Beides«, erwidert Gabe. »Beides ist passiert.«

»Wieso hat mich keiner von euch angerufen?«

»Dad wollte es nicht«, erklärt Reid. »Und außerdem geht es ihm wieder gut. Er arbeitet schon wieder.«

»Er will sich gar nicht mit mir versöhnen, oder? Ihr beiden denkt nur, ihr könntet das benutzen, um mich zurückzuholen.«

»Eigentlich sollte das ein Weckruf für dich sein«, sagt Reid.

»Du Arschloch!«, schreie ich ihn an. »Mom ist an einem Schlaganfall gestorben. So was benutzt man nicht als Druckmittel.«

»Das hab ich ihm auch gesagt«, schaltet sich Gabe ein. »Ich finde, du solltest deinen jetzigen Job weitermachen.« Eindringlich blickt er zu Reid. »Lies den verdammten Brief!«

Verärgert reißt Reid ihm das Blatt aus der Hand und fängt an zu lesen, während Gabe mich ansieht. »Dad war ziemlich gestresst und noch gereizter als sonst. Wieso, wissen wir nicht, aber vielleicht waren das schon die Vorboten des Schlaganfalls. Jetzt geht's ihm aber wieder gut. An den Feiertagen nimmt er sich frei und fährt mit irgendeiner Frau weg, mit der er sich regelmäßig trifft.«

»Wenn du nicht der gleichen Meinung bist wie Reid, warum bist du dann hier?«

»Um dir zu sagen, dass ich Reids Meinung nicht teile. Er wäre sowieso hergekommen.«

»Habt ihr es Daniel erzählt?«, frage ich nach meinem jüngeren Bruder. »Ich nehme an, er wurde auch ausgeschlossen, da ihr zwei ja nicht mit uns beiden schwarzen Schafen redet.«

»Wir wollten erst mit dir sprechen. Ich rufe ihn an, wenn wir gehen, es sei denn, *du* möchtest das machen.«

»Nein. Das macht ihr. Er hat es verdient, Bescheid zu wissen und mit jemandem zu reden, der ihm gegebenenfalls seine Fragen beantworten kann.«

In diesem Moment lässt Reid den Brief sinken, wirft mir einen finsteren Blick zu und verlässt die Küche. Gabe fasst mich an den Schultern und drückt mir einen Kuss auf die Wange. »Ich rufe dich morgen an.«

Damit ist auch er verschwunden, und als die Tür ins Schloss fällt, wird mir bewusst, dass sie den Brief mitgenommen haben. Verdammt! Hastig schnappe ich mir meine Tasche und die Schlüssel, reiße meine Jacke von der Garderobe und renne ihnen hinterher. Doch es ist zu spät. Als ich mit dem Aufzug in der Lobby ankomme, sind die beiden bereits weg. Fluchend halte ich ein Taxi an und mache mich auf den Weg zum Restaurant. Ich bin zwar zu früh dran, aber das ist mir egal. Ich werde sowieso noch mehr Wein trinken, und eins weiß ich sicher: Wenn nötig, wird Reese mich nach Hause tragen. Er ist der einzige Mann in meinem Leben, bei dem ich definitiv weiß, dass er mich auffängt, wenn ich falle. Zwar brauche ich keinen Mann, um aufgefangen zu werden – ich kann mir auch selbst helfen –, aber trotzdem ist es gerade schön zu wissen, dass er es tun würde.

***

Reese

Gerade habe ich mir ein schwarzes Button-Down-Shirt, schwarze Freizeithosen und ein Jackett angezogen – ebenfalls in Schwarz –, als ich einen Anruf vom Sicherheitsdienst bekomme. »Sir, hier unten wartet Besuch auf Sie.«

»Wer denn?«

»Die Dame sagt, es soll eine Überraschung sein, und hat gefragt, ob ich sie nach oben lasse oder Sie runterkommen könnten. Ich kann sie nach oben begleiten, wenn Sie möchten.«

Das muss Cat sein. »Schicken Sie sie einfach rauf.«

Damit beende ich den Anruf. Erst in diesem Moment wird mir

bewusst: Cat hat eigentlich freien Zugang zu meiner Wohnung. Nachdenklich gehe ich nach unten, gieße mir einen Drink ein, und während ich den herben Whisky trinke, fällt mir Cats Bemerkung zu meinem Whisky-Kaffee wieder ein. Ich muss lachen, als es an meiner Tür klopft. Cat hat einen Schlüssel. Verwundert stelle ich mein Glas ab, gehe zur Tür und mache sie auf. Die Frau, die davorsteht, ist definitiv nicht Cat. Es ist die letzte Person, die ich hier erwartet hätte.

Kapitel Dreiunddreißig

Cat

Ich sitze im Restaurant und warte auf Reese. Und warte. Er kommt zu spät, aber ich weiß, wie das läuft. Man trifft sich mit einem Mandanten und kommt einfach nicht weg. Sicher ist er noch in der Kanzlei. Was für ein Scheißabend. Aber ich bin nicht mal sauer. Zumindest nicht auf ihn. Dafür habe ich gerade keinen Kopf. Lieber trinke ich noch ein Glas Wein. Das wären dann drei. Eigentlich liegt mein Limit bei einem. Doch ich esse einfach mehrere Scheiben Brot, und danach geht es mir erstaunlich gut. Seltsam, wie Wut einen schlagartig ernüchtern kann. Reese ist immer noch nicht da. Um halb zehn beschließe ich, dass ich vielleicht doch sauer bin. Er kann nicht mehr in der Kanzlei sein. Ich werde keine Ausreden für ihn erfinden. Dann fange ich auf einmal an, mir Sorgen zu machen. Mein Dad hatte einen Schlaganfall – was, wenn Reese irgendwas passiert ist? Ich rufe ihn an, erwische aber nur die Mailbox. Ich lege auf.

Mir ist schlecht.

Ich hasse Männer.

Von jetzt an werde ich mir nur noch Fickfreunde suchen. Einen Freund, nur zum Vögeln. Mit dem hab ich dann einen ganzen Tag und eine ganze Nacht lang meinen Spaß, und danach kann der verfickte Fickfreund wieder aus meinem Leben verschwinden.

Ich knalle Geld auf den Tisch und verlasse das Restaurant. Aber ich habe kein Auto. Also rufe ich mir ein Taxi und setze mich auf eine Bank, die ich zum Glück an der nächsten Straßenecke entdeckt habe. Und dann rufe ich einfach mal so meinen Vater an. Ich denke gar nicht darüber nach. Das erledigt der Wein. »Cat?«, meldet er sich.

»Du hattest einen Schlaganfall?«

»Das war nichts Schlimmes.«

»Und du hast mir nichts davon gesagt?«

»Es war nicht so schlimm.«

»Aber es war ein Schlaganfall. Ich mag dich zwar gerade nicht, trotzdem hab ich dich lieb. Und deshalb sagst du mir gefälligst, wenn was Schlimmes passiert ist, und nur für den Fall, dass das nicht in deinen Dickschädel reingeht: Das hier *ist* was Schlimmes.«

»Ist es nicht.«

Ich drücke ihn weg. Und rufe ihn direkt wieder an. »Es ist sehr wohl schlimm.«

»Ich hab dich auch lieb, Cat. Und dein Buch war wirklich gut.«

»Du hast mein Buch gelesen?«

»Gabe hat mich so lange genervt, bis ich es gelesen habe, und ich bin froh darüber. Und deine Berichterstattung zum Prozess war hervorragend.«

»Hervorragend? Hast du wirklich gerade ›hervorragend‹ gesagt?«

»Ja. Und deshalb solltest du auch …«

»Sag es nicht, oder jeder Schritt, den wir gerade aufeinander zu gemacht haben, war umsonst.«

»Dann legen wir besser auf, sonst sage ich es tatsächlich. Wir versuchen das hier bald wieder.«

»Okay.«

»Gute Nacht, Cat.«

Ich lege auf und hasse es, dass ich den Tränen nah bin. Ich hasse Tränen. Die entstehen aus Schwäche, und Schwäche kann ich überhaupt nicht leiden. Ein Schlaganfall. Er hatte einen Schlaganfall, und Reese hat noch immer nicht angerufen. In diesem Moment fährt mein Taxi vor, und ich stehe auf, um einzusteigen. Schon wieder bin ich allein. Ich hasse Reese Summer. Bevor ich ihn kannte, hat sich das Alleinsein gut angefühlt.

Ich schalte mein Handy aus.

Ich bin fertig.

Fix und fertig mit diesem Abend.

***

Meine Mutter ist völlig außer sich, weint hysterisch und klammert sich an mich. »Ich hasse ihn. Wieso bin ich überhaupt bei ihm geblieben? Ich weiß nicht, was ich jetzt machen soll. Ich will nur … Ich weiß nicht.«

Jedes Mal, wenn ich mich bewegen will, klammert sie sich noch fester an mich und weint noch heftiger. Endlich beruhigt sie sich so weit, dass sie sich frisch machen will. Da sie noch nie hier war, zeige ich ihr gerade, wo das Bad ist, als mein Handy klingelt. Sofort bleibt meine Mutter stehen und schaut zu mir. »Ist das dein Vater?«

»Weiß er, dass du hier bist?«

»Ja. Ich habe ihm gesagt, dass ich ihn verlasse und du mich bei der Scheidung vertrittst.«

Eine Scheidung wäre zwar genau das Richtige für sie, trotzdem sage ich ihr besser nicht, dass diese nicht zu meinem Fachgebiet zählen. Ich werde ihr einfach einen anderen Anwalt besorgen. Als ich mein Handy heraushole, leuchtet tatsächlich die Nummer meines Vaters auf dem Display auf. »Dad«, melde ich mich.

»Deine Mutter geht nicht an ihr Handy. Ist sie bei dir?«

»Ja. Ist sie.«

»Gib sie mir.«

»Ich glaube nicht …«

»*Gib sie mir!*«

Meine Mutter steht bereits vor mir und nimmt mir das Telefon aus der Hand. »John«, sagt sie, bevor sie erneut aufschluchzt.

Verdammt! *Cat.* Ich blicke auf die Uhr. Es ist schon Viertel vor zehn, und damit habe ich es mir mit einer Frau verscherzt, die mir wirklich was bedeutet. Hastig gehe ich zur Handtasche meiner Mutter hinüber und suche darin nach deren Handy. Doch ich kann es nicht finden. Also folge ich meiner Mutter ins Nebenzimmer. »Wo ist dein Handy?«, rufe ich angespannt. »Ich brauche ein Telefon.«

»Weiß ich nicht. Ich kann es nicht finden.«

»Verfluchte Scheiße«, murmle ich vor mich hin. »Ich gehe ein Telefon suchen.« Ihre Antwort warte ich gar nicht erst ab. Stattdessen verlasse ich die Wohnung und nehme den Fahrstuhl nach unten. In der Sekunde, als ich in der Lobby ankomme, steuere ich direkt auf den Sicherheitsbereich zu. »Ich brauche ein Telefon«, sage ich zu dem Wachmann.

Der reicht mir sein Festnetztelefon über den Tresen, und ich wähle sofort Cats Nummer. Sie geht nicht dran. Natürlich nicht. Bei unbekannten Nummern geht niemand dran, doch ich hinterlasse ihr eine Nachricht auf der Mailbox. »Cat. Meine Mom stand plötzlich vor der Tür, völlig aufgelöst. Jetzt telefoniert sie mit meinem Handy, und ich kann ihres nicht finden. Bitte, Süße, ruf mich zurück. Es tut mir so leid. Ich fühle mich beschissen deswegen.« Als ich auflege, wird mir bewusst, dass ich ihr gar keine Nummer gegeben habe, und ich kann nicht die ganze Zeit hier rumstehen.

Aus einem spontanen Entschluss heraus renne ich durch die Lobby nach draußen, nehme mir ein Taxi und lasse mich zum Restaurant fahren. Als wir dort ankommen, stecke ich dem Fahrer einen Extraschein zu, damit er wartet, doch Cat ist schon weg. Verdammt! Ich hätte direkt zu ihr nach Hause fahren sollen. Dreißig Minuten später, nach einem harten Kampf durch die Massen von Verkehr, stehe ich vor Cats Wohnhaus. Der Wachmann kennt mich schon – es ist der ältere, dunkelhaarige von neulich –, und diesen Vorteil spiele ich aus. Ganz lässig gehe ich an ihm vorbei, doch er hält mich auf. »Sie erwartet mich«, sage ich.

»Darüber hat sie uns nicht informiert.«

»Ich zahle Ihnen fünfhundert Dollar, wenn Sie mich nach oben begleiten und ich kurz nach ihr sehen darf. Ich kann sie telefonisch nicht erreichen.«

»Vielleicht will sie ja nicht mit Ihnen sprechen.«

»Ach, kommen Sie, Mann.«

»*Ich* gehe hoch und sehe nach ihr«, verkündet er.

»Eintausend.« Ich reiche ihm meine Karte. »Ich bin kreditwürdig.«

Stirnrunzelnd mustert er mich. »Dafür könnte ich ziemlichen Ärger bekommen.«

»Ich verklage jeden, der Ihnen Ärger macht.«

»Ich hole sie.« Er winkt der Dame hinterm Tresen zu und deutet in Richtung Fahrstuhl. Dann setzt er sich in Bewegung, und in derselben Sekunde, in der sich die Türen des Aufzugs öffnen, schlüpfe ich neben ihm in die Kabine.

»Also, wirklich, Mr Summer.«

»Ich zahle Ihnen das Geld.«

»Ihr Geld will ich nicht. Versprechen Sie mir einfach, dass Sie da oben keinen Aufstand machen.«

»Ich hab nur die besten Absichten.«

Der Wachmann verzieht das Gesicht und blickt nach vorn. Als die Türen sich öffnen, lasse ich ihm gar nicht erst die Chance, als Erster auszusteigen. Ich bin schon den Gang zu Cats Tür hinuntergerannt und klopfe, als er noch nicht einmal die Hälfte des Weges zurückgelegt hat. Abrupt wird die Tür aufgerissen, und vor mir steht Cat in einem burgunderfarbenen Kleid. Unter ihren Augen ziehen sich Spuren verlaufener Wimperntusche über ihre Wangen. »Du hast geweint«, stelle ich fest. »Meinetwegen.«

»Was willst du hier? Wie bist du überhaupt hier hochgekommen?«

Sie will die Tür schließen, doch ich halte sie auf. »Meine Mutter hat mein Handy. Sie ist vorhin bei mir aufgetaucht, völlig aufgelöst und hysterisch. Ich hab sie allein gelassen, um dich vom Restaurant abzuholen. Und jetzt bin ich hier. Ich hab sie allein gelassen, um zu dir zu fahren. Aber ich muss wieder zurück. Bitte komm mit, ich brauche dich.«

»Deine Mutter?«

»Ja. Meine Mutter.«

»Oh.«

»Oh.«

»Ma'am, ich kann dafür sorgen, dass er hier verschwindet«, meldet sich der Wachmann zu Wort.

»Nein«, sagt Cat, und ich ziehe sie an mich.

»Es tut mir leid. Ich wollte dich nicht verletzen.« Sanft nehme ich ihr Gesicht in beide Hände. »So was würde ich dir nie antun. So ein Typ bin ich nicht.« Ich gebe ihr einen Kuss; einen langen, intensiven Er-soll-ihr-sagen-dass-ich-sie-liebe-Kuss, während ich ihr Selbiges noch nicht sagen kann. Dafür ist es noch zu früh und der falsche Zeitpunkt und Ort. »Komm mit mir nach Hause.«

»Das sollte ich besser nicht tun, weil …«

»Doch, das solltest du, aus ungefähr hundert Gründen, die ich jetzt nicht alle aufzählen kann. Komm mit. Ich brauche dich, Cat.«

»Um ehrlich zu sein, brauche ich dich gerade auch.«

Erleichterung durchströmt mich. »Dann pack deine Sachen zusammen. Kann ich irgendwas nehmen?«

»Ich brauche nur meine Handtasche«, sagt sie und eilt zurück in die Wohnung, um sie zu holen, bevor sie wieder zu mir kommt.

Der Wachmann ist verschwunden, als wir die Wohnung verlassen und eilig zum Fahrstuhl gehen. In der Kabine lege ich die Hände an Cats Taille und drehe sie zu mir. »Cat, ich …«

Sie stellt sich auf die Zehenspitzen und küsst mich. »Ist schon okay. Wie geht's dir, und wie geht's deiner Mutter?«

»Wie es mir geht? Ich glaube, das hat mich seit Jahren niemand mehr gefragt.«

»Ich schon.«

»Und mir geht's mehr als gut, weil du da bist. Meine Mutter ist allerdings ein Nervenbündel.«

»Vielleicht ist es ihr peinlich, wenn ich sie so sehe.«

»Vielleicht kannst du ihr auch helfen. Sie kann ihn einfach nicht verlassen. Kaum hat er angerufen, hat sie mir praktisch das Handy aus der Hand gerissen. Cat, genau darüber wollte ich heute Abend mit dir reden. Mein Vater geht fremd. Regelmäßig sogar. Und ich will nicht, dass du denkst, er hätte mir diese Eigenschaft vererbt, denn ich bin nicht wie …«

»Er. Oder mein Vater. Oder Mitch. Und auch nicht wie alle anderen Männer, die ich kenne. Das weiß ich. Und du hast recht. Vielleicht kann ich wirklich helfen. Ich weiß, wie viel meine Mutter in ihrem Leben bereut hat. Wenn deine Mutter mich lässt, spreche ich gerne mit ihr.«

Spontan küsse ich sie. »Ich bin echt verrückt nach dir. Noch was, worüber wir reden müssen, denn das wird sich nicht ändern.« Ich lehne mich ein Stück zurück, um sie anzusehen. »Wie ist das Treffen mit deinen Brüdern gelaufen?«

»Eine Familie nach der anderen«, entgegnet sie. »Deine zuerst.«

»Wo wir gerade von Familie sprechen: Kann ich mir dein Handy ausleihen, um meine Schwester anzurufen?«

»Natürlich.«

Sie gibt es mir, und als wir in der Eingangshalle meines Hauses ankommen, habe ich Stacey endlich beruhigt und beende den Anruf. »Sie will mit dir reden. Jetzt haben wir dafür keine Zeit, aber sei trotzdem gewarnt: Meine Schwester lässt so schnell nicht locker.«

Cat lacht, auf diese süße, übersprudelnde Art, die mich jedes Mal vollkommen umhaut. Wir nehmen den Lift bis in meine Etage, doch als wir aussteigen, hält Cat mich auf. »Ich hab drei Gläser Wein getrunken. Spreche ich normal?«

Lächelnd sehe ich sie an. »Ja, tust du.«

»Hm, das kapiere ich zwar nicht, aber gut.« Wir gehen weiter und bleiben vor meiner Wohnungstür stehen. »Dann hoffen wir mal, ich fange nicht doch noch an zu lallen, wenn ich mit deiner Mutter rede.«

»Apropos: Mir wäre es lieb, wenn du mit meiner Mutter genauso offen sprechen würdest, wie du das mit mir tust.« Ich schließe die Tür auf, nehme Cats Hand und führe sie durch den Flur.

»Mutter?«, rufe ich.

»In der Küche.«

Genau diese Richtung schlagen wir ein, und als wir den Raum betreten, steht meine Mutter an der Kücheninsel, ein Glas Wein in der Hand. Ihre Wangen sind mit Mascara verschmiert, und ihr Haar sieht ganz zerzaust aus. »Wer ist das?«, will sie sofort wissen.

»Das ist Cat, eine Frau, die mir sehr viel bedeutet.«

»Hi«, grüßt Cat. »Sie sind sehr schön.«

»Danke«, sagt meine Mutter. »Und Sie sind mit meinem Sohn zusammen.«

»Ja«, bestätigt Cat. »Das bin ich. Und ich mag ihn, wenn er sich nicht gerade wie ein Arschloch benimmt.«

»Er ist sehr arrogant«, stimmt meine Mutter zu. »Aber nicht so schlimm wie sein Vater.«

»Das hat er mir auch gesagt.«

»Cat, warum ist Ihr Mascara verschmiert? Haben Sie etwa wegen meines Sohns geweint?«

Und nun tut Cat etwas, das ich immer noch unglaublich finde. Sie antwortet: »Ja, weil ich dachte, Reese hätte mich versetzt, aber das hat er natürlich nicht. Und normalerweise wäre mir das auch klar gewesen, aber das Timing war einfach blöd. Ich hab vorhin mit meinem Vater telefoniert, mit dem ich seit Monaten nicht mehr gesprochen hatte, weil er … Ich hoffe, es ist okay, dass ich Bescheid weiß, aber mein Vater ist wie Ihr Mann. Er hat meine Mom betrogen, und sie ist sehr unglücklich gewesen, weil sie ihn nie verlassen hat. Dann ist sie an einem Schlaganfall gestorben. Und vor zwei Wochen hatte mein Vater nun auch einen Schlaganfall, und niemand hat mir was gesagt. Ich halte ihn zwar immer noch für ein Arschloch, aber ich will nicht, dass er stirbt.«

Cat fängt an zu weinen, und meine Mom fällt mit ein, und dann umarmen sich zwei der wichtigsten Menschen in meinem Leben, die sich kaum kennen. Andererseits sollte es mich nicht wundern: Cat weiß offensichtlich, wie man einen Summer sofort um den Finger wickelt.

***

Stunden später hat sich meine Mutter zum Schlafen ins Gästezimmer zurückgezogen, und ich habe endlich Zeit, mit Cat vor der Panoramascheibe im Schlafzimmer zu sitzen, aneinandergekuschelt in meinem Sessel. Sie hat die Hand auf mein Bein gelegt und ich meine darüber. Eine gute Stunde lang sitzen wir einfach nur da und unterhalten uns über ihren Vater und ihre Brüder. »Fazit«, sagt sie, »es hat sich nicht wirklich was geändert.«

»Du hast mit deinem Vater gesprochen. Das ist ein Riesenschritt.«

»Ja, wir haben miteinander gesprochen. Aber das ist auch das einzig Neue. Ich glaube allerdings, dass sich bei deiner Mutter jetzt wirklich was ändert.«

»Sie sagt, sie verlässt ihn«, entgegne ich. »Das hat sie zwar noch nie gesagt, aber man weiß nicht, was daraus wird, wenn sie am Montag nach Hause fliegt. Mein Vater kriegt sie immer wieder rum.«

»Ich prophezeie dir, diesmal passiert das nicht«, erwidert Cat. »Sie ist stärker, als du denkst. Wegen der Geschichte meiner Eltern habe ich einige Bücher darüber gelesen, welche psychologischen Faktoren dazu führen, dass Menschen in so einer unglücklichen Situation ausharren. Was ich im Wesentlichen gelernt habe, ist, dass es uns Menschen immer zum Vertrauten hinzieht. Wir glauben, das Vertraute sei sicher, selbst wenn es uns in Wirklichkeit schadet. Wir sind Gewohnheitstiere. Aber deine Mutter ist hierhergekommen und hat damit ihr sicheres Umfeld bei deinem Vater verlassen. Meiner Meinung nach bedeutet das, sie hat sich in unbekannte Gewässer vorgewagt und schaut jetzt, ob sie zum nächsten Hafen schwimmen kann und trotzdem noch sicheren Boden unter den Füßen hat.«

»Vielleicht. Wir werden sehen.« Ich ziehe ihre Beine auf meinen Schoß. »Komplett anderes Thema: Hast du schon irgendwas Neues wegen des Buchdeals gehört?«

»Ja, tatsächlich. Bis morgen Abend muss ich mich entscheiden. Die haben mir fünfhunderttausend für das Jennifer-Wright-Buch geboten und wollen mit zweihunderttausend noch ein anderes Buch optionieren. Das ist doppelt so viel wie das, was ich für mein letztes Buch bekommen habe.«

»Aber dein letztes Buch stand auch auf der Bestsellerliste der *Times*.«

»Ja, vier Wochen, und es hat sich sehr gut verkauft.«

»Bist du zufrieden mit dem Angebot?«

»Natürlich«, versichert sie. »Es ist eine Riesensumme, aber du musst dich als Berater für das Wright-Buch verpflichten. Das ist Teil des Deals.«

»Einverstanden.«

»Das bedeutet, du musst einen Beratervertrag unterschreiben und bekommst mindestens zweihunderttausend vom Gesamthonorar.«

»Ich brauche kein Geld, Cat.«

»Falls wir uns trennen …«

»Wir trennen uns nicht«, sage ich. »Das ist nicht Teil des Deals. Aber hier ist mein Gegenangebot: Ich unterschreibe den Vertrag, und wenn du mich wirklich bezahlen willst, dann lege ich das Geld auf einem Sparkonto an, und wir nutzen es für was auch immer. Gemeinsam. Einverstanden?«

»Ich glaube nicht, dass …«

»Ja oder nein, Cat?«

»Okay. Deal.«

»Gut. So, nächster Punkt auf der Tagesordnung: Zieh bei mir ein.«

»Ich … Du willst, dass wir zusammenziehen?«

»Ja. Ich weiß, du liebst dein Apartment, aber …«

»Nein. Doch. Aber hier gefällt es mir auch. Die Wohnung ist nicht das Problem.«

»Und was dann?«

»Wir kennen uns erst seit Kurzem.«

»Und wir haben fast die ganze Zeit über zusammengewohnt. Vorher hab ich nicht einmal darüber nachgedacht, mit irgendwem zusammenzuleben.«

»Wieso dann mit mir? Was ist bei mir anders?«

Zärtlich streiche ich ihr über die Wange. »Du bedeutest mir einfach alles, Cat.«

»Ich wiederhole: Wir sind noch nicht lange zusammen.«

»Und das heißt was?«

»Ich kann dir noch gar nicht alles bedeuten.«

»Trotzdem ist es so. Das ist die einzige Erklärung, die mir einfällt, egal, welchen Einwand du hast. Zieh bei mir ein. Wir versuchen es erst mal. Du behältst dein Apartment. Und wenn du hier unglücklich bist, weißt du, dass du jederzeit zurückkannst.« Ich rolle sie auf den Rücken und beuge mich über sie. »Sag *Ja*, Cat.«

Sie legt die Hand an meine Wange, auf ihre typische Art, die mich jedes Mal um den Verstand bringt, ohne dass ich wüsste, warum. Es ist einfach so. *Sie* bringt mich um den Verstand. »Reese«, wispert sie.

»Lass mich nicht so lange zappeln. Sag …«

»Ja. Ja, ich ziehe mit dir zusammen.«

Und da passiert es. Sie verdreht mir erneut den Kopf.

Kapitel Vierunddreißig

Reese

Der Sonntag beginnt damit, dass Cat und ich an der Kücheninsel stehen und Kaffee trinken, während meine Mutter hereinkommt und verkündet, dass sie meinen Vater verlässt – in einem Tonfall, als hätte sie uns das Gleiche nicht schon gestern Abend mitgeteilt. »Aber meinen Job bei der Universität gebe ich nicht auf, und ich ziehe auch nicht aus. Ich habe ihn angerufen und ihm gesagt, bis ich wiederkomme, soll er aus dem Haus verschwunden sein.«

Den Teil hat sie uns gestern nicht erzählt. Sie hat ihn aus dem Haus geworfen. Offensichtlich musste sie das alles nur noch einmal laut aussprechen. Und danach knickt sie kein einziges Mal ein. Sie steht zu ihrer Entscheidung und weint auch nicht mehr. Ich tätige ein paar Anrufe und besorge ihr einen Anwalt, und am Abend haben wir alle – Cat eingeschlossen – ungefähr zehnmal mit meinen Geschwistern gesprochen. Schließlich würgen Cat und ich sie ab und führen meine Mutter zum Essen aus. Der Tag endet damit, dass Cat den Buchdeal annimmt und anschließend bei mir im Arm liegt. In *unserem* Bett.

Da ich am Montag wieder arbeiten muss, begleitet Cat meine Mutter zum Flughafen, bevor sie zu sich nach Hause fährt, um alles zusammenzupacken, was sie demnächst brauchen wird. Als ich in der Kanzlei ankomme, murmelt Maria, meine Sekretärin – eine Frau Anfang vierzig mit einem losen Mundwerk –, etwas auf Spanisch vor sich hin, weil sie selbst nach vier Jahren immer noch nicht weiß, dass ich sie verstehe. Ich gehe in mein Büro, und als ich mich an den Schreibtisch setze, taucht sie in der Tür auf, in ihrem knallroten Kleid, das so grell ist, dass es mich blendet. Alles an Maria ist grell und auffällig. »Sie haben gewonnen, sie Wahnsinnskerl. So viel zu tun. Anderes Thema: Die Presse ruft dauernd an. Geben Sie überhaupt Interviews?«

»Nein. Weisen Sie alle ab.«

»Ich brauche eine Bandansage, die in Dauerschleife ›Keine Interviews‹ wiederholt«, entgegnet sie. »Ja, es *sind* so viele Anrufe, nur damit Sie's wissen.«

»Und?«

»Ich wollte Ihnen nur zeigen, wie viel ich zu tun habe.« Damit dreht sie sich um und geht, aber sie wird wiederkommen.

Mein Telefon summt, und ich muss ungefähr zehn Anrufe beantworten, alle von Mandanten oder Partnern, die mir gratulieren wollen, irgendeine Info für mich haben oder etwas wissen wollen. Gegen zehn ruft Royce Walker an. »Wir haben ein Problem.«

»War ja klar«, erwidere ich sarkastisch. »Warum sollten wir auch keins haben.«

»Fangen wir mit der guten Nachricht an«, meint er. »Meine Informanten sagen, Kelli Ward ist kurz davor, ein Geständnis abzulegen. Die schlechte Nachricht ist, die glauben, dein Mandant wusste von Anfang an Bescheid und hat den Mord gedeckt.«

»Und jetzt wollen sie ihn wegen Mittäterschaft drankriegen.«

»Bingo!«

»Shit! Danke für die Vorwarnung!« Ich beende das Gespräch und rufe Ward an. »Wo sind Sie?«

»In Vermont«, entgegnet er.

»Dann setzen Sie sich ins Flugzeug, und kommen Sie her.«

»Wieso?«

»Kelli wird wahrscheinlich heute noch unter Anklage gestellt.«

»Ach du Scheiße! Sie hat gestanden?«

»Ja«, bestätige ich. »Sie hat gestanden.«

»Ich fasse es nicht«, sagt er und klingt vollkommen perplex. »Ich wollte nicht glauben, dass sie es tatsächlich getan hat.«

»Ja, aber Sie wussten es«, stelle ich ihn auf die Probe.

»In gewisser Weise schon«, gibt er zu. »Ich glaube, ich wusste es, aber das wollte ich mir nicht mal selbst eingestehen.«

»Man wird versuchen, Ihnen nachzuweisen, dass Sie Bescheid wussten.«

»Aber ich wurde doch freigesprochen«, wirft er ein.

»Mitwisserschaft bei einer Straftat ist auch strafbar, selbst wenn

Sie die Tat nicht selbst begangen haben. Wir wenden das schon ab, aber es macht einen besseren Eindruck, wenn Sie hier sind – allerdings nicht bei ihr zu Hause. Nehmen Sie sich ein Hotelzimmer, und halten Sie Abstand zu ihr.«

»Ich weiß nicht, ob ich das noch mal durchstehe.«

»Wenn *ich* das kann, schaffen Sie das auch. Keine Interviews. Sprechen Sie mit niemandem außer mit mir. Und rufen Sie mich an, sobald Sie hier sind.«

»In Ordnung.« Wir beenden das Telefonat, und ich rufe Cat an.

»Hey«, meldet sie sich. »Das Flugzeug deiner Mom hat gerade abgehoben.«

»Kelli Ward ist kurz davor, ein Geständnis abzulegen.«

»Wieso klingst du so unglücklich darüber?«

»Die verdächtigen Nelson, dass er die Tat gedeckt hat. Zumindest sagt das Royce' Informant.«

»Und glaubst du, er hat?«

»Nein. Das denke ich nicht. Ich glaube, er war blind vor Liebe, so wie meine Mutter die ganzen Jahre. Aber jetzt kennst du das Thema für deine morgige Kolumne.«

»Und das Thema, das dich in nächster Zeit beschäftigen wird. Hattest du nicht diesen alten Freund, der deine Hilfe braucht?«

»Unsere Abteilung für Wirtschaft kümmert sich um die Leute, die ihn in die Lage gebracht haben, in der er sich jetzt befindet. Ich muss jetzt Schluss machen, aber ich rufe dich später noch mal an.« Ich will das Telefonat schon beenden, doch dann halte ich inne. »Cat.«

»Ja?«

»Ich spreche mit dir über meine Arbeit.«

»Ja, und?«

»Ich spreche mit dir über meine Arbeit. Und ich will nicht damit aufhören. Das heißt, du musst einen noch viel umfangreicheren Beratervertrag unterschreiben als den, den du für den Ward-Prozess unterschrieben hast. Einen, bei dem so ziemlich alles eingeschlossen ist. Hättest du ein Problem damit?«

»Nein. Natürlich nicht. Ehrlich gesagt wollte ich dir das sowieso vorschlagen. Damit alle Beteiligten geschützt sind.«

»Ich bringe den Vertrag mit nach Hause.«

»Nach Hause.« Sie lacht. »Ja. Bring ihn mit *nach Hause*, Reese.«

Auf meinem Gesicht breitet sich ein Lächeln aus. »Ciao, Süße.« Ich beende den Anruf und stehe auf, durchquere mein Büro und gehe an Marias Schreibtisch vorbei. »Ich bin oben bei den Wirtschaftsrechtlern.«

Ich nehme die Treppe, nicht den Fahrstuhl, in die nächste Etage und marschiere ins Büro des Seniorpartners, der diese Abteilung leitet. Seine Sekretärin frage ich gar nicht erst, ob ich reindarf. Stattdessen gehe ich einfach an ihr vorbei und betrete das Büro. Kent, mit dem ich so gut befreundet bin, wie das zwischen zwei Workaholics möglich ist, blickt von seinem Schreibtisch auf. Er ist im gleichen Alter wie ich und fast genauso angriffslustig. »Was ist los, Mann?«

»Ich hab dir doch diesen Allen-Fall übertragen: Wie sieht's damit aus?«

»Ich arbeite mich gerade ein. Du hast gesagt, ich hätte zwei Wochen, um dir die Infos zu beschaffen. Wieso?«

»Wards Frau legt gerade ein Geständnis ab, und die wollen versuchen, ihn wegen Mitwisserschaft dranzukriegen. Das heißt, ich werde ziemlich bald wieder in Arbeit versinken.«

»Ich mache das hier schon«, sagt er und fährt sich mit der Hand durch sein dunkles Haar. »Ich grabe jeden aus, der irgendwas mit dieser Firma und ihren illegalen Geschäften zu tun hat, benutze das, um deinen Mandanten da rauszuboxen, und übergebe es dann wieder an dich, damit du deinen Voodoozauber gegen das FBI anwenden kannst.«

»Dieser Mann ist ein guter Typ«, informiere ich ihn. »Ich will nicht, dass man ihm irgendwas anhängt. Ich vertraue da auf dich.«

»Hey, du sprichst hier mit mir«, entgegnet Kent. »Die kriege ich schon. Ich bin ein Meister darin, den Dreck auszugraben, den andere für unauffindbar halten.«

»Mein Mandant unterschreibt keine Verzichtserklärung. Bluffe und klag alles aus diesen Scheißtypen raus, was du kriegen kannst, dafür, dass die ihm das angetan haben. Und während du das tust, reiche ich jedes schmutzige Geheimnis, das du ausgräbst, ans FBI weiter.«

»So gefällt mir das. Ich liebe es, wenn wir sie plattmachen.«

Ich verlasse sein Büro, um nach unten in mein eigenes zurückzukehren, und als ich an Maria vorbeigehe, murmelt sie erneut etwas auf Spanisch. Seufzend ziehe ich mich in mein Büro zurück, wo eine neuerliche Lawine von Anrufen auf mich wartet, und es dauert nicht lange, bis ich den bekomme, mit dem ich bereits gerechnet habe. Die Polizei will erneut Nelson Ward befragen. Ich vereinbare einen Termin und schicke Cat eine Nachricht, um sie vorzuwarnen, denn sie gehört mittlerweile zu jedem noch so kleinen Stückchen meines Lebens dazu. Ich kann mich nicht einmal mehr an die Zeit vor ein paar Wochen erinnern, als sie noch nicht bei mir war, und ich will es auch gar nicht.

Kapitel Fünfunddreißig

Reese

Einen Monat später …
Ich bin gerade von einem Gerichtstermin zurück in mein Büro gekommen und habe mich kaum an meinen Schreibtisch gesetzt, als mein Handy klingelt. Ich hole es aus meiner Hosentasche, und ein Blick aufs Display bestätigt mir, dass es Cat ist. »Hey, Süße«, melde ich mich. »Wie ist dein Interview mit Detective Newman gelaufen?«

»Es war auf jeden Fall eins der besseren unter den Dutzenden, die ich bisher für dieses Buch geführt habe«, sagt sie. »Und er hat mir einige interessante Informationen mitgeteilt, die ich an dich weitergeben soll.«

»Tatsächlich? Und was?«

»Er hat gesagt, der einzige Grund, warum Nelson Ward im letzten Monat dreimal wegen seiner Frau vernommen wurde, ist, dass Dan es auf ihn und auf dich abgesehen hat. Er muss immer noch mit der Schmach leben, die er sich durch den Prozess selbst zugefügt hat beziehungsweise schon durch die Entscheidung, Nelson Ward überhaupt anzuklagen. Wenn er Nelson jetzt als Mitwisser drankriegt, wahrt er damit sein Gesicht.«

»War klar, dass Dan dahintersteckt. Mittlerweile bin ich an dem Punkt, dass ich sie alle wegen Schikane verklagen und Schadenersatz verlangen werde. Die zerstören die Lebensgrundlage dieses Mannes. Er muss ein Multi-Milliarden-Dollar-Unternehmen leiten und wird schon wieder von der Presse durch den Dreck gezogen.«

»Irgendjemand muss Dan davon abbringen. Er lässt sich einfach von den falschen Motiven leiten. Ach, ich hab noch eine Kleinigkeit vergessen, ist aber ein völlig anderes Thema: Deine Mutter hat angerufen. Dein Vater hat seiner Geliebten einen Heiratsantrag gemacht, und deine Mutter hat kein Problem damit, weil sie sich mittlerweile mit einem Professorenkollegen von der Uni trifft, den sie als geistvoll und sexy bezeichnet.«

»Moment mal. Mein Vater hat seiner Geliebten einen Antrag gemacht, und meine Mutter trifft sich mit anderen Männern? Okay. Ich hab keine Ahnung, wieso du davon weißt und ich nicht.«

»Na ja, eigentlich weißt du es jetzt, weil ich es dir erzählt habe.«

»Aber du wusstest es vor mir.«

»Deine Mutter unterhält sich eben gern.«

»Offensichtlich, und fürs Protokoll: Du musst mir nicht unbedingt jeden Satz weitererzählen, insbesondere nicht, wenn meine Mutter irgendeinen Mann als sexy bezeichnet.«

Cat lacht. »Ist zur Kenntnis genommen.«

»Nur damit keine Missverständnisse aufkommen«, sage ich, »sind die beiden schon geschieden, und ich weiß nichts davon?«

»Dein Vater benimmt sich doch schon seit Jahren so, als wäre er geschieden. Deine Mutter hat nur beschlossen, es genauso zu machen. Und bald sind sie es sowieso offiziell.«

»Sie könnten aber auch einfach eine offene Ehe führen.«

Wieder lacht sie. »Genau. Oder das. Du, ich muss leider Schluss machen. Ich bin gleich mit Liz zum Champagnerbrunch verabredet. Sie will die Pressemitteilung feiern, die heute Morgen rausgegangen ist. Für das Buch, das ich noch nicht mal zu Ende geschrieben habe.«

»Du und Champagner? Soll ich dir schon mal ein Taxi rufen?«

Erneut dringt ein Lachen durch die Leitung. »Ich bin absolut in der Lage, mir selbst eins zu rufen, auch wenn ich Champagner getrunken habe. Kann höchstens sein, dass ich das Auto dann nicht mehr finde. Wenn das der Fall sein sollte, hab ich ja deine Nummer. Wobei: Vielleicht schaue ich auch noch im Büro meines Bruders vorbei, natürlich mit Alkohol, und fordere den Brief meiner Mutter zurück.«

»Er hat dich immer noch nicht zurückgerufen, hm?«

»Nein. Er ist so ein Arschloch.«

»Jetzt weiß ich, wie sehr du mich gehasst haben musst, als du mich als Arschloch bezeichnet hast, damals im Café. Hast du deinem Vater erzählt, dass dein Bruder den Brief hat und du ihn zurückwillst?«

»Du meinst, während der beiden Male, die ich diesen Mann angerufen habe, um mich nach seinem Befinden zu erkundigen, und er tatsächlich drangegangen ist? Nein. Wir haben nur kurz gesprochen, und ihm ist das sowieso egal. Er akzeptiert gerade mal, dass ich ihn anrufe, und wenn ich Gabe auf den Brief anspreche, den er Reid überhaupt erst gegeben hat, sagt er mir, er gibt ihm Bescheid. Aber du hast gerade überhaupt keine Zeit für so was, und ich bin gleich eh betrunken.«

Lachend beenden wir den Anruf, und im selben Moment ertönt ein Summen aus der Telefonanlage. »Casey Allen ist am Telefon«, kündigt mir Maria an.

Ich hebe den Hörer ab. »Casey«, melde ich mich. »Ich habe Neuigkeiten.«

»Ich hoffe, es sind gute. Eigentlich dachte ich nämlich, das hier wäre endlich vorbei.«

»Wäre es auch längst, wenn wir die Investmentfirma irgendwie unter Druck setzen könnten, damit sie bestätigen, dass du nichts von den Transaktionen gewusst hast. Die weigern sich leider standhaft. Aber das wird sich bald ändern. Kent hat heute in deinem Namen Klage gegen sämtliche Personen eingereicht, die irgendwie an der Firma beteiligt sind, und auch gegen alle stillen Investoren. Laut ihm sind das vier.«

»Und inwiefern nützt mir das was in Sachen FBI?«

»Es zeigt, dass du keiner von denen bist, und außerdem holen wir durch eine finanzielle Entschädigung deine Anwaltskosten wieder rein. Ich weiß, das Ganze geht nicht so schnell, wie wir gehofft haben, aber wir schlagen genug Geld für dich raus, um den Stress zu kompensieren.«

»Ich will einfach nur, dass die Sache endlich vorbei ist. Das verfolgt mich. Ich kann nicht schlafen. Eigentlich wollte ich meiner Freundin einen Antrag machen, aber ich kann ihr doch nicht zumuten, mit jemandem verlobt zu sein, der im Knast sitzt.«

»Du kommst nicht in den Knast. Ich sorge dafür, dass das alles bald ein Ende hat. Bisher haben die noch nicht mal Anklage gegen dich erhoben. Die lassen dich nur zappeln, um dich zu benutzen, wann immer sie dich brauchen. Das ist zwar traurig, trotzdem leider die Wahrheit. Aber ich bin immer an deiner Seite. Ich melde mich bald wieder.«

Nachdem wir aufgelegt haben, steckt Maria ihren Kopf durch die

Tür und kommt auf mich zu, während sie in schnellem Spanisch vor sich hin schimpft. »Wieso wurde hier gerade eine Tüte von Tiffany's für Sie abgegeben, und bitte sagen Sie, die ist für mich.«

»Nein«, entgegne ich. »Die ist nicht für Sie, aber wenn Sie aufhören, mich auf Spanisch zu beschimpfen, kriegen Sie vielleicht was Schönes zu Weihnachten.«

»Ich beschimpfe Sie nicht auf Spanisch.«

Vielsagend hebe ich eine Augenbraue.

»Woher wissen Sie, dass ich Sie auf Spanisch beschimpfe?«

»Sie haben es gerade zugegeben.«

Ein Schmunzeln umspielt ihre Lippen. »Sie wissen aber schon, dass Weihnachten erst in zwei Monaten ist, oder?«

»Ja. Deswegen schlage ich vor, dass Sie sich ein bisschen zurückhalten.«

»Ich halte mich immer zurück«, behauptet sie und stellt die Tüte vor mir ab. »Sie wollen Cat einen Antrag machen«, ruft sie. Da Cat mittlerweile schon öfter bei mir im Büro war, kennen die beiden sich gut.

»Das geht nur mich und Cat was an.«

In ihre Augen tritt ein Leuchten. »Also *ja.*« Begeistert klatscht sie in die Hände. »Darf ich mal sehen?«

»Nein. Dürfen Sie nicht. Und jetzt gehen Sie, und machen Sie die Tür hinter sich zu.«

Sie verzieht das Gesicht, befolgt aber meine Anweisung. Als sie draußen ist, mache ich die Tüte auf und hole die blaue Schachtel heraus, die sich darin befindet. Laut atme ich ein und stelle mir vor, wie Cat die Schachtel öffnet, während ich sie nun selbst öffne und auf den Ring hinunterstarre, den ich auf ihre Größe habe anpassen lassen, nachdem ich ihr heimlich einen ihrer Ringe entwendet habe. Dieser ist einfach umwerfend schön, so wie Cat. Bei dem Schmuck liegt eine Karte, auf der mir die Verkäuferin eine Nachricht hinterlassen hat: *Der Tiffany Novo Ring im Prinzess-Schliff war die perfekte Wahl. Sie wird ihn lieben. Herzlichen Glückwunsch!* Er ist nicht nur perfekt, sondern auch teuer, aber Cat ist mir jeden Penny wert und noch eine Million mal so viel.

Dies ist mein Weihnachtsgeschenk für sie, und von ihr bekomme ich hoffentlich ein Ja auf die Frage, ob sie mich heiraten will.

***

Cat

Liz und ich sitzen in dem noblen Restaurant, in das sie mich unbedingt einladen wollte, und schlürfen kichernd Champagner. »Wieso hab ich mich eigentlich von dir dazu überreden lassen?«, frage ich. »Ich darf keinen Alkohol trinken. Der ist nicht gut für mich.«

»Du hast einen riesen Buchdeal unterschrieben, hast dich in einen umwerfend attraktiven Mann verliebt und …«

»Wow! Ich hab dir nie erzählt, dass ich mich in ihn verliebt habe.«

»Also, bitte. Du liebst ihn, und du bist viel relaxter, seit du mit ihm zusammen bist. Schau dich doch mal an. Du hast einen pinken Plüschpulli an.«

»Es ist nur ein pinker Pulli, und außerdem habe ich ihn zu meinem sehr konservativen pinken T-Shirt angezogen«, entgegne ich. »Und was hat Pink überhaupt damit zu tun?«

»Bevor du Reese kanntest, hast du immer nur Schwarz getragen. Du hast dich verändert. Ich kann es nicht richtig erklären. Weicher vielleicht.«

»Schwarz hab ich nur im Gericht getragen«, sage ich. »Und wieso unterhalten wir uns eigentlich über Pullis? Pinke Pullis?«

Liz leert ihr Champagnerglas auf ex. »Weil wir zu betrunken sind, um über irgendwas anderes zu reden, Bitch.«

Ich lache. »Okay, Bitch.«

Nun müssen wir beide lachen, und das zeigt mir noch einmal, wie gut wir uns verstehen. Ich kann gar nicht glauben, dass ich sie gefeuert habe. Und ich kann mir auch nicht mehr vorstellen, dass sie mich dazu gebracht hat. »Aber jetzt mal ernsthaft«, sagt Liz. »Du weißt schon, dass ich dich gern habe, oder?«

»Meistens schon. Nur nicht, als du unbedingt wolltest, dass ich mit Dan zusammenarbeite.«

»Ich hab dir doch schon gesagt, das hatte mit diesen komplizierten Verwicklungen innerhalb des Verlages zu tun. Und vielen Dank auch, jetzt bin ich wieder nüchtern. Ich wollte dich nur schützen.«

»Ja, ja, ich will keine Einzelheiten wissen. Versuch einfach nur nicht noch mal, mich zu etwas zu überreden, von dem du weißt, dass es gegen meine moralischen Prinzipien verstößt.«

»Wenn es um eine halbe Million Dollar geht, bin ich verpflichtet, dich über die Möglichkeit zu informieren.«

»Aber nicht dazu, mich zu drängen oder irgendwelche Details wegzulassen.«

»Du wärst total ausgeflippt, wenn du gewusst hättest, dass eine Verwandte von Dan für deinen Verlag arbeitet. Und du hättest gedacht, du könntest dieses Angebot nicht ablehnen. Du musstest dich nur mit ihm treffen. Aber du musstest den Deal nicht annehmen. Diese Freiheit hab ich dir verschafft.«

»Trotzdem hast du mich gedrängt.«

»Es ging um ziemlich viel Geld. Klar hab ich dich gedrängt. Dafür muss ich mich doch nicht entschuldigen. Werde ich auch nicht. So ein hoher Betrag bringt mir zwar auch etwas ein, aber du kriegst das meiste davon. Nach so einem Deal hast du Freiheiten und Möglichkeiten, die du sonst nicht bekommst.«

»Okay. Schön. Ich hab's kapiert. Trink wieder was. Ich mag es nicht, wenn du nüchtern bist.« Mein Handy klingelt, und ich werfe einen Blick auf die Nummer. »Mein Bruder.« Entschlossen leere ich mein Champagnerglas in einem Zug. »Es geht um was Persönliches, und ich muss ihn anschreien. Also tu so, als wärst du gar nicht da.« Dann gehe ich dran. »Schön, dass du auch mal zurückrufst.«

»Was soll der Scheiß, Cat?«, herrscht Reid mich an.

»Ja, genau, was soll der Scheiß? Wovon redest du überhaupt?«

»Ich hab die Pressemitteilung gesehen«, sagt er. »Du schreibst ein Buch mit Reese Summer. Der Mann klagt gegen mich, Dad und Onkel Rudolf und hat uns das FBI auf den Hals gehetzt.«

»Was?«

»Du hast keine Ahnung? Na wenigstens etwas. Dieser Mann will uns in den Ruin treiben.«

»Reese ist Anwalt für Strafrecht«, entgegne ich. »Der würde euch gar nicht verklagen.«

»Aber seine Kanzlei, und ich fresse einen Besen, wenn er da nicht mit drinsteckt. Er vertritt den Mann, in dessen Namen sie klagen.«

Jetzt weiß ich auch, warum Gabe mich nach Reese gefragt hat. »Wie heißt der Mandant?«

»Casey Allen.«

Ich kenne den Namen. Ich kenne alle von Reese' Fällen. »Was hast du getan, Reid?«, will ich wissen, obwohl ich bereits mehr weiß, als ich ihm zeigen will.

»Ach, ich bin also automatisch der Verbrecher, ja?«

»Was wirft man dir vor?«

»Aktienbetrug«, erklärt er.

»Bitte sag mir, dass du das nicht getan hast.«

»Leck mich, Cat.« Er legt auf.

Stirnrunzelnd sehe ich Liz an. »Ich muss los.«

»Aber du hast was getrunken. Ich rufe dir ein Taxi.«

»Glaub mir«, entgegne ich. »Ich war noch nie so nüchtern.«

Hastig ziehe ich meinen Mantel an, schnappe mir meine beiden Taschen und beeile mich, zum Ausgang zu kommen. Reese ist an einer Klage gegen meine Familie beteiligt, die deren Existenz zerstören könnte. Es spielt keine Rolle, dass er es nicht wissentlich getan hat, und ich weiß, das hat er nicht, aber es ist trotzdem ein Problem für uns beide, sowohl auf persönlicher als auch auf rechtlicher Ebene. Vielleicht bedeutet es sogar das Ende für uns.

Kapitel Sechsunddreißig

Reese

Ich sitze an meinem Schreibtisch, und Maria steht neben mir, als Cat ohne Vorwarnung in mein Büro gestürmt kommt. Der Mantel ist ihr halb von der Schulter gerutscht, während sie über die andere ihre Aktentasche und ihre Handtasche geschlungen hat. »Ich muss mit dir sprechen. Allein.«

Cats innere Anspannung ist nur schwer zu übersehen, und zum ersten Mal hat Maria keinen schlauen Spruch auf Lager. »Ich gehe schon«, sagt sie, eilt um Cat herum und schließt die Tür.

Cat stellt ihre Sachen auf dem Besucherstuhl ab. »Casey Allen.«

Das ist so ziemlich das Letzte, was ich in diesem Moment erwartet habe. »Was ist mit ihm?«

»Du hast in seinem Namen Klage eingereicht.«

»Meine Kanzlei hat das gemacht, ja.«

»Meine Familie … Du klagst gegen sie.«

Irritiert stehe ich auf. »Was? Nein. Die Firma heißt Blue Banks Investment.«

»Offensichtlich ist meine Familie irgendwie daran beteiligt. Reid hat mich angerufen.«

»Das kann nicht sein.« Sofort wähle ich Kents Durchwahl und stelle den Lautsprecher an.

»Was gibt's, Kumpel?«, meldet er sich.

»Ich brauche die Namen sämtlicher Parteien des Rechtsstreits gegen Blue Banks. Sofort. Es ist wichtig.«

»Klar. Die kenne ich auswendig.« Er gibt mir vier Namen durch, die unbedeutend sind, bevor er ergänzt: »Reid Maxwell, Mike Maxwell, Rudolf Elway.«

Mühsam verkneife ich mir einen Kraftausdruck, der Kent nur unnötig beunruhigt hätte, und sage schlicht: »Genau das wollte ich wissen«, bevor ich auflege.

»Rudolf ist mein Onkel«, erklärt Cat, »aber nicht blutsverwandt. Keine Ahnung, wieso wir Onkel zu ihm sagen, aber er gehört schon lange zur Familie und ist ein guter Freund meines Vaters.« Verzweifelt presst sie die Finger gegen ihre Schläfen. »Jetzt weiß ich auch, was meinen Vater so gestresst hat, dass er einen Schlaganfall bekommen hat.«

»Scheiße«, murmle ich, fahre mir mit den Fingern durchs Haar und stemme die Hände in die Hüften. »Du weißt aber schon, dass ich keine Ahnung hatte.«

»Natürlich weiß ich das. Daran hab ich auch nicht eine Sekunde lang gedacht.« Beide lehnen wir uns an den Schreibtisch und sehen uns an. »Aber das ändert nichts«, fügt sie hinzu. »Das ist ein Problem: moralisch, ethisch und rechtlich.«

»Ich bringe das in Ordnung. Ich vertrete deine Familie und boxe sie da raus.«

»Nein.« Energisch stößt sie sich vom Tisch ab. »Du verstößt nicht wegen meiner Familie gegen deine moralischen Prinzipien, und außerdem kann Casey dich wegen Interessenskonflikt verklagen, wenn du das tust.«

»Ich ziehe mich aus Caseys Fall zurück.«

»Noch mal: nein. So bist du einfach nicht, und genau das mag ich so an dir. Aber mir graut davor, was mit uns passiert, wenn du meinetwegen deine moralischen Prinzipien änderst. Das kommt nicht infrage.«

»Falls ich mein Mandat niederlege …«

»Muss die Kanzlei auch ihr Mandat niederlegen. Und wenn du das tust, könnte Casey, mit dem du befreundet bist – egal, ob eng oder nicht –, im Gefängnis landen. Du kannst ihn nicht im Stich lassen, und ich lasse auch nicht zu, dass du das für meine Familie tust. Außerdem wird meine Familie mich benutzen, um dir zu schaden. Und falls du glaubst, so was würden sie nicht tun, liegst du falsch. Wir können nicht …«

»Denk gar nicht erst daran, das laut auszusprechen«, warne ich sie.

»Aber das muss ich. *Wir* müssen darüber reden. Solange diese Sache läuft, können wir nicht zusammen sein. Das weißt du, und das weiß ich. Ich werde nicht zulassen, dass du wegen mir deine Lizenz verlierst. Ich muss ausziehen.«

»Nein, ich regle das schon. Gerade sind wir zwei auch viel zu aufgewühlt, um darüber nachzudenken.«

»Wir sind beide Anwälte und kennen die Gesetze und die ethischen Grenzen unseres Berufs. Ich bin in diesem Fall als Beraterin tätig, für dich. Das macht es noch viel schlimmer. Ihr müsst mich sofort von dem Fall abziehen.«

»Das lässt sich leicht regeln.«

»Reese, bitte …«

»Verdammt, Cat, hör auf damit! Hör auf, über uns zu sprechen …«

»Aber du musst das Richtige tun. Sonst handelst du gegen deine Persönlichkeit, gegen den Mann, den ich … Gegen deinen Charakter.«

»Ich sage Casey einfach die Wahrheit.«

»Trotzdem könnte er dich immer noch verklagen. Wenn er zu einer anderen Kanzlei geht und die verlieren, kann er sagen, du hättest deine Berufspflicht verletzt und dadurch den Wechsel verursacht. Und meine Familie …«

»Will keine negativen Schlagzeilen in der Presse«, vervollständige ich den Satz.

»Nein, und die Presse wird sich an Casey wenden, der vielleicht gar nichts gegen die Schlagzeilen hat. Du musst mit ihm reden und ihm die Möglichkeit geben, zu wechseln oder es mit dir gemeinsam durchzuziehen. Lass nicht zu, dass meine Familie zuerst mit ihm redet.«

»Verstanden. Ich rede mit ihm. Ich sorge dafür, dass er eine Erklärung unterschreibt, in der er versichert, mich nicht zu verklagen. Dann dürfen wir uns höchstens ein paar Tage nicht sehen.«

»Und wenn er das nicht unterschreibt?«

»Ich kann sehr überzeugend sein.«

»Was ist mit der Presse? Meine Familie wird denen nichts erzählen, aber was ist mit Dan oder irgendwelchen anderen Feinden, die du dir sicher im Laufe deiner Anwaltskarriere gemacht hast. Er hasst dich. Jede Klageeinreichung wird veröffentlicht, und er weiß, dass wir zusammen sind. Er könnte das der Presse zuspielen. Momentan gefährdet das mit uns deine Karriere, und zwar langfristig. Ich lasse nicht zu, dass du meinetwegen deine Karriere aufs Spiel setzt.« Entschlossen greift sie nach ihren Taschen. »Wir dürfen nicht miteinander reden. Wir dürfen überhaupt keinen Kontakt haben. Nicht, solange diese Klage läuft.«

Sie hat recht. Das weiß ich, und im Moment fällt mir nicht ein, wie wir aus dieser vertrackten Situation herauskommen könnten.

»Ich muss mich auch aus dem Buchdeal zurückziehen«, fügt Cat hinzu.

»Nein«, weise ich diesen Vorschlag sofort zurück. »Das tust du nicht. Ich rufe beim Verlag an und regle das mit denen. Du hast einen Vertrag unterschrieben. Dieser Interessenskonflikt hält nicht ewig an und wird sich auch nicht wiederholen. Du ziehst dich nicht wegen mir aus diesem Deal zurück. In dieser Geschichte gibt es *zwei* Menschen, und wir beschützen einander. Sag, dass du das verstanden hast, Cat.«

Sie weicht bereits in Richtung Ausgang zurück, doch als sie dort ankommt, habe ich meinen Schreibtisch umrundet und stehe direkt vor ihr. Fast verzweifelt dränge ich sie gegen die Tür und lege meine Hand unter ihrem Mantel an ihre Hüfte. »Sag es! Wir beschützen einander.«

»Wir beschützen einander.«

»Du ziehst dich nicht aus dem Buchdeal zurück. Versprich mir das!«

»Ja. Ich verspreche es.«

»Arbeite weiter an dem Buch. Meine Seite der Geschichte kennst du sowieso. Ich gebe dir über Liz Bescheid, wenn ich mit dem Verlag über den Vertrag gesprochen habe, aber ich regle das schon. Das alles.«

»Brich es aber nicht übers Knie«, sagt sie. »Mach es vernünftig.«

»Wenn ich das alles regeln will, habe ich keine andere Wahl. Cat, ich muss das mit deiner Familie regeln, sonst wird das immer zwischen uns stehen.«

»Wird es nicht«, versichert sie mir. »Du hast sie nicht dazu gezwungen, eine Straftat zu begehen, und das haben sie offensichtlich getan. Ich konnte es an Reids Stimme hören.«

»Es wird zwischen uns stehen, wenn ich es nicht vernünftig regle. Aber das werde ich, und ich sag dir das, damit du weißt, dass ich wahrscheinlich mit deiner Familie sprechen werde. Und sobald ich das alles geregelt habe, komme ich zu dir.« Sie nickt, und ich lege beide Hände an ihre Wangen. »Ich liebe dich. Auf diese Art wollte ich dir das eigentlich nicht sagen, aber ich will, dass du es weißt.«

»Ich liebe dich auch.«

Sofort küsse ich sie, lange, und wünschte, der Moment würde nie aufhören, doch schließlich löse ich mich von ihr und lege die Stirn an ihre. »Ich finde einen Weg, wie wir da wieder rauskommen«, verspreche ich ihr.

Sie nimmt meine Krawatte in die Hand. »Ich will das nicht, aber besser, ich gehe jetzt. Ich bin weg, bevor du nach Hause kommst.« Damit wendet sie sich von mir ab, und es bringt mich fast um, sie loslassen zu müssen. Doch ich trete zurück, öffne ihr die Tür, damit sie hinausgehen kann, und mache sie hinter ihr wieder zu. Dann marschiere ich zu meinem Schreibtisch zurück und rufe Lauren an, die schon nach dem ersten Klingeln drangeht.

»Du musst jetzt genau zuhören, weil Cat sicher bald bei dir auftaucht, und ich will, dass du die Fakten kennst, wenn sie kommt. Und danach muss ich das Persönliche erst mal beiseiteschieben und von Anwalt zu Anwältin mit dir sprechen.«

»Ich höre dir zu.«

In den nächsten Minuten erzähle ich ihr alles und beende meinen Bericht mit den Worten: »Jetzt, da du die ganze Geschichte kennst, was denkst du?«

Sie zieht die gleichen Schlüsse wie Cat und ich, mit einer wichtigen Ergänzung. »Ihre Familie ist skrupellos, und dir gegenüber sind sie nicht zur Loyalität verpflichtet. Aber sie bedeutet ihnen was, und durch deine Beziehung zu ihr ist das Ganze nun zu einem persönlichen Konflikt geworden. Die werden zwar sicher nicht die Presse einschalten, aber die finden andere fiese Wege, um dir zu schaden, jetzt oder in Zukunft.«

»Mit anderen Worten: Ich muss irgendeine Form von Frieden mit ihnen schließen.«

»Ja, das war mein Gedanke, aber könntest du dich damit überhaupt anfreunden?«

»Für Cat würde ich alles tun.« Trocken lache ich auf. »Aber sie hat Angst, ich würde gegen meine moralischen Prinzipien verstoßen und die Sache würde letztendlich immer zwischen uns stehen.«

»Da könnte sie recht haben.«

»Nein. *Sie* hat doch nichts verbrochen. Das war ihre Familie, und das vergesse ich doch nicht. Dafür liebe ich sie viel zu sehr.«

»Du liebst sie.«

»Ja, verdammte Scheiße! Ich hab einen Ring gekauft und wollte ihr an Weihnachten einen Antrag machen.«

»Wir haben ja noch nicht mal Thanksgiving, Reese. Du hast noch Zeit. Das klärt sich schon alles. Du bist ein guter Anwalt. Du findest eine Lösung, und ich helfe dir dabei.«

»Du hast auch eine persönliche Beziehung zu Cat und den Maxwells. Du darfst mir nicht helfen, aber ich weiß das Angebot sehr zu schätzen. Pass einfach auf meine Frau auf. Damit hilfst du mir am meisten.«

»Wenn ihr euch wirklich liebt – und ich weiß, das tut ihr –, ist das hier noch nicht das Ende. Das weißt du, oder?«

»Wir sprechen hier von Cat, Lauren. Der Meisterin im Aufbauen von Mauern, und diesmal werde ich nichts tun können, um sie einzureißen.«

»Wenn sie wirklich eine Mauer zwischen euch aufbaut, hat sie dich nie richtig geliebt. Und wenn sie es nicht tut, weißt du, dass ihre Gefühle ehrlich sind. In gewisser Weise ist das ein Geschenk. Wir brauchen doch alle die Bestätigung, dass es die wahre Liebe ist.« In ihrer Leitung klopft es. »Das ist sie wahrscheinlich. Ihr beide schafft das.« Damit legt sie auf, und ich verspüre den plötzlichen Drang, auf irgendetwas einzuschlagen.

Kapitel Siebenunddreißig

Cat

In dem Moment, als Lauren die Tür aufmacht, weiß ich, dass sie Bescheid weiß. »Er hat dich angerufen.«

»Ja.« Sie tritt zurück, und ich betrete das Haus, gehe zu dem riesigen Sessel neben der Couch hinüber und setze mich auf den Hocker davor.

Lauren gesellt sich zu mir auf die Couch. »Wie geht's dir?«

»Wie es *mir geht?*« Humorlos lache ich auf. »Eben hab ich noch Champagner getrunken, um meine Pressemeldung zu feiern, und dann ruft mich mein Bruder an und teilt mir mit, dass Reese gegen meine Familie klagt. Ach ja, danach hat er mir noch gesagt, ich soll ihn am Allerwertesten lecken. Nächste Szene: Reese sagt mir, dass er mich liebt, direkt bevor wir uns voneinander verabschieden müssen, wahrscheinlich für immer. Also, hm … Wie geht es mir? Total klasse.«

»Reese und du, ihr schafft das. Die Situation ist scheiße, aber ihr steht das durch.«

»Ich nehme an, du kennst die Fakten. Denkst du, wir haben überreagiert?«

»Nein, ganz sicher nicht. Das ist ein Riesenproblem.«

»Wir dürfen uns einfach gerade nicht sehen.«

»Das ist natürlich eine Herausforderung. Glaubst du, deine Familie wird dich dazu benutzen, Reese zu schaden?«

»Ja. Auf irgendeine hinterhältige, fiese Tour werden sie ihm sicher einen Schlag versetzen, und ich weiß nicht, wie ich das verhindern soll.«

»Ich hab das zwar alles schon mit Reese durchgesprochen, aber wir sollten das auch noch mal tun.«

Zwei Stunden reden und reden wir, und dann noch ein wenig,

bis wir alle Möglichkeiten durchhaben. »Ich glaube, diese Sache überlebt unsere Beziehung nicht«, sage ich und äußere damit meine größte Angst.

»Wenn ihr euch liebt, schon.«

»Du weißt nicht, wie brutal meine Familie ist. Die werden dafür sorgen, dass Reese mich hasst, und ich kann nichts dagegen machen.«

»Wenn du das glaubst, tust du Reese unrecht.«

»Stimmt, er ist sehr klug, das weiß ich. Aber mein Vater ist das auch.«

»Reese ist aber jünger und in jeder Beziehung agiler. Außerdem liebt er dich. Und Liebe hat eine große Macht. Aber während du dich hier um Reese sorgst, weißt du eigentlich, worüber *er* sich Sorgen macht?«

»Was denn?«

»Dass du dich in der Zeit, in der ihr getrennt seid, wieder abschottest und ihn danach aus deinem Leben ausschließt.«

»Das tue ich nicht. Doch nicht Reese. Ich will, dass er das weiß. Bitte sag ihm das!«

»Das kann ich nicht, Cat. Weil du dich seit zwei Jahren von allen abschottest, sogar von mir. *Julie* ist meine beste Freundin. Du kommst zwar nahe dran, aber eben nur fast, weil du dich manchmal monatelang nicht bei mir meldest.«

»Ich weiß. Es ist nur … Manchmal komme ich am besten mit dem Alleinsein klar, wenn ich allein bin.«

»Aber du bist nicht allein, es sei denn, du ziehst dich zurück«, sagt Lauren.

»Meine Familie schließt mich aus. Ich sie nicht.«

»Stimmt. Aber du schließt mich aus. Mach das nicht mit Reese! Und mit mir auch nicht mehr.«

»Mache ich nicht«, verspreche ich. »Will ich auch gar nicht. Es könnte nur sein, dass du mir ab und zu mal einen Schubs geben musst. Du weißt ja, alte Gewohnheiten und so …«

»Habe ich damit die offizielle Erlaubnis, dir wenn nötig einen Schubs zu geben?«

»Ja, so oft und so heftig du willst.«

»Gut. Dann werde ich das tun.«

Mit einem Seufzer stehe ich auf. »Ich muss noch meine Sachen aus seiner Wohnung holen. Ich will das schnell hinter mich bringen und dann verschwinden, bevor ich zusammenbreche.«

»Kauf einen Vorrat an Ben und Jerry's ein. Ich werde dich besuchen kommen.«

Ich umarme sie fest, dann mache ich mich auf den Weg.

***

Dreißig Minuten später stehe ich in meinem Apartment – nein, Reese' Apartment. Ich fange an, meine Sachen zusammenzupacken, doch dann beschließe ich: Nein, ich nehme nur das mit, was ich unbedingt brauche. Ich werde wieder zurückkommen, und das bald, hoffe ich. Also packe ich nur eine Tasche, dann setze ich mich auf den Sessel, in dem wir uns oft den Sonnenuntergang anschauen oder einfach nur sitzen und reden. Die Zeit mit ihm auf diesem Platz werde ich so vermissen. Meine Augen beginnen zu prickeln, und bevor ich vollkommen zusammenbreche, stehe ich auf. Dabei fällt mein Blick auf meinen Nachttisch, wo ich einen Block und einen Stift liegen habe. Ich gehe hinüber, setze mich aufs Bett und schreibe auf eine leere Seite: *Ich wünschte, ich wäre JETZT genau HIER* in großen Buchstaben. Dann reiße ich das Blatt ab und lege es auf mein Kopfkissen.

Anschließend schreibe ich Reese eine Nachricht:

Reese,
meine Liebe zu dir ist so stark, dass keine Mauer ihr je standhalten könnte. Aber mein Vater und meine Brüder sind hinterhältig. Sie würden alles tun, damit du deine Lizenz verlierst. Riskier das nicht. Ruf mich nicht an. Nummern können zurückverfolgt werden.
Ich habe die meisten meiner Sachen bei dir gelassen, denn ich komme wieder zurück.
In Liebe
Cat

Kapitel Achtunddreißig

Reese

Die erste Nacht getrennt …
Ich betrete mein Apartment, und es ist still, leer und kalt. Cat ist gegangen. Mein Handy klingelt, meine Mutter ruft an. Cat und ich haben noch nicht einmal besprochen, was wir ihr sagen. Während ich den Anruf entgegennehme, schlendere ich zur Bar hinüber und schenke mir einen Whisky ein bevor ich meiner Mutter alles erzähle.

»Ich weiß gar nicht, was ich sagen soll«, entgegnet sie und atmet geräuschvoll aus. »Oh doch: Sie liebt dich wirklich, sonst wäre sie immer noch bei dir, so seltsam das auch klingen mag. Sie macht sich Sorgen um dich und will dich beschützen. Das muss sie auch, und du hast Angst …«

»Sie zu verlieren.«

»Das wirst du nicht. Sie liebt dich, das ist mehr als offensichtlich. Und zwar so sehr, wie es sich eine Mutter für ihre Kinder nur wünschen kann.« Bitter lacht sie auf. »Und für sich selbst. Regle diese Sache. Das schaffst du. Fokussiere dich. Und dann hol dir deine Freundin zurück.«

Als wir das Gespräch beendet haben, wird mir bewusst, wie stark meine Mutter ohne meinen Vater ist, eben nur nicht an seiner Seite. Cat ist so oder so stark, ob mit mir oder ohne mich. Gerade muss sie auch ohne mich stark sein und ihre verdammte Schutzmauer eingerissen lassen. Ich schenke mein Glas voll, bevor ich die Treppe nach oben steige. Dort betrete ich das Schlafzimmer und entdecke eine Nachricht auf Cats Kopfkissen. Adrenalin rauscht durch meine Adern, und ich leere den Whisky in einem Zug, bevor ich den Zettel hochnehme, um ihn zu lesen. *Ich wünschte, ich wäre JETZT genau HIER.* »Das wünschte ich auch, Süße«, murmle ich und greife nach dem zweiten Blatt Papier. Gefühle hämmern auf mich ein, während ich mich hinsetze und die Nachricht lese.

Sie kommt zurück. Und ich hoffe wie wahnsinnig, dass sie immer noch so denkt, wenn diese ganze Geschichte vorbei ist.

Einen Moment lang überlege ich, zwei Handys mit Prepaidkarten zu kaufen und ihr eins davon zu schicken. Dann könnten wir doch miteinander reden, andererseits würde sie dann aber auch Fragen stellen und sich über jeden Schritt, den ich tue, Gedanken machen. Und ich muss tun, was ich tun muss, um sicherzustellen, dass ihre Familie mich und uns nicht zerstört. Dafür brauche ich einen klaren Kopf, ohne Gefühlschaos.

***

Cat

Mit meinem MacBook auf dem Schoß sitze ich zwischen den pinken Kissen und unter der pinken Steppdecke in meinem Bett oder dem, was sich früher mal wie mein Bett angefühlt hat. Jetzt tut es das nicht mehr. Kurz überlege ich, meine Familie zu besuchen, aber wenn ich das mache, riskiere ich, meine Gefühle für Reese preiszugeben. Das wäre so, als würde ich eine Zielscheibe auf seinem Rücken anbringen oder die bereits vorhandene noch ein wenig größer malen.

Nein.

Ich kann nicht zu meiner Familie. Zu Reese kann ich auch nicht. Stattdessen muss ich meine Zeit hier im pinken Rüschentraum verbringen und kann nichts tun. In diesem Moment kommt mir eine Idee. Ich muss gar nicht darauf verzichten, mit Reese zu sprechen. Ich kann ihm in jeder meiner Kolumnen eine Nachricht zukommen lassen. Einen Satz. Irgendetwas Kleines. Nachdenklich starre ich auf den Text, den ich gerade zu Ende geschrieben habe – eine Kolumne über einen tödlichen Polizeieinsatz, der vor Kurzem stattgefunden hat. Ich lese mir die letzten Zeilen meines Fazits noch einmal durch und überarbeite sie.

In einer Welt, in der es keine Grenzen mehr zwischen Krieg und Frieden zu geben scheint, sollten wir nicht danach stre-

ben, die Grenzen noch weiter zu lockern. Stattdessen sollten wir alles beseitigen, was uns trennt. Das erreichen wir allerdings nicht, indem wir uns gegenseitig die Schuld in die Schuhe schieben. Und wir erreichen es auch nicht, wenn wir der Presse erlauben, unsere Geschichte zu bestimmen. Wir, das Volk, müssen uns zusammentun und verhindern, dass jemand anders das für uns übernimmt. Nur wir bestimmen unsere Geschichte.
Bis morgen
Ihre Cat

Das ist zwar nicht perfekt, aber ich hoffe, er liest zwischen den Zeilen. Ich werde keine Mauer zwischen uns errichten. Nicht jetzt. Und auch nicht in Zukunft.

***

Reese

Zweiter Tag getrennt
Ich beginne meinen Tag damit, Cats Kolumne zu lesen – und die Botschaft, die sie darin für mich versteckt hat: *Nur wir bestimmen unsere Geschichte.* Mit anderen Worten: Wir lassen uns nicht von ihrer Familie manipulieren. Sie hat recht. Und die Maxwells werden das auch bald herausfinden.

Als erste Amtshandlung an diesem Morgen rufe ich in Cats Verlag an. Die Vereinbarung, das Buch erst herauszubringen und zu promoten, wenn dieses Problem aus der Welt geschafft wurde, ist leicht zu erwirken; vor allem, als ich mich bereit erkläre, auch bei einem weiteren Buch – über Kelli Ward – als Berater zur Verfügung zu stehen. Da ich weiß, dass man Cat für ein weiteres Buch ein geringeres Honorar angeboten hat, verhandle ich über Kellis Buch unabhängig davon und rufe anschließend Liz an.

»Sie sind ja besser darin als ich«, befindet sie. »Ich gebe Cat Bescheid.«

»Sagen Sie ihr, sie soll ihre Familie darüber informieren, dass dieses Buch auf unbestimmte Zeit auf Eis liegt. Das ist wichtig.«

»Verstanden.«

Als Nächstes bitte ich Kent in mein Büro und erzähle ihm alles. »Wie ernst ist es dir mit dieser Frau?«

Ich öffne meine Schreibtischschublade und hole die Tüte von Tiffany's heraus. »Du? Heiraten?«, fragt Kent perplex.

»Ich. Heiraten.«

»Okay. Ich erkenne dich zwar nicht wieder, aber ich werde dir trotzdem dabei helfen, uns zu helfen.«

Stunden später setzen Kent und ich unseren Plan in die Tat um, und ich sitze mit Casey und Maria am Konferenztisch. »Zu unserer aller Absicherung zeichne ich dieses Gespräch auf«, stelle ich klar. »Maria liest die rechtlichen Bestimmungen vor.«

»Verstanden«, bestätigt Casey.

Maria beginnt, und als sie fertig ist, ergreift Kent das Wort. »Als ich die Klage in Ihrem Namen eingereicht habe, habe ich Reese gegenüber nicht die Namen der Parteien offengelegt, gegen die ich Klage eingereicht habe.«

»Mit anderen Worten«, fahre ich fort, »ich hatte keine Ahnung, dass es einen Interessenskonflikt zwischen mir und deinem Fall gibt.«

Überrascht richtet Casey sich auf. »Was für einen Konflikt?«

»Ich war mit der Tochter, Schwester und Nichte dreier der Parteien zusammen, die namentlich aufgeführt werden.«

»Ach du Scheiße«, sagt Casey. »Also lässt du mich fallen.«

»Nein«, entgegne ich sofort. »Ich gebe dir die Möglichkeit, zu gehen oder zu bleiben, aber bevor du diese Entscheidung triffst, möchte ich, dass du alle Fakten kennst. Cat Maxwell und ich haben uns getrennt und werden uns erst wiedersehen, wenn dieser Fall abgeschlossen ist. Nichtsdestotrotz wurde gestern eine Pressemeldung über einen Buchdeal herausgegeben. Ich berate sie bei ihrem True-Crime-Buch über den Ward-Fall. Aber die Interviews sind schon gemacht worden, und die Veröffentlichung und jegliche Presseberichte werden so lange zurückgehalten, bis dieser Rechtsstreit geklärt ist. Das Buch liegt also auf Eis. Außerdem hat Cat ohnehin kein gutes Verhältnis zu ihrer Familie, und meiner Meinung nach behandeln sie Cat ziemlich scheiße. Sie verdienen es, dass wir ihnen so richtig die Hölle heißmachen.«

»Warum hast du dich dann von ihr getrennt?«, erkundigt sich Casey. »Wenn du die Familie hasst, ist das doch nur in meinem Interesse. Ich meine, falls ich der Grund war …«

»Nein. Cat verschwindet nicht aus meinem Leben. Das solltest du auch noch wissen. Diese Trennung soll uns nur unbeschadet durch den Rechtsstreit bringen. Ich hab ja schon Klage gegen ihre Familie eingereicht. Also wollen die mir sowieso auf Teufel komm raus an den Kragen, und ich muss mich mit ihnen auseinandersetzen. Aber du sollst wissen, dass ich der Beste bin in meinem Fach.«

»Das weiß ich doch schon, Mann«, sagt Casey. »Ich hab verdammtes Glück, dass du dich meines Falls angenommen hast, mein Freund.«

»Du kannst auch zu einer anderen Kanzlei gehen, aber es gibt eine Bedingung: Für den Fall, dass die es verbocken und keinen Freispruch für dich erwirken, brauche ich deine Bestätigung hier auf Band, dass dies deine persönliche Entscheidung ist. Falls du die Kanzlei wechselst, ist das deine eigene Entscheidung. Hiermit sage ich dir aber auch, dass ich mich zu hundert Prozent für dich einsetzen werde. Ich kann dir zwar nicht versprechen, dass ich dich da rausholen kann, aber nichts von dem, was ich dir gerade erzählt habe, spielt dabei eine Rolle, und wenn du weiterhin von mir vertreten werden möchtest, musst du eine Vereinbarung unterschreiben, dass du mich oder diese Kanzlei nicht verklagen wirst, weil wir nicht das erwartete Ergebnis erwirkt haben. In der Vereinbarung ist das ziemlich umfangreich formuliert, aber alles, was ich dir gerade gesagt habe, ist dort vollständig offengelegt.«

»Einverstanden«, verkündet Casey. »Ich vertraue dir. Wie könnte ich auch nicht? Du hast deine Freundin für mich verlassen.«

»Ich hab Cat nicht verlassen. Sie hat mich verlassen, weil sie so anständig ist.«

Eine Stunde später schüttelt er mir die Hand. »Sieh zu, dass du sie nicht wegen dieser Sache hier verlierst.«

»Das werde ich nicht«, antworte ich aus tiefster Überzeugung.

***

Da meine Familie meine Anrufe ignoriert, marschiere ich in die Empfangshalle ihrer Firma und halte mich gar nicht erst damit auf, mich anzumelden. Stattdessen gehe ich einfach an der Empfangsdame vorbei und den Flur hinunter.

»Cat«, begrüßt mich Nancy, die Sekretärin meines Vaters, die natürlich blond und äußerst hübsch ist. Wahrscheinlich vögelt sie auch mit ihm. Das ist nämlich absolut sein Ding. Genau wie Mitch steht er total auf seine Sekretärinnen. Auch an ihr gehe ich einfach vorbei ins Büro, und als ich die Tür öffne, stelle ich fest, dass meine beiden Brüder anwesend sind.

»Oh, gut. Familientreffen bei den Maxwells.« Ich schließe die Tür. »Na ja, abgesehen vom Jüngsten, der schlau genug war, die Stadt zu verlassen. Ich würde ihn ja anrufen, aber warum sollte ich ihm diese Hölle hier zumuten. Lassen wir ihn weiter ein glückliches Leben führen.«

Mein Vater, den ich seit Monaten nicht mehr gesehen habe, sieht gut aus und überhaupt nicht krank. Sein graues Haar ist voll, und sein Teint hat eine warme Farbe. Er wirkt fit wie immer. Meine Brüder sehen einfach nur aus wie Arschlöcher, eins auf jeder Seite des Schreibtischs. Zwillingsarschlöcher. »Ich hab Reese Summer gesagt, dass wir ein Problem haben. Er hat sofort bei meinem Verlag angerufen und darum gebeten, den Beratervertrag aufzulösen, alles nur wegen dieses Interessenskonflikts. Für diejenigen unter euch, die glauben, ich hätte eine dämliche Karriereentscheidung getroffen: Der Deal war eine halbe Million Dollar wert. Ja. Wahrscheinlich mehr als meine beiden Arschlöcher von Brüdern mit ihren beschissenen Harvard-Abschlüssen im ganzen Jahr verdienen. Vielen Dank dafür! Ich hab euch auch sehr lieb.«

»Er klagt gegen uns, Cat«, sagt Reid.

»Sein Partner klagt gegen euch.«

»Wortklauberei«, kommentiert mein Vater.

»Tja, jedenfalls kannst du das jetzt mit ihm ausfechten. Er ist fertig mit mir und meinem Buch. Ich habe ihn vor Gericht gesehen, deshalb hoffe ich, ihr ruft mich alle noch mal an und verabschiedet euch zumindest, bevor ihr diese schicken orangenen Overalls anzieht.«

Damit mache ich auf dem Absatz kehrt und marschiere aus dem Büro, und als ich den Aufzug erreiche und die Ruftaste drücke, bin ich erleichtert, als die Türen sich sofort öffnen. Ich habe da drinnen eine ganz schöne Show abgezogen, aber jedes wütende Wort auch so gemeint. Ich betrete die Fahrstuhlkabine, und kurz bevor die Türen sich schließen, stößt Gabe zu mir.

»Eine halbe Million Dollar.«

»Ja. Mein letztes Buch hat sich ziemlich gut verkauft, und diesmal hatte ich Reese mit im Boot. Aber jetzt ist die Sache gelaufen, und ich hake das Ganze ab.«

»Leg es doch auf Eis, bis dieser Rechtsstreit geklärt ist.«

»Wieso?«, will ich wissen, bevor ich die Zähne zusammenbeiße und die harten Worte hervorpresse, die ich eigentlich nicht laut aussprechen wollte: »Wir wissen doch beide, dass ihr alles tun werdet, um Reese Summer zu vernichten. Und dann nutzt er mir nichts mehr.«

»Vielleicht geht es aber auch ganz anders aus.«

Und da ist sie: die Bestätigung, dass sie ihm an den Kragen wollen, aber zumindest weiß ich jetzt, dass sie mich nicht als Druckmittel benutzen werden.

»Vielleicht auch nicht, ist aber auch egal. Ich führe bereits Gespräche mit meinem Verlag über eine mögliche Zusammenarbeit mit dem Staatsanwalt. Wobei ich diesen Scheißtypen fast genauso hasse wie euch gerade.«

Er greift in die Innentasche seines Jacketts und gibt mir den Brief unserer Mutter. »Den trage ich schon die ganze Zeit mit mir herum. Ich wollte ihn dir vorbeibringen, aber ich kann nicht aufhören, dieses verdammte Ding zu lesen. Ich stehe auf deiner Seite, Cat, genau wie Mom. Und gegen mich läuft keine Klage. Ich hab den Scheiß nicht mitgemacht. Aber ganz unter uns: Ich glaube, Dad wusste auch nicht, was da lief.«

»Und Reid?«

»Er behauptet, nein. Aber ich bin mir nicht sicher. Onkel Rudolf wusste Bescheid. Er ist der Drahtzieher in dem Ganzen.« Mit einem Klingeln kommt der Fahrstuhl zum Stehen, und Gabe fügt hinzu: »Auf deiner Seite, Cat.«

Doch ich antworte nicht darauf. Gabe und ich haben noch eine riesige Mauer zu überwinden. Die Mauer, die meine Familie zwischen mir und Reese errichtet hat. Während ich aus dem Lift steige und das Gebäude verlasse, überlege ich, wie ich Reese über die Vorgänge informieren könnte. Aber ich will niemanden in den Fokus rücken … Bleibt also nur meine Kolumne.

***

Stunden später liege ich wieder in meinem pinken Bett ohne Reese und schreibe an meiner Kolumne. Diesmal habe ich einen Fall gefunden, der perfekt passt: eine Frau, die des Mordes beschuldigt wird, deren Onkel jedoch mittlerweile verhört wird. Zunächst erläutere ich meinen Lesern, wie die Frau überhaupt zur Beschuldigten wurde, und beende meinen Text mit einem schlichten: *Der Onkel wurde zwar noch nicht angeklagt, doch ich sage voraus, dass sich das Blatt bald wenden und er in Kürze auf der Anklagebank sitzen wird – in einem Prozess, den wir hier weiter mit Interesse verfolgen werden.*

Bis morgen

Ihre Cat

Die Botschaft ist klar: Behalte meinen Onkel im Blick, der gar nicht mein Onkel ist und den meine Mutter nie gemocht hat. Jetzt weiß ich auch, warum. Er brockt einem nur Ärger ein.

***

Reese

Dritter Tag getrennt …

Ich beginne den Tag damit, vor der Kaffeemaschine zu stehen und Cats Kolumne zu lesen, und ich verstehe ihre Botschaft: Ihr Onkel ist das Problem.

***

Cat

Vierzehnter Tag getrennt …

Mir geht's furchtbar. Ich sitze in meinem Sessel am Kamin, einen Becher

Ben-and-Jerry's-Eis neben mir, nachdem ich gestern Abend schon zwei davon gegessen habe, als Lauren und Julie bei mir waren. Wenn ich so weitermache, muss ich mir neue Klamotten kaufen, aber das ist mir offenbar egal. Cherry Garcia und mein MacBook sind meine Freunde. Ich liebe sie. Ich brauche sie. Ich bete sie an. Nicht wirklich, aber Eis ist definitiv ein Ersatzmittel für Sex, sage ich, die Expertin, die gerade keinen Sex mehr hat, nachdem sie den besten Sex ihres Lebens hatte.

Mein Handy klingelt, und sofort greife ich danach, in der Hoffnung, es ist Reese, der mir sagt, dass die ganze Sache endlich vorbei ist. Doch er ist nicht dran, sondern seine Mutter. Ich melde mich direkt mit einem Vorwurf: »Ich hab dir doch gesagt, du darfst mich nicht anrufen. Das bringt mich mit Reese in Verbindung.«

»Ich weiß«, antwortet sie. »Aber Reese hat gesagt, er darf momentan nicht mit mir sprechen. Er hat sich vollkommen abgeschottet und ist nur noch auf das fokussiert, was auch immer er da gerade tut.«

»Gerade muss er auch mit ziemlich vielen Dingen gleichzeitig jonglieren.«

»Ich weiß. Geht es dir gut?«

»Nein, erst wieder, wenn das hier vorbei ist. Du darfst mich nicht noch mal anrufen.«

»Ich weiß, aber er braucht dich. Das spüre ich.«

»Danke! Genau das hab ich gebraucht.«

»Wir werden deine Familie nie zu einem Familientreffen einladen, nur um das klarzustellen. Pass auf dich auf, Kleines!« Damit legt sie auf, und ich schnappe mir die Fernbedienung meines Kamins und stelle ihn hoch. In der Wohnung ist es kalt, und ich bin total durchgefroren, was allerdings auch am Eis liegen könnte. Vielleicht hat es aber auch nur mit meiner beschissenen Familie zu tun.

Ich fange an, meine Kolumne zu tippen, in der es heute um ein Ehepaar geht – insbesondere um den Mann, der beim Versuch, seiner Frau das Leben zu retten, starb. Mit dem Ergebnis, dass seine Familie Klage wegen widerrechtlicher Tötung gegen die Ehefrau eingereicht hat. Es ist ein irrsinniger, so noch nie da gewesener Fall. Mein Fazit lautet dann auch wie folgt: *Was würden Sie für einen ge-*

liebten Menschen tun? Was würden Sie aufgeben? Dieser Mann hat alles für seine Frau geopfert, und nun hat sie nicht nur die Liebe ihres Lebens verloren, sondern wurde auch noch von seiner Familie gequält – und dies ist Quälerei. Ich hoffe, seine Angehörigen lesen diesen Text. Ich hoffe, sie gehen in sich und erkennen, dass der Schmerz, den sie dieser Frau zufügen, ihnen nicht den geliebten Menschen zurückbringt. Im Gegenteil: Es treibt ihn noch weiter von ihnen fort, während die Frau, die er geliebt hat, blutet.

Dieser Schluss war nicht für Reese bestimmt. Er war für meine verkorkste Familie, die ihn nicht einmal lesen wird und keine Ahnung hat, wie viel Reese mir bedeutet. Denn wenn sie das wüssten, würden sie ihn bluten lassen.

***

Vierundzwanzigster Tag getrennt – Thanksgiving …
Ich flüchte mich in den Küchenbereich von Laurens vollem Haus und lasse damit sie und Julie – die eine Doppelgängerin von Marilyn Monroe sein könnte und die ich immer mehr ins Herz schließe – mit einem Haufen Walkerbrüdern und deren Angestellten zurück, die hier eingefallen sind. Durstig hole ich mir eine Flasche Wasser aus dem Kühlschrank, und da der Tisch frei ist, nehme ich dort Platz und lege mein Handy vor mich auf die Tischplatte. Genau in diesem Moment ruft mein jüngster Bruder Daniel an.

»Hey, Cat.«

»Hey«, begrüße ich ihn. »Fröhlichen Truthahntag!«

»Fröhlichen Truthahntag! Wie geht's dir?«

Da ich ihn schon vor drei Wochen angerufen und ihm alles über Reese und das Familiendrama der Maxwells erzählt habe, wissen wir beide, dass er die Frage nicht nur aus Höflichkeit stellt. »Noch genauso wie vorher«, sage ich.

»Also gibt's nichts Neues?«

»Gar nichts. Ist deine Freundin bei dir?«

»Ja. Wir sind gerade auf dem Weg zu ihrer Familie.«

In meiner Leitung klopft es, und auf dem Display taucht Gabes Nummer auf. »Dann viel Spaß! Ob du's glaubst oder nicht, Gabe ruft gerade an.«

»Die Hölle ist also tatsächlich eingefroren, und das an Thanksgiving. Das müssen wir uns im Kalender anstreichen. Ruf mich an, wenn du irgendwas über irgendwas hörst, und umgekehrt rufe ich dich auch an. Pass auf dich auf, Schwesterherz!«

Er legt auf, und widerwillig nehme ich Gabes Anruf entgegen. »Hi, Gabe.«

»Fröhliches Thanksgiving!«

»Jepp, danke! Dir auch ein fröhliches Thanksgiving!«

»Ich wollte dir nur sagen, dass wir dich heute vermissen. Du kannst immer noch vorbeikommen.«

»Ich bin bei einer Freundin.«

»Aha«, gibt er zurück. »Okay. Aber nur damit du's weißt: Ich hab dich lieb.«

Mir weicht sämtliche Farbe aus dem Gesicht. »Du hast mich lieb?«

»Das ist der Moment, wo du eigentlich ›Ich hab dich auch lieb, Gabe‹ sagen solltest.«

»Ich hab dich auch lieb, Gabe.«

»Gut. Nächstes Mal sagst du es zuerst. Falls du dich noch erinnerst: Ich bin ein Macho.«

»Der Schaumbäder mag.«

»Hey. Das ist ein Familiengeheimnis. Wehe, du erzählst das rum.«

Wir müssen beide lachen, und tatsächlich macht es mir Spaß, mich mit ihm zu unterhalten. Als wir das Gespräch schließlich beenden und ich zur Party zurückkehren will, taucht Royce am Tisch auf und legt ein Handy vor mich hin. »Das hier kann nicht zurückverfolgt werden. Geh einfach dran, wenn es klingelt.« Er nickt mir zu und zieht sich wieder zurück.

Das Handy klingelt, und mein Herz macht einen Satz. »Hallo.«

»Cat.«

Allein der Klang von Reese' Stimme löst ein Riesengefühl der Erleichterung in mir aus. »Ist es vorbei?«

»Nein, nicht vorbei, aber kurz davor.«

»Wie kurz?«

»Bald. Mehr kann ich nicht sagen, und ich will auch nicht darüber sprechen. Ich will einfach nur mit dir reden.«

»Wo bist du?«

»Zu Hause.«

»Zu Hause«, wiederhole ich. »An diesem Ort, an dem wir mal gemeinsam gelebt haben?« Darauf lasse ich ihn gar nicht erst antworten. »Wer ist bei dir?«

»Ich bin allein. Aber freiwillig. Cat, ich will hören, dass du nicht mittlerweile zehn Gründe gefunden hast, warum wir nicht mehr zusammen sein sollten.«

»Wie kommst du denn auf so was? Ich schreibe dir doch jeden Tag in meiner Kolumne.«

»Ich weiß. Ich lese sie direkt nach dem Aufwachen.«

»Wie kannst du dann denken, dass ich nicht mehr mit dir zusammen sein will?«

»Weil ich dich kenne und du nicht weißt, wie ich dieses Problem löse, und das darfst du auch momentan nicht. Ich muss dich da raushalten.«

»Mir ist es egal, wie du das löst, solange du dabei nicht gegen deine moralischen Prinzipien verstößt.«

»Ich tue das, was ich tun muss«, sagt er.

»Du tust etwas, das du nicht tun willst.«

»Ich tue das, was wir – hoffe ich zumindest – beide immer noch wollen. Ich sorge dafür, dass wir zusammenbleiben.«

»Du machst dir Sorgen, dass du mich mit dem, was du tust, für immer verschreckst.«

»Ja, das tue ich. Aber das wird sich erst mit der Zeit zeigen.«

»Du kannst mich nicht verschrecken.«

»Herausforderung angenommen.«

»Sag das nicht.«

»Aber ich muss es sagen, denn wenn ich dich tatsächlich verschrecken kann, waren unsere Gefühle nicht echt.«

Mir kommen Laurens Worte in den Sinn, die sie jedes Mal wiederholt, wenn sie das Gefühl hat, ich schotte mich ab: *Wir brauchen doch alle die Bestätigung, dass es die wahre Liebe ist. Das hab ich auch zu Reese gesagt.*

»Reese …«

»Ich liebe dich«, sagt er. »Ich ruf dich bald wieder an.«

Dann legt er auf.

Kapitel Neununddreißig

Cat

Vier Wochen getrennt …

Mein Donnerstag besteht unter anderem darin, dass ich an meiner Kücheninsel sitze und ein Kapitel meines Buchs über Nelson Ward schreibe und dabei wahnsinnig viel Kaffee trinke. Mit dem Buch geht es nur langsam voran, da ich gerade mal ein paar Absätze hier und da schaffe, bevor ich erneut im Kopf das Telefonat mit Reese an Thanksgiving durchgehe, vor allem die Tatsache, dass er so stark an mir und uns gezweifelt hat. Er muss unbedingt wissen, dass wir zusammengehören. Ich auch, und sobald ich anfange zu zweifeln, ermahne ich mich. Schließlich ist er derjenige, der uns da rausholt. Distanz sorgt nun einmal für Unsicherheit.

Dieser Kreislauf wiederholt sich bis um kurz vor vierzehn Uhr, als der Portier meines Hauses mich anruft. »Ihr Bruder Gabe ist hier.«

Na super, denke ich. »Schicken Sie ihn rauf«, bitte ich, bevor ich die Verbindung beende.

Einen Moment lang überlege ich, mir einen Drink zu genehmigen, entscheide mich jedoch dagegen.

Vielleicht sollte ich mir ein Eis gönnen.

Unruhig laufe ich hin und her und weiß nicht einmal, warum. Oder doch, ich weiß es: Er wird mir wahrscheinlich irgendetwas über die Klage gegen unsere Familie berichten, und das wiederum heißt, ich werde andeutungsweise erfahren, was bei Reese los ist. Als ich auf die Wohnungstür zugehe, klopft Gabe. Ich reiße die Tür auf, mache kehrt, und er folgt mir in die Küche, wo wir uns beide hinsetzen. »Was machst du hier?«

»Wir haben einen Vergleich mit Casey Allen geschlossen und das Kriegsbeil mit Reese Summer begraben. Du kannst also mit deinem Buch weitermachen.«

»Wann habt ihr den Vergleich geschlossen?«

»Gestern.«

Gestern schon, und Reese hat mich nicht angerufen. »Was heißt ›das Kriegsbeil begraben‹?«, will ich wissen und bemühe mich, nicht so besorgt zu klingen, wie ich mich fühle.

»Reese hat dafür gesorgt, dass das FBI nicht mehr gegen Casey Allen ermittelt, und uns danach um einen Waffenstillstand gebeten.«

»Hat er auch gesagt, warum er den will?«

»Weil der Verlag damit gedroht hat, dich und ihn zu verklagen«, antwortet Gabe.

»Ach. Ja. Ich weiß.« Was natürlich eine Lüge ist. Und es stimmt auch nicht. Ansonsten wüsste ich davon.

»Warum hast du uns nichts gesagt?«

»Dir wäre das doch sowieso egal gewesen.«

»Ist es mir nicht, Cat«, widerspricht er. »Und Dad auch nicht. Selbst Reid wäre es nicht egal. Ich musste ihm Moms Brief regelrecht aus den Fingern reißen. Er braucht noch eine Weile, bis er über seinen Schatten springt, aber das wird er. Und nur, damit du's weißt: Ich hab Dad den Brief vorgelesen, als er ihn nicht selbst lesen wollte.«

In diesem Moment reißt mir der Geduldsfaden. »Was heißt Waffenstillstand? Jetzt sag's mir endlich, verdammt!«

»Onkel Rudolf steckte hinter der ganzen Geschichte. Reese hat ihm geholfen, einen Deal auszuhandeln: Er muss zwar eine verflucht hohe Geldstrafe von siebenhundert Millionen Dollar zahlen, aber das ist erledigt, und niemand muss ins Gefängnis.«

»Typisch Reese Summer. Und du bist dir sicher, ich kann weiter mit ihm zusammenarbeiten, ohne dass es Probleme gibt?«

»Absolut. Dafür hat Reese gesorgt.«

»Was heißt das? Du machst mich echt wahnsinnig.«

»Die beiden Kanzleien, unsere und seine, haben eine Vereinbarung unterschrieben, in Zukunft zusammenzuarbeiten.«

Mir weicht die Farbe aus dem Gesicht. »Eure Kanzlei und die von Reese?«

»Jepp. Das ist keine Fusion, aber unsere Abteilung für Strafrecht ist ziemlich schwach, deshalb hat Dad auch so darauf gedrängt, dich mit ins Boot zu holen. Jetzt wird Reese von Fall zu Fall unsere Mandanten vertreten.« Sein Handy summt. »Shit! Ein Mandant von mir flippt gerade aus wegen einer Firmenfusion. Ich muss los. Und du, hol dir deinen Buchdeal zurück.« Damit verschwindet er aus meiner Küche, und ich stoße laut den Atem aus.

Reese verbündet sich mit meiner Familie. Ich weiß nicht, was ich davon halten soll. Ist er jetzt einer von ihnen? Nein. Das ist albern, trotzdem ist er gestern Abend nicht mehr zu mir gekommen. Die Sache scheint noch nicht in trockenen Tüchern zu sein. Das ist der Grund. Sofort renne ich Gabe hinterher und erwische ihn noch am Fahrstuhl. »Habt ihr den Vertrag mit Reese schon unterschrieben? Ist es schon okay, wenn ich ihn anrufe?«

»Noch nicht. Wir treffen uns am Freitag, aber die Sache steht. Alle haben zugestimmt.«

»Okay. Danke!«

Er steigt in den Lift, und ich gehe in meine Wohnung zurück. Die Sache steht noch nicht. Ich muss mit Reese sprechen. Ich will nicht, dass er etwas für mich tut, was schlecht für seine Kanzlei und seine Karriere ist. Hastig steige ich die Treppe zu meinem Schlafzimmer hoch und schnappe mir meine Handtasche, als mir plötzlich einfällt, dass ich einen Trainingsanzug anhabe. Deshalb eile ich in meinen begehbaren Kleiderschrank, schlüpfe schnell in mein pinkes Kleid, das ich zum Glücksbringer erklärt habe, und ziehe dazu halterlose Strümpfe und schwarze High Heels an. Dann bringe ich noch ein wenig Volumen in mein Haar und schminke mich sogar.

Nach einem prüfenden Blick in den Spiegel befinde ich meinen Look als ausreichend und sitze schon wenige Minuten später in einem Taxi, das mich zu Reese' Büro bringt. Eine Sekunde lang kommen mir Zweifel. Will meine Familie mir vielleicht eine Falle stellen, um herauszufinden, ob Reese und ich eine Beziehung führen? Nein. Diese Möglichkeit schließe ich aus. Ich habe einen Buchdeal mit Reese abgeschlossen, bei dem es um eine ziemlich hohe Summe geht. Natürlich eile ich sofort zu ihm, um mir den Auftrag zu sichern. Ich steige aus dem Auto aus und betrete das Gebäude. So nervös war ich noch nie.

Im Fahrstuhl bleibe ich dicht bei der Tür, weil ich es nicht abwarten kann, endlich zu Reese zu kommen – und das aus Hunderten von Gründen. Hauptsächlich, weil mir jedes Mal, wenn ich an unser Telefonat denke, auch seine Zweifel einfallen. Er hat so viel getan, um den Weg für uns frei zu machen. Jetzt muss ich ihn auch gehen und zu ihm kommen. Als ich auf seiner Etage ankomme, melde ich mich gar nicht erst bei der Empfangsdame an. Sie versucht, mich aufzuhalten, doch in diesem Moment taucht Maria in der Lobby auf.

»Ach, Gott sei Dank«, sagt sie. »Ohne Sie ist er ein echter Stinkstiefel.«

»Ist er hier?«

»Ja«, bestätigt sie und begleitet mich bis zu ihrem Schreibtisch, wo sie auf Reese' geschlossene Bürotür deutet. »Gehen Sie ruhig rein. Er ist allein.«

»Danke, Maria!«

Rasch gehe ich auf die Tür zu, bleibe jedoch davor stehen, die Hand schon auf dem Türknauf.

»Keine Sorge, er liebt Sie«, sagt Maria. »Ich schwöre, das tut er.«

Über die Schulter blicke ich zu ihr zurück. »Danke!«

Dann richte ich den Blick wieder nach vorn, öffne die Tür und betrete das Büro, schließe die Tür hinter mir und lehne mich dagegen. Reese sitzt an seinem Schreibtisch, und er sieht immer noch wahnsinnig gut aus, hat immer noch die Eigenschaft, einen ganzen Raum für sich einzunehmen, und mich dazu. In diesem Moment steht er auf. »Cat.«

»Hi.«

»Hi.«

Keiner von uns beiden rührt sich. »Du darfst keinen Vertrag mit meiner Familie unterschreiben.«

»Das hab ich schon getan, vor ungefähr fünfzehn Minuten.«

»Gabe hat gesagt, am Freitag.«

»Dann hat Gabe sich geirrt.«

»Aber du gehst nicht mit solchen Methoden vor wie meine Familie.«

»Sie sind anständig, Cat. Sie hatten mit den ganzen Machenschaften nichts zu tun. Nur dein Onkel, genau wie du's mir über deine Kolumne mitgeteilt hast.«

»Was nutzt dir diese Zusammenarbeit, oder besser gesagt: Inwiefern schadet sie dir?«

»Ich biete nur meine Unterstützung und Beratung an. Mehr nicht. Aber ich habe sichergestellt, dass deine Familie mir nichts anhaben kann, um letztendlich dir damit zu schaden.«

»Und das ist wirklich okay für dich?«

»Ja. Aber ist es auch okay für dich? Das ist doch die entscheidende Frage, und gerade zeigst du gar keine Reaktion. Du stehst da drüben, ganz weit weg, und ich bin hier hinten.«

»Ich weiß.«

»Warum?«

»Ich brauche erst die Gewissheit, dass du dich nicht mit ihnen verbündest anstatt mit mir.«

»Ich mag sie immer noch nicht. Ich toleriere sie, weil ein Mann das eben für seine Partnerin tut. Bist du noch meine Partnerin?«

»Ja. Ist diese ganze Sache immer noch auf irgendeine Weise im Gange? Du stehst nämlich immer noch da drüben und ich hier vorne. Soll ich besser gehen?«

»Wieso zum Geier solltest du gehen? Ich wollte dich gerade holen.« Er setzt sich in Bewegung, und ich tue es ihm gleich, und fast prallen wir in der Mitte des Raumes gegeneinander, als wir uns umarmen. »Ich hab dich vermisst«, sage ich leise. »Ich …«

»Ich hab dich auch vermisst, Süße.« Im nächsten Moment stürzt er sich auf meine Lippen, und das ist der Funke, der das Feuer entfacht. Wir fallen praktisch übereinander her, so gierig, dass wir gar nicht genug von uns bekommen können. Ich nehme kaum wahr, dass der Rock hochgeschoben wird oder der Reißverschluss seiner Hose aufgeht. Plötzlich ist er einfach offen, und Reese sitzt auf der Couch in der Ecke und ich auf ihm, während er sich in mich schiebt und mich ausfüllt. Ich lasse mich ganz auf seinen Schaft sinken, und als ich ihn vollkommen in mich aufgenommen habe, sitzen wir einfach da, miteinander verbunden. Zusammen.

»Lass uns einen Pakt schließen«, sagt Reese, vergräbt die Finger in meinem Haar und zieht mich so zu sich, dass unsere Lippen sich fast berühren. »Wir trennen uns nie wieder. Nie wieder, Cat.«

»Nie wieder«, stimme ich zu, und er küsst mich. Erneut fallen wir wild übereinander her, dann ganz langsam; schauen uns an, genießen einander. Keiner von uns will, dass es endet, aber das tut es. Ein neuerliches brennendes Verlangen, mehr und mehr voneinander zu spüren, überkommt uns und lässt uns immer höher fliegen, bis wir den Gipfel erreichen und erschöpft aneinandersinken. Eine ganze Zeit lang liegen wir einfach nur da, bis mir bewusst wird, wo wir uns befinden. »Wir liegen halb nackt in deinem Büro.«

Er lacht. »Das ist der schönste Tag, den ich in diesem Büro je hatte.«

Seufzend stemme ich mich an seinen Schultern hoch und setze mich auf. »Ich sollte mich jetzt besser mal auf die Socken machen.«

»Ja, das solltest du. Damit ich dich nach Hause bringen kann. In unser Zuhause, Cat.«

»Ich will auch endlich nach Hause kommen. Es ist tatsächlich mein Zuhause. *Du* bist mein Zuhause.«

***

Dreißig Minuten später betreten wir sein Apartment, und ich schwöre, erst jetzt kann ich wieder richtig durchatmen. Doch gerade als ich den Impuls verspüre, durch die ganze Wohnung zu rennen, hebt Reese mich hoch. »Ich kann selbst gehen«, sage ich. »Und ich verspreche, ich laufe höchstens ins Schlafzimmer.«

»Es ist aber romantischer, wenn ich das tue.«

»Romantisch«, entgegne ich lächelnd. »Durch mich hast du Manieren und Romantik gelernt. Das gefällt mir sehr.«

»Das hoffe ich.«

»Jetzt sprichst du in Rätseln.«

Er kommt im Schlafzimmer an, geht direkt zu dem Sessel – unserem Sessel – hinüber und setzt mich darauf ab. »Diesen Sessel hab ich echt vermisst«, sage ich.

»Gut. Nicht bewegen und nicht gucken.« Damit geht er davon, und ich sterbe geradezu vor Neugier. Beinahe drehe ich mich um. Wahrscheinlich muss ich mich doch umdrehen. Okay, ich tu's nicht, denn jetzt verbindet er mir die Augen.

»Ist das eine von deinen Krawatten?«

»Jepp. Ich habe eine Überraschung für dich.« Er verknotet die Krawatte an meinem Hinterkopf und legt meine Arme auf die Sessellehnen. »Da lassen.«

Ich befolge seine Anweisung, doch er fügt noch hinzu: »Nicht die Hände bewegen, Cat.«

Hitze strömt durch meinen Körper, und mein Herz beginnt zu rasen. »Um ehrlich zu sein, habe ich mir noch nie von jemandem die Augen verbinden lassen.«

Ich spüre, wie er sich vor mir niederlässt. »Ich habe vor, der Erste bei vielen Dingen zu sein«, sagt er, während er langsam die Hände über meine Beine wandern lässt und Zentimeter für Zentimeter meines Rocks hochschiebt. »Ich würde dich ja ausziehen, aber dafür bin ich zu ungeduldig. Denk dran: Nicht die Hände bewegen.«

»Ich weiß«, entgegne ich, allerdings bewegt er seine. Er greift in die Seiten meines Slips und zieht ihn meine Beine hinunter. Dabei verteilt er willkürlich Küsse über meine Schenkel. Dann befreit er meine Füße aus dem Stoff und lässt ihn verschwinden, doch seine Lippen verschwinden nicht. Stattdessen haucht er eine Spur aus Küssen über meine Haut: an meinen Schenkeln, meinen Waden und Knien. Er lässt die Zunge über die Innenseite meines Schenkels wandern, und ich keuche auf, als er meinen Kitzler findet. Fast komme ich auf der Stelle.

Erregt kralle ich die Finger um die Armlehnen des Sessels, bäume mich ihm entgegen, und er gibt mir das, was ich will. Er saugt an mir, leckt mich, berührt mich, und plötzlich zucke ich zusammen, als die Erlösung mich überfällt. Ich versteife mich, dann erbebe ich am ganzen Körper, bis es vorbei ist. Zufrieden lasse ich mich in den Sessel sinken und fühle, wie Reese meinen Rock herunterzieht und mir unvermittelt etwas in den Schoß legt. »Komm mal her, Cat.«

Ich lehne mich vor, und er küsst mich, während er die Krawatte von meinem Kopf löst. »Heirate mich, Cat«, flüstert er. »Ich brauche dich in meinem Leben … Schau mal nach unten.«

Er weicht ein Stück zurück, und in diesem Augenblick sehe ich den umwerfenden Diamantring, der in meinem Schoß liegt. »Ein Ring. Ich meine, ich weiß, das ist ein Ring. Ich meine nur …«

»Sag einfach Ja, Cat. Ich drehe hier gleich durch.«

»Ja. Ja. Ja. Natürlich. Und nur, dass du's weißt: Das war definitiv der beste Heiratsantrag, den sich je ein Mann hat einfallen lassen. Natürlich werde ich gewisse Teile der Geschichte weglassen, aber …«

Er küsst mich, und ich bin zu Hause angekommen.

Epilog

Cat

Ein Jahr später …
Immer noch ganz berauscht von unserer Hochzeit vor einem Monat auf der Summer-Ranch sitzen Reese und ich an einem Tisch in der Mitte eines Ballsaals im Ritz Carlton Battery Park, wo die Veröffentlichung unseres Buchs gefeiert wird – das, wie man uns mitgeteilt hat, bereits Anwärter für die Bestsellerliste der *New York Times* ist; nur aufgrund der Vorbestellungen. Auf der Hochzeit hatte ich ein pinkes Kleid an und Reese einen Smoking; heute dagegen, für die Signierstunde, trage ich mein pinkes Kostüm, während Reese sich für seinen blauen Glücksbringer-Anzug entschieden hat. Vielleicht hat uns dieser Anzug am Ende des heutigen Tages sogar noch mehr Glück gebracht. Jeder, den wir kennen, und auch viele, die wir noch nicht kennen, sind gekommen – mit Ausnahme meines jüngeren Bruders Daniel, der nach unserer Hochzeit gleich wieder arbeiten musste. Doch sogar mein Vater, Gabe und Reid sind hier und natürlich begeistert davon, dass ich einen Anwalt geheiratet habe. Reid ist zwar immer noch ein launisches Arschloch, aber so langsam wird er etwas lockerer. Reese hat zwei seiner Mandanten vor der Gefängnishölle bewahrt, und da beide unschuldig waren, hatten weder Reese noch ich ein Problem damit, dass er meinem Bruder geholfen hat.

Gerade signiere ich ein Buch für einen Mann, der in den höchsten Tönen von meinen Kolumnen und Reese' Verhandlungsgeschick vor Gericht schwärmt. Er habe »jede Sekunde des Prozesses im Fernsehen mitverfolgt«. Ich lächle ihm zu und signiere sein Buch mit »Cat Summer«, was mir ziemlich surreal vorkommt. Die Nächste in der Schlange beginnt sofort damit, sich über Dan aufzuregen. »Er war einfach fürchterlich«, sagt die Frau in den Sechzigern. »Fürchterlich. Finden Sie nicht auch, Mr Summer?«

»Na ja, er hat dafür gesorgt, dass Kelli Ward lebenslang ins Gefängnis geht«, erwidert Reese. »Deshalb verzeihe ich ihm sein fürchterliches Verhalten.«

»Ich hoffe, Nelson Ward hat seinen Frieden mit der Sache geschlossen.«

»Das hat er«, entgegnet Reese. »Und wir hoffen, dieses Buch macht seine Version der Geschichte bekannt.«

Ich reiche der Dame ein signiertes Exemplar, und als sie geht, haben wir endlich Pause von der langen Schlange, die wir in der letzten Stunde abgefertigt haben. Durstig greife ich nach meiner Wasserflasche, als Reese mich in die Seite stupst. »Schau mal«, sagt er und deutet in Richtung seiner Mutter, die in ihrem knielangen smaragdgrünen Kleid einfach umwerfend aussieht. »Sie flirtet mit einem Typen, der mindestens zwanzig Jahre jünger ist als sie.«

»Und er flirtet zurück. Das gefällt mir.«

»Mir nicht«, befindet Reese. »Ich soll ihr morgen ihren neuen Fernseher anschließen, aber ich hab keine Lust, in ihre Wohnung zu kommen und einem nackten Kerl zu begegnen, der so alt ist wie ich – oder überhaupt irgendeinem nackten Kerl.«

Lachend sehe ich ihn an. »Ich bezweifle, dass der dir da begegnet. Irgendwie hab ich mich immer noch nicht daran gewöhnt, dass sie jetzt in meinem alten Apartment wohnt, aber ich finde es toll. Meine Mom wollte dort neu anfangen, ich hab dort neu angefangen, und sie hat jetzt einen Job als Lehrerin hier und fängt damit ebenfalls neu an, in genau dieser Wohnung.«

»Und sie flirtet mit Jungs.«

»Der ist kein Junge mehr.« Erneut muss ich lachen.

»Ach du Scheiße«, ruft er aus.

»Was ist denn jetzt wieder los?«

Ich folge seinem Blick und sehe, dass seine Schwester, eine brünette Göttin, sich gerade mit Gabe unterhält, der mittlerweile mit Reese befreundet ist – und diese Unterhaltung scheint ebenfalls ein Flirt zu sein. »Herrje«, sage ich. »Die gehen aber ganz schön ran.«

»Das muss ich verhindern.« Reese will aufstehen.

»Nein, du machst nichts. Lass die beiden ein bisschen Spaß haben.«

Stirnrunzelnd blickt er mich an. »Du willst also sagen, die beiden sollen einen One-Night-Stand haben und sich danach wieder trennen. Wie wir wissen, funktioniert das so nicht.«

»Stimmt. Entweder wird einer von beiden verletzt oder sie heiraten. Hm, sie wohnt jetzt auch hier, vielleicht sollten wir doch dazwischen gehen.« Gleichzeitig stehen wir auf und schlagen genau diese Richtung ein: Mr und Mrs Summer auf ihrer Mission, den nächsten unanständig heißen One-Night-Stand zu verhindern.

***

Cats Verbrechen: Erster Weihnachtsfeiertag
Schlussplädoyer: Auch wenn der eine oder andere beliebte TV-Moderator etwas Gegenteiliges behauptet: Santa Claus hat uns nicht Weihnachten gestohlen und auch kein anderes Fest. Ich war's. Zumindest, was Weihnachten angeht, denn das feiere ich gerade. Weihnachten ist in mein Haus eingekehrt, zusammen mit einem silbern geschmückten Weihnachtsbaum, falls Sie sich diese Frage gestellt haben sollten. Ich hoffe, welches Fest Sie auch immer feiern, es ist fröhlich und voller Leben, denn in dieser Zeit des Jahres geht es um die Familie, um Freundschaft und um gemeinsames Essen – sehr viel Essen. Wir brauchen mehr Gemeinschaft aus Familie und Freunden in dieser Welt. Wir brauchen auch mehr Kürbispastete, aber das ist eine andere Geschichte. Denjenigen, die mir geschrieben und mich gefragt haben, inwieweit mein Leben als Mrs Summer mich oder meine Kolumne verändern wird, möchte ich sagen: Ich hoffe, Sie konnten sich in den letzten Monaten davon überzeugen, dass sich nichts geändert hat. Und fürs Protokoll: Sollte sich Reese Summer in einem Prozess einen Fehltritt erlauben, werde ich nicht nur ihn darauf aufmerksam machen, sondern auch Sie.

Fröhliche Weihnachten, schöne Feiertage und bis dahin!
Ihre Cat